新编21世纪远程教育精品教材

• 汉语言文学系列 •

中国古代文学作品选读

（一）

诸葛忆兵　编著

中国人民大学出版社
· 北京 ·

新编 21 世纪远程教育精品教材
编委会

作者简介

诸葛忆兵，中国人民大学国学院教授，中国词学研究会副会长，中国欧阳修研究会副会长。主要从事中国古代文学、宋代历史专题研究。曾出版《璀璨的明珠——宋词》、《巫风源流观》、《北宋词史》（与陶尔夫先生合著）、《宋代宰辅制度研究》等学术专著，并发表有关宋词、宋史论文30余篇。

内容简介

本教材所选的文学作品包括先秦、两汉、魏晋、南北朝、隋唐五大阶段，文体方面则涉及诗歌、散文、小说、词等诸多种类，以诗歌的创作成就最为显著突出。在这个漫长的时间跨度内，文学创作从不自觉到自觉，从零星创作到蔚为大观，最终汇聚成唐诗创作的洪流。本教材将形象完整地展示这样一个文学演变过程，使读者从学习诸多名家的优秀篇章中，理清中国文学发展的脉络与线索。

总　序

我们正处在教育史尤其是高等教育史上的一个重大的转型期。在全球范围内，包括在我们中华大地，以校园课堂面授为特征的工业化社会的近代学校教育体制，正在向基于校园课堂面授的学校教育与基于信息通信技术的远程教育相互补充、相互整合的现代终身教育体制发展。一次性学校教育的理念已经被持续性终身学习的理念所替代。在高等教育领域，从 1088 年欧洲创立波洛格纳（Bologna）大学以来，21 世纪以前的各国高等教育基本是沿着精英教育的路线发展的，这也包括自 19 世纪末创办京师大学堂以来我国高等教育短短百多年的发展史。然而，自 20 世纪下半叶起，尤其在迈进 21 世纪时，以多媒体计算机和互联网为主要标志的电子信息通信技术正在引发教育界的一场深刻的革命。高等教育正在从精英教育走向大众化、普及化教育，学校教育体系正在向终身教育体系和学习型社会转变。在我国，党的十六大明确了全面建设小康社会的目标之一就是构建学习型社会，即要构建由国民教育体系和终身教育体系共同组成的有中国特色的现代教育体系。

教育史上的这次革命性转型决不仅仅是科学技术进步推动的。诚然，以电子信息通信技术为主要代表的现代科学技术的进步，为实现从校园课堂面授向开放远程学习、从近代学校教育体制向现代终身教育体制和学习型社会的转型提供了物质技术基础。但是，教育形态演变的深层次原因在于人类社会经济发展和社会生活变革的需求。恰在这次世纪之交，人类社会开始进入基于知识经济的信息社会。知识创新与传播及应用、人力资源开发与人才培养已经成为各国提高经济实力、综合国力和国际竞争力的关键和基础。而这些是仅仅依靠传统学校校园面授教育体制所无法满足的。此外，国际社会面临的能源、环境与生态危机，气候异常，数字鸿沟与文明冲突，对物种多样性与文化多样性的威胁等多重全球挑战，也只有依靠世界各国进一步深化教育改革与创新、人与自然的和谐发展才能得到解决。正因为如此，我国党和政府提出了“科教兴国”“可持续发展”“西部大开发”“缩小数字鸿沟”及“人与自然和谐发展”的“科学发展观”等基本国策。其中，对教育作为经济建设的重要战略地位和基础性、全局性、前瞻性产业的确认，对高等教育对于知识创新与传播及应用、人力资源开发与人才培养的重大意义的关注，以及对发展现代教育技术、现代远程教育和教育信息化并进而推动国民教育体系现代化、构建终身教育体系和学习型社会的决策更得到了教育界和全社会的共识。

在上述教育转型与变革时期，中国人民大学一直走在我国大学的前列。中国人民大学是一所以人文、社会科学和经济管理为主，兼有信息科学、环境科学等的综合性、研究型大学。长期以来，中国人民大学充分利用自身的教育资源优势，在办好全日制高等教育的同时，一直积极开展远程教育和继续教育。中国人民大学在我国首创函授高等教育。1952年，校长吴玉章和成仿吾创办函授教育的报告得到了刘少奇的批复，并于1953年率先招生授课，为新建的共和国培养了一大批急需的专门人才。在20世纪90年代末，中国人民大学成立了网络教育学院，成为我国首批现代远程教育试点高校之一。经过短短几年的探索和发展，中国人民大学网络教育学院创建的“网上人大”品牌，被远程教育界、媒体和社会誉为网络远程教育的“人大模式”：即“面向在职成人，利用网络学习资源和虚拟学习社区，支持分布式学习和协作学习的现代远程教育模式”。成立于1955年的中国人民大学出版社是新中国建立后最早成立的大学出版社之一，是教育部指定的全国高等学校文科教材出版中心。在过去的几年中，中国人民大学出版社与中国人民大学网络教育学院合作创作、设计、出版了国内第一套极富特色的“现代远程教育系列教材”。这些凝聚了中国人民大学、北京大学、北京师范大学等北京知名高校学者教授、教育技术专家、软件工程师、教学设计师和编辑们广博才智的精品课程系列教材，以印刷版、光盘版和网络版立体化教材的范式探索构建全新的远程学习优质教育资源，实现先进的教育教学理念与现代信息通信技术的有效结合。这些教材已经被国内其他高校和众多网络教育学院所选用。中国人民大学出版社基于“出教材学术精品，育人文社科英才”理念的努力探索及其初步成果已经得到了我国远程教育界的广泛认同，是值得肯定的。

2005年4月，我被邀请出席《中国远程教育》杂志与中国人民大学出版社联合主办的“远程教育教材的共建共享与一体化设计开发”研讨会并做主旨发言，会后受中国人民大学出版社的委托为“新编21世纪远程教育精品教材”撰写“总序”，这是我的荣幸。近几年来，我一直关注包括中国人民大学网络教育学院在内的我国高校现代远程教育试点工程。这次，更有机会全面了解和近距离接触中国人民大学出版社推出的“新编21世纪远程教育精品教材”及其编创人员。我想将我在上述研讨会上发言的主旨做进一步的发挥，并概括为若干原则作为我对包括中国人民大学出版社、中国人民大学网络教育学院在内的我国网络远程教育优质教育资源建设的期待和展望：

- 新编21世纪远程教育教材的教学内容要更加适应大众化高等教育面对在职成人、定位在应用型人才培养上的需要。
- 新编21世纪远程教育教材的教学设计要更加适应地域分散、特征多样的远程学生自主学习的需要，培养适应学习型社会的终身学习者。
- 在我国网络教学环境渐趋完善之前，印刷教材及其配套教学光盘依然是远程教材的主体，是多种媒体教材的基础和纽带，其教学设计应该给予充分的重视。要在印刷教材的显要部位对课程教学目标和要求做明确、具体、可操作的陈述，要清晰地指导远程学生如何利用多种媒体教材进行自主学习和协作学习。
- 应组织相关人员对多种媒体的远程教材进行一体化设计和开发，要注重发挥多种媒体教材各自独特的教学功能，实现优势互补。要特别注重对学生学习活动、教学交互、学习评价及其反馈的设计和实现。
- 要将对多种媒体远程教材的创作纳入到对整个远程教育课程教学系统的一体化设计

和开发中去，以便使优质的教材资源在优化的教学系统、平台和环境中，在有效的教学模式、学习策略和学习支助服务的支撑下获得最佳的学习成效。

- 要充分发挥现代远程教育工程试点高校各自的学科资源优势，积极探索网络远程教育优质教材资源共建共享的机制和途经。

中华人民共和国教育部远程教育专家顾问

丁兴富

前　言

中国古代曾经创造出灿烂光辉的文明，众多脍炙人口的文学名篇，则是这条文明长河里闪亮璀璨的颗颗明珠。诗经的质朴，楚辞的瑰丽，乐府的厚重，辞赋的铺排，唐诗的恢弘，宋词的婉柔，元曲的浅俗，明清小说的生动，有多少读者为之流连忘返。其间，还有诸多家喻户晓的伟大作家，如深情眷恋家国的屈原，雄才大略的曹操，自然本真的陶渊明，自由奔放的李白，沉郁顿挫的杜甫，清雄旷达的苏轼，清丽婉转的李清照，直面人生的关汉卿，阅尽人生百态的曹雪芹，等等，由他们构筑起一个辉煌的文学发展历史过程。

阅读古代文学作品，就是深入了解古人丰富的情感世界，了解那一个个时代的人情风俗，了解社会形态的更替与政治制度的演变；欣赏作品所呈现出的审美境界，品味古人遣词造句之优美、构思之精妙，陶冶个人情操，从而把握文明进程的历史脚步。文学史的发展历程，作家的成就，都具体体现在一篇篇佳作之中。这部作品选读所选录的作品，力求能够将古代文学的精华部分呈献给广大读者，力求能够体现出古代文学作品的多种风格面貌及其嬗变，力求能够让读者对古代文学作品不同文体都有所接触了解，力求能够串联起一条文学发展史的脉络。作品选力求多选优秀作品，少做繁琐的注释，配合网络教育的需要，对作品做一定的学习提示，且有相当的思考题以配合学习。作品选读（一）选录从先秦到唐五代的作品，由诸葛忆兵选编；作品选读（二）选录从宋元到近代的作品，由王燕选编。两册有各自的独立性，又保持了相对统一的编选风格。这两册书同时可以作为爱好中国古代文学者的自学读本，读者能对中国古代文学有比较深入详细的把握与理解。

作　者

目录

CONTENTS

第一部分　先秦两汉 …… 1
诗 …… 3
诗经 …… 3
关雎(周南)(3)　静女(邶风)(4)　黍离(王风)(5)　君子于役(王风)(6)　氓(卫风)(7)　蒹葭(秦风)(9)
楚辞·屈原 …… 10
离骚(节选)(10)　湘夫人(13)　山鬼(15)　国殇(16)
汉乐府 …… 18
上邪(18)　江南(19)　陌上桑(19)　饮马长城窟行(21)　十五从军征(22)　悲歌(22)　古歌(23)
古诗十九首 …… 24
行行重行行(24)　青青河畔草(25)　涉江采芙蓉(26)　迢迢牵牛星(26)　生年不满百(27)　明月何皎皎(27)

文 …… 29
左传 …… 29
晋楚城濮之战(29)
战国策 …… 37
苏秦始将连横(37)
庄子 …… 42
逍遥游(节选)(42)　养生主(节选)(45)
史记 …… 47
李将军列传(节选)(47)

第二部分　魏晋南北朝 …… 55
诗 …… 57
曹操 …… 57
蒿里行(57)　短歌行(58)　步出夏门行(东临碣石)(60)
曹丕 …… 61
燕歌行(61)

曹植 …… 63
杂诗(63) 七哀(64) 白马篇(64)
阮籍 …… 67
咏怀诗[其一](夜中不能寐)(67) [其三](嘉树下成蹊)(68)
左思 …… 69
咏史诗[其二](郁郁涧底松)(69) [其五](皓天舒白日)(70)
陶渊明 …… 72
归园田居[其一](少无适俗韵)(72) [其三](种豆南山下)(73) 饮酒[其五](结庐在人境)(74) 读山海经[其十](精卫衔微木)(75)
谢灵运 …… 76
登池上楼(76) 登江中孤屿(77)
鲍照 …… 79
拟行路难[其四](泻水置平地)(79) [其六](对案不能食)(80)
谢朓 …… 81
玉阶怨(81) 王孙游(81) 之宣城出新林浦向板桥(82)
晚登三山还望京邑(83)
庾信 …… 84
拟咏怀[其七](榆关断音信)(84) [其十一](摇落秋为气)(85) 寄王琳(86)
重别周尚书(86)
南朝乐府民歌 …… 88
子夜歌(始欲识郎时)(88) 子夜四时歌(渊冰厚三尺)(88)
读曲歌(打杀长鸣鸡)(89) 西洲曲(90)
北朝乐府民歌 …… 92
陇头歌辞[其一][其三](92) 木兰诗(93) 敕勒歌(94)
文赋 …… 96
王粲 …… 96
登楼赋(96)
诸葛亮 …… 99
出师表(99)
李密 …… 102
陈情表(102)
向秀 …… 105
思旧赋(并序)(105)
王羲之 …… 107
兰亭集序(107)
陶渊明 …… 109
桃花源记(109) 归去来兮辞(110)

陶宏景 …… 113
答谢中书书(113)
吴均 …… 114
与宋元思书(114)
郦道元 …… 116
水经注[江水注(节选)](116)

轶事小说 …… 118
刘义庆 …… 118
世说新语[王戎不食道边李](118) [郗太傅求婿](119) [阿堵物](119)
[刘伶病酒](120) [王子猷居山阴](120)

第三部分 唐 …… 123
诗 …… 125
王绩 …… 125
野望(125)
王勃 …… 127
送杜少府之任蜀川(127) 山中(127)
卢照邻 …… 129
长安古意(129)
骆宾王 …… 131
在狱咏蝉(131) 于易水送人一绝(132)
杨炯 …… 133
从军行(133)
宋之问 …… 134
题大庾岭北驿(134) 渡汉江(134)
沈佺期 …… 136
杂诗(闻道黄龙戍)(136) 古意(136)
张若虚 …… 138
春江花月夜(138)
陈子昂 …… 139
登幽州台歌 (139)
贺知章 …… 140
咏柳(140) 回乡偶书(少小离家老大回)(140)
王湾 …… 141
次北固山下(141)
刘昚虚 …… 142
阙题(142)

张九龄 …… 143
望月怀远(143)　答陆澧(143)
王翰 …… 145
凉州词(葡萄美酒夜光杯)(145)
崔颢 …… 146
黄鹤楼(146)
储光羲 …… 147
钓鱼湾(147)
王昌龄 …… 148
从军行[其四](青海长云暗雪山)(148)　[其五](大漠风尘日色昏)(148)　出塞(秦时明月汉时关)(149)　芙蓉楼送辛渐(149)　闺怨(150)
祖咏 …… 151
望蓟门(151)　终南望余雪(151)
王之涣 …… 153
登鹳雀楼(153)　凉州词(黄河远上白云间)(153)
孟浩然 …… 155
夜归鹿门歌(155)　临洞庭(156)　过故人庄(156)　宿建德江(157)　春晓(158)
李颀 …… 159
古意(159)　古从军行(159)　听安万善吹觱篥歌(160)　听董大弹胡笳声兼寄语弄房给事(161)
王维 …… 163
山居秋暝(163)　终南山(163)　过香积寺(164)　观猎(165)　使至塞上(165)　鸟鸣涧(166)　鹿柴(166)　竹里馆(167)　少年行[其一](新丰美酒斗十千)(167)　[其二](出身仕汉羽林郎)(167)　九月九日忆山东兄弟(168)　送元二使安西(169)　杂诗(169)　相思(170)　送沈子福归江东(170)　渭川田家(171)
高适 …… 172
燕歌行(172)　别董大(千里黄云白日曛)(173)　封丘作(174)
岑参 …… 175
走马川行奉送出师西征(175)　白雪歌送武判官归京(176)　逢入京使(177)
李白 …… 178
古风(西上莲花山)(178)　蜀道难(179)　将进酒(180)　行路难[其一](金樽清酒斗十千)(181)　长相思(182)　长干行(183)　塞下曲(五月天山雪)(184)　静夜思(184)　春思(185)　子夜吴歌[秋歌](185)　秋浦歌(白发三千丈)(185)峨眉山月歌(186)　赠汪伦(186)　闻王昌龄左迁龙标遥有此寄(187)　庐山谣寄卢侍御虚舟(187)　梦游天姥吟留别(189)　金陵酒肆留别(190)　登金陵凤凰台(191)　黄鹤楼送孟浩然之广陵(191)　渡荆门送别(192)　宣州谢朓楼饯别校书叔云(193)　答王十二寒夜独酌有怀(193)　望庐山瀑布(195)　望

天门山(196) 早发白帝城(196) 月下独酌(花间一壶酒)(197)
金昌绪 …… 198
春怨(198)
杜甫 …… 199
望岳(199) 房兵曹胡马诗(200) 饮中八仙歌(200) 兵车行(201) 月夜(202) 春望(203) 羌村(峥嵘赤云西)(204) 赠卫八处士(204) 石壕吏(205) 佳人(206) 前出塞(挽弓当挽强)(206) 梦李白[其一](死别已吞声)(207) [其二](浮云终日行)(207) 月夜忆舍弟(208) 蜀相(208) 客至(209) 春夜喜雨(210) 茅屋为秋风所破歌(210) 赠花卿(211) 江畔独步寻花(黄四娘家花满蹊)(212) 闻官军收河南河北(212) 登高(213) 登楼(214) 绝句(两个黄鹂鸣翠柳)(214) 旅夜书怀(215) 白帝(215) 秋兴八首[其一](玉露凋伤枫树林)(216) 八阵图(217) 咏怀古迹[其二](摇落深知宋玉悲)(217) [其三](群山万壑赴荆门)(218) [其五](诸葛大名垂宇宙)(219) 登岳阳楼(219) 江南逢李龟年(220)
张继 …… 221
枫桥夜泊(221)
刘长卿 …… 222
逢雪宿芙蓉山主人(222) 寻南溪常山道人隐居(222)
韩翃 …… 223
寒食(223)
戴叔伦 …… 224
三闾庙(224) 兰溪棹歌(224)
韦应物 …… 226
淮上喜会梁州故人(226) 滁州西涧(226) 寄全椒山中道士(227)
戎昱 …… 228
咏史(228)
司空曙 …… 229
江村即事(229) 云阳馆与韩绅宿别(229)
卢纶 …… 230
塞下曲[其二](林暗草惊风)(230) [其三](月黑雁飞高)(230)
李益 …… 231
喜见外弟又言别(231) 夜上受降城闻笛(231) 从军北行(232) 江南曲(232)
孟郊 …… 234
游子吟(234) 寒地百姓吟(234) 登科后(235) 秋怀(236) 洛桥晚望(236)
崔护 …… 237
题都城南庄(237)
常建 …… 238
题破山寺后禅院(238)

张籍 …… 239
节妇吟(239) 秋思(239)
王建 …… 241
望夫石(241) 新嫁娘(241)
柳宗元 …… 242
江雪(242) 登柳州城楼寄漳汀封连四州(242) 渔翁(243)
韩愈 …… 245
山石(245) 听颖师弹琴(246) 八月十五夜赠张功曹(247) 左迁至蓝关示侄孙湘(248) 早春呈水部张十八员外(天街小雨润如酥)(249)
李贺 …… 250
李凭箜篌引(250) 苏小小墓(251) 雁门太守行(251) 梦天(252) 金铜仙人辞汉歌(253) 南园[其一](花枝草蔓眼中开)(254) [其五](男儿何不带吴钩)(255) 巫山高(255) 将进酒(256)
白居易 …… 257
上阳白发人[愍怨旷也](257) 井底引银瓶[止淫奔也](258) 长恨歌(259) 琵琶行(262) 赋得古原草送别(264) 暮江吟(265) 钱塘湖春行(265)
刘禹锡 …… 266
西塞山怀古(266) 石头城(267) 乌衣巷(267) 竹枝词(杨柳青青江水平)(268) 秋词(自古逢秋悲寂寥)(268) 竹枝词[其二](山桃红花满上头)(269) [其九](山上层层桃李花)(269) 浪淘沙[其一][其五][其六](269～270) 元和十年自朗州召至京戏赠看花诸君子(270) 再游玄都观(271) 酬乐天扬州初逢席上见赠(271)
李绅 …… 273
悯农[其一](春种一粒粟)(273) [其二](锄禾日当午)(273)
元稹 …… 274
连昌宫词(274) 闻乐天授江州司马(276) 菊花(277) 行宫(277) 离思(278) 遣悲怀(278)
张祜 …… 280
何满子(280) 集灵台(280) 题金陵渡(281)
贾岛 …… 282
渡桑乾(282) 剑客(282) 题李凝幽居(283) 忆江上吴处士(283) 暮过山村(284) 访隐者不遇(284)
朱庆馀 …… 285
宫中词(285) 近试上张水部(285)
杜牧 …… 287
过华清宫(287) 江南春(287) 赤壁(288) 泊秦淮(289) 寄扬州韩绰判官(290) 遣怀(290) 山行(291) 秋夕(291) 赠别[其一][其二](292) 金谷园(292) 清明(293)

许浑 …… 294
咸阳城东楼(294) 谢亭送别(294)
温庭筠 …… 296
商山早行(296)
李商隐 …… 297
锦瑟(297) 宿骆氏亭寄怀崔雍崔衮(298) 重有感(298) 乐游原(299) 夜雨寄北(300) 无题(昨夜星辰昨夜风)(300) (来是空言去绝踪)(301) (飒飒东风细雨来)(302) (相见时难别亦难)(302) 蝉(303) 马嵬(海外徒闻更九州)(304) 常娥(305) 贾生(305) 隋宫(306)
罗隐 …… 307
西施(307) 雪(307)
皮日休 …… 308
汴河怀古(308)
陆龟蒙 …… 309
和袭美春夕酒醒(309) 怀宛陵旧游(309) 新沙(310)
秦韬玉 …… 311
贫女(311)
韦庄 …… 312
送日本国僧敬龙归(312) 台城(312)
王驾 …… 314
社日(314)
郑谷 …… 315
淮上与友人别(315)
聂夷中 …… 316
伤田家(316)
杜荀鹤 …… 317
送人游吴(317) 山中寡妇(317) 乱后逢村叟(318) 再经胡县城(319)

文 …… 320
王勃 …… 320
滕王阁序(320)
王维 …… 325
山中与裴迪秀才书(325)
韩愈 …… 327
杂说(327) 送李愿归盘谷序(328) 祭十二郎文(329) 进学解(332)
柳宗元 …… 336
段太尉逸事状(336) 捕蛇者说(339) 三戒(341) 始得西山宴游记(343) 小石潭记(345)

刘禹锡 ………………………………………………………………………… 346
陋室铭(346)
杜牧 …………………………………………………………………………… 347
阿房宫赋(347)

小说 …………………………………………………………………………… 350
元稹 …………………………………………………………………………… 350
莺莺传(350)

唐五代词 ……………………………………………………………………… 358
李白 …………………………………………………………………………… 358
菩萨蛮(平林漠漠烟如织)(358) 忆秦娥(箫声咽)(359)
张志和 ………………………………………………………………………… 360
渔歌子(西塞山前白鹭飞)(360)
白居易 ………………………………………………………………………… 361
忆江南(江南好)(361) 长相思(汴水流)(361)
温庭筠 ………………………………………………………………………… 363
菩萨蛮(小山重叠金明灭)(363) 梦江南(梳洗罢)(364)
韦庄 …………………………………………………………………………… 365
菩萨蛮(人人尽说江南好)(365) 思帝乡(春日游)(365)
李璟 …………………………………………………………………………… 367
摊破浣溪沙(手卷真珠上玉钩)(367) (菡萏香销翠叶残)(367)
冯延巳 ………………………………………………………………………… 369
鹊踏枝(谁道闲情抛掷久)(369) (花外寒鸡天欲曙)(369) (几日行云何处去)(370) 谒金门(风乍起)(371)
李煜 …………………………………………………………………………… 372
清平乐(别来春半)(372) 长相思(云一緺)(372) 菩萨蛮(花明月暗笼轻雾)(373) 虞美人(春花秋月何时了)(374) 浪淘沙(帘外雨潺潺)(374) 菩萨蛮(人生愁恨何能免)(375) 望江南(多少恨) (多少泪)(376) 乌夜啼(林花谢了春红)(376) 捣练子令(深院静)(377) 破阵子(四十年来家国)(377)

中国古代文学作品选读（一）

第一部分 先秦两汉

诗

诗　经

《诗经》是中国古代第一部诗歌总集，又称《诗》、《诗三百》。后来被推崇为儒家经典，才称《诗经》。共收录了自西周初至春秋中叶大约500年间的305篇作品。《诗经》根据音乐的不同分成风、雅、颂三部分。“风”是各地的土风歌谣，又分成十五国风；“雅”是王畿附近的音乐，分大雅与小雅；“颂”是宗庙祭祀舞曲，具有很浓厚的宗教气氛，分为周颂、鲁颂、商颂。《诗经》中最常见的表现手法后人归纳为三种：赋、比、兴。“赋者，敷陈其事而直言之也”；“比者，以彼物比此物也”；“兴者，先言他物以引起所咏之词也”。赋、比、兴与风、雅、颂被合称作《诗经》“六义”。

关雎（周南）

关关雎鸠，在河之洲[1]。窈窕淑女，君子好逑[2]。
参差荇菜，左右流之[3]。窈窕淑女，寤寐求之[4]。
求之不得，寤寐思服[5]。悠哉悠哉，辗转反侧[6]。
参差荇菜，左右采之。窈窕淑女，琴瑟友之[7]。
参差荇菜，左右芼之[8]。窈窕淑女，钟鼓乐之[9]。

【注释】

[1] 关关：象声词，雌雄雎鸠的和鸣声。河：黄河。洲：水中的陆地。

[2] 窈窕：形容女子的文静、美好。淑女：好女子。君子：男子的尊称。好：男女相悦。逑（qiú 求）：匹偶。

［3］参差：不整齐的样子。荇（xìng 兴）菜：水生植物，嫩叶可以食用。流：通“摎”，用手摘取，与下文“采”、“芼”词义相近。

［4］寤寐：日夜。睡醒时为“寤”，睡着了为“寐”，连起来指时时刻刻。

［5］思服：两字同义，都指思念。

［6］悠哉：悠悠。指思念之情之悠远。辗转反侧：不断翻身，难以入睡。

［7］琴瑟：演奏琴瑟，名词用作动词。友：亲近。

［8］芼（mào 帽）：采摘。

［9］钟鼓：敲打着钟鼓，名词用作动词。乐：愉悦。

学习提示

这是《诗经》开篇的第一首诗歌，是一首失恋者之歌。这位男子看见河边文静而美丽的女子，引起思慕之情，遂向对方求爱。然而被对方拒绝，回家后日夜思念，辗转难以入睡。思念已极，便幻想自己能够演奏琴瑟、敲打钟鼓，在热闹的音乐声中将对方迎娶回家。诗人的吟咏低婉而略显忧伤，但并没有绝望与歇斯底里，表明那个时代人们恋爱有比较健康的心态。诗歌运用了“兴”的手法，写自己对“窈窕淑女”的渴慕之情时以“关关雎鸠，在河之洲”起兴，在《诗经》中较为典型。四言句式、重章叠句的结构，都是《诗经》多数诗歌的基本格式。

静女（邶风）

静女其姝，俟我於城隅[1]。爱而不见，搔首踟蹰[2]。
静女其娈，贻我彤管[3]。彤管有炜，说怿女美[4]。
自牧归荑，洵美且异[5]。匪女以为美，美人之贻[6]。

【注释】

［1］静：文静。姝（shū 书）：美丽。俟（sì 四）：等待。城隅：城上的角楼。

［2］爱：通“薆”，隐蔽。踟蹰（chí chú 迟 除）：徘徊、犹豫。

［3］娈（luán 峦）：美好，与“姝”同义。贻：赠送。彤（tóng 同）管：红色的管子。有三种理解：红色的管状笔，红色的草，乐器。总之，是一种赠送情人的信物。

［4］炜（wěi 伟）：鲜亮的样子。说怿（yuè yì 越 亿）：喜爱。说，通“悦”。女：通“汝”。

［5］牧：野外放牧的地方。归（kuì 溃）：通“馈”，赠送。荑（tí 提）：初生的茅草。

洵：的确，确实。异：出色。

[6] 匪：通“非”。女：通“汝”，指荑草。

学习提示

这是一首写男女幽会的爱情诗。男子依约来到幽会的地点，却看不到心爱的女子，便急得搔首徘徊，原来是女子躲起来与他闹着玩，或许还在考验情人的耐心与忠诚度。整个幽会的过程是美好的，男子得到了女子赠送的定情物，表明彼此之间的倾心相恋，表明追求之结果是令人欣喜兴奋的。与前面一首失恋者之歌形成鲜明对比，这首诗的格调是轻松的，欢快的，并带一点调皮的色彩。充分显示出男女情侣之间的绵绵情意与欢乐快活。在这样的一个幽会追求过程中，女子掌握着主动权，男子等待被选择。这在以后男尊女卑的社会里就很少见到了。

黍离（王风）

彼黍离离，彼稷之苗[1]。行迈靡靡，中心摇摇[2]。知我者谓我心忧，不知我者谓我何求！悠悠苍天，此何人哉！

彼黍离离，彼稷之穗。行迈靡靡，中心如醉。知我者谓我心忧，不知我者谓我何求！悠悠苍天，此何人哉[3]！

彼黍离离，彼稷之实。行迈靡靡，中心如噎。知我者谓我心忧，不知我者谓我何求！悠悠苍天，此何人哉！

【注释】

[1] 黍：小米。离离：一行一行排列的样子。稷：高粱。

[2] 迈：远行。靡靡：疲软无力的样子。摇摇：形容情绪波动很大。

[3] 悠悠：遥远的样子。

学习提示

前人认为：东周迁都洛阳，士大夫路过故都，看见宗庙宫室夷为田地，旧城池荒凉破落，黍稷丛生，内心充满忧伤，徘徊不忍离去，悲痛而作此诗。诗中寄寓的是一种故国情思。后代家国没落破败时，都以“黍离”来表达悲苦之情怀。如南宋姜夔的《扬州慢》，就是因为看见扬州城经金兵入侵毁坏之残破，而抒发“黍离”之悲的名篇。但是，将这首诗理解为颠簸流离者之愁歌，写飘零途中之悲苦，也是完全可以成立的。

君子于役（王风）

君子于役，不知其期[1]。曷至哉？鸡栖于埘[2]。日之夕矣，羊牛下来。君子于役，如之何勿思？

君子于役，不日不月[3]。曷其有佸？鸡栖于桀[4]。日之夕矣，羊牛下括[5]。君子于役，苟无饥渴[6]？

【注释】

[1] 君子：诗中妻子对丈夫的尊称。于：往，去。役：服役，劳役。期：服役结束、回家的日期。

[2] 曷（hé 河）：文言疑问词。什么，怎么。至：回到家里。埘（shí 时）：古代指在墙壁上凿成的鸡窝。

[3] 不日不月：与“不知其期”同义，即服役的岁月没有一个尽头。

[4] 佸（huó 活）：聚会。桀：通“橛”，小木桩。

[5] 括：通“佸”，指羊牛回圈后都聚到一起。

[6] 苟：难道。

学习提示

繁重的兵役或徭役，给先秦社会正常经济生产带来很大的冲击，同时造成千百万家庭妻离子散的悲剧。长期分离的亲人，只能在思念中寄托情怀。这就是一首非常优秀的怀人之作，写居家妻子对外出服役丈夫的思念，在日常平淡中渐见深情。诗中，独居而思念亲人的妻子，只有平实无奇的叙说，她不知道服役的丈夫何时归来，担心丈夫在外的饮食起居，关心丈夫的温饱冷暖。点滴细致的关心，最能表现出夫妻之间相濡以沫的情意。诗歌擅长用景物来烘托离人的情思。夕阳西下时，羊牛都下山归圈了，劳作一天的人们也都纷纷归来，在这一片浓郁的归家气氛中，妻子对外出丈夫的思念之情就难以遏制了。真是“君子于役，如之何勿思？”

氓（卫风）

氓之蚩蚩，抱布贸丝[1]。匪来贸丝，来即我谋[2]。送子涉淇，至于顿丘[3]。匪我愆期，子无良媒[4]。将子无怒，秋以为期[5]。

乘彼垝垣，以望复关[6]。不见复关，泣涕涟涟。既见复关，载笑载言[7]。尔卜尔筮，体无咎言[8]。以尔车来，以我贿迁[9]。

桑之未落，其叶沃若[10]。于嗟鸠兮，无食桑葚[11]；于嗟女兮，无与士耽[12]。士之耽兮，犹可说也[13]。女之耽兮，不可说也。

桑之落矣，其黄而陨[14]。自我徂尔，三岁食贫[15]。淇水汤汤，渐车帷裳[16]。女也不爽，士贰其行[17]。士也罔极，二三其德[18]。

三岁为妇，靡室劳矣[19]；夙兴夜寐，靡有朝矣[20]。言既遂矣，至于暴矣[21]。兄弟不知，　其笑矣[22]。静言思之，躬自悼矣[23]。

及尔偕老，老使我怨。淇则有岸，隰则有泮[24]。总角之宴，言笑晏晏[25]。信誓旦旦。不思其反[26]。反是不思，亦已焉哉[27]！

【注释】

[1] 氓（méng 盟）：民，即男子。弃妇指自己的丈夫。蚩蚩（chī 吃）：同“嗤嗤”，笑嘻嘻的样子。一说敦厚的样子。布：布匹。一说是古代使用的布币。贸：交易，换。

[2] 匪：通“非”。即：就，接近。谋：商量，指商量婚事。

[3] 子：您，第二人称尊称。涉：光脚涉水渡过河流。淇：河流名，在今河南省北部。顿丘：淇水旁边的地名。

[4] 匪：通“非”。愆（qiān 千）：错过，耽误。期：日期。这里指结婚的日期。良媒：好的媒人。

[5] 将（qiāng 枪）：请，愿。

[6] 乘：登上。垝垣（guǐ yuán 鬼 圆）：倒塌、毁坏了的城墙。复关：地名。指男子所住的地方，或认为是男子离去时的必经之路。所以下面女子将“复关”作为心上人的代称。

[7] 载：又。

[8] 尔：你。卜、筮（shì 是）：古人算卦的两种方法。前者用龟壳，后者用蓍（shī 师）草。体：卦象，即卜筮所获得的结果。咎言：不吉利的话语。

[9] 贿：财物，这里指女子的嫁妆。

[10] 沃若：丰盛滋润的样子。喻指女子的年轻美貌。

[11] 于嗟：即“吁嗟”，感叹词。无食桑葚（shèn 甚）：古代据说斑鸠多吃桑葚会醉的。

[12] 士：男子。耽（dān 单）：沉湎。

[13] 说：通“脱”，解脱，摆脱。

[14] 黄：枯黄。比喻女子年老色衰。陨（yǔn 允）：坠落，飘落。

[15] 徂（cú 殂）：去，到。尔：你。这里指男家。三岁：多年，指结婚以后的岁月。

“三”在这里是虚指。食贫：过着苦日子。食，名词用作动词。

［16］汤汤（shāng 伤）：水势浩大的样子。渐：浸湿。帷裳：车上的布幔。

［17］爽：差错。贰：通“忒”，过错。

［18］罔极：没有准则。罔，没有。二三：变化无常。数词用作动词。

［19］靡：没有。靡室劳矣：家务活都由我来承担。

［20］夙兴夜寐：早起晚睡。夙，早。兴，起床。寐，睡觉。靡有朝矣：没有一天不是这样。

［21］言：句首助词。既：已经。遂：顺心，满足。

［22］咥（xì 戏）：大笑的样子。

［23］言：助词。躬：自己，自身。悼：悲伤，伤心。

［24］隰（xí 席）：应作“湿”，水名，即漯河。或认为指低湿的地方。泮（pàn 叛）：畔，边际。

［25］总角：指童年。古代未成年小孩的头发扎成双髻，叫总角。宴：欢乐。晏晏：柔和的样子。

［26］信誓旦旦：誓言诚挚可信。旦旦：诚恳的样子。不思其反：不想回头去实践。反：通“返”，指返回去实践。

［27］反是不思：反正也不去想了。指男子不去想如何落实自己的誓言。已：结束，拉倒。

学习提示

《氓》是一首弃妇诗。女主人公年老色衰被丈夫抛弃之后，满腹愁苦，在归家的途中回忆起当年这位男子对她的热烈追求、双方热恋时等待婚姻的急迫、婚后长期持家的辛劳以及丈夫对她态度的改变终至抛弃的全过程，显示出这位弃妇既有温柔善良、细心体贴的一面，也不乏刚强与决断。诗歌中所展现的社会风貌，明显是男权得以确立的年代，妇女已经依附于人，女子更多的是被动的被选择、被抛弃。诗歌中多处运用比喻手法，生动贴切；且巧妙地通过周围的景物衬托人物的心情，塑造出性格较为复杂的主人公形象。

思考题

1.《氓》中塑造了怎样一位弃妇的形象？

2.《氓》中出现了数次有关淇水的描写，各有什么作用？对表达诗歌的主旨又起到什么作用？

3.《氓》常用的修辞手法有哪几种？在诗歌展开过程中这些修辞手法起到了怎样的

作用？

4. 简单分析《氓》中那位若隐若现的男子形象。

5. 背诵这首诗歌。

蒹葭（秦风）

蒹葭苍苍，白露为霜[1]。所谓伊人，在水一方[2]。溯洄从之，道阻且长[3]；溯游从之，宛在水中央[4]。

蒹葭凄凄，白露未　[5]。所谓伊人，在水之湄[6]。溯洄从之，道阻且跻[7]；溯游从之，宛在水中坻[8]。

蒹葭采采，白露未已[9]，所谓伊人，在水之涘[10]。溯洄从之，道阻且右[11]；溯游从之，宛在水中沚[12]。

【注释】

[1] 蒹葭（jiān jiā 兼 加）：芦苇。苍苍：茂密繁盛的样子。

[2] 伊人：那个人。

[3] 溯：逆流而上。洄：迂回曲折的水流。阻：险阻。

[4] 宛：宛然，好像。

[5] 凄凄：一作“萋萋”，与“苍苍”同义。　（xī 西）：干。

[6] 湄（méi 眉）：水边，岸上。

[7] 跻（jī 基）：升高。

[8] 坻（chí 迟）：水中高地。

[9] 采采：同“苍苍”。已：结束。

[10] 涘（sì 四）：水边。

[11] 右：弯曲。

[12] 沚（zhǐ 止）：水中小洲。

学习提示

这是一首哀婉动人的失恋者之歌，是《诗经》中写爱情的名篇。在深秋万物萧条凋零的季节，水边岸上，白露成霜，凄神寒骨，忧伤徘徊的失恋男子，远望着不可及的追求对象，低低地反复倾诉着内心的伤痛。所追求的女子，仿佛总是被水环绕，无论如何追随都到不了她的身旁。失恋的痛苦，宛如眼前的流水，绵绵无限。诗歌以秋景为背景烘托，渲染了浓浓的悲秋气氛。失恋者的愁苦情绪融入周围景物，显得无边无际，迷蒙寥廓。诗歌三段的一再重复，造成一种一唱三叹的回旋往复的格调。

楚辞·屈原

屈原（约前340—前278），名平，字原。楚国人，是与楚王同姓的贵族，曾任左徒、三闾大夫等官职。在楚怀王和楚顷襄王时两度被流放。不忍心看见国事日非，终投汨罗江而死。屈原“博闻强志，明于治乱，娴于辞令”（《史记·屈原贾生列传》），对故国和宗族有着炽烈的感情。被流放后，悲愤难诉，表现为诗歌。这种特有的楚地歌曲方式，经屈原之创作，成为一种特殊的抒情诗文体，后代称之为“楚辞”。

离骚（节选）

跪敷衽以陈词兮，耿吾既得此中正[1]。驷玉虬以乘鹥兮，溘埃风余上征[2]。朝发轫于苍梧兮，夕余至乎县圃[3]。欲少留此灵琐兮，日忽忽其将暮[4]。吾令羲和弭节兮，望崦嵫而勿迫[5]。路曼曼其修远兮，吾将上下而求索[6]。饮余马于咸池兮，总余辔乎扶桑[7]。折若木以拂日兮，聊逍遥以相羊[8]。前望舒使先驱兮，后飞廉使奔属[9]。鸾皇为余先戒兮，雷师告余以未具[10]。吾令凤鸟飞腾兮，继之以日夜。飘风屯其相离兮，帅云霓而来御[11]。纷总总其离合兮，斑陆离其上下[12]。吾令帝阍开关兮，倚阊阖而望予[13]。时暧暧其将罢兮，结幽兰而延伫[14]。世溷浊而不分兮，好蔽美而嫉妒[15]。

朝吾将济于白水兮，登阆风而緤马[16]。忽反顾以流涕兮，哀高丘之无女[17]。溘吾游此春宫兮，折琼枝以继佩[18]。及荣华之未落兮，相下女之可诒[19]。吾令丰隆乘云兮，求宓妃之所在[20]。解佩纕以结言兮，吾令蹇修以为理[21]。纷总总其离合兮，忽纬繣其难迁[22]。夕归次于穷石兮，朝濯发乎洧盘[23]。保厥美以骄傲兮，日康娱以淫游[24]。虽信美而无礼兮，来违弃而改求[25]。览相观于四极兮，周流乎天余乃下[26]。望瑶台之偃蹇兮，见有娀之佚女[27]。吾令鸩为媒兮，鸩告余以不好[28]。雄鸠之鸣逝兮，余犹恶其佻巧[29]。心犹豫而狐疑兮，欲自适而不可[30]。凤皇既受诒兮，恐高辛之先我[31]。欲远集而无所止兮，聊浮游以逍遥[32]。及少康之未家兮，留有虞之二姚[33]。理弱而媒拙兮，恐导言之不固[34]。世溷浊而嫉贤兮，好蔽美而称恶。闺中既已邃远兮，哲王又不寤[35]。怀朕情而不发兮，余焉能忍此终古[36]！

索藑茅以筳篿兮，命灵氛为余占之[37]。曰：“两美其必合兮，孰信修而慕之[38]。思九州之博大兮，岂惟是其有女？”曰：“勉远逝而无狐疑兮，孰求美而释女[39]？何所独无芳草兮，尔何怀乎故宇[40]。世幽昧以昡曜兮，孰云察余之善恶[41]。民好恶其不同兮，惟此党人其独异[42]。户服艾以盈要兮，谓幽兰其不可佩[43]。览察草木其犹未得兮，岂珵美之能当[44]。苏粪壤以充帏兮，谓申椒其不芳[45]！”

【注释】

[1] 敷：铺开。衽（rèn 任）：衣的前襟。耿：光明磊落。中正：正道。

[2] 驷：用四匹马驾车。虬（qiú）：无角的龙。鹥（yī 一）：凤皇一类的鸟。溘（kè 克）：掩。埃风：尘风。

[3] 轫（rèn 任）：车停止时用来卡住车轮的木头。车启动时，要先撤掉轫，“发轫”可引申作“启程”。苍梧：九疑山，传说中舜葬于此。县圃：即“悬圃”。相传昆仑山有三级，“县圃”是中级，是神仙居住的地方。县通“悬”。

[4] 灵琐：指神人所居的宫门。琐：宫门上雕刻的花纹。

[5] 羲和：相传是给太阳驾车的神。弭节：让太阳放慢运行的速度，即留住时光。弭：止。节：行车速度。崦嵫（yān zī 烟 兹）：山名，今天甘肃省境内有崦嵫山。相传是太阳落下的地方。迫：逼近。

[6] 曼曼：通“漫漫”。修：长。

[7] 咸池：神话中的水名，相传是太阳沐浴的地方。总：系结。扶桑：神话中的树名，相传太阳从这里升起。

[8] 若木：神话中的树名，传说太阳在这里落下。拂：遮挡。此句说是要折下若木枝来挡住太阳，不让它落下。聊：暂且。逍遥：从容的样子。相羊：通“徜徉”，自由自在地来回走着。

[9] 望舒：为月亮驾车的神。飞廉：风神。奔属（zhǔ 住）：奔跑着跟随。

[10] 鸾、皇：都是凤一类的鸟。先戒：先行而做戒备。雷师：雷神，名丰隆。未具：还没有准备好行装。

[11] 飘风：旋风。屯：聚集。离：通“丽”，附着。这句言旋风屯聚不散。帅：率领。御：迎接。

[12] 纷总总：形容云霓簇拥在一起的样子。离合：聚散变化。形容云霓在风中的变化形态。斑陆离：形容云霓的五光十色、色彩闪烁变化。上下：指云霓的忽高忽低。

[13] 帝阍（hūn 昏）：天帝的守门人。阊阖（chāng hé 昌 合）：传说中天宫的南门。

[14] 时：日光。暧暧：昏暗不明的样子。罢（pí 皮）：通“疲”。结幽兰：手握幽兰。延伫：长久地伫立徘徊。

[15] 溷（hùn 混）浊：混浊。溷，通“混”。好：喜欢。蔽美：遮蔽他人的美德。

[16] 白水：水名。传说其源出于昆仑山。阆（láng 廊）风：山名，在昆仑山上。緤（xiè 谢）：系，拴。

[17] 高丘：楚地山名，或说就是指阆风。女：指诗人所追逐的神女。

[18] 溘（kè 克）：忽，匆忙。春宫：东方青帝所居之所。继佩：加在自己的佩饰上。

[19] 相：端详，引申为“寻觅”。下女：下方女子，与高丘之女对应。诒（yí 宜）：通“贻”，馈赠。

[20] 丰隆：雷神。宓（fú 伏）妃：相传为伏羲之女。溺死于洛水，遂为洛水女神。

[21] 佩纕（xiāng 香）：佩带。结言：订立盟言。蹇（jiǎn 简）修：虚构的人名。理：

使者，媒人。

［22］“纷总总”句：形容宓妃仪仗侍从之盛。纬繣（huī huà 挥 画）：乖戾。迁；迁就，同意。

［23］次：止宿。穷石：山名。洧（wěi 伟）盘：神话中的水名，据说源出崦嵫山。

［24］保：恃。厥：指宓妃。日：每日。康：安。

［25］信：确实。违弃：放弃。改求：改而追求其他女子。

［26］览相观：仔细地浏览观看。四极：四方极远之地。周：遍。余：我。

［27］瑶台：美玉之台。偃蹇（yǎn jiǎn 眼 简）：高耸的样子。有娀（sōng 松）：古国名。佚女：美女。指帝喾的妃子，名简狄，是商代祖先契的母亲。

［28］鸩（zhèn 镇）：鸟名，据说其羽毛有毒。

［29］逝：离去，飞走。恶：厌恶。佻巧：口吻轻薄。

［30］“欲自适”句：意思是想亲自去找那位女子，又觉得不可以。适：往。

［31］凤皇：玄鸟。相传简狄吞玄鸟之卵而生契。受诒：接受了帝喾的托付，指其居中做媒。高辛：即帝喾。传说中古代部族的首领，号高辛氏。先我：在我的前面娶到简狄。

［32］远集：到远方去寄居。集：停留。止：安居。浮游：飘荡。

［33］少康：夏后相之子。相传寒浞使浇杀夏后相，少康逃亡到有虞国。后来灭浇而中兴夏朝。未家：还没有婚娶。有虞：古国名，姓姚，是舜的后裔。二姚：有虞氏之二女。相传少康逃到有虞，娶其二女。

［34］理：媒。弱：无能。导言：沟通的言辞。不固：没有成效。

［35］闺中：指上述诗人追求的诸位美女。邃远：深远。哲王：明智的君王。指楚王。寤：通“悟”，觉悟。

［36］不发：无法倾诉。终古：永久。

［37］索：系结。藑（qióng 穷）茅：一种可以用来占卦的灵草。筳（tíng 亭）：占卜用的小竹片。篿（zhuān 专）：楚方言。用灵草编结筳竹以占卜。灵氛：神巫。

［38］两美：指男女双方，喻君臣。两美其必合，喻指贤臣必遇明君。信：真正。修：修洁。慕：思慕。

［39］勉：劝勉，指灵氛劝屈原。远逝：远行。释：放弃。女：通“汝”。

［40］故宇：故国。

［41］幽昧：昏暗。眩曜：纷乱迷惑。察：觉察，发现。

［42］其：通“岂”。党人：群小。

［43］户：家家户户。服：佩带。艾：恶草。要：通“腰”。“户服艾”二句言举世颠倒是非。

［44］珵（chéng 程）：美玉。当：估价。

［45］苏：取。充：填满。帏：佩囊。

学习提示

屈原在现实中备受打击、被楚王放逐出朝廷之后，满腹的愤懑牢骚。诗人只能向上天诉说世道的不公，现实政治的黑暗，朝政的腐败，自身的光明磊落，以及对国家命运的关心。诗人依然执著地追求自我政治理想，开始了一个“路曼曼其修远兮，吾将上下而求索”的坚苦卓绝的过程。诗人上天入地，奔驰于寥廓的宇宙之间，不辞辛苦，以个体的力量与混浊的世道相抗衡，充满着个人英雄气概。诗人又将自己的政治理念比喻美丽的女子，东西南北、左右上下地求索，一次次地努力，一次次地失败。诗人的倔强与国运的颓衰，都在这一系列的追寻过程得以展现。苦苦追求却屡屡失败，使诗人认清了这个颠倒黑白、混淆是非的黑暗现实，因此愤怒地发出了自己的谴责。愤慨的谴责声中，潜藏着的是诗人炽热的爱国情感。

湘夫人

帝子降兮北渚，目眇眇兮愁予[1]。嫋嫋兮秋风，洞庭波兮木叶下[2]。

登白薠兮骋望，与佳期兮夕张[3]。鸟何萃兮蘋中，罾何为兮木上[4]？沅有茝兮醴有兰，思公子兮未敢言[5]。荒忽兮远望，观流水兮潺湲[6]。麋何食兮庭中，蛟何为兮水裔[7]？朝驰余马兮江皋，夕济兮西澨[8]。闻佳人兮召余，将腾驾兮偕逝[9]。

筑室兮水中，葺之兮荷盖[10]。荪壁兮紫坛，播芳椒兮成堂[11]。桂栋兮兰橑，辛夷楣兮药房[12]。罔薜荔兮为帷，擗蕙櫋兮既张[13]。白玉兮为镇，疏石兰兮为芳[14]。芷葺兮荷屋，缭之兮杜衡[15]。合百草兮实庭，建芳馨兮庑门[16]。九嶷缤兮并迎，灵之来兮如云[17]。

捐余袂兮江中，遗余褋兮醴浦[18]。搴汀洲兮杜若，将以遗兮远者[19]。时不可兮骤得，聊逍遥兮容与[20]。

【注释】

[1] 帝子：指湘水女神湘夫人。降：降临。北渚（zhǔ 主）：北岸。眇眇：望眼欲穿的样子。愁予：使我愁苦。

[2] 嫋嫋（niǎo 鸟）：微风吹动的样子。

[3] 白薠（fán 烦）：草名，生长在河泽之间。骋望：纵目远望。佳：即佳人，指湘夫人。期：相约。张：铺张陈设。

[4]“鸟何萃”二句：鸟聚集在水草上，捕鱼的网挂在树木上，都是比喻不得其所，

所以对湘夫人的追求难遂其愿。苹：聚集。蘋：水草。罾（zēng 增）：渔网。

[5] 茝（chǎi）：即白芷。醴（lǐ 理）：澧水，河流名。公子：指湘夫人。

[6] 荒忽：渺茫，不分明的样子。潺湲：水缓缓流动的样子。

[7] “麋何食”二句：麋鹿本应该在山林，现却在庭中；蛟龙本应该在深渊，现却在浅水边。比喻所处失所，因此无法追求到湘夫人。水裔：水边。

[8] 江皋：江边。澨（shì 是）：水边。

[9] 腾驾：驾车腾空而起。一说：传驾。偕逝：同往。

[10] 葺（qì 气）：修建。荷盖：用荷叶编织的屋盖。

[11] 荪（sūn 孙）壁：用荪草装饰墙壁。紫坛：用紫贝镶嵌庭堂。播：布，涂抹。成：一作“盈”，指处处都涂抹上芳椒。

[12] 桂栋：用桂木做栋梁。兰橑：用木兰木做屋椽。橑（lǎo 老）：屋椽。辛夷：玉兰树。楣：门上的横木。药：香草名。即白芷。房：屋中。

[13] 罔：通“网”，编织。帷：帐幔。擗（pǐ 劈）：析开。櫋（mián 棉）：隔扇。既张：已经张开，陈设妥当。

[14] 镇：压坐席之物。疏：分布陈列。石兰：香草名。

[15] 缭：缠绕。杜衡：香草名。

[16] 合：会聚。百草：指诸多香草。实：充实，摆满了。建：陈设。芳馨：指芳香馥郁的香草。庑（wǔ）：廊。

[17] 九嶷：山名。缤：众多的样子。灵：神灵。

[18] 捐：抛。袂（mèi 妹）：衣袖。褋（dié 蝶）：外衣。醴浦：澧水的旁边。

[19] 搴（qiān 谦）：摘取。汀州：水中或水边的平地。杜若：香草名。遗（wèi 位）：赠送。远者：远方的意中人，指湘夫人。

[20] 时：指相聚的时光。骤：马上，突然。容与：舒闲的样子。

学习提示

这是组曲《九歌》中的一首，用来祭祀湘水女神湘夫人。男巫师在湘水旁边布置铺设祭坛，祭坛是由美丽芳香的鲜花、香草、荷叶、紫贝、玉石修葺与装饰而成，缤纷绚丽。祭祀采用人神相恋的方式，男巫师在不断地追求着湘水女神，仿佛是一幕男女爱恋的追逐过程。男巫师不分昼夜，在陆地上奔驰，又渡过诸多河流，苦苦寻求自己心目中的女神。由于追求过程的艰难，诗歌笼罩在低沉抑郁的悲剧气氛之中。中间一段因幻觉中女神的降临而略显欢快，但很快因女神的再度离去而陷入忧伤。相思之忧郁，求索之艰难，使整首诗歌充满了艺术感染力。

思考题

1.《湘夫人》所抒发的是怎样的一种情感？
2.《湘夫人》是在什么场合的演唱？这种演唱方式与楚辞的艺术特征有何关联？
3.《湘夫人》有哪几方面的艺术特色？
4.《湘夫人》为什么会笼罩在一种悲剧气氛之中？
5. 背诵这首诗歌。

山　鬼

若有人兮山之阿，被薜荔兮带女萝[1]。既含睇兮又宜笑，子慕予兮善窈窕[2]。

乘赤豹兮从文狸，辛夷车兮结桂旗[3]。被石兰兮带杜衡，折芳馨兮遗所思[4]。

余处幽篁兮终不见天，路险难兮独后来[5]。表独立兮山之上，云容容兮而在下[6]。

杳冥冥兮羌昼晦，东风飘兮神灵雨[7]。留灵修兮憺忘归，岁既晏兮孰华予[8]？

采三秀兮於山间，石磊磊兮葛曼曼[9]。怨公子兮怅忘归，君思我兮不得闲。

山中人兮芳杜若，饮石泉兮荫松柏[10]。君思我兮然疑作[11]。

雷填填兮雨冥冥，猨啾啾兮又夜鸣[12]。风飒飒兮木萧萧，思公子兮徒离忧[13]。

【注释】

[1] 人：指山鬼，山中神灵。或以为是指巫山女神。阿（ē 婀）：深曲。被：通“披”。

[2] 含睇（dì 弟）：含情脉脉地注视。宜笑：笑得自然而美丽。子：指爱慕山鬼的人，即诗歌中山鬼所思恋的对象。与下文的“灵修”、“公子”、“君”之所指相同。予：我。山鬼自指。善：美好。窈窕：幽娴的样子。

[3] 从：以……为随从。文狸：毛色混杂的狸。辛夷：香木名。桂旗：桂树枝做成的旗。

[4] 石兰、杜衡：都是芳香的花草。芳馨：指石兰、杜衡这些芳香的花草。遗（wèi 位）：赠送。

［5］余：我。山鬼自称。幽篁（huáng 皇）：深密的竹林。后来：迟到。

［6］表：突出的样子。容容：通“溶溶”，形容云像流水一样慢慢移动。

［7］杳：深广的样子。冥冥：昏暗不明的样子。羌：发语词。昼晦：白天光线昏暗。飘：急风回旋。

［8］憺（dàn 担）：安。晏：迟，晚。孰华予：谁能使我如花一般年轻美丽。

［9］三秀：芝草。芝一年三次开花，故称三秀。磊磊：石头堆聚的样子。蔓蔓：蔓延纠缠的样子。

［10］芳杜若：像杜若一样的芳香。

［11］作：交作。

［12］填填：象声词，雷响声。啾啾：象声词，猿的鸣叫声。

［13］徒：徒然。离：通“罹”，遭受。

学习提示

这是《九歌》组曲中祭祀山神的歌曲。这位山神显然是女性，所以后人疑其为楚国早期流传的神话里的巫山神女。美丽的女巫师化装成山鬼的模样，诉说山鬼的心声。在楚国，鬼神文化占主导地位，“人神杂糅”，鬼神同样具有普通人一样的情感，有自己的恋爱欢乐与相思苦痛。山鬼在幽深僻静的高山之巅等待情人的到来，这种等待过程，充满着焦虑、猜疑、痛苦与自我排解。山鬼设想对方迟到的原因，为对方解释时就是在宽慰自己。等待的失望，使山鬼充满了忧伤。风声，雨声，雷鸣声，猿叫声，交织出一片悲凄的音响效果，很好地烘托了诗歌的抒情气氛。

国　殇

操吴戈兮被犀甲，车错毂兮短兵接[1]。旌蔽日兮敌若云，矢交坠兮士争先[2]。凌余阵兮躐余行，左骖殪兮右刃伤[3]。霾两轮兮絷四马，援玉枹兮击鸣鼓[4]。天时怼兮威灵怒，严杀尽兮弃原野[5]。

出不入兮往不反，平原忽兮路超远[6]。带长剑兮挟秦弓，首身离兮心不惩[7]。诚既勇兮又以武，终刚强兮不可凌[8]。身既死兮神以灵，子魂魄兮为鬼雄[9]。

【注释】

［1］操：持。吴戈：吴国所制的戈。被：通“披”。犀甲：犀牛皮所作的铠甲。错：交错。毂（gǔ 谷）：车轮中的圆洞，用以安放车轴。短兵：短兵器。

［2］矢交坠：两军互射的箭纷纷交错坠落在地上。

［3］凌：侵犯。躐（liè 猎）：践踏。行：行列。左骖：左侧的马。殪（yì 易）：倒毙。右：指右骖。刃伤：为兵刃所伤。

［4］霾：通“埋”。霾两轮：两轮陷于泥淖之中。絷（zhí 执）：绊住。援：拿起。玉枹（fú 浮）：玉饰的鼓槌。

［5］怼（duì 对）：怨恨。威灵：威严的神灵。严杀：鏖战痛杀。

［6］“出不入”句：指战士视死如归。忽：遥远。

［7］秦弓：秦国所制的弓。惩：悔恨。

［8］诚：确实。终：且。凌：侵犯。

［9］鬼雄：鬼中雄杰。

学习提示

这是《九歌》组曲中祭祀亡灵的歌曲。殇，是指无主之鬼。根据诗歌所叙述，这应当是抛尸原野、为国捐躯、无人收埋与祭祀的亡灵。诗人热情地歌颂了英勇无畏、战死疆场的将士，突出表现了诗人的爱国主义精神。诗歌充分渲染了战场的严酷气氛，敌军的凶猛、战争的激烈、地形的恶劣、天气的阴沉，交织在一起，将士视死如归之勇武精神被表现得淋漓尽致。这种誓死报国的情怀，甚至死后仍然可以称雄鬼神世界，浩气长存。《九歌》的抒情方式，以抒发“人神相恋”之追逐过程中的哀怨忧伤为主旋律。《国殇》是祭祀现实世界中的亡灵，慷慨悲壮，抒情模式别具一格。

汉乐府

汉乐府，原来是汉代设立的管理音乐的官府机构。经汉武帝时大规模扩充，汉乐府在音乐的收集、整理、创新等方面发挥了极其重要的作用。汉武帝又试图通过乐府机构，采集民歌，以了解民情。于是，“感于哀乐，缘事而发”的民歌，纷纷被收集保存下来。后人则将乐府机构里所保留下来的诗歌称之为“乐府诗”，乐府因此成为一种新诗歌体裁的名称。宋人郭茂倩有《乐府诗集》，将乐府诗分成12类，收集较为完备。

上　邪[1]

上邪！我欲与君相知，长命无绝衰[2]。山无陵，江水为竭[3]。冬雷震震，夏雨雪，天地合[4]。乃敢与君绝。

【注释】

[1] 上：上天。邪：通“耶”，语气词。上邪：即老天啊。

[2] 相知：相爱。命：使，令。绝衰：衰竭。

[3] 山无陵：山没有了峰陵，即山夷为平地。竭：枯竭。

[4] 雨（yù 欲）：下。作动词用。

学习提示

这是一首感情炽热、真挚大胆的爱情诗。诗中主人公以生命作代价，追求幸福自由的爱情。感情之强烈，如同火山爆发似的，喷涌而出。诗人一连举了五种现实不可能存在的事实，表明海枯石烂永不变心的意愿。这时候，民歌中的爱情诗篇，已经没有了《诗经》时代的健康开朗与平和从容，只有这种情感的极度扭曲表达，仿佛拿生命作赌注。这是后代社会环境变更的结果，男女在爱情与婚姻上没有自我选择的权利，要听从“父母之命，媒妁之言”。压抑之下，变为孤注一掷的爆发。汉代以后民歌中的爱情篇章，都带有这种特色。如唐代敦煌曲子词《菩萨蛮》说：“枕前发尽千般愿，要休且待青山烂。水面上秤锤浮，直待黄河彻底枯。

白日参辰现，北斗回南面。休即未能休，直待三更见日头。”明代民歌《挂枝儿》说：“要分离除非天做了地，要分离除非东做了西，要分离除非官做了吏。你要分时分不得我，我要分时分不得你，就死在黄泉也做不得分离鬼。”其语气与口吻，如出一辙。

江　南

江南可采莲，莲叶何田田[1]。鱼戏莲叶间，鱼戏莲叶东，鱼戏莲叶西，鱼戏莲叶南，鱼戏莲叶北。

【注释】

[1] 田田：莲叶长得茂盛的样子。

学习提示

这首诗表面上写江南水乡的采莲劳动，实际上是通过采莲活动，表现男女青年相互愉悦、相互追逐的过程。闻一多先生认为《江南》中"'莲'谐'怜'声，这也是隐语的一种，这里是用鱼喻男，莲喻女，说鱼与莲戏，实等于说男与女戏。"（《闻一多全集》卷一《说鱼》，湖北人民出版社 1993 年 12 月版）所戏之内容，或直接认为这是与人类生殖的性活动相关，《江南》"固然可以被男女青年嬉戏地唱于采莲劳动中，但它更有可能用于类似生殖崇拜的祀神活动中，也有可能用于婚礼的歌舞中"，即，《江南》是一首情歌。《江南》所歌咏的，即使与采莲劳动相关，但更加侧重的也是男女嬉戏调情的场面，其中隐隐表达了男女之情爱。汉乐府中格调比较轻松欢快的情歌，惟此一首。

陌上桑

日出东南隅，照我秦氏楼[1]。秦氏有好女，自名为罗敷[2]。罗敷喜蚕桑，采桑城南隅。青丝为笼系，桂枝为笼钩[3]。头上倭堕髻，耳中明月珠[4]。缃绮为下裙，紫绮为上襦[5]。行者见罗敷，下担捋髭须[6]；少年见罗敷，脱帽著帩头[7]。耕者忘其犁，锄者忘其锄。来归相怨怒，但坐观罗敷[8]。

使君从南来，五马立踟蹰[9]。使君遣吏往，问是谁家姝[10]？"秦氏有好女，自名为罗敷。""罗敷年几何?""二十尚不足，十五颇有余。"使君谢罗敷："宁可共载不?[11]"罗敷前置辞："使君一何愚！使君自有妇，罗敷自有夫。"

东方千余骑，夫婿居上头[12]。何用识夫婿，白马从骊驹[13]。青丝系马尾，黄金络马头。腰中鹿卢剑，可直千万余[14]。十五府小史，二十朝大夫。三十侍中郎，四十专城居[15]。为人洁白皙，鬑鬑颇有须[16]。盈盈公府步，冉冉府中趋[17]。坐中数千人，皆言夫婿殊[18]。

【注释】

［1］隅（yú 愚）：方。

［2］好女：美丽的女子。罗敷：古代美女名，汉代女子常取作名。

［3］笼系：篮子上的络绳。笼：装桑叶的竹篮。系：系物用的丝绳。笼钩：竹篮上的提柄。

［4］倭堕髻：即堕马髻，古代女子的一种时髦发型。髻偏在一侧，摇摇欲坠。明月珠：宝珠名。这里指用明月珠做耳珰。

［5］缃绮：浅黄色有花纹的绫缎。襦：短袄。

［6］下担：放下挑担。捋（lǚ 旅）：用手梳理。

［7］帩（qiào 窍）头：即绡头，包头发的纱巾。

［8］坐：因为。

［9］使君：汉代对太守、刺史的称呼。踟蹰：徘徊不前。

［10］姝：美女。

［11］谢：问，告。“宁可”句：愿不愿意与使君一起乘车离去，即嫁给使君做小妾。不：通“否”。

［12］上头：前列。

［13］识：辨认。骊驹：黑色的小马。

［14］鹿卢：即“辘轳”，井上汲水的滑轮。这里指剑把用玉做成辘轳形状。直：通“值”。

［15］小史：衙门中地位低下的小吏。朝大夫、侍中郎：都是朝廷里的一级官职。专城：专门治理一城的地方官，如太守、刺史之类。

［16］洁白皙（xī 西）：指皮肤洁白。鬑鬑（lián 廉）胡须稀疏的样子。

［17］盈盈、冉冉：都是指行动的舒缓从容，仪态美好，有派头。

［18］殊：优秀出众。

学习提示

这是一首出色的叙事诗。诗歌写一位民间女子巧妙地拒绝地方长官企图霸占她的无理要求，在轻松的气氛中，完成了一次喜剧性的表演。诗歌充分运用了夸张的修辞手法。描写罗敷之美貌时，用路人都为其惊呆、不由自主地停留观赏的夸张场景作为烘托，而且，不同年龄阶段的男性，有不同的表现。写罗敷拒绝使君的无耻要求时，通过罗敷夸耀夫婿的方式达到目的。这种夸耀，也多有夸张的成分。诗歌还运用了铺排的手法，如写罗敷的服饰打扮，分列铺排，以突出罗敷的美貌。民歌的语言，也是非常明白晓畅。

思考题

1.《陌上桑》反映的是怎样的社会现实?
2.《陌上桑》塑造了怎样一位女主人公形象?
3.《陌上桑》采用了哪些修辞手法来表现主题，烘托人物?
4. 试分析《陌上桑》的喜剧色彩。
5. 背诵这首诗歌。

饮马长城窟行

青青河畔草，绵绵思远道[1]。远道不可思，宿昔梦见之[2]。梦见在我傍，忽觉在他乡。他乡各异县，展转不相见[3]。枯桑知天风，海水知天寒。入门各自媚，谁肯相为言[4]?

客从远方来，遗我双鲤鱼[5]。呼儿烹鲤鱼，中有尺素书[6]。长跪读素书，书中竟何如?上言加餐饭，下言长相忆[7]。

【注释】

[1] 绵绵：蜿蜒连绵。

[2] 宿昔：昨夜。

[3] 展转：指离人的行踪飘忽不定。

[4] 媚：爱悦。

[5] 遗（wèi 位）：赠送。双鲤鱼：古代木制的装书信的信函，用两块木板合成，中间放书信，刻成鱼形。

[6] 烹鲤鱼：此处指打开信函。素：生绢，古人用来作信笺。

[7] 上言、下言：前边说、后边说。

学习提示

居家的妻子思念在外漂流的丈夫，思念之恳切，日夜难忘。这种思念，又细微地表现出女性的体贴与温柔，最后落实到对离人饮食起居的关心。中国古代交通落后，家中男性为生活而外出奔波，或者是求仕，或者是服役，或者是经商，一旦离家，就很长时间不能与家人团聚。所以，古典诗词中，夫妻两地相思的作品就非常之多，且名篇迭出，从《诗经》年代开始就是这样。这首诗是汉乐府中写离别相思的佳作。诗歌通过青草、远道、枯桑、海水等系列景物的衬托，将主人公的思别情感表现得含蓄而深长。

十五从军征

十五从军征，八十始得归。道逢乡里人，家中有阿谁[1]？遥看是君家，松柏冢累累[2]。兔从狗窦入，雉从梁上飞[3]。中庭生旅谷，井上生旅葵[4]。舂谷持作饭，采葵持作羹。羹饭一时熟，不知饴阿谁[5]。出门东向看，泪落沾我衣。

【注释】

[1] 阿谁：谁。阿，语助词。

[2] 冢：高坟。累累：一个个相连的样子。

[3] 狗窦：狗洞。雉：野鸡。

[4] 旅谷：野生的谷子。旅：寄。指未经播种而野生的植物。葵：野菜名，又名冬葵，其嫩叶可食。

[5] 饴：通“贻”，送给。

学习提示

繁重的兵役，给社会生产带来很大的冲击，这首诗歌主人公的经历是非常典型的。他被征入伍时只有15岁，等到衰疲退伍回家，却已经是80岁了。经过这么漫长的时间，没有壮劳力支撑，这个家庭早已解体破碎。或去世，或逃离，家园变成坟地，变成野兽出没、植物野生的荒地。这一幅家破人亡的情景，推延开来，就是整个社会民生凋敝、经济生产颓败的缩影。诗歌揭示了汉代频繁的边塞战争给广大百姓带来的灾难。当时民谣《小麦童谣》也唱道：“小麦青青大麦枯，谁当获者妇与姑，丈夫何在西击胡。吏买马，君具车，请为诸君鼓咙胡。”

悲　歌

悲歌可以当泣，远望可以当归。思念故乡，郁郁累累[1]。欲归家无人，欲渡河无船。心思不能言，肠中车轮转[2]。

【注释】

［1］郁郁：郁结，浓厚。累累：多而重叠。连起来比喻游子思乡愁苦之蓄积繁多。

［2］“心思”二句：汉乐府中表述极度痛苦的一种习惯说法，指内心的痛苦无法用语言来诉说，内心之痛就像肝肠被车轮压过一样。

学习提示

这首《悲歌》的悲苦情绪郁积到无法抑制、倾泻而出的地步，感情极为强烈。游子长期离家，对家人与家乡的思念无日不萦绕于心头。思念已极，只能以远望来排解，但是，远望永远不能“当归”，引起的是更多的苦痛。思乡泪已流尽，只能以悲歌倾诉内心情感。诗歌的语言极其质朴，感染力却很强。

古　歌

秋风萧萧愁杀人，出亦愁，入亦愁。座中何人，谁不怀忧？令我白头。胡地多飙风，树木何修修[1]。离家日趋远，衣带日趋缓[2]。心思不能言，肠中车轮转。

【注释】

［1］飙（biāo 标）风：暴风，狂风。修修：象声词，形容风声。

［2］缓：松弛。

学习提示

这首诗所抒发的情感与《悲歌》一样，还是离家在外游子的思乡痛苦。诗人用肃杀凄寒的秋风作背景，强化了抒情效果。这种愁苦之情是如此的浓烈，以致“座中”所有的人都被感染，人人“怀忧”。换一个角度，汉代男性为前途、为生计外出奔波，是非常寻常普遍的事情，所以才有如此多的情感炽热强烈的抒发离愁别恨的诗篇。

古诗十九首

“古诗十九首”大约是东汉年间文人的创作，然而这些文人的名字都已经失传。南朝梁萧统将这些作品收入《文选》，并题作“古诗”，后人一直沿用这个名称。“古诗十九首”通过闺人怨别、游子怀乡、游宦无成、追求享乐等描写，流露出对人生易逝、节序如流的感伤，对时不我待的忧虑，带有浓厚的感伤情绪。诗歌擅长抒情，以含蓄精练的语言，传达绵长深远的忧思，钟嵘《诗品》称其“惊心动魄，可谓几乎一字千金”。代表了汉代文人五言诗的最高艺术成就。

行行重行行

行行重行行，与君生别离[1]。相去万余里，各在天一涯[2]。道路阻且长，会面安可知[3]？胡马依北风，越鸟巢南枝[4]。相去日已远，衣带日已缓[5]。浮云蔽白日，游子不顾反[6]。思君令人老，岁月忽已晚。弃捐勿复道，努力加餐饭[7]。

【注释】

[1] 行行：行路不已。生别离：活生生地分开。屈原《九歌·少司命》：“悲莫悲兮生别离。”

[2] 去：离开，距离。

[3] 阻：险难。

[4] 胡马：北方少数民族所产的马。越鸟：南方的鸟。“胡马”二句，喻鸟兽也都眷恋故土。当时诗曰：“代马依北风，飞鸟栖故巢。”

[5] 缓：松弛，宽松。

[6]“浮云”句：这是当时诗歌中常见的比喻，如汉乐府《古杨柳行》：“谗邪害公正，浮云蔽白日。”这里比喻阻拦游子回家的外在原因。顾：念，想。反：通“返”。

[7] 弃捐：抛开。

学习提示

“古诗十九首”以抒写游子思妇的离情别思为主，这首诗是其中最出色的篇章之一。这是以居家妻子的口吻抒写对飘零在外丈夫的思念之情，语言质朴晓畅。却运用了多种修辞手段来表现自己的情感，如点化前人诗语、比喻、夸张等等，离别相思之情被写得细微而生动。结句对丈夫的体贴关心，也是直接学习了汉乐府《饮马长城窟行》。

思考题

1. 这首古诗抒发了怎样的一种情感？这种情感在当时社会有什么特殊的背景？

2. 这首古诗化用、沿用了哪些前人或当时的诗句？它的构思与造句对后代的诗词创作有什么影响？

3. 这首古诗有哪些艺术特色？

4. 背诵这首诗歌。

青青河畔草

青青河畔草，郁郁园中柳[1]。盈盈楼上女，皎皎当窗牖[2]。娥娥红粉妆，纤纤出素手[3]。昔为倡家女，今为荡子妇[4]。荡子行不归，空床难独守。

【注释】

[1] 郁郁：茂盛的样子。

[2] 盈盈：美好的样子。多形容人的风姿、仪态。皎皎：洁白明亮的样子。形容户外的月色。牖（yǒu 友）：窗户。

[3] 娥娥：美好的样子。与“盈盈”同义。纤纤：纤细的样子。

[4] 荡子：飘零在外的游子。

学习提示

这首诗的女主人公自称过去是娼妓，现在嫁给“荡子”之后，反而日子更加难以煎熬，青春的寂寞难以打发。整日当楼眺望，多少回失望而回房。一到深夜，孤寂之感就无法自我抑制。诗歌以娼妓口吻出之，在“古诗十九首”中少见。而且，以如此坦率的语言表达自己“空床难独守”的心里愿望，在那个“万恶淫为首”的性禁锢年代，其大胆足以令人瞠目结舌。诗歌同时从另一个角度表现了汉代游子思妇相思之痛苦，这已经成为一个普遍的社会问题，影响到许多家庭的正常生活。

涉江采芙蓉

涉江采芙蓉，兰泽多芳草[1]。采之欲遗谁？所思在远道[2]。还顾望旧乡，长路漫浩浩。同心而离居，忧伤以终老。

【注释】

[1] 兰泽：长着兰草之类香草的低湿之处。

[2] 遗（wèi 位）：赠送。

学习提示

这首诗依然在写离别相思，是在途中奔波的游子对家人的思念，而且，显然是对妻子的怀恋。诗人明显受到“楚辞”的影响，采用“鲜花香草”的象征系统。所赠送的“芙蓉”与“芳草”，用来表达自己的思念之情，也是用来表现自己的美好愿望，更是对“旧乡所思”的衷心祝愿。甚至可以理解为对对方美丽的永久记忆，或对其品格的景仰，以至更加思念难忘。这就是用典以及象征手法给诗歌带来的丰厚内涵。

迢迢牵牛星

迢迢牵牛星，皎皎河汉女[1]。纤纤擢素手，札札弄机杼[2]。终日不成章，泣涕零如雨[3]。河汉清且浅，相去复几许。盈盈一水间，脉脉不得语[4]。

【注释】

[1] 迢迢：距离遥远的样子。皎皎：皎皎：洁白明亮的样子。河汉女：指织女星。河汉，银河。

[2] 纤纤：纤细的样子。擢（zhuó 酌）：摆动。札札：象声词，指织布机的声音。杼（zhù 住）：织布机上的梭子。

[3] 章：布匹上的纹理。这里指无心织布。

[4] 盈盈：清澈的样子。脉脉（mò 墨）：含情对视的样子。

学习提示

这首诗咏天上牛郎星与织女星的故事，主题仍然逃不脱离别相思。牛郎与织女是我国民间非常古老的一个故事传说，《诗经·大东》就此有过吟咏：“维天有汉，监亦有光。跂彼织女，终日七襄。虽则七襄，不成报章。睆彼牵牛，不以服箱。”一直到南朝梁宗懔的《荆楚岁时记》，才出现完整的故事记载。在这个过程中，汉代的这首诗歌是十分出色的吟咏之作。以天上男女，写人间的恋情，表现得深情而含蓄。宋代秦观的《鹊桥仙》（纤云弄巧）可以与此诗媲美。

生年不满百

生年不满百，常怀千岁忧。昼短苦夜长，何不秉烛游[1]？为乐当及时，何能待来兹[2]。愚者爱惜费，但为后世嗤。仙人王子乔，难可与等期[3]。

【注释】

[1] 秉：持，把。

[2] 兹：古代用来表示年的。来兹：来年。

[3] 王子乔：传说中的仙人，由道人浮丘公接上嵩高山。期：期待，期望。

学习提示

这首诗劝世人及时行乐。汉代文人，外出奔波，要忍受旅途的艰辛与颠簸，忍受对家乡与亲人的思念，忍受随时饥寒的煎熬。费了如此大的辛苦，最终一无所获，便变为放浪形骸，及时行乐。他们仿佛要弥补在奔波中失去的光阴，弥补在旅途中所遭受的苦难，抓紧时间享受生活，甚至连黑夜也不愿放过。这种但求眼前的一时快乐，可以看成是文人对仕途彻底失望之后的愤懑牢骚，也可以看成是他们对社会不公发出的一种抗议声。其中也流露出一种消极颓废的人生观。

明月何皎皎

明月何皎皎，照我罗床帏[1]。忧愁不能寐，揽衣起徘徊[2]。客行虽云乐，不如早旋归[3]。出户独彷徨，愁思当告谁？引领还入房，泪下沾裳衣[4]。

【注释】

[1] 罗床帏：罗绮织成的床帐。

[2] 寐：睡觉。揽：持，拿。

[3] 旋：立即，不久。

[4] 引领：伸长脖子遥望。

学习提示

这位妻子夜里孤寂难眠，思念在外奔波的丈夫，比前面那位“倡家女”要含蓄得多。皎洁明亮的月光，让人无法入睡，也让人以为可以眺望远方。所以，闺中人再度“揽衣”起床，遥望户外。在等待中，妻子不禁猜疑丈夫迟迟不归的原因，是否他乡有更加令他快乐的事情而忘记了回家。望而不见，出门彷徨，但终于不能前去寻觅，只得失望而回到房中。此时的痛苦，要增加无数倍。夜晚难眠，起而寻找，失望而归，这样一个动作，不知是闺中思妇重复了多少次的。只要丈夫不归来，这种痛苦会永远持续下去。

文

左　传

《左传》是《春秋左氏传》的简称，又名《左氏春秋》。相传是鲁国人左丘明所作，为详述《春秋》的编年史。唐以后的学者对《左传》的作者则有疑义，现在学术界普遍认为这是一部写定于战国初期或稍后的作品，作者应该是一位充分掌握春秋时代诸侯各国史料的学者。《左传》的记事起于鲁隐公元年（前722），记事至鲁哀公二十七年（前468），比《春秋》纪年时间延长了13年。《左传》以《春秋》记事为大纲，增加了大量的史料和传说，内容涉及春秋时代诸侯各国的政治、军事、外交等各个方面的活动。《左传》以简洁精要的语言，描绘出纷繁复杂的历史事件与历史人物，尤其擅长揭示战争胜负的深层原因。并且，记载了那个时代巧舌如簧的外交辞令，赏心悦目，具有相当的文学价值。

晋楚城濮之战[1]

宋人使门尹般如晋师告急[2]。公曰："宋人告急，舍之则绝，告楚不许[3]。我欲战矣，齐、秦未可，若之何[4]？"先轸曰："使宋舍我而赂齐、秦，藉之告楚[5]。我执曹君而分曹、卫之田以赐宋人[6]。楚爱曹、卫，必不许也[7]。喜赂怒顽，能无战乎[8]？"公说[9]。执曹伯，分曹、卫之田以畀宋人[10]。

楚子入居于申，使申叔去谷，使子玉去宋，曰："无从晋师[11]。晋侯在外十九年矣，而果得晋国。险阻艰难，备尝之矣；民之情伪，尽知之矣[12]。天假之年，而除其害[13]。天之所置，其可废乎[14]？《军志》曰：'允当则归。[15]'又曰：'知难而退。'又曰：'有德不可敌。'此三志者，晋之谓矣[16]。"

子玉使伯棼请战，曰："非敢必有功也，愿以间执谗慝之口[17]。"王怒，少与之师，唯西广、东宫与若敖之六卒实从之[18]。

子玉使宛春告于晋师曰："请复卫侯而封曹，臣亦释宋之围[19]。"子犯曰："子玉无礼哉[20]！君取一，臣取二，不可失矣[21]。"先轸曰："子与之[22]。定人之谓礼，楚一言而定三国，我一言而亡之，我则无礼，何以战乎[23]？不许楚言，是弃宋也。救而弃之，谓诸侯何[24]？楚有三施，我有三怨，怨仇已多，将何以战[25]？不如私许复曹、卫以携之，执宛春以怒楚，既战而后图之[26]。"公说，乃拘宛春于卫，且私许复曹、卫。曹、卫告绝于楚[27]。子玉怒，从晋师。晋师退。军吏曰："以君辟臣，辱也[28]。且楚师老矣，何故退[29]？"子犯曰："师直为壮，曲为老[30]。岂在久乎？微楚之惠不及此，退三舍辟之，所以报也[31]。背惠食言，以亢其仇，我曲楚直[32]。其众素饱，不可谓老。我退而楚还，我将何求？若其不还，君退臣犯，曲在彼矣。"退三舍。楚众欲止，子玉不可。

夏四月戊辰，晋侯、宋公、齐国归父、崔夭、秦小子慭次于城濮[33]。楚师背酅而舍，晋侯患之[34]。听舆人之诵，曰："原田每每，舍其旧而新是谋[35]。"公疑焉。子犯曰："战也。战而捷，必得诸侯。若其不捷，表里山河，必无害也[36]。"公曰："若楚惠何[37]？"栾贞子曰："汉阳诸姬，楚实尽之，思小惠而忘大耻，不如战也[38]。"晋侯梦与楚子搏，楚子伏己而盬其脑，是以惧[39]。子犯曰："吉。我得天，楚伏其罪，吾且柔之矣[40]。"

子玉使斗勃请战，曰："请与君之士戏，君冯轼而观之，得臣与寓目焉[41]。"晋侯使栾枝对曰："寡君闻命矣[42]。楚君之惠未之敢忘，是以在此[43]。为大夫退，其敢当君乎[44]？既不获命矣，敢烦大夫谓二三子，戒尔车乘，敬尔君事，诘朝将见[45]。"

晋车七百乘，韅、靷、鞅、靽[46]。晋侯登有莘之虚以观师，曰："少长有礼，其可用也[47]。"遂伐其木以益其兵[48]。己巳，晋师陈于莘北，胥臣以下军之佐当陈、蔡[49]。子玉以若敖六卒将中军，曰："今日必无晋矣[50]。"子西将左，子上将右[51]。胥臣蒙马以虎皮，先犯陈、蔡。陈、蔡奔，楚右师溃[52]。狐毛设二旆而退之[53]。栾枝使舆曳柴而伪遁，楚师驰之[54]。原轸、郤溱以中军公族横击之，狐毛、狐偃以上军夹攻子西，楚左师溃[55]。楚师败绩[56]。子玉收其卒而止，故不败[57]。

晋师三日馆谷，及癸酉而还[58]。甲午，至于衡雍，作王宫于践土[59]。乡役之三月，郑伯如楚致其师，为楚师既败而惧，使子人九行成于晋[60]。晋栾枝入盟郑伯[61]。五月丙午，晋侯及郑伯盟于衡雍[62]。丁未，献楚俘于王，驷介百乘，徒兵千[63]。郑伯傅王，用平礼也[64]。己酉，王享醴，命晋侯宥[65]。王命尹氏及王子虎、内史叔兴父策命晋侯为侯伯，赐之大辂之服、戎辂之服、彤弓一、彤矢百、玈弓矢千、秬鬯一卣、虎贲三百人[66]。曰："王谓叔父，敬服王命，以绥四国，纠逖王慝[67]。”晋侯三辞，从命[68]。曰：“重耳敢再拜稽首，奉扬天子之丕显休命[69]。”受策以出，出入三觐[70]。

卫侯闻楚师败，惧，出奔楚，遂适陈，使元咺奉叔武以受盟[71]。癸亥，王子虎盟诸侯于王庭[72]。要言曰：“皆奖王室，无相害也[73]。有渝此盟，明神殛之，俾队其师，无克祚国，及而玄孙，无有老幼[74]。”君子谓是盟也信，谓晋于是役也能以德攻[75]。

初，楚子玉自为琼弁玉缨，未之服也[76]。先战，梦河神谓己曰：“畀余，余赐女孟诸之麋[77]。”弗致也[78]。大心与子西使荣黄谏，弗听[79]。荣季曰：“死而利国，犹或为之，况琼玉乎[80]？是粪土也，而可以济师，将何爱焉[81]？”弗听。出，告二子曰：“非神败令尹，令尹其不勤民，实自败也[82]。”既败，王使谓之曰：“大夫若入，其若申、息之老何[83]？”子西、孙伯曰：“得臣将死，二臣止之曰：‘君其将以为戮[84]。’”及连谷而死[85]。晋侯闻之而后喜可知也，曰：“莫余毒也已[86]！蒍吕臣实为令尹，奉己而已，不在民矣[87]。”

【注释】

[1] 晋楚城濮之战：选自《左传》僖公二十八年（前633）。晋文公重耳在外流亡19年之后回国执政，励精图强，开始称霸诸侯。楚国是南方的强国，有自己的势力范围，当年齐桓公称霸时对楚国也退让三分。晋文公要做诸侯的霸主，必然会与楚国发生利益冲突。城濮之战，改变了双方的力量对比，晋文公霸主的地位牢固地确立了。城濮：春秋时卫国之地，古址在今山东濮县南之临濮。

[2] 门尹般：宋国的大夫，门尹是其官职，名般。如：往，到。楚国发兵围攻宋国，令尹子玉为帅。宋国此时是晋国的友好同盟国，属于晋国的势力范围，晋国作为诸侯霸主，对其有保护的职责。楚国攻打宋国，实际上是对晋国的一种迂回挑衅。

[3] 公：晋文公重耳，下同。舍之则绝：放弃不管宋国，就会与我们断绝关系。绝：断绝关系。告楚：请求楚国撤兵。

[4] 齐、秦未可：齐国与秦国还没有同意。齐国与秦国，作为春秋时期的东西方大国，此时都已经与晋国结成同盟。然而，春秋无义战，诸大国结盟，都是为了自己的利益，齐、秦两国与晋国并不完全同心同德。要与南方强国楚国抗衡，必须获得齐、秦的支持，这是晋文公发问的前提。若之何：即若何，怎么办。之，结构助词。

[5] 先轸（zhěn 诊）：晋国中军主帅。“使宋”句：让宋国舍弃我们，而将礼物送给齐国与秦国。宋国是带重礼来晋国求告的，先轸主张将这些礼物转而贿赂齐国与秦国。藉之告楚：依靠他们请求楚国撤军。藉：依仗，依靠。

[6]“我执”句：曹国与卫国是楚国的友好同盟国，属于楚国的势力范围，在楚国的保护之下。晋国将曹、卫之地赐给宋国，意图是激怒楚国，使楚国不答应撤军。

[7] 不许：指楚国不接受齐国与秦国的调解。

[8] 喜赂怒顽：（齐、秦）得到贿赂而高兴，又对楚国顽固不接受调解的态度感到气愤。

［9］说：通“悦”，高兴。

［10］畀（bì闭）：给予。

［11］楚子：楚国国君楚成王。申：地名，在今河南省南阳。申叔：楚国大夫，曾奉命攻打齐国，占领了齐国的谷（今山东省阳谷东北）。现在，楚王令申叔从谷撤军。去：离开。子玉：楚国令尹，对宋作战的主帅。从：逼近。指不要与晋军正面交锋。

［12］备：全部，完全。民之情伪：人事的真假。

［13］天假之年：老天赐予他长寿。假：借。除其害：消灭了他的政敌。害，这里指与晋文公争夺晋国政权的兄弟子侄。

［14］天之所置：老天的安排。置：安排，布置。

［15］《军志》：古代的兵书。允当：恰如其分。允当则归：即适可而止的意思。

［16］志：记载。晋之谓矣：“谓晋”的倒装，说的就是晋国。

［17］伯棼：楚国大夫，即斗椒，一字子越。“非敢”句：不是一定为了个人获取更多的的功劳。非敢，委婉的语气表述。间执：堵塞。谗慝（tè特）：拨弄是非的小人。楚国大臣中曾经有人批评过子玉，说他一定会失败，子玉这里就是针对这些而言的。

［18］西广：即楚国的右军。广：楚国军队的编制单位。东宫：太子宫中的卫队。若敖：楚王祖先的名号，这里指由楚国王族子弟组成的精锐特种部队。若敖也是子玉的祖先，或说这里指子玉的亲兵六百人。六卒：六百人。卒：百人为卒。

［19］宛春：楚国大夫。复卫侯而封曹：恢复卫侯的地位，而将土地还给曹国。释：解除。

［20］子犯：晋国大夫，名狐偃，字子犯，晋文公的母舅。曾随晋文公出亡。

［21］不可失矣：指要抓住对方无理要求的漏洞，不可失去这次发动战争的借口。

［22］与：同意，答应。子与之：你还是答应对方的要求吧。

［23］定人之谓礼：安定其他国家称之为有礼。何以战：凭什么作战？指找不到发动战争的合理借口。

［24］为诸侯何：怎么对诸侯做解释。

［25］三施：指楚国对卫、曹、宋三国都施有恩惠。三怨：指晋国与卫、曹、宋三国都结了怨。

［26］私许：私下答应。携：离间。怒楚：激怒楚国。“既战”句：指等战争结束之后再来考虑怎样处理卫国与曹国的事情。前面的私下答应仅仅是空头支票。图：图谋。

［27］告绝于楚：派使者与楚国断绝关系。

［28］辟：通“避”。

［29］老：疲惫，士气不振。

［30］师直为壮，曲为老：出师打战，正义所在就气壮，理曲就衰疲。

［31］微：没有。楚之惠：楚国的恩惠。晋文公流亡期间，得到楚国的帮助，当时晋文公当面答应楚王以后两军如果交战，一定首先退避三舍。一舍：三十里。所以报：以此来报答楚国。

［32］亢：通“抗”。

［33］戊辰：古代以天干地支计日月，这一天是四月初三。宋公：宋成公，名王臣，僖公二十四年（前 636）即位，在位十七年。国归父、崔夭：齐国大夫。小子慭（yìn 印）：秦穆公的儿子。上述诸位都是晋国方面参加这次战役的盟军将领。次：进驻。

［34］郩（xī 西）：地名，城濮附近的一个高峻险要之地。舍：驻军。患之：对楚军依仗险要地势驻扎一事感到担忧。

［35］舆人：众人。原田：高田。每每：草生长茂盛的样子。“舍其旧”句：指赶紧去掉旧的草根而播种新草。

［36］表里山河：指晋国外有黄河为屏障，内有太行山之险要，易于守卫。即使战败了也可以退守。

［37］若楚惠何：怎么报答楚国的恩惠。这里其实是晋文公在战前产生了惧怕心理，所以寻找各种托词。

［38］栾贞子：晋国将领栾枝，晋下军主将。汉阳诸姬：汉水北面那些姬姓的诸侯国。周天子姬姓，这里指与周天子有血缘关系的诸侯国。楚实尽之：楚国都把他们吞并完了。

［39］搏：搏斗。伏己：趴在自己身上。即晋文公梦见自己被楚王打倒，仰面朝天，楚王趴在他的身上。盬（gǔ 古）：吮吸。脑：脑汁。是以：因此。

［40］我得天：我们得到上天的保佑。因为晋文公面朝天，所以，这样勉强为他解释。楚伏其罪：楚国对他们所犯的罪错表示屈服。因为楚王趴着，所以解释为伏罪。柔：柔服。有“柔以克刚”之意。脑汁是柔软的，所以解释为柔以克刚。

［41］斗勃：楚国大夫，字子上。与君之士戏：与您的士兵竞赛。双方交战的一种委婉客气的说法。冯（píng 平）轼：凭靠着战车前的横木。冯：通“凭”。轼：车前横木。得臣：即子玉。上述话语是斗勃代子玉向晋文公说的。与寓目：陪同一起观看。

［42］寡君：寡德之君，古代君主的自谦之辞。闻命：听从你的命令。即答应开战。

［43］“楚君”二句：楚国君王的恩惠我们不敢忘记，所以我们在这里。指晋军退避三舍到这里。

［44］“为大夫”二句：对大夫你我们还要退让，我们怎敢正面与楚王交锋呢？

［45］不获命：没有得到你的同意。指一定要开战。谓二三子：转告你身边的将领。二三子：诸位。戒尔车乘：准备好你们的战车。敬尔君事：敬慎地完成你们君王交给你们的事务。指认真尽力地作战。诘朝：明日早晨。

［46］七百乘：七百辆。古时每辆战车配备步兵 75 人，晋军的兵力一共有52 500人。韅（xiǎn 显）、靷（yǐn 引）、鞅（yǎng 养）、靽（bàn 半）：战马身上的配件缰绳、络头之类。这里形容晋军装备整齐。

［47］有莘：古国名，古址在今山东曹县北。虚：通“墟”，旧城的废址。少长：下级与上级。

［48］以益其兵：以增加他们的兵器。

［49］己巳：四月初四。陈：通“阵”，阵列军队。婿臣：晋国大夫，晋国下军的副帅。古代军队分成上、中、下或右、中、左三军编制，以中军为精锐主要兵力之所在。陈、蔡：陈国与蔡国当时是楚国的盟国，派有军队参军，是楚国一方最薄弱的环节。

［50］以：连词，与。将：率领。

［51］子西：斗宜申，楚国大夫，楚国左军主将。子上：斗勃，楚国大夫，楚国右军主将。

［52］奔：逃跑。这里指晋军对楚军最薄弱的环节首先发动进攻，击溃了楚国的右军。

［53］狐毛：晋国大夫，狐偃之兄，晋上军主将。设二旆而退之：树两面军中大旗而向后撤退。古代军制，只有中军主帅所在才树两面军中大旗。狐毛率领上军，却故意树二旗而撤退，给楚军造成假象，以为晋军主力溃败，引诱楚军深入埋伏圈。旆：军中大旗。

［54］使舆曳柴：让战车拖着树枝。这样可以造成尘土飞扬，大军溃败逃跑的假象。遁：逃跑。驰：急追。

［55］原轸、郤（xì 戏）溱：晋中军的主将与副将。原轸，即先轸。以：率领。公族：直属国君的精锐部队。横击之：指拦腰冲击楚国的左军，打乱了楚军的阵势。溃：溃败。

［56］败绩：大溃败。

［57］“子玉”句：指子玉及时回缩中军，保证中军完整不败。

［58］馆谷：名词用作动词，住敌人的营房，吃敌人遗留下来的军粮。癸酉：四月初八。

［59］甲午：四月二十九。衡雍：郑国地名，古址在今河南省郑州东北。践土：郑国地名，古址在今河南省荥阳。周襄王听说晋军获胜，亲自前来慰劳。晋国便在践土修建王宫，以迎接周襄王，更是为了宣扬晋国的声威。今河南省荥阳西北有王宫城，城内东北角上有践土台。

［60］乡：通“向”，在……以前。向役之三月：在城濮之战发生前的三个月。郑伯：郑文公。如：到，往。致其师：交出郑国的军队。即郑文公错误地估计了形势，自动与楚国联盟，将军队交给楚国使用指挥。子人九：郑国大夫，姓子人，名九。行成：求和。

［61］入盟：到郑国与他们订立盟约。

［62］五月丙午：五月十一。

［63］丁未：五月十二。驷甲：带甲的战马。徒兵：步兵。这些都是晋军这次战役的战俘与战利品。

［64］郑伯傅王：郑伯为周王司礼仪之职。傅：相，司职礼仪。用平礼：按照从前周平王接待晋文侯的礼节来接待晋文公。

［65］己酉：五月十四。享醴（lǐ 礼）：正式宴会。是周王举行的招待晋文公的宴会。醴：甜酒。命晋侯宥（yòu 又）：劝晋侯多进餐。宥：通“侑”，劝人进餐。

［66］尹氏、王子虎、叔兴父：周王的卿大夫。内史：周王室掌管策命的官。策命：用书面任命。侯伯：诸侯的领袖。大辂（lù 路）之服：举行祭祀大礼时所乘的车。服：指车上的雉鸟羽毛装饰。戎辂之服：兵车。这是专门用来举行军礼时用的，与战车不同。这种车以皮革装饰。彤弓、彤矢：红色的弓与箭。玈（lú 卢）弓矢：黑色的弓与箭。玈：黑色。秬（jù 巨）：黑黍。鬯（chàng 唱）：香酒。卣（yǒu）：古代盛酒之类的器具。虎贲（bēn 奔）：勇士，指周天子的侍卫。

［67］叔父：周王对晋文公的尊称。晋文公与周王同姓，故尊称其叔父。敬服王命：

恭敬地服从天子的命令。这是周王发布诏令的格式。绥：安定。纠逖王慝（tè 特）：检举与消灭不利于周王的坏人。慝：恶。

［68］三辞：三次辞谢周王的任命。从命：接受任命。

［69］奉扬：承受，发扬。丕显休命：伟大、光明而美好的命令。丕：大。休：美。

［70］觐（jìn 进）：进见。出入三觐：出入三次进见周天子。

［71］元咺（xuǎn 选）：卫国大夫。奉：辅佐。叔武：卫侯的兄弟，这时主持卫国国政。受盟：承认晋文公为诸侯霸主的盟约。

［72］癸亥：五月二十八。王庭：周王居住所在之地。

［73］要（yāo 腰）言：约言，立下誓言。奖：辅助。王室：周王室。相害：互相残害，互相残杀。

［74］渝：变。明神：有灵验的神。殛（jí 急）：杀死。俾队（zhuì 缀）其师：使他丧失其民众。俾：使。队：通“坠”，丧失。无克祚（zuò 作）国：不能够享有国家。克：能够。祚：福，赐福。“及而”二句：一直祸及他的子孙后代，不分老幼。这是对背盟者的诅咒。而：通“尔”，你。

［75］君子：《左传》所假设发表议论的人，表达的是作者的观点。是盟也信：这次盟约是有信用的。以德攻：依仗德义进行讨伐。

［76］琼弁（biàn 变）：用美玉装饰的冠。缨：冠旁垂挂的穗子。未之服也：还没有用过。

［77］先战：战争之前。畀（bì 毕）：给，交给。女：通“汝”，你。孟诸：古代沼泽，宋国土地。在今河南省商丘附近。麋：通“湄”，水边之地。子玉梦见河神的话是说：把你的琼弁玉缨送给我，我能使你打胜战，把宋国的土地赐给你。

［78］弗致：没有将礼品敬献给神灵。

［79］大心：子玉的儿子。荣黄：楚国大臣。

［80］死而利国：牺牲了性命对国家有利。

［81］济师：帮助我们的军队。爱：吝惜。

［82］不勤民：不尽心于民事。

［83］入：指回到楚国。若申、息之老何：怎么对申与息两地的父老作交代呢？这次战役，两地子弟多阵亡或被俘不归，所以楚王有此发难，暗示子玉应该自尽以谢国人。

［84］孙伯：子玉儿子大心。“得臣将死”三句：是子西、孙伯对楚王使者说的话，意思是：子玉欲自尽，被他们两人阻拦了，说楚王还要治你的罪呢。

［85］连谷：楚国地名。子玉部下想通过种种方式延迟子玉自尽，等待楚王的赦免。到了连谷，子玉自知无望，才自尽。

［86］知：犹“见”，指晋文公喜悦之情见于言表。余毒：“毒余”的倒装，危害我。晋文公高兴地认为没有人再危害到他的称霸事业了。

［87］蔿（wěi 委）吕臣：楚国大夫，继子玉为令尹。“奉己”二句：指蔿吕臣的才能仅仅能保全自己而已，顾不得为百姓尽心做事了。

学习提示

晋楚城濮之战，是春秋时期最重大的战役之一，对春秋历史发展进程有着巨大的影响。春秋五霸之一晋文公，从此奠定霸主地位，取得“挟天子以令诸侯”的特权。

《左传》擅长描写战争的特征，在这次战役的完整记录过程中有非常出色的表现。其中涉及战争场面的描写，是十分简略的。击溃楚国的右军、左军，以及楚国中军全身而退，都是一句话带过，却将主要笔墨放在战争之前影响战争过程与结局的诸多因素的交代描写上。晋国方面，一方面，迫不及待地等待着这场战争的爆发，可以彻底击垮楚国的势力，获取霸主地位；另一方面，却沉着冷静，处心积虑。他们团结了一切可以团结的力量，结成自己这方强大的同盟，甚至瓦解了敌方的阵营。国内，则是君臣同心同德，将士斗志旺盛。而且，在舆论上也占尽先机。对具体的战略战术，晋国也早已成竹在胸。反观楚国，则事事相反。他们得罪了春秋时期的诸大国，将齐、秦等大国都驱赶到晋国一方，甚至连自己阵营里的同盟国也没有联合得很好。君臣对这次战争的意见不一致，乃至发生严重分歧与争执。楚王从理智的角度知道战争的必然失败结局，但总是幻想万一取胜的结果，所以，嘴上反对，行动上却还是一定程度地支持了主帅子玉的战争行为。并且，充分留出推卸责任的后路。主帅子玉，积极求战，却刚愎自用，盲目自大，不知审时度势，有勇无谋，只知蛮干。这些影响与决定战争的因素一一交代清楚之后，这场战争还没有发生，读者就已经能够判断出双方的胜负结局了。

战争，是诸侯国之间的一种特殊外交手段，其中必然掺杂了大量复杂曲折的外交活动，如双方各自联盟的组织，战前的调解，各自寻找战争的理由，等等。文章在这方面同样有出色的描写。春秋时期，人们之巧舌如簧，言语举止之风度，被表现得淋漓尽致。人物个性，经略略勾勒，也显得活灵活现。如晋文公之老谋深算，先轸之深思熟虑，子玉之勇武好斗，等等。总之，《左传》的诸种艺术特色，都集中地体现在这篇文章之中。

思考题

1. 晋楚城濮之战是因为什么而发生的？对历史的进程有什么影响？
2. 战争发生之前，有哪些将影响与决定战争结局的因素被作者一一交代了出来？
3. 晋楚城濮之战是怎样体现外交辞令之美的？
4. 文章是怎样勾勒描绘晋文公与子玉等人物形象的？
5. 这篇文章中哪些词语作为成语被后人沿用？

战国策

《战国策》又名《国策》《国事》《短长》《事语》《长书》，经汉代刘向整理，定名为《战国策》，沿袭至今。分记西周、东周以及秦、齐、楚、赵、魏、韩、燕、宋、卫、中山诸国之事。时代上接春秋，下至秦并六国，约二百四十年（前460—前220）。作者已不可考，或疑为蒯通，大概是战国后期乃至秦汉时代人杂记各国史料，编纂而成。《战国策》主要记录了战国时期谋臣策士游说诸侯、施展谋略、进行辩论的言论行动，保留了当时许多重要的史料。与《左传》《国语》相较，《战国策》更具文学色彩。书中之言辞陈述与辩论，都极力运用夸张渲染的手段，而且喜欢用比喻说明问题，句式上多排比，气势宏伟壮阔，极富感染力。《战国策》因此塑造了一系列栩栩如生的策士的形象，体现了纵横捭阖的时代特点。

苏秦始将连横

苏秦始将连横，说秦惠王曰[1]：“大王之国，西有巴、蜀、汉中之利，北有胡貉、代马之用，南有巫山、黔中之限，东有肴、函之固[2]。田肥美，民殷富，战车万乘，奋击百万，沃野千里，蓄积饶多，地势形便，此所谓天府，天下之雄国也[3]。以大王之贤，士民之众，车骑之用，兵法之教，可以并诸侯，吞天下，称帝而治[4]。愿大王少留意，臣请奏其效[5]。”

秦王曰：“寡人闻之，毛羽不丰满者不可以高飞，文章不成者不可以诛罚，道德不厚者不可以使民，政教不顺者不可以烦大臣[6]。今先生俨然不远千里而庭教之，愿以异日[7]。”

苏秦曰：“臣固疑大王不能用也[8]。昔者神农伐补遂，黄帝伐涿鹿而禽蚩尤，尧伐驩兜，舜伐三苗，禹伐共工，汤伐有夏，文王伐崇，武王伐纣，齐桓任战而伯天下[9]。由此观之，恶有不战者乎[10]？古者使车毂击驰，言语相结，天下为一，约从连横，兵革不藏，文士并饰，诸侯乱惑，万端俱起，不可胜理[11]。科条既备，民多伪态；书策稠浊，百姓不足；上下相愁，民无所聊；明言章理，兵甲愈起；辩言伟服，战攻不息；繁称文辞，天下不治；舌弊耳聋，不见成功；行义约信，天下不亲[12]。于是，乃废文任武，厚养死士，缀甲厉兵，效胜于战场[13]。夫徒处而致利，安坐而广地，虽古五帝三王五伯，明主贤君，常欲坐而致之，其势不能[14]。故以战续之，宽则两军相攻，迫则杖戟相撞，然后可建大功[15]。是故兵胜于外，义强于内；威立于上，民服于下。今欲并天下，凌万乘，诎敌国，制海内，子元元，臣诸侯，非兵不可[16]！今之嗣主，忽于至道，皆惛于教，乱于治，迷于言，惑于语，沈于辩，溺于辞[17]。以此论之，王固不能行也。”

说秦王书十上而说不行。黑貂之裘弊，黄金百斤尽，资用乏绝，去秦而归[18]。羸縢履蹻，负书担橐，形容枯槁，面目犁黑，状有归色[19]。归至家，妻不下紝，嫂不为炊，父母不与言[20]。苏秦喟叹曰："妻不以我为夫，嫂不以我为叔，父母不以我为子，是皆秦之罪也。"乃夜发书，陈箧数十，得太公阴符之谋[21]。伏而诵之，简练以为揣摩[22]。读书欲睡，引锥自刺其股，血流至足[23]。曰："安有说人主，不能出其金玉锦绣，取卿相之尊者乎？"朞年，揣摩成，曰："此真可以说当世之君矣[24]！"

于是乃摩燕乌集阙，见说赵王于华屋之下，抵掌而谈[25]。赵王大悦，封为武安君[26]。受相印，革车百乘，锦绣千纯，白璧百双，黄金万溢，以随其后，约从散横以抑强秦[27]。故苏秦相于赵而关不通[28]。当此之时，天下之大，万民之众，王侯之威，谋臣之权，皆欲决苏秦之策[29]。不费斗粮，未烦一兵，未战一士，未绝一紝，未折一矢，诸侯相亲，贤于兄弟[30]。夫贤人在而天下服，一人用而天下从。故曰：式于政，不式于勇；式于廊庙之内，不式于四境之外[31]。当秦之隆，黄金万溢为用，转毂连骑，炫熿于道，山东之国从风而服，使赵大重[32]。且夫苏秦，特穷巷掘门、桑户棬枢之士耳[33]。伏轼撙衔，横历天下，廷说诸侯之王，杜左右之口，天下莫之能伉[34]。

将说楚王，路过洛阳，父母闻之，清宫除道，张乐设饮，郊迎三十里[35]。妻侧目而视，倾耳而听；嫂蛇行匍伏，四拜自跪而谢[36]。苏秦曰："嫂，何前倨而后卑也[37]？"嫂曰："以季子之位尊而多金[38]。"苏秦曰："嗟乎！贫穷则父母不子，富贵则亲戚畏惧[39]。人生世上，势位富贵，盖可忽乎哉[40]！"

【注释】

[1] 苏秦：字季子，战国时洛阳人，合纵策略的代表人物。苏秦开始主张连横，碰壁后，转而以主张合纵闻名。说（shuì 税）：劝说。惠王：秦惠王，名嬴驷，秦孝公的儿子。

[2] 巴蜀：今四川东西部地区。汉中：今陕西秦岭以南地区。当时三地还不属于秦国，但交通频繁，对秦国有利。貉（hé 合）：兽名，状似狐狸，皮毛可以制裘。胡：指匈奴所居地区，其地产貉。代：今山西、河北二省北部，其地出产名马。巫山：在今四川巫山县东。黔中：地名，今湖南沅陵县西。限：这里是"屏障"的意思。肴：通"崤"，山名，在今河南洛宁西北。函：函谷关，在今河南省灵宝西南。固：坚固。

[3] 战车：兵车。四马一车为一乘，一般配备25名步兵。奋击：勇猛的战士。形便：得地势之利，便于攻守。天府：天然富饶的府库。

[4] 教：教育，学习。称帝而治：帝本义是神，指天帝。战国时代诸侯都称王，较强的诸侯有开始自称帝号的，企图统一天下。

[5] 少：稍稍。一种谦恭的辞令。效：成效，功效。

[6] 文章：法令。顺：政令通畅。烦大臣：烦劳大臣。

[7] 俨然：矜持庄重的样子。庭教：在朝堂上指教。愿以异日：希望能他日再领教。秦王对苏秦的游说不感兴趣，故婉言拒绝。

[8] 固疑：本来就怀疑。

[9] 神农：古帝号，即炎帝，传说中农业、医药的发明者。补遂：古部落名。黄帝：古帝号，称轩辕氏。炎黄二帝乃传说中华夏民族的祖先。涿鹿：山名，今河北涿鹿县南。禽：通"擒"。蚩尤：传说中九黎部落的酋长，很暴虐，被黄帝所杀。驩（huān欢）兜（dōu都）：尧臣，当时被称为凶人，被尧帝放逐在崇山。三苗：古部族名，也叫苗、有苗，分布在长江中游一带。禹：因治水而闻名，受舜禅让为帝，国号夏。共工：传说中古部族的首领，后来被放逐到幽州。汤：殷商的开国君主，灭夏桀而称王。有夏：即夏代，这里指夏桀。有，语助词，无义。文王：周武王之父，殷纣王时为西方诸侯之长。崇：殷时国名，在今陕西户县东，崇侯助纣为虐，文王伐之。武王：周武王，灭殷纣而称王，国号周。纣：殷代的末世君主，以暴虐而闻名。任战：用战。伯：通"霸"。

[10] 恶有：哪有、岂有。恶：通"乌"，何，哪里。

[11] 车毂击驰：形容路上往来奔驰的车辆很多。毂（gǔ谷）：车轮中的圆洞，用以安放车轴。击：车辆互相摩擦撞击。言语相结：通过外交言语，缔结盟约。约从：同"约纵"，南北为纵，结合南北六国即为约纵。连横：东西为横，秦国联合其东方六国中的任何国家，就称为连横。兵革不藏：指不能避免战争。兵革：武器。文士：辩士。饰：巧饰辞令，游说诸侯。乱惑：迷乱，疑惑，不知所从。万端：各种争端。不可胜理：无法一一理清头绪。

[12]"科条"两句：规章制度已经完备，百姓就往往作假，以为应付。科条：法律条文，规章制度。书策稠浊：书籍简册的记录多而杂乱。聊：依靠，依赖。明言章理：明显之言和彰著之道理。章：通"彰"。兵甲：武器与盔甲，此处指战争。起：发生。伟服：指辩士所穿的盛装。繁称文辞：繁冗的说教，巧饰的文辞。舌弊耳聋：说坏了舌头，听聋了耳朵。行义约信：推行仁义，以诚信相约。

[13] 任武：用武人。厚养：重金蓄养。死士：敢为主人效命的勇士，即刺客一类人物。缀甲厉兵：整治战服，磨砺兵器。缀：连缀。古时的战甲都是用金属片连缀而成。厉：磨砺。效胜：较量胜负。

[14] 徒处：无所事事地坐等。致利：获利。坐：坐等。

[15] 迫：近，指肉搏战。杖戟：拿着戟。杖：执、拿着。

[16] 凌万乘：凌驾于拥有万辆兵车的大国之上。凌：凌驾，超过。诎（qū曲）：通"屈"，使……屈服。子元元：以天下百姓为子，即统治天下。子：以……为子。元元：百姓。臣诸侯：以诸侯为臣子。

[17] 嗣主：继承君位的人。忽：忽视，忽略。至道：根本的道理。惛：糊涂不清。教：教化，教育。乱于治：治理国家显得混乱。"沈于辩"二句：沉溺于烦琐冗长的辩论言辞之中。沈：通"沉"。

[18] 去：离开。

[19] 羸（léi雷）縢（téng腾）履蹻（jué决）：打着裹腿，穿着草鞋。羸：通"縲"，

缠绕。縢：绑腿布。蹻：草鞋。橐（tuó 驼）：囊，袋子。犁：通“黧”，黑色。归色：即愧色。

［20］不下紝：不下纺织机。紝：织布的丝缕，指纺织。

［21］陈箧（qiè 切）：打开书箱。箧：竹箱，此指书箱。太公：姜太公，即吕尚，辅佐周武王得天下。阴符：《阴符经》，传说是黄帝所著，由姜太公作注的兵书。

［22］简：选择。练：熟习。揣摩：反复思考研究。

［23］足：前人以为当作“踵”，指脚后跟。

［24］朞（jī）年：通“期年”，满一年。

［25］摩：靠近、到。燕乌集：宫阙名。阙：古代王宫两边高大建筑上有门楼，称阙。华屋：高大华丽的殿堂。抵掌：鼓掌，击掌。形容谈话时气氛热烈而融洽。抵，当作“抵（zhǐ 纸）”。

［26］武安：地名，今河北武安县。

［27］受相印：赵王封苏秦为相。革车：兵车。纯：匹。溢：通“镒”，二十四两为一镒。约纵散横：联纵六国以抗秦，离散个别诸侯国与秦国的连横联盟。

［28］关不通：函谷关交通断绝。秦国在函谷关以西，六国在函谷关东面，函谷关是秦国出入的要道。

［29］决苏秦之策：取决于苏秦的策略。

［30］贤于：胜过。

［31］“式于政”二句：运用政治，不运用勇力。式：用。廊庙：朝廷。

［32］当秦之隆：正当苏秦显耀得意之时。转毂连骑：指车骑络绎不绝于道路。炫熿于道：在道路上显赫光耀。炫熿：通“炫煌”，光耀。山东之国：华山以东的国家，指战国时除秦国以外的六国。从风而服：望风而钦服。“使赵”句：使赵国大受各国尊重。

［33］掘（kū 哭）门：通“窟门”，土室、窑洞的门。桑户：桑木门。棬（quān 圈）枢：将木条圈起来作门枢。形容居处简陋，出身寒微。

［34］伏轼撙（zǔn）衔：伏在车前横木上，拉着马的勒头。轼：车前横木。撙：拉着。衔：马的勒头。形容苏秦出入乘车骑马的贵盛之状。历：行。廷说：在朝廷上游说、劝说。杜：堵住，杜塞。伉：通“抗”，相匹敌。

［35］清宫除道：收拾房屋，打扫街道。张乐设饮：布置音乐，准备酒席。郊迎：到郊外迎接，以示尊敬。

［36］侧目而视：不敢正眼看，畏惧的样子。蛇行匍伏：像蛇那样伏身在地爬行，以表示认罪。谢：谢罪，赔罪。

［37］倨：傲慢。卑：卑躬。

［38］季子：嫂子对小叔的称呼。一说苏秦字季子。

［39］不子：不以其为子。

［40］盖：通“盍”，如何，怎么。忽：小看。

学习提示

战国时期，诸侯之间勾心斗角，伺机壮大自己势力、扩张领土。纵横谋士，穿插其间，惟利是图，朝三暮四。这时候的社会风气与人际关系，都变得格外势利，权力与金钱被普遍看重。这篇文章能够突出地表现当时社会这种恶劣的风气。苏秦本人及其一家，都是典型代表。苏秦开始被秦国的强大所吸引，到秦国献上连横之策。遭拒绝之后，便竭力鼓说合纵，组成了六国联盟。苏秦并无一定的政治主张，为天下谋，为诸侯谋，其根本目的是为己身谋利益。而苏秦父母、妻子、嫂子在苏秦贫穷与富贵不同之时态度与行为上前倨后恭的强烈反差，则是整个社会氛围的缩影。从另外一个角度来说，诸侯在争霸争利益的过程中，要善于识别人才，听取合理建议。假设秦王当年接受苏秦连横之说，秦统一六国的步伐是否就能加快呢？苏秦的游说，言辞华丽，气势磅礴，多用排比与比喻，也充分显示出《战国策》的文学成就。

庄　子

庄子，名周，宋国蒙（今河南商丘东北）人。与孟子同时而稍晚，与梁惠王、齐宣王同时。曾为蒙漆园吏。一生大部分时间过着隐逸生活，是一位不求闻达，淡泊名利之士。《庄子》是庄周和他的门徒以及后学著述的总集。《庄子》现存33篇，分内篇、外篇和杂篇3个部分。一般认为内篇是庄子所作，外篇和杂篇是其门徒与后学所作。庄子倡导“无为”，向往回归自然，否定人为的社会、文化、道德规范，追求精神上的绝对自由。其文“汪洋辟阖，仪态万方”（鲁迅《汉文学史纲要》），常用寓言说明问题，具有极强的艺术感染力。

逍遥游（节选）

北冥有鱼，其名为鲲[1]。鲲之大，不知其几千里也。化而为鸟，其名为鹏[2]。鹏之背，不知其几千里也。怒而飞，其翼若垂天之云[3]。是鸟也，海运则将徙于南冥[4]。南冥者，天池也[5]。《齐谐》者，志怪者也[6]。《谐》之言曰：“鹏之徙于南冥也，水击三千里，抟扶摇而上者九万里，去以六月息者也[7]。”野马也，尘埃也，生物之以息相吹也[8]。天之苍苍，其正色邪[9]？其远而无所至极邪[10]？其视下也，亦若是则已矣[11]。

且夫水之积也不厚，则其负大舟也无力[12]。覆杯水于坳堂之上，则芥为之舟，置杯焉则胶，水浅而舟大也[13]。风之积也不厚，则其负大翼也无力。故九万里，则风斯在下矣，而后乃今培风，背负青天而莫之夭阏者，而后乃今将图南[14]。

蜩与学鸠笑之曰：“我决起而飞，枪榆枋，时则不至，而控于地而已矣[15]。奚以之九万里而南为[16]？”适莽苍者，三飡而反，腹犹果然；适百里者，宿舂粮；适千里者，三月聚粮[17]。之二虫又何知[18]？小知不及大知，小年不及大年[19]。奚以知其然也？朝菌不知晦朔，蟪蛄不知春秋，此小年也[20]。楚之南有冥灵者，以五百岁为春，五百岁为秋；上古有大椿者，以八千岁为春，八千岁为秋，此大年也[21]。而彭祖乃今以久特闻，众人匹之，不亦悲乎[22]！

汤之问棘也是已[23]。穷发之北，有冥海者，天池也[24]。有鱼焉，其广数千里，未有知其修者，其名为鲲[25]。有鸟焉，其名为鹏，背若泰山，翼若垂天之云，抟扶摇羊角而上者九万里，绝云气，负青天，然后图南，且适南冥也[26]。斥鴳笑之曰：“彼且奚适也[27]？我腾跃而上，不过数仞而下，翱翔蓬蒿之间，此亦飞之至也[28]。而彼且奚适也？”此小大之辩也[29]。

故夫知效一官，行比一乡，德合一君，而徵一国者，其自视也亦若此矣[30]。而宋荣子犹然笑之[31]。且举世誉之而不加劝，举世非之而不加沮，定乎内外之分，辨乎荣辱之境，斯已矣[32]。彼其于世，未数数然也[33]。虽然，犹有未树也[34]。夫列子御风而行，泠然善也，旬有五日而后反[35]。彼于致福者，未数数然也[36]。此虽免乎行，犹有所待者也[37]。若夫乘天地之正，而御六气之辩，以游无穷者，彼且恶乎待哉[38]！故曰：至人无己，神人无功，圣人无名[39]。

【注释】

[1] 北冥：北海。海水深黑，所以称冥。鲲：这里指大鱼。

[2] 鹏：大鸟名。

[3] 怒：振翅奋飞。用来形容大鹏起飞时的气势。垂天之云：天边的一块大云彩。垂：通“陲”，边。

[4] 是：这。海运：海流运动，此时有大风，大鹏可以乘风飞行。徙：迁徙。南冥：南海。

[5] 天池：天然形成的大池。

[6]《齐谐》：书名，内容多诙谐怪异。一说是人名。志：记载。

[7] 水击：指大鹏起飞时两翼击水。抟（tuán 团）：环绕。一说：通“摶”，拍打，凭附。扶摇：旋风。去以六月息者：离去时，凭借六月的大风。息：风。一说，大鹏一飞六个月，抵达南冥才休息。

[8] 野马：游气，野外浮动蒸腾的气体，遥望如同奔马。生物之以息相吹也：都是被生物的气息相吹而生成的。这里指上面所说的野马、尘埃等。息：气息。

[9]“天之苍苍”二句：天色深蓝，是它本来的颜色吗？苍苍，青蓝色。其：岂，难道。

[10] 其远而无所至极邪：还是因与天的距离遥远而无法看到尽头的原因而形成的呢？

[11]“其视下”二句：大鹏从天上俯视下方，也就像人们从地上仰望天空一样罢了。

[12] 且夫：发语词。表示下文要发表议论。积：积蓄，聚集。厚：多。

[13] 坳（āo 凹）堂：地的低洼之处。芥：小草。胶：粘住。

[14] 大翼：代指大鹏。斯：其，语助词。培风：乘风。培：通“凭”。夭阏（è 扼）：阻拦，阻塞。图南：计划飞向南方。

[15] 蜩（tiáo）：蝉。学鸠：斑鸠。决：急速的样子。枪：突过，冲过。枋、榆：两种树名。则：或。控：投，落下。

[16] 奚：何，为什么。以：用。之：到。

[17] 适：到，往。莽苍：郊外。原指近郊林野的颜色，遥望不甚分明。飡：通“餐”。反：通“返”。果然：饱的样子。宿舂（chōng 冲）粮：提前一宿就要捣米储粮。

[18] 之：这，此。二虫：指蜩与学鸠。

[19] 知：通“智”。小年：短命。大年：长寿。

［20］朝菌：朝生暮死的菌。晦：夜。朔：旦。蟪蛄：寒蝉，春生夏死，或夏生秋死。春秋：代指一年。

［21］冥灵：大木名。一说大龟名。大椿：落叶乔木，高三四丈，质地坚实。

［22］“而彭祖”三句：彭祖如今以长寿独闻于世，一般的人都去和彭祖相比，岂不可悲吗。彭祖，相传叫篯（jiān）铿，唐尧的臣子，寿至七百余岁。乃今：而今、如今。以久特闻，因长寿而独闻于世。久：长寿。特：独。匹：比。

［23］汤：商汤，商代的开国君主。棘：人名，相传是商汤的大夫。《列子·夏问》篇作夏革。是已：是这样的。

［24］穷发：不生草木的地方。发：草木。

［25］广：宽。修：长。

［26］羊角：旋风。绝云气：超越云层。绝：超越。

［27］斥鴳（yàn 宴）：小雀。斥：通“尺”。一说斥为小泽。斥鴳，即泽中小雀。奚适：到哪里。

［28］仞：八尺，一说七尺。此亦飞之至：这就是飞行的极佳境界了。至：极至。

［29］此小大之辨也：这就是大和小的区分。辨：分别。

［30］知效一官：才智胜任一官之职。知：通“智”。效：胜任。行比一乡：品行合乎一乡的表率。比：合。德合一君：道德符合一国国君的要求。而（néng 能）徵一国：才能可以取信一国。而：通“能”，能力。徵：信。此：指斥鴳。

［31］宋荣子：宋钘，齐国稷下学宫的学者，其说近墨家。犹然：笑的样子。

［32］劝：劝勉，勉励。沮：沮丧，泄气。“定乎”句：掌握了对己与对外人的分寸。斯已矣：如此而已。

［33］“彼其”二句：这种人在世上是不常见的。彼：他，指宋荣子。数（shuò 硕）数：频频，常常。

［34］未树：指未能树立至德。

［35］列子：名御寇，郑人。御风：驾风而行。传说列御寇曾遇风仙，学得驾风而行的法术。泠（líng 龄）然：轻妙的样子。旬有五日：十五天。有：又。反：通“返”。

［36］致：得。福：指御风而行的福气。

［37］行：步行。待：凭借，依靠。指其还需要凭借风而行。

［38］正：指万物的本性。六气：阴、阳、风、雨、晦、明。辩：通“变”。游无穷：遨游于无穷的宇宙。恶：何，什么。

［39］至人：修养最高的人。无己：顺乎自然，忘掉自我。神人：修养达到神化不测的人。无功：无意求取功业。圣人：道德修养达到圣明的人。无名：无意于获取名望。

学习提示

庄子是一位对现实极端不满者，他希望人们能够抛弃现实的种种伦理道德、规范制度的束缚，回归到自然本真的生存状态，无所凭依，绝对自由，达到一种极至的“逍遥”自在境界。节选的这一段文章，能够比较典型地体现庄子思想的特色。这种绝对自由的逍遥境界，是超越了现实的。现实中的所谓才智、品德、寿命，以及与此相关的是非、荣辱、得失，在这种逍遥境界的相形之下，都变得渺小而没有意义。只有与世无争，与万物融为一体，上升到“无己”“无功”“无名”的自由境界，才是庄子心目中理想的人生。文章时常通过极度的夸张，构成强烈的对比，以阐述自己的哲学主张。这些极度的夸张，往往又借用了相传的神话或寓言，如鲲鹏巨变的说法，蜩与学鸠的故事，彭祖的传说，列子的成仙等等。用这样形象的方式说理，生动活泼，色彩奇幻，引人入胜。增强了文章的感染能力，具有较高的文学价值。

养生主（节选）[1]

庖丁为文惠君解牛，手之所触，肩之所倚，足之所履，膝之所踦，砉然响然，奏刀騞然，莫不中音[2]。合于桑林之舞，乃中经首之会[3]。

文惠君曰：“譆，善哉！技盖至此乎[4]？”

庖丁释刀对曰：“臣之所好者，道也，进乎技矣[5]。始臣之解牛之时，所见无非全牛者[6]。三年之后，未尝见全牛也[7]。方今之时，臣以神遇而不以目视，官知止而神欲行[8]。依乎天理，批大郤，导大窾，因其固然[9]。技经肯綮之未尝，而况大軱乎[10]！良庖岁更刀，割也；族庖月更刀，折也[11]。今臣之刀十九年矣，所解数千牛矣，而刀刃若新发于硎[12]。彼节者有间，而刀刃者无厚；以无厚入有间，恢恢乎其于游刃必有余地矣[13]。是以十九年而刀刃若新发于硎。虽然，每至于族，吾见其难为，怵然为戒，视为止，行为迟[14]。动刀甚微。謋然已解，如土委地[15]。提刀而立，为之四顾，为之踌躇满志，善刀而藏之[16]。”

文惠君曰：“善哉！吾闻庖丁之言，得养生焉。”

【注释】

[1] 养生主：养生的主要关键。主：关键。

[2] 庖丁：名叫丁的厨工。文惠君：既梁惠王。解牛：宰牛。履：踩踏。踦（jǐ 己）：一足站立，因为另一只脚正用膝盖抵住牛。砉（huā 花）然：皮肉与骨骼分离的声音。奏刀：进刀。騞（huō 豁）然：比较大的声响。中（zhòng 重）音：合乎音律。

[3] 桑林：传说是商汤时的乐曲。中：吻合，切合。经首：尧乐《咸池》中的乐章名。会：音节，节奏。

[4] 譆（xī 西）：赞叹声。善哉：好呀。盖：通“盍”，何。至此乎：到了这种地步。

[5] 道：此指事物的规律。进：超过。

[6] 所见无非全牛：指看见的是表面上完整的一头牛。

［7］未尝见全牛也：指熟练以后，只见到牛的骨骼筋节，再也不是一头完整的牛。

［8］神遇：用心神去接触。官知止：五官的感觉停止。神欲行：心神正在活动。

［9］天理：牛的自身结构。批：劈开。郤：同“隙”，筋骨间隙处。导：循着。窾（kuǎn 款）：空，指骨节的空隙处。因：依照。固然：牛本来的结构。

［10］技：清人俞樾认为是“枝”之误，指枝脉。经，经脉。肯：著骨肉。綮（qǐ 起）：筋肉相结处。技经肯綮：指宰牛难以剖解的部位。尝：碰到，接触。大軱（gū 姑）：股部大骨。

［11］割：割肉，指不顺腠理下刀割肉。折：用刀砍断筋骨。

［12］硎（xíng 刑）：磨刀石。新发于硎：指刀新磨好。

［13］节：指牛的骨节。间：间隙。无厚：极薄，厚度可以忽略不计。恢恢乎：宽大的样子。游刃：运转刀刃。

［14］族：筋骨交错聚结的地方。怵然：警惕的样子。视为止：目光凝聚在一点上。行为迟：放慢了动作。

［15］謋（huò 货）然：迅速分解的样子。一说，骨肉剥离的声音。

［16］善刀：擦拭干净刀。善：擦拭。

学习提示

宰牛到了这种境界，确实神乎其技。庖丁技艺精湛到能够穿过牛的外皮表面，透视牛的经络骨架，运刀于牛的骨节经脉空隙之处，不费力，不损刀刃。以至于宰牛刀用了19年，还像刚刚磨好似的。这样的宰牛技术，当然只是作者创作的夸张，有点寓言性质。庄子用来说明万物必须顺其自然，养生之道，同样贵在适应自然之理。如此形象的说理方式，容易理解与接受。使深奥的哲学命题，变得浅显易懂，而且也是在教导人们对待事物的一种正确处理方式。文章语言生动，简练扼要。许多语词作为成语被保留下来，一直活跃使用到今天，如：庖丁解牛、游刃有余、踌躇满志等。

思考题

1．“庖丁解牛”说明了怎样的一个生活哲理？

2．庖丁解牛19年刀刃如新，原因是什么？

3．从文学创作的角度阅读这篇文章，你认为有什么特点？

史　记

《史记》是司马迁创作的一部纪传体通史，也是我国古代第一部纪传体通史，记载了传说中的三皇五帝一直到汉武帝当政的3 000多年历史。分12本纪、10表、8书、30世家、70列传，共130篇。这种体例，是司马迁的独创，后来的史书几乎都是承袭《史记》的体例编写而成的。《史记》叙事的详略曲折、人物塑造的丰满生动，都给后代文学以深远的影响。司马迁（公元前145—?），字子长，夏阳龙门（今陕西韩城）人。祖先世为史官，父亲司马谈，曾任太史令。汉武帝元封三年（公元前108年），司马迁继任太史令。公元前104年，开始写作《史记》，持续到公元前91年，他完成了这部“史家之绝唱，无韵之离骚”（鲁迅《汉文学史纲要》）的伟大著作。

李将军列传（节选）

李将军广者，陇西成纪人也[1]。其先曰李信，秦时为将，逐得燕太子丹者也[2]。故槐里，徙成纪[3]。广家世世受射[4]。孝文帝十四年，匈奴大入萧关，而广以良家子从军击胡，用善骑射，杀首虏多，为汉中郎[5]。广从弟李蔡亦为郎，皆为武骑常侍，秩八百石[6]。尝从行，有所冲陷折关及格猛兽[7]。而文帝曰：“惜乎，子不遇时！如令子当高帝时，万户侯岂足道哉[8]！”

及孝景初立，广为陇西都尉，徙为骑郎将[9]。吴楚军时，广为骁骑都尉，从太尉亚夫击吴楚军，取旗，显功名昌邑下[10]。以梁王授广将军印，还，赏不行[11]。徙为上谷太守，匈奴日以合战[12]。典属国公孙昆邪为上泣曰：“李广才气，天下无双，自负其能，数与虏敌战，恐亡之[13]。”于是乃徙为上郡太守[14]。后广转为边郡太守，徙上郡[15]。尝为陇西、北地、雁门、代郡、云中太守，皆以力战为名[16]。

匈奴大入上郡，天子使中贵人从广勒习兵击匈奴[17]。中贵人将骑数十纵，见匈奴三人，与战[18]。三人还射，伤中贵人，杀其骑且尽。中贵人走广[19]。广曰：“是必射雕者也[20]。”广乃遂从百骑往驰三人[21]。三人亡马步行，行数十里[22]。广令其骑张左右翼，而广身自射彼三人者，杀其二人，生得一人，果匈奴射雕者也。已缚之上马，望匈奴有数千骑，见广，以为诱骑，皆惊，上山陈[23]。广之百骑皆大恐，欲驰还走[24]。广曰：“吾去大军数十里，今如此以百骑走，匈奴追射我立尽。今我留，匈奴必以我为大军之诱，必不敢击我。”广令诸骑曰：“前！”前未到匈奴陈二里所，止，令曰：“皆下马解鞍[25]！”其骑曰：“虏多且近，即有急，柰何？”广曰：“彼虏以我为走，今皆解鞍以示不走，用坚其意[26]。”于是胡骑遂不敢击。有白马将出护其兵，李广上马与十余骑奔射杀胡白马将，而复还至其骑中，解鞍，令士皆纵马卧[27]。是时会暮，胡兵终怪之，不敢击[28]。夜半时，胡兵亦以为汉有伏军于旁欲夜取之，胡皆引兵而去[29]。平旦，李广乃归其大军[30]。大军不知广所之，故弗从[31]。

居久之，孝景崩，武帝立。左右以为广名将也，于是广以上郡太守为未央卫尉，而程不识亦为长乐卫尉[32]。程不识故与李广俱以边太守将军屯[33]。及出击胡，而广行无部伍行陈，就善水草屯，舍止，人人自便，不击刁斗以自卫，莫府省约文书籍事[34]。然亦远斥候，未尝遇害[35]。程不识正部曲行伍营陈，击刁斗，士吏治军簿至明，军不得休息，然亦未尝遇害[36]。不识曰："李广军极简易，然虏卒犯之，无以禁也；而其士卒亦佚乐，咸乐为之死[37]。我军虽烦扰，然虏亦不得犯我。"是时汉边郡李广、程不识皆为名将，然匈奴畏李广之略，士卒亦多乐从李广而苦程不识。程不识孝景时以数直谏为太中大夫，为人廉，谨于文法[38]。

后，汉以马邑城诱单于，使大军伏马邑旁谷，而广为骁骑将军，领属护军将军[39]。是时单于觉之，去，汉军皆无功。其后四岁，广以卫尉为将军，出雁门击匈奴。匈奴兵多，破败广军，生得广[40]。单于素闻广贤，令曰："得李广必生致之[41]。"胡骑得广，广时伤病，置广两马间，络而盛卧广[42]。行十余里，广佯死[43]。睨其旁有一胡儿骑善马，广暂腾而上胡儿马，因推堕儿，取其弓，鞭马南驰数十里，复得其余军，因引而入塞[44]。匈奴捕者骑数百追之，广行取胡儿弓，射杀追骑，以故得脱[45]。于是至汉，汉下广吏[46]。吏当广所失亡多，为虏所生得，当斩，赎为庶人[47]。

顷之，家居数岁[48]。广家与故颍阴侯孙屏野居蓝田南山中射猎[49]。尝夜从一骑出，从人田间饮。还至霸陵亭，霸陵尉醉，呵止广[50]。广骑曰："故李将军。"尉曰："今将军尚不得夜行，何乃故也！"止广宿亭下[51]。居无何，匈奴入杀辽西太守，败韩将军，后韩将军徙右北平[52]。于是天子乃召拜广为右北平太守。广即请霸陵尉与俱，至军而斩之。

广居右北平，匈奴闻之，号曰"汉之飞将军"。避之数岁，不敢入右北平。广出猎，见草中石，以为虎而射之，中石没镞，视之石也[53]。因复更射之，终不能复入石矣。广所居郡闻有虎，尝自射之。及居右北平射虎，虎腾伤广，广亦竟射杀之。

广廉，得赏赐辄分其麾下，饮食与士共之[54]。终广之身，为二千石四十余年，家无余财，终不言家产事[55]。广为人长，猿臂，其善射亦天性也[56]，虽其子孙他人学者，莫能及广。广讷口少言，与人居则画地为军陈，射阔狭以饮[57]。专以射为戏，竟死[58]。

广之将兵，乏绝之处，见水，士卒不尽饮，广不近水；士卒不尽食，广不尝食[59]。宽缓不苛，士以此爱乐为用[60]。其射，见敌急，非在数十步之内，度不中不发，发即应弦而倒。用此，其将兵数困辱，其射猛兽亦为所伤云[61]。

居顷之，石建卒，于是上召广代建为郎中令[62]。元朔六年，广复为后将军，从大将军军出定襄，击匈奴[63]。诸将多中首虏率，以功为侯者，而广军无功[64]。后二岁，广以郎中令将四千骑出右北平，博望侯张骞将万骑与广俱，异道[65]。行可数百里，匈奴左贤王将四万骑围广，广军士皆恐，广乃使其子敢往驰之[66]。敢独与数十骑驰，直贯胡骑，出其左右而还，告广曰："胡虏易与耳[67]。"军士乃安。广为圜陈外向，胡急击之，矢下如雨[68]。汉兵死者过半，汉矢且尽。广乃令士持满毋发，而广身自以大黄射其裨将，杀数人，胡虏益解[69]。会日暮，吏士皆无人色，而广意气自如，益治军[70]。军中自是服其勇也。明日，复力战，而博望侯军亦至，匈奴军乃解去。汉军罢，弗能追[71]。是时，广军几没，罢归。汉法，博望侯留迟后期，当死，赎为庶人。广军功自如，无赏[72]。

初，广之从弟李蔡与广俱事孝文帝。景帝时，蔡积功劳至二千石。孝武帝时，至代相[73]。以元朔五年为轻车将军，从大将军击右贤王，有功，中率，封为乐安侯[74]。元狩二年中，代公孙弘为丞相[75]。蔡为人在下中，名声出广下甚远[76]。然广不得爵邑，官不过九卿，而蔡为列侯，位至三公[77]。诸广之军吏及士卒或取封侯。广尝与望气王朔燕语[78]，曰："自汉击匈奴而广未尝不在其中，而诸部校尉以下，才能不及中人，然以击胡军功取侯者数十人，而广不为后人，然无尺寸之功以得封邑者，何也[79]？岂吾相不当侯邪？且固命也[80]？"朔曰："将军自念，岂尝有所恨乎[81]？"广曰："吾尝为陇西守，羌尝反，吾诱而降，降者八百余人，吾诈而同日杀之。至今大恨独此耳。"朔曰："祸莫大于杀已降，此乃将军所以不得侯者也。"

后二岁，大将军、骠骑将军大出击匈奴，广数自请行[82]。天子以为老，弗许。良久乃许之，以为前将军[83]。是岁，元狩四年也。广既从大将军青击匈奴，既出塞，青捕虏知单于所居，乃自以精兵走之，而令广并于右将军军，出东道[84]。东道少回远，而大军行水草少，其势不屯行[85]。广自请曰："臣部为前将军，今大将军乃徙令臣出东道。且臣结发而与匈奴战，今乃一得当单于，臣愿居前，先死单于[86]。"大将军青亦阴受上诫，以为李广老，数奇，毋令当单于，恐不得所欲[87]。而是时公孙敖新失侯，为中将军从大将军，大将军亦欲使敖与俱当单于，故徙前将军广[88]。广时知之，固自辞于大将军。大将军不听，令长史封书与广之莫府，曰："急诣部，如书[89]。"广不谢大将军而起行，意甚愠怒而就部，引兵与右将军食其合军出东道。军亡导，或失道，后大将军[90]。大将军与单于接战，单于遁走，弗能得而还。南绝幕，遇前将军、右将军[91]。广已见大将军，还入军。大将军使长史持糒醪遗广，因问广、食其失道状，青欲上书报天子军曲折[92]。广未对，大将军使长史急责广之幕府对簿[93]。广曰："诸校尉无罪，乃我自失道。吾今自上簿[94]。"

至莫府，广谓其麾下曰："广结发与匈奴大小七十余战，今幸从大将军出接单于兵，而大将军又徙广部行回远，而又迷失道，岂非天哉！且广年六十余矣，终不能复对刀笔之吏[95]。"遂引刀自刭[96]。广军士大夫一军皆哭。百姓闻之，知与不知，无老壮皆为垂涕。而右将军独下吏，当死，赎为庶人。

【注释】

［1］陇西：汉郡名，在今甘肃东部。成纪：汉县名，在今甘肃省秦安县北。

［2］先：祖先。李信：秦名将。逐得：追获。燕太子丹使荆轲刺秦王，秦于是出兵击燕，李信追逐太子丹，燕王斩太子丹头献给李信。

［3］故：故居，原籍。槐里：汉县名，在今陕西省兴平东南十里。

［4］受：学习。

［5］孝文帝十四年：公元前166年。大入：大举入侵。萧关：汉关塞名，在今甘肃省环县西北。良家子：好人家子弟，即非医、商、乐、百工等古代被视作低贱一等职业人家的子弟。用：因为。善：擅长。首虏：斩杀敌人首级。中郎：官职名，属皇帝侍卫官，担任宫禁中守卫值夜的工作。皇帝出行，充当车骑以为护卫。年俸六百石。

［6］从弟：堂弟。武骑常侍：官职名，皇帝的侍从官。秩：年俸。李广与堂弟李蔡皆由郎官升任武骑常侍，年俸八百石。

［7］从行：随从文帝出行。冲陷：冲锋陷阵。折关：抵御防守。

［8］当高帝时：生在汉高祖刘邦的时代。万户侯：封邑万户的侯爵。

［9］孝景：孝景帝，公元前157年登基。陇西都尉：陇西郡守的佐职，掌管该郡武备军卒。徙：迁职。骑郎将：统率骑马护卫皇帝车驾侍从的将官。

［10］吴楚军时：对吴、楚用兵时。吴、楚七国反，朝廷以太尉周亚夫为主帅，统军征讨，李广从军出征。昌邑：地名，在今山东省金乡县西北。

［11］"以梁王"三句：李广是朝廷的将领，在梁地建功，接受梁孝王封将授印的奖赏，得罪朝廷，故回师后不得朝廷赏赐。

［12］上谷：郡名，今河北省西北部及中部一部分地区。日：每天。合战：交战。

［13］典属国：官职名，掌管少数民族事务。上：指孝景帝。数（shuò 朔）：多次。亡：阵亡，使动用法。

［14］上郡：郡名，在今陕西省北部及内蒙古自治区部分地区。

［15］徙上郡：与前句重复，疑有误。

［16］北地：郡名，在今甘肃省东北部和宁夏自治区部分地区。雁门：郡名，在今山西省西北部。代郡：郡名，在今山西、河北两省的北部。云中：郡名，在今山西省西北部与内蒙古自治区部分地区。

［17］中贵人：宫中贵人，指皇帝宠幸的宦官。勒：部勒，约束。即让中贵人部属于李广。习兵：学习军事。

［18］将：带领。纵：纵马驰骋。与战：与匈奴三人接战。

［19］走广：奔逃到李广那里。

［20］是：这。射雕者：匈奴军队中善骑射的能手。

［21］从：使……随从，即带领之意。往驰：奔驰追逐。

［22］亡：失去。

［23］陈：通“阵”。指匈奴数千骑兵见李广百骑如此深入自己的一方，以为是来引诱他们的，所以赶紧上山布置好阵势。

［24］欲驰还走：打算策马奔驰，逃回己方阵营。

［25］下马解鞍：一起下马，并把马鞍卸下来。

［26］用坚其意：用来坚定匈奴以为我们是诱骑的想法。

［27］“有白马将”句：匈奴方有骑白马的将领出来监护手下的兵卒。纵马卧：把马放开，随意躺下。

［28］会暮：恰逢黄昏时刻。

［29］取：攻取。引兵：率军。

［30］平旦：天亮时。

［31］所之：到哪里去了。弗从：没有追随接应。

［32］左右：皇帝左右亲信。未央卫尉：未央宫（皇帝所居）禁卫军的官长。长乐卫尉：长乐宫（太后所居）禁卫军的官长。

［33］故：从前。边太守：边郡太守。将军：率领军队。屯：驻扎。

［34］部伍行（háng 杭）陈：军队的编制与行军阵势。善水草：水草好的地方。舍止：停宿过夜。刁斗：似铜锅，白天用来烧饭，夜间用来打更。莫府：幕府，将帅的参谋办事机构。莫：通“幕”。省约：简化，简便。文书籍事：军队中的一切文书簿籍之事。

［35］斥候：侦察人员，这里指哨兵。

［36］正：规整。部曲：部属。治军簿：办理军事文书。

［37］虏：对敌军蔑视性的称呼。卒：通“猝”，突然。禁：抵御，阻挡。佚乐：即逸乐，安逸享乐。咸：全，都。

［38］太中大夫：官职名，掌管朝廷议论。谨于文法：对朝廷的条文法令，执行得非常谨慎认真。

［39］马邑：县名，在今山西省朔县。武帝元光二年（前 133），汉朝派马邑人聂壹去诱单于，自称愿为内应，单于于是率十万骑兵进攻马邑。骁骑、护军：军中将领头衔。韩安国时为护军将军，是军中主将，李广归属其领导。领属：归属领导。

［40］破败：击破，打败。生得：活捉。

［41］贤：这里指才能。生致之：活的送过来。

［42］络：用绳子结成网兜。盛：放。即将网兜系在两匹马身上，让李广躺在中间。

［43］佯死：假装昏迷过去。

［44］睨（nì 腻）：斜眼悄悄察看。善马：快马，骏马。暂腾：突然腾身跃起。

［45］行取：边骑马赶路边取弓箭射击。以故：由于这样原因，因此。脱：逃脱。

［46］下广吏：把李广交给执法官去审问。

［47］当（dàng 荡）：判决。失亡：损失，伤亡。赎为庶人：纳粟赎罪，免死而降为平民。

［48］顷之：不久。

［49］故颍阴侯孙：已故的颍阴侯灌婴之孙，名强。屏野：退隐田野。蓝田南山：今陕西省蓝田县终南山。

［50］霸陵：汉县名，今陕西省长安东。亭：驿亭。

［51］止：此指扣留。

［52］居无何：过了不久。辽西：郡名，在今河北省东北部、内蒙古自治区昭乌达盟和辽宁省西部。韩将军：指韩安国。右北平：郡名，今河北省蓟县以东及辽宁省部分地区。

［53］中石没镞：射中石头，箭头都陷入石内。镞：箭头。

［54］廉：廉洁。麾下：部下。

［55］二千石：汉代中层官员的年俸，如太守、郎中令等。

［56］猿臂：臂长而灵活似猿者，称“猿臂”。

［57］讷口：口才笨拙。居：之平日闲居游戏之时。画地为军陈：在地上画出军伍阵势。射阔狭以饮：比较射程的远近来赌酒。或说：以射中地上所画阵势中或阔或狭之处赌输赢。

［58］竟死：一直到死。

［59］乏绝之处：缺水少粮的地方。

［60］宽缓：宽松，要求不急迫。苛：严酷。爱乐为用：喜欢、乐意听李广使唤。

［61］用此：因此。将兵：率军队。数：多次。困辱：陷入困境，遭受失败的耻辱。

［62］居顷之：过了不久。郎中令：官职名，掌管宫殿门户。

［63］元朔六年：公元前123年。后将军：官职名，其位次于上卿。大将军：官职名，是军职中的最高勋衔。这里指卫青，武帝皇后卫子夫的同母弟。定襄：郡名，在今山西省右玉县以北及内蒙古自治区西南部。

［64］中首虏率：斩首与俘获的数量符合朝廷的规定。中：符合。率：标准，规定。

［65］博望侯张骞（qiān 千）：汉中人，武帝时使西域，建功，封博望侯。异道：分路行军。

［66］可：大约。左贤王：匈奴最高官职。往驰之：奔驰向匈奴的队伍。

［67］直贯胡骑：一直冲破匈奴骑兵的包围圈。出其左右：出入于包围圈的左右两翼。易与：容易对付。

［68］圜陈：圆形阵势。外向：面朝敌军。

［69］大黄：弩弓名。裨将：副将。益解（xiè 谢）：更加松懈。解，通“懈”。

［70］意气自如：神色镇定自如，与平常一样。治军：整顿军队。

［71］罢：通“疲”，疲惫。

［72］军功自如：杀伤敌人与自己的损失一样，功过相抵。

［73］代：代国，在今河北省蔚县东北及山西省北部。

［74］元朔五年：公元前124年。大将军：指卫青。右贤王：匈奴在单于之下设左、右贤王，以左为尊。中率：指杀伤与俘获符合朝廷标准。

［75］元狩二年：公元前121年。公孙弘：字季，元朔中为丞相。弘死，李蔡代为丞相。

［76］下中：下等之中的中等。出广下：在李广之下。

［77］不得爵邑：没有得到爵位与封邑的赏赐。九卿、三公：汉代官职，以丞相、太尉、御史大夫为三公，位最尊；以太常、光禄勋、卫尉、太仆、廷尉、鸿胪、宗正、大司农、少府为九卿，位次三公。

［78］望气：指观测天象、预卜命运的人。燕语：私下闲谈。

［79］不为后人：没有落后于人。尺寸之功：点滴功勋。

［80］相：容貌，骨相。

［81］恨：遗憾。

［82］后二岁：即元狩四年，公元前119年。这一年春，大将军卫青、骠骑将军霍去病各率大军，分路从定襄、代郡出发，出击匈奴。

［83］前将军：前军主帅。

［84］走之：追逐单于。令广并于右将军：命令李广部队与右将军赵食其（yì jī 易基）所部合并到一起。

［85］少：通“稍”，稍微，比较。回远：迂回，路程较远。不屯行：不利大军通行。屯：众人聚集。

［86］结发：成年。古代男子成年时结发于顶，故称。当：正面相遇。先死单于：先与单于决一死战。

［87］阴：暗中。上诫：武帝的告诫。数奇（jī 基）：命运不好。奇，单数，古人以为单数不吉利。不得所欲：得不到想获得的东西。

［88］公孙敖：武帝时武将，曾救卫青于危难。后三次跟随卫青出征匈奴，有功，封合骑侯。元狩二年率军出击匈奴，未能如期到达，当斩，赎为庶人。

［89］文书：指主帅的命令。与广之莫府：送到李广的幕府中。诣部：到达部属的位置。如书：按照命令行事。

［90］亡导：失去了向导。失道：迷失方向。后大将军：落在大将军后面，没有如期会师。

［91］绝幕：横渡沙漠。幕，通“漠”。

［92］糒醪（bèi láo 备劳）：干粮与酒。遗：赠送。失道状：迷失道路的具体情况。军曲折：详细的军情。

［93］广之幕府：李广幕府的军吏。对簿：核对文书，对质说明情况，带有审问的意味。

［94］上簿：即对簿。因为是见上级，所以称“上簿”。

［95］刀笔之吏：管文书的官吏。古代文书写在竹简上，用笔书写，用刀削去误字。

［96］自到：自刎。

学习提示

《史记》是史书，非文学创作，但是却具有很高的文学审美价值。《史记》的文学审美价值，集中体现在人物传记部分，《李将军列传》是其中的佼佼者。李广一生，富于传奇色彩。他为人宽厚，善待士兵；武艺出众，胆略过人。与匈奴交战无数，匈奴人也尊称他为“飞将军”。在这无数次的战争中，他曾斩将夺旗，曾深入敌后，曾孤军突围，曾被俘而只身逃脱，曾削职为民。他历任边塞诸郡太守，转战千里，为捍卫国家的边塞贡献了毕生，却很少计较个人的荣辱得失。司马迁将个人对李广的崇敬贯注到行文之中，文章写得有气势、有情感。对李广一生的不幸遭遇，司马迁也为之扼腕叹息。李广最终自刎，“百姓闻之，知与不知，无老壮皆为垂涕”。这是广大民众对李广的情感，也是作者情感的自然流露。但是，作为史学家，司马迁并不避讳描写自己所尊敬的人物身上所存在的性格缺陷。如李广为中贵人而穷追匈奴射雕者，以至于孤军被困，作为主帅有逞勇轻率的一面；斩霸陵尉一事，心胸过于狭小；与大将军卫青过于计较，也有值得批评的地方；而他自述的屠杀已经投降的少数民族兵士，又有残暴的一面。对李广的一生不遇，作者通过文帝的感慨，写出其生不逢时；又通过与才能下中的李蔡比较，为之愤愤不平。同时不回避李广自身的原因。如平吴楚叛乱时，接受梁孝王的封赏，是武将头脑简单，没有政治眼光；逞个人之勇而多次导致军队的困辱，影响了他军事才华的充分发挥，等等。这些描写，写出了李广的情感世界、个性特征，使李广这个人物血肉丰满，李广因此显得更接近平常人，更可亲可爱，更具历史感与真实感。中国历史上多外来民族入侵，多边患。李广由于《史记》的记载与塑造，成为后人心目中的民族英雄。“但使龙城飞将在，不教胡马度阴山。”李广的魅力是永恒的。

思考题

1.《李将军列传》怎样描写李广富有传奇色彩的一生？

2. 司马迁对李广的情感在文章中是如何表现的？

3. 李广的一生带有悲剧色彩，当时的人是怎么看待的？你认为原因何在？

第二部分 魏晋南北朝（一）

中国古代文学作品选读

诗

曹　操

曹操（155—220），字孟德，沛国谯郡（今安徽亳县）人，三国时期优秀的军事家、政治家和文学家。二十岁举孝廉。东汉末，在镇压黄巾起义中，逐步扩充军事和政治实力。建安元年（196）迎立献帝，“挟天子以令诸侯”，逐步统一北方，形成与东吴、西蜀相峙的三国鼎立局面。其子曹丕称帝后，追尊曹操为“武皇帝”，故后人称他为“魏武帝”。曹操诗歌今存二十余首，多用乐府古题写时事，将乐府发展到一个新的阶段。且擅长创作四言诗，是《诗经》之后四言诗的又一次辉煌，而且也是四言诗的最后一次辉煌。

蒿里行[1]

关东有义士，兴兵讨群凶[2]。初期会盟津，乃心在咸阳[3]。军合力不齐，踌躇而雁行[4]。势利使人争，嗣还自相戕[5]。淮南弟称号，刻玺於北方[6]。铠甲生虮虱，万姓以死亡[7]。白骨露於野，千里无鸡鸣。生民百遗一，念之断人肠[8]。

【注释】

[1] 蒿里行：古代送葬时唱的挽歌，属古乐府《相和歌·相和曲》。

[2] 关东：函谷关以东地区。义士：指起兵讨伐董卓的关东各郡的首领。献帝初平元年（190）正月，关东各郡起兵征讨董卓，推渤海太守袁绍为盟主。群凶：指董卓及其党羽。

[3] 期：希望。会：会师。盟津：即孟津，古黄河渡口，在今河南孟县南。相传此地是武王伐纣时八百诸侯会师的地方，诗歌以此暗喻这次出师的正义性。乃心：其心。《尚书·康王之诰》：“虽尔身在外，乃心罔不在王室。”后世称忠心国事为“乃心王室”。咸

阳：秦朝都城，借指董卓所控制的长安一带。董卓此时挟持献帝迁都长安。

［4］踌躇：徘徊，犹豫不进。雁行：像飞雁排行一样依次列阵，相互观望。

［5］嗣还（xuán 旋）：其后不久。戕（qiāng 枪）：戕害，残杀。盟军之间，随即为利益开始相互残杀，联盟遂告瓦解。

［6］“淮南”句：指袁术割据淮南，僭越称帝。建安二年（197），袁绍异母弟袁术在淮南（今安徽六安、巢湖地区）寿春（今安徽寿县）称帝，与袁绍翻脸成仇。“刻玺”句：初平二年（191），袁绍谋废献帝，与冀州牧韩馥密谋，立幽州牧刘虞为帝，因此私刻金玺。后未果。玺：皇帝所用的印。

［7］铠（kǎi 凯）甲：将士护体的铠甲。

［8］生民：人民、百姓。

学习提示

东汉末年，各路诸侯争霸混战，连年不休。他们或“挟天子以令诸侯”，或凭借实力妄自称帝。他们的一切作为，并不顾及普通百姓的利益，完全出于一己私利。在这些争霸的诸侯中，曹操是一位比较有政治头脑与眼光的。他明白百姓的利益与诸侯的霸权最终是不可以分离的，所以，他对当时的民生疾苦，有很切实的关心。这首诗描述了袁绍联盟讨伐董卓以来的数次军阀争霸战争，尤其关注战争给社会生产带来的冲击，给百姓带来的灾难。那就是田地荒芜，尸骨遍野，到处荒凉残破，民生凋敝。诗歌以写实的手法，描绘出一幅汉末社会离乱图，令人触目惊心。明人钟惺《古诗归》因此推崇说：“汉末实录，真诗史也。”诗歌所具有的苍凉凄楚的格调，也流露出诗人内心的忧愤与抱负。

短歌行[1]

对酒当歌，人生几何[2]？譬如朝露，去日苦多[3]。慨当以慷，忧思难忘[4]。何以解忧？唯有杜康[5]。青青子衿，悠悠我心[6]。但为君故，沉吟至今[7]。呦呦鹿鸣，食野之苹。我有嘉宾，鼓瑟吹笙[8]。明明如月，何时可掇[9]？忧从中来，不可断绝。越陌度阡，枉用相存[10]。契阔谈宴，心念旧恩[11]。月明星稀，乌鹊南飞。绕树三匝，何枝可依[12]？山不厌高，海不厌深[13]。周公吐哺，天下归心[14]。

【注释】

［1］短歌行：古乐府《相和歌·平调曲》名。

[2] 当：对。几何：多少。

[3] 去日：流逝的岁月。苦：苦于。

[4] 慨当以慷：即“慷慨”，激昂不平。忧思：建立功业受挫的内心忧虑焦灼。

[5] 何以：以何，凭什么。杜康：相传是古代酿酒的创始人，这里代指“酒”。

[6]“青青子衿（jīn 今）”二句：用《诗经·郑风·子衿》成句。青衿：周代学子的服装。悠悠，长久，深远。形容思念之情的久远。

[7] 沉吟：沉思吟味。指整日在心头盘旋考虑。

[8]“呦呦鹿鸣”四句：用《诗经·小雅·鹿鸣》成句。《鹿鸣》原为宴飨宾客的乐章，此处表示欢迎贤才的诚意。呦呦（yōu 优）：鹿的鸣叫声。瑟：中国传统的一种弦乐器。

[9] 掇（duō 多）：拾取。这里以明月之不可拾取，比喻求贤难得。掇，一作“辍”，停止之意，语意亦通。

[10] 越陌度阡：指四方贤才从各处远道而来。陌、阡：田间小道。东西为“陌”，南北为“阡”。这里代指道路。枉用相存：屈驾来访。枉：枉驾，屈驾。用：以。存：拜访，问候。

[11]“契阔谈宴”二句：我们一见如故，犹如阔别重逢之倾谈欢宴，这都是因为我们怀念着旧日的友情。契阔：聚散。引申为久别重逢。契：投合，情意投合。阔：阔别，久别重逢。谈宴：谈心宴饮。旧恩：往日的情谊。

[12] 匝（zā 咂）：一周圈。

[13] 厌：满足，嫌弃。

[14] 周公吐哺：指周公吐出口中正在吃的食物，起来接待贤才。周公：西周武王之弟，名旦，助武王灭殷。后辅佐成王，建立周朝典章制度。《史记·鲁周公世家》载周公的话：“我一沐三握发，一饭三吐哺，起以待士，犹恐失天下之贤人。”哺：口中咀嚼着的食物。

学习提示

曹操胸怀问鼎中原、统一全国的大志，在汉末异常动荡混乱的岁月里，曲折艰辛，挫折不断，困难重重。面对流逝的时光，诗人常常会有功业未就、时不我待的焦灼感。诗人不是在焦灼中消沉颓唐，而是积极奋进。这种顽强的进取精神，体现在求贤若渴的态度上。全诗贯穿着求贤若渴这一主题。诗人呼唤天下贤才赶紧投奔自己，自己将与他们一见如故，倾心交往，以礼相待，人尽其才。诗人清楚意识到，只有汇聚了天下英才，功业才能成就。这是一位政治家的宽广胸怀与深邃眼光。诗歌在深沉的忧郁中激荡着一股慷慨激昂的情绪，悲凉而不低沉。

思考题

1.《短歌行》表现了诗人怎样的思想感情？与当时社会现实环境有什么关系？
2.“魏晋风骨”在《短歌行》中是怎样体现的？
3.《短歌行》有哪几方面的艺术特色？
4. 背诵这首诗歌。

步出夏门行[1]

东临碣石，以观沧海[2]。水何澹澹，山岛竦峙[3]。树木丛生，百草丰茂。秋风萧瑟，洪波涌起[4]。日月之行，若出其中；星汉灿烂，若出其里[5]。幸甚至哉，歌以咏志[6]。

【注释】

[1] 步出夏门行：又名《陇西行》，古乐府《相和歌·瑟调曲》名。曹操这组诗共有“艳”（前奏曲）一章，正曲四章。这里选的是第一曲。

[2] 东临碣石：建安十二年（207），曹操征乌桓，过碣石山而作。碣石山，在右北平郡骊成县（今河北乐亭县）西南。一说，在河北省昌黎县西北。

[3] 澹澹（dàn 旦）：水波摇荡的样子。竦：通“耸”，高起的样子。峙：挺立。

[4] 萧瑟：秋风声。

[5] 其中：指大海之中。与“其里”同义。星汉：银河。

[6]“幸甚”二句：合乐演奏所加，每首曲子结尾都有，与正文关系不大，或根本没有关系。幸：庆幸。至：极。

学习提示

建安十二年（207），曹操为了消灭逃到乌桓的袁绍残部，率军北征。这首诗作于行军途中。诗人宽广的胸怀，借茫茫无际、汹涌起伏的沧海，充分表现了出来。诗人是在礼赞大海，倾倒于大海的辽阔无涯，日月星辰仿佛都由大海孕育产生。诗歌气魄极其宏伟庞大，体现了诗人非同凡人的精神境界。而秋风萧瑟、树木丛生的景象，又有几分萧条枯萎，带着一丝丝悲凉，体现的是一种时代的氛围。

曹 丕

曹丕（187—226），字子桓，曹操次子，沛国谯郡（今安徽亳县）人。建安二十五年（220）代汉帝自立，是为魏文帝。曹丕生活在相对安定的环境中，文学创作内容也相对狭窄，主要集中在男女爱情与游子思妇这两个方面。现存诗歌约四十首，文辞优美，擅长抒情，尤其讲究情景交融手段的运用。此外，其《典论·论文》是中国古代最早的文学理论批评专著，从理论上给文学创作以崇高的地位，标志着文学创作自觉时代的到来。

燕歌行[1]

秋风萧瑟天气凉，草木摇落露为霜，群燕辞归雁南翔[2]。念君客游思断肠，慊慊思归恋故乡，君何淹留寄他方[3]？贱妾茕茕守空房，忧来思君不敢忘，不觉泪下沾衣裳[4]。援琴鸣弦发清商，短歌微吟不能长[5]。明月皎皎照我床，星汉西流夜未央[6]。牵牛织女遥相望，尔独何辜限河梁[7]？

【注释】

[1] 燕歌行：古乐府《相和歌·平调曲》名。古乐府歌曲冠以地名，用以表现乐曲的地方特色。燕，乃古代的北方边地（今河北省北部一带）。这些地方，自古以来征战不断，所以，《燕歌行》经常用来抒写征夫思妇的离别相思之情。曹丕这首《燕歌行》，是现存最早的文人七言诗。

[2] 萧瑟：秋风声。摇落：凋落，凋零。雁：《乐府诗集》作鹄（hú 湖），天鹅。

[3] 思断肠：形容相思至极，肝肠寸断。《乐府诗集》作“多思肠”。慊慊（qiàn 欠）：怨恨不满的样子。淹留：滞留，久留。寄：寄居，客居。

[4] 茕茕（qióng 穷）：孤独的样子。

[5] 援：取。清商：乐调名。节奏短促，音调凄清。短歌：节奏短促、不能长歌曼吟之曲。微吟：低声吟唱。

[6] 星汉：银河。夜未央：夜未尽，指深夜。

[7] 牵牛：牵牛星，俗称牛郎星，在银河南。织女：织女星，在银河北。尔：你们，指牛郎织女。何辜：何罪。河梁：河上的桥梁，即鹊桥。

学习提示

这是闺妇思念游子之作，是“代言体”，即男性作家代闺中女子抒情。这种“代言体”，在唐诗里面频频出现，在宋词里面就泛滥起来了。曹丕的《燕歌行》有开风气之先的作用。诗人将思妇安置在深秋气候转冷、草木枯萎的萧条冷落背景之中，渲染了极其浓郁的“悲秋”气氛，来烘托思妇牵挂游子的忧伤与幽恨。诗歌的语言既清丽通俗，又含蓄委婉。显示出诗人一方面接受了民歌的影响，另一方面又经过自己的精心安排布置。较高的文化修养融会其中，具有雅俗共赏的优点。抒情的细腻，心理描述的深入，都非常吻合女性的性别特征，诗人是善于观察、善于捕捉、善于描写的。

曹 植

曹植（192—232），字子建，曹操第三子，曹丕之弟，沛国谯（今安徽亳县）人。曹植聪颖过人，深得乃父曹操的喜爱，曹操一度想立他为嗣。所以，曹植与曹丕之间展开了残酷的继承王位的权力之争。曹丕继位之后，对曹植深怀警惕之心，曹植从此生活在猜忌和怨恨之中。40岁时抑郁而死。曹植是建安时期最负盛名的作家，《诗品》推许曹植为“建安之杰”，且以“骨气奇高，词采华茂”评价其诗作。后人对其同样十分推崇，谢灵运以“才高八斗”来形容曹植的诗才。其著作今存《曹子建集》。

杂 诗[1]

南国有佳人，容华若桃李[2]。朝游江北岸，日宿潇湘沚[3]。时俗薄朱颜，谁为发皓齿[4]？俯仰岁将暮，荣耀难久恃[5]。

【注释】

[1] 杂诗一组共六首，这是其中的第四首。这六首诗同载于《文选》，但不是同时之作，内容上也彼此没有关联。从这样一些角度来说，并不是组诗。

[2] 南国：江南。屈原《橘颂》：“受命不迁，生南国兮。”

[3] 日宿潇湘沚：一作“日夕宿湘沚”。沚：水中小洲。

[4] 薄：轻视，鄙薄。朱颜：红颜，青春美貌。谁为：为谁。发：开。发皓齿：启齿唱歌，或露齿言笑。

[5] 俯仰：喻时间短促。荣耀：原指花开灿烂之时，喻指青春美貌。

学习提示

这是一首用《离骚》“香草美人”象征笔法抒写内心愤懑的诗歌。美颜若桃李的“南国佳人”，居然飘零无所依，不被时俗所重，在寂寞孤独中蹉跎岁月。一旦红颜老去，一生也就将无所作为了。这显然是以美人自喻，写自己才华不得赏识、抱负不得施展的痛苦，写自己因时光流逝而无所作为的焦虑。杜甫的《佳人》明显受此诗影响，诗歌说：“绝代有佳人，幽居在空谷。自云良家子，零落依草木。关中昔丧败，兄弟遭杀戮。官高何足论，不得收骨肉。世情恶衰歇，万事随转烛。夫婿轻薄儿，新人已如玉。合昏尚知时，鸳鸯不独宿。但见新人笑，哪闻旧人哭。在山泉水清，出山泉水浊。侍婢卖珠回，牵萝补茅屋。摘花不插发，采柏动盈掬。天寒翠袖薄，日暮倚修竹。”两首诗的寓意、造句、手法，都非常相似，其承继关系一目了然。

七　哀[1]

明月照高楼，流光正徘徊。上有愁思妇，悲叹有余哀。借问叹者谁？自云宕子妻[2]。君行逾十年，孤妾常独栖[3]。君若清路尘，妾若浊水泥。浮沉各异势，会合何时谐？愿为西南风，长逝入君怀[4]。君怀良不开，贱妾当何依[5]？

【注释】

[1]《乐府诗集》收此诗，将其视作乐府歌辞。《文选》六臣注吕向说：“七哀谓痛而哀，义而哀，感而哀，怨而哀，耳目闻见而哀，口叹而哀，鼻酸而哀。”聊备一说。

[2] 宕子：游子。宕，通“荡”。

[3] 逾：超过。

[4] 逝：去，往。

[5] 良：诚然，确实。

学习提示

写思妇幽居的怨苦之情，本诗颇有特色。这里不是在写思念之情，诗人跳出窠臼，着力描写思妇对游子的怨恨。对出门十多年的游子，思妇自然有心存疑虑，是否在他乡另有所欢，是否富贵忘归，等等。所以，才会有“清路尘”与“浊水泥”的比喻，写自身的抑郁与不幸遭遇。然而，最终难掩思念只情，故愿化作“西南风”，寻君而去。这是古代“从一而终”的女性的悲哀。或有人以为“浮沉各异势”是比喻自己与曹丕的遭遇的不同，“孤妾”是自喻。诗歌中有很形象、新颖的比喻，令人过目难忘。

白马篇[1]

白马饰金羁，连翩西北驰[2]。借问谁家子？幽并游侠儿[3]。少小去乡邑，扬声沙漠垂[4]。宿昔秉良弓，楛矢何参差[5]。控弦破左的，右发摧月支[6]。仰手接飞猱，俯身散马蹄[7]。狡捷过猴猿，勇剽若豹螭[8]。边城多警急，虏骑数迁移[9]。羽檄从北来，厉马登高堤[10]。长驱蹈匈奴，左顾凌鲜卑[11]。弃身锋刃端，性命安可怀[12]？父母且不顾，何言子与妻[13]？名编壮士籍，不得中顾私[14]。捐躯赴国难，视死忽如归[15]。

【注释】

[1] 白马篇：这是曹植自己创造的乐府新题，属于《杂曲歌辞·齐瑟行》。《太平御览·兵部》引此诗，题作《游侠篇》。

[2] 金羁：金饰的马笼头。连翩：鸟儿翻飞不停的样子，形容骏马矫健飞驰。

[3] 幽并：幽州与并州。幽州相当于今河北、北京一带地区，并州相当于今山西、陕西一带地区。史书上称幽并之民“好气任侠”。

[4] 去：离开。乡邑：乡镇，指故乡。扬声：扬名。沙漠垂：垂：通“陲”，边地。

[5] 宿昔：每天，经常。秉：手持。楛（hù户）矢：用楛木枝作的箭。矢：箭镞，代指箭。参差：不整齐的样子。

[6] 控弦：张弓，拉弓。破：射破。左的：左边的射击目标。右发：向右边发箭。摧：摧毁。月（ròu肉）支：箭靶的名称。

[7] 仰手：指仰身射箭。接：迎面射击。飞猱（náo挠）：敏捷如飞的一类猿猴。或说也是一种箭靶名。散：射碎。马蹄：一种箭靶名。

[8] 狡捷：灵巧敏捷。勇剽（piào票）：勇猛剽悍。螭（chī吃）：传说中形状如龙的黄色猛兽。

[9] 警急：紧急警报。虏骑，敌人骑兵。数（shuò硕）：屡次，频繁。迁移：移动，调动，指敌兵入侵。

[10] 羽檄：插上羽毛的紧急军事文书。插上羽毛，表示像鸟飞一样的迅速紧急。古代以此表示文书的紧急程度。厉马：策马。堤：建筑以御敌的工事。

[11] 蹈：践踏。陵：凌驾，这里也是践踏的意思。匈奴、鲜卑：都是中国古代北方游牧部族，这里代指外族入侵者。

[12] 弃身：舍命，即拼命的意思。锋刃端：刀枪锋刃之间。安可怀：哪里能爱惜自己的性命？

[13] 且：尚且，都还。何言：哪里还谈得到。

[14] 壮士籍：军籍，兵勇的名册。古代以一尺二寸的竹简，详细记录兵勇的姓名、年龄、籍贯、相貌等。中顾私：心中顾念个人的私事。中：内心。

[15] 忽如归：恍若归家一样。忽：恍若，好像。

学习提示

曹植才华横溢，志向远大，曾一度有成为权力继承人的希望。曹植的早年生活，又是在动乱与军旅中度过的，曾随父亲曹操“南极赤岸，东临沧海，西望玉门，北出玄塞”（曹植《求自试表》），有比较丰富的生活阅历。早年的曹植，以国仇为己任，有积极报效国家的愿望。这首诗，透露的就是早年这样一种奋发进取的心态。诗歌塑造了一位武艺出众、胆略过人、心怀国事、视死如归的“幽并”游侠少年，而且对这位少年充满了赞美之情，其中所寄寓的是个人的胸怀与志向。诗歌运用适度的夸张、整齐的排比、匀称的对偶、华茂的词章，表现主题思想，形成“骨气奇高，词采华茂”的特色，代表了建安时期较高的艺术成就。

思考题

1. 《白马篇》描述了怎样一位主人公形象？其中所表现的是诗人怎样的一种思想情感？

2. 《白马篇》如何表现了曹植诗歌“词采华茂”的特征？

3. 《诗品》推许曹植为“建安之杰”，通过这首诗歌，谈谈你的看法。

4. 背诵这首诗歌。

阮　籍

阮籍（210—263），字嗣宗，陈留尉氏（今河南开封）人，“建安七子”之一阮瑀的儿子。曾任步兵校尉，世称“阮步兵”。又名列“竹林七贤”。阮籍身处魏与晋朝代与权力更替之际，面对司马氏集团滥杀异己的政治恐怖，转而崇尚老庄思想，行为放诞不拘，以此作为对现实的消极抵抗方式。另一方面，他怯于正面抗争，始终与司马氏集团周旋应酬，以求保全性命。这种言行与内心不一的焦灼矛盾，政治高压下的内心恐惧与愤懑，便含蓄隐约地表现在诗文之中。现存82首《咏怀诗》，涉及面比较广泛，如批评曹魏君臣的荒淫腐败，揭露司马氏集团的政治恐怖，抒发个人内心的愤懑，等等。又大量运用比兴、象征、隐喻、寄托等修辞手法，委婉曲折地表现自我情感，继承了楚辞、古诗十九首的优良传统，将抒情诗的创作发展到一个新的阶段。

咏怀诗[1]

其　一

夜中不能寐，起坐弹鸣琴。薄帷鉴明月，清风吹我衿[2]。孤鸿号外野，翔鸟鸣北林[3]。徘徊将何见？忧思独伤心！

【注释】

[1]《咏怀诗》82首，是阮籍平生诗作的总题，大体作于正始时代（240—265）。

[2] 帷：帷幔。鉴：照。衿：衣襟。

[3] 孤鸿：失群的大雁。翔鸟：飞翔之鸟，因月明之故。北林：此处是泛指。《诗经·陈风》：“鴥彼晨风，郁彼北林。未见君子，忧心钦钦。”这里有用此典之意。

学习提示

这首诗抒写自己在孤寂无寐的夜晚内心之忧伤与苦闷。阮籍内心凄苦的真正原因都是不可明说的，诗歌中只能做非常笼统含蓄的表达。诗人深夜失眠，只得以弹琴来排遣愁苦意绪。失眠的缘由，诗人突然搁置不言，转写深夜周围的环境。明月透过薄薄的帷幕，照进屋内，清风吹动了诗人的衣襟，读者可以将其理解为清丽凉爽的夜景。但结合下两句描写，野外有失群的孤雁在悲号，飞鸟夜里被惊起而不得安眠，以及“北林”典故中包含的“未见君子，忧心钦钦”的潜在含义，前面的景色就变为凄清凄凉。诗人以“忧思独伤心”点明今夜无眠的原因，也是弹琴所抒发的情感，但最终也不明说为何忧伤，留下许多空间供读者想象。

其　三

嘉树下成蹊，东园桃与李[1]。秋风吹飞藿，零落从此始[2]。繁华有憔悴，堂上生荆杞。驱马舍之去，去上西山趾[3]。一身不自保，何况恋妻子[4]。凝霜被野草，岁暮亦云已[5]。

【注释】

[1] 嘉树：指东园的桃李树。蹊：小路。《史记·李将军列传》："桃李不言，下自成蹊。"是这两句诗的出处。

[2] 藿（huò 获）：豆叶。零落：凋零，飘落。

[3] 西山：即首阳山。相传是古代伯夷、叔齐避乱隐居的地方。趾：山脚。

[4] 一身：自身。妻子：妻子与儿女。

[5] 被：覆盖。亦云已：也已经完了。

学习提示

在司马氏的政治高压之下，诗人时常有一种生命的恐惧，大乱将至、性命难保的深层忧虑，不时地在诗歌里流露出来。这首诗前人认为是一种象征笔法。首二句写世事繁盛之时，也是曹魏政权与诗人自身的好时光。然而，繁华易逝，秋风吹起，桃李凋零，豆叶飘飞，转眼世事已经衰败。甚至高大的堂屋也因主人的破落而生满荆杞。张玉谷《古诗赏析》说："首六（句）就植物春盛夏衰比起，说到堂生荆杞，京师乱象隐然。"其中所指，就是曹魏与晋权力更替所带来的动乱。诗人便求远身避祸，隐居西山。不过抛家弃舍，自身前程未卜，妻子、儿女恐怕难得保全，诸种忧虑与恐惧牵绕心头。随着年终寒冬的来临，前景就更加悲苦难言了。诗人能够通过时序转移、景物变迁的描写，抒发内心的愁苦，表现出很高的抒情技巧。

左　思

左思（生卒年不详），字太冲，齐国临淄（今山东临淄）人。出身寒微，晋武帝时，妹左棻选入宫，全家迁居京师。左思官秘书郎。左思早年热衷仕进，攀附贵戚贾谧，与潘岳等人并称“二十四友”。贾谧被诛，左思避居宜春里，齐王司马冏命其为记室，左思“辞疾不就”。后离开洛阳，迁居冀州。左思存诗14首，最为著名的是8首《咏史诗》，又有巨作《三都赋》，洛阳为之纸贵。《文心雕龙》称其“尽锐于《三都》，拔萃于《咏史》”。

咏史诗

其　二

郁郁涧底松，离离山上苗[1]。以彼径寸茎，荫此百尺条[2]。世胄蹑高位，英俊沉下僚[3]。地势使之然，由来非一朝。金张籍旧业，七叶珥汉貂[4]。冯公岂不伟？白首不见招[5]。

【注释】

[1] 郁郁：生长茂盛的样子。离离：茎叶披垂的样子。苗：指小草。

[2] 径寸茎：直径一寸粗的茎干。荫：遮盖，荫蔽。百尺条：百尺高的松树。

[3] 世胄：世家子弟，世族子弟。胄：后裔。蹑（niè 聂）：登。英俊：指有才能的寒门子弟。沉：埋没。

[4] 金张：指金张两个大家族。金，指金日磾（mì dí 密笛）家，自汉武帝至汉平帝，金家七代为内侍。张，指张安世家，子孙相继，自汉宣帝、汉元帝以来，作侍中、中常侍者十余人。籍：通“藉”，凭借。七叶：七代。珥（ěr 耳）：插戴。汉貂：汉代侍中官冠旁插貂尾，以作饰物。

[5] 冯公：冯唐，汉文帝时为中郎署长，至年老而官职甚微，参见《史记·冯唐列传》。伟：奇异，出众。招：召见，指重用。

学习提示

魏晋以来，随着“九品中正制”的确立，世家大族占据显赫高位，出身寒门的知识分子只能沉抑下僚，形成“上品无寒门，下品无世族”的不公平局面。左思虽然身为国戚，依然得不到自己满意的位置。而左思名利心又极强，甚至不惜巴结贾谧，阿谀求进。庶族出身决定了他的难以如愿，于是，对现实不公的愤懑与牢骚，便汹涌而来。这首诗通过咏史，以金张二家与冯唐的遭遇做对比，揭示了“地势使之然”的官场黑暗，发泄自己受压抑的愤恨。诗歌开篇以“山上苗”与“涧底松”为喻，形象贴切，给读者留下深刻印象。

思考题

1. 这首诗所咏的是怎样的史实？
2. 诗人咏史的目的是为了什么？
3. 这首诗运用了哪些修辞手法？对表达诗人情感起到了何种作用？
4. 诗歌所抒发的情感与当时的社会现实有什么关联？
5. 背诵这首诗歌。

其　五

皓天舒白日，灵景耀神州[1]。列宅紫宫里，飞宇若云浮[2]。峨峨高门内，蔼蔼皆王侯[3]。自非攀龙客，何为欻来游[4]？被褐出阊阖，高步追许由[5]。振衣千仞冈，濯足万里流[6]。

【注释】

[1] 皓天：明朗的天空。舒：展现。灵景：日光。神州：赤县神州的简称，指中国。

[2] 紫宫：星垣名，即紫微宫。汉代未央宫中有紫宫，这里泛指帝王宫禁。飞宇：飞檐。若云浮，指飞檐高耸，如在云间飘浮。

[3] 峨峨：高耸的样子。蔼蔼：众多的样子。

[4] 攀龙客：追随帝王权贵以求功名利禄的人。何为：为何，为什么。欻（xū 须）：欻然，迅疾的样子。

[5] 被褐：穿着粗布衣服。表示自甘贫贱。阊阖：晋洛阳城有阊阖门，这里代指皇都。高步：高蹈远行，隐居避世。许由：相传是古代尧时的隐者，尧欲传帝位于他，不肯接受，逃避到箕山下隐居。

[6] 振衣：抖掉衣服上的灰尘，指摆脱尘俗的束缚。千仞冈：千仞高冈。仞，古代八尺为一仞。以隐居之地的与众不同，以表示自己的高蹈避世。濯足：洗涤双脚，代指沐浴净身，洗去在尘俗沾染的污垢。

学习提示

诗人对仕途遭遇的不公始终充满愤激之情，满腹的牢骚转化为隐居避世的高歌。诗人愤慨高门大宅，遍列公卿王侯，却没有自己的一席之地。激愤之余，承认自己不是“攀龙客”，决心向古代隐士学习，避居于高冈与“长流”之间，抖落与洗净尘世的污垢。然而，在现实中左思确实不是这样的隐士，他热衷仕宦，攀附权势。诗中所言，只能是一时的牢骚话。另一方面，却揭露了“门阀制度”的极其不合理性。诗歌前半段的荣华富贵与后半段的冷清避世，形成对比，通过情景的大转换表述内心的极度愤恨。

陶渊明

陶渊明（365—427），字元亮；一说名潜，字渊明，世号靖节先生。浔阳柴桑（今江西九江市）人。他先后曾做过江州祭酒、镇军参军、彭泽令等一类小官，因乱世而不得施展抱负，鄙弃官场污浊，又不肯为五斗米弯腰，40岁以后遂弃官归乡，退隐田园以终。现存诗歌120多首，散文6篇，辞赋2篇。陶渊明是中国古代田园诗的开创者，他厌恶都市与官场，对淳朴的田园生活充满了热爱，创作出大量真率淳朴、平淡浑厚的田园诗，在中国古代诗歌史上做出了独特贡献。著作今存《陶渊明集》或《靖节先生集》。

归园田居[1]

其　一

少无适俗韵，性本爱丘山[2]。误落尘网中，一去三十年[3]。羁鸟恋旧林，池鱼思故渊。开荒南野际，守拙归园田[4]。方宅十余亩，草屋八九间。榆柳荫后檐，桃李罗堂前。暧暧远人村，依依墟里烟[5]。狗吠深巷中，鸡鸣桑树颠。户庭无尘杂，虚室有余闲[6]。久在樊笼里，复得返自然[7]。

【注释】

[1] 归园田居：《归园田居》是由五首诗构成的一组诗。这里选的是其中的第一首。

[2] 适俗韵：适应世俗的性情。适：适应，投合。韵：气韵，品性。

[3] 尘网：尘世的罗网，此指仕途官场。三十年：当作“十三年”。陶渊明从太元十八年（393）步入仕途，为江州祭酒，至义熙元年（405）辞彭泽令归田，整十二年。此诗写于归田后的第二年，恰好十三年。

[4] 南野：南面的郊野。一作“南亩”。守拙：保持自己朴拙的本性。拙：朴拙，与机巧相对立。

[5] 暧暧：昏暗不清的样子。远人村：远离人家居住的村落。依依：轻柔的样子。墟里：村落。

[6] 户庭：门庭。尘杂：尘俗的杂扰。虚室：静室。余闲：空余的闲暇。

[7] 樊笼：囚禁鸟兽的笼子。指拘束自身的官场。

学习提示

这是组诗中的第一首，是诗人辞官归田之际所作，集中地表现了诗人对现实社会污浊的憎恶和对纯洁田园生活的热爱。诗人在《归去来兮辞》中说："悟已往之不可谏，知来者之可追。实迷途之未远，觉今是而昨非。"这就是此诗的主旨。诗人反省自我，体悟到自己本性与世俗不合，只是喜欢自然山水，这么多年的出仕，归结为一句话："悟落尘网"。诗人以清丽朴素的笔墨，描写了诗情画意的田园风光。这里方宅草屋，绿树掩映，远村墟烟，鸡鸣狗吠，纯净幽美，俨然是和平宁静、没有世俗纷争的"桃花源"世界。诗人的情感处处渗透在田园景物之间，仿佛草木都感染了词人快乐的情绪，摆脱樊笼、冲破羁网的欢欣，洋溢于言表。陶渊明诗歌的风格以平淡自然为主。出现在诗人笔下的都是平淡的田园风光，农村的日常生活，以及处于这种生活中的恬静心境。诗人又是通过朴素的语言，白描的手法，真率自然地抒写出来，没有一点斧凿痕迹。当时其他诗人的山水诗如一幅画，时时过于客观。陶诗则充满情感。写田园，重点不是写景，而是在突出一种生活情趣。

思考题

1. 这首诗表现出怎样的一种风格？为什么会形成这样一种风格？
2. 诗歌是如何体现诗人归隐田园思想的？
3. 这首诗有哪些显著的艺术特征？
4. 以这首诗为例，谈谈陶渊明的田园诗与谢灵运的山水诗有什么不同。
5. 背诵这首诗歌。

其　三

种豆南山下，草盛豆苗稀[1]。晨兴理荒秽，带月荷锄归[2]。道狭草木长，夕露沾我衣。衣沾不足惜，但使愿无违[3]。

【注释】

[1] 南山：指庐山。《饮酒》："采菊东篱下，悠然见南山。"所指也是庐山。

[2] 晨兴：早起。荒秽：荒芜。荷：肩负。

[3] 愿：指归耕田园、隐居避世的心愿。

学习提示

陶渊明归隐田园之后，由于家境不富裕，积蓄无多，所以时常亲自参加一些田间生产劳动。尤其是归耕一段时间以后，田园生产与陶渊明的日常生活联系更为密切。这首诗所描写的就是这样一个生活小场景。诗人需要清晨就早起，去开荒种豆，一直到月亮升起时才归来。农忙季节的劳作，诗人仿佛并不比一般农民轻松。诗人还要为“草盛豆苗稀”而焦虑，忍受“夕露沾我衣”的暮寒，但是，这一切都无法改变诗人归隐的初衷。诗人的归隐不是再次出仕的阶梯或手段，“但使愿无违”，一句平平淡淡的语言，却是古代多少高喊隐逸的隐士所难以做到的。就是在这样的劳作之余，诗人与众不同的生活情调还是要显露出来。“带月荷锄归”，就是非常有诗意的一个画面。

饮 酒[1]

其 五

结庐在人境，而无车马喧[2]。问君何能尔？心远地自偏[3]。采菊东篱下，悠然见南山[4]。山气日夕佳，飞鸟相与还[5]。此中有真意，欲辨已忘言[6]。

【注释】

[1] 饮酒：《饮酒》组诗一共20首。诗前有小序说：“余闲居寡欢，兼比夜已长，偶有名酒，无夕不饮。顾影独尽，忽焉复醉。既醉之后，辄题数句自娱。纸墨遂多，辞无诠次。聊命故人，以为欢笑尔。”所以，这组诗不是一时之作，内容都是借饮酒以抒发情怀的，包含了诗人归隐之后种种复杂的情感。

[2] 结庐，构室定居。人境：人群往来繁多的嘈杂环境。喧：喧闹。

[3] 君：诗人自谓。尔：如此，这样。心远地自偏：只要自己的本心远离尘俗世界，所居住的地方自然也就远离了尘俗世界。偏：荒僻，偏远。

[4] 南山：指庐山。

[5] 山气：庐山上的云气、气雾。日夕：傍晚，黄昏。相与还：结伴而归。

[6] 此中：指这种归隐的生活。真意：生活的真谛。欲辨已忘言：想要辩说自己所体悟到的真意，却不知如何用具体语言表达。

学习提示

这首诗写自己悠闲自在的隐居生活，时有思辨色彩。诗人虽然居住在嘈杂的人群中间，却能够清心自得，关键是诗人的心远离了纷争的尘俗社会。反而，许多躲进名山大川标榜隐逸的名士，其最终目的是为了仕途的更加飞黄腾达，其境界要远远在陶渊明之下。“采菊东篱下，悠然见南山”，是无意中获得的一种自然美景，景色的幽美与心情的悠然融而为一。《庄子·齐物论》说：“辩也者，有不辩也，大辩不言。”《庄子·齐物论》又说：“言者所以在意也，得意而忘言。”诗歌结尾所表达的，就是这样一种“大辩不言”的境界。东晋末年，玄学思辨发达，许多田园诗、山水诗中都渗透了玄学思辨，这首诗是一个典型的例子。

读山海经[1]

其 十

精卫衔微木，将以填沧海[2]。刑天舞干戚，猛志固常在[3]。同物既无虑，化去不复悔[4]。徒设在昔心，良辰讵可待[5]。

【注释】

[1] 读山海经：这组诗一共13首。《山海经》是一部记载古代海内外山川怪异事物与神话传说的著作，西汉刘歆校定为18卷，西晋郭璞为其作注和图赞。

[2]“精卫”二句：据《山海经·北山经》载：炎帝的小女儿名女娃，溺死在东海之中，死后化为鸟，其名精卫，常衔西山木石以填东海，以不屈的意志宣泄自己的怨恨。

[3]“刑天”二句：据《山海经·海外西经》载：刑天与帝争神，帝断其首，葬之常羊之山。刑天以乳为目，以脐为口，操干戚而舞。刑天：猛兽名。干：盾。戚：大斧。固：本来。常在：永远存在。

[4] 同物、化去：都是指物化，身死而化为异物。

[5] 徒：徒然，白白。昔心：昔日的心情，昔日的壮志。良辰：指实现壮志的好日子。讵：岂。

学习提示

鲁迅先生曾经提醒说，陶渊明不仅仅是与世无争的隐士，他还有“猛志固常在”的一面，还是与世俗做不屈抗争的勇士。《读山海经》组诗，可以视作咏史类作品，其中就透露出陶渊明个性的另外一面：生性倔强，不向世俗低头，以不屈的抗争姿态面向现实。他选取精卫与刑天两个神话传说为题咏对象，两者或溺死或断首，但都仍然以微薄的力量做永不屈服的抗争。他们即使化作异物也依然没有任何顾虑，不悔恨自己以往的作为。斗争到底的无畏气概，使他们成为失败者中间真正的英雄。对现实，陶渊明似乎无力改变，但他同样永不屈服。坚决弃官归隐，就是这样一种不屈姿态的表现。

谢灵运

谢灵运（385—433），祖籍陈郡阳夏（今河南太康附近），世居会稽（今浙江绍兴）。谢玄之孙，18岁袭爵康乐公，世称谢康乐。南朝宋高祖刘裕代晋后，压制世族势力，降谢灵运公爵为侯爵。谢灵运便遨游山水，借山水诗以作消遣。他擅长以富丽精工的语言描述所游历的山水，细致入微，使诗歌摆脱了玄言的枯燥乏味，基本结束了玄言诗的统治。著作今存明人辑本《谢康乐集》。

登池上楼[1]

潜虬媚幽姿，飞鸿响远音[2]。薄霄愧云浮，栖川怍渊沉[3]。进德智所拙，退耕力不任。徇禄反穷海，卧疴对空林[4]。衾枕昧节候，褰开暂窥临[5]。倾耳聆波澜，举目眺岖嵚[6]。初景革绪风，新阳改故阴[7]。池塘生春草，园柳变鸣禽。祁祁伤豳歌，萋萋感楚吟[8]。索居易永久，离群难处心[9]。持操岂独古，无闷征在今[10]。

【注释】

[1] 池上楼：在永嘉郡积谷山旁（今浙江温州）。遗址在今温州市中山公园内。

[2] 虬（qiú 求）：传说中有两角的龙。媚：自我欣赏之意。幽姿：在深渊潜居的姿态。远音：一直传到远处的鸣声。

[3] 薄：迫近。怍（zuò 坐）：惭愧。

[4] 徇禄：追求禄位，指做官。反：到。穷海：指永嘉郡，这是一个靠海的地方，当时还很偏僻落后。疴（kē 棵）：病。

[5] 衾：被子。昧节候：不知道季节的变化。昧：暗，不明白。褰（qiān 千）：揭起，拉开。窥临：指临窗眺望。

[6] 岖嵚（qīn 钦）：山高峻的样子。这里代指山。

[7] 初景：初春的阳光。革：清除。绪风：余风，冬日残留下来的寒风。新阳：指春天。故阴：指冬天。

[8]“祁祁”句：《诗经·豳风·七月》：“春日迟迟，采蘩祁祁。女心伤悲，殆及公子同归。”祁祁：繁多的样子。“萋萋”句：《楚辞·招隐士》：“王孙游兮不归，春草生兮萋萋。”萋萋：草色茂盛的样子。

[9] 索居：离群独居。易永久：容易感到时光的漫长。处心：安心做到。

[10] 持操：保持高尚的节操。无闷：《易经·乾卦》：“龙德而隐者，不易乎世，不成乎名，遁世无闷。”指有龙德而隐居的人，不为世俗改变其志向，不成就自己的名声，避世而无所烦扰。征：验。指自己已经应验了古人的“无闷”境界。

学习提示

在现实生活中，谢灵运是一位有政治野心的人，但却没有多少政治才干。南朝刘宋代晋而立，谢灵运自认为才能可以参与政权机要。没有受重用，反而由公爵降为侯爵，便郁郁不得志，常心怀愤恨，与执政唱反调。因此出为永嘉太守。于是，谢灵运便借游历山水排遣苦闷，愉悦身心。诗歌开篇将自己与“潜虬”与“飞鸿”做比较，对它们的迫云霄而高飞及栖深渊而潜藏都表示惭愧，承认自己既无才“进德”又无力“退耕”，这些都是失意之际的牢骚话语，同时交代了自己为何会沦落到“穷海”之滨。到永嘉之后，因心情的不佳而卧病不出，分不清户外节候的变化。一旦登楼远眺，目睹初春明媚的阳光与欣欣的景物，情绪则为之一振。“池塘生春草，园柳变鸣禽”是全诗中的名句，诗人敏感到初春景物的细微变化，以精致工整的诗句加以表达。结尾，诗人还是落实到伤感的主题上来，联想到《诗经》《楚辞》中对春天情景伤感的咏叹，牵引出自己的忧伤。对自己远离政治中心，索居在“穷海”之地，有一份难以忍耐的焦急。诗人也想借玄学自我点缀，却非常空泛，成为山水诗中画蛇添足之笔。

思考题

1. 山水诗的兴起与玄学的发达有何种关系？在这首诗中是如何体现的？
2. 谢灵运的山水诗是在怎样的心态背景下创作的？这种心态在诗歌中有什么表现？
3. 背诵这首诗。

登江中孤屿[1]

江南倦历览，江北旷周旋[2]。怀新道转迥，寻异景不延[3]。乱流趋正绝，孤屿媚中川[4]。云日相辉映，空水共澄鲜[5]。表灵物莫赏，蕴真谁为传[6]？想象昆山姿，缅邈区中缘[7]。始信安期术，得尽养生年[8]。

【注释】

[1] 江：指永嘉江（瓯江）。孤屿：孤屿山，在温州南四十里永嘉江中的洲渚上，今人称其为“江心屿”。

[2] 江南：瓯江之南。倦：倦怠，厌倦。历览：游历已遍。江北：瓯江之北。旷：旷废，指长久未游江北。周旋：盘旋，周游。

［3］怀新：怀着探寻新异胜景的心情。道转迥：道路迂回走得很远。迥：远。景不延：时光不延长，只觉时间太短。景：日光。延：长。

［4］乱流趋正绝：指船截流横渡，直驶对岸。正绝：直截。趋正绝，五臣注《文选》作“趋孤屿”。媚：优美悦人。中川：江流之中。

［5］空水：碧空与江水。共澄鲜：指晴空倒映于江水中，空水相融，澄澈鲜明。

［6］表：明，显现。灵：灵秀风光。物：世人。莫赏，没有谁鉴赏。这句指大自然的灵异秀美风光无人欣赏。蕴：藏。真：仙人。指此处的美景的仙人的杰作。

［7］昆山：昆仑山，传说中神仙居住的地方。昆山姿：昆仑山的仙姿。缅邈：悠远。区中：人世间、尘世间。缘，因缘，相互之间的关系。这里是将江心屿与昆仑山做比较，两者的清幽秀美，都好像是远离了尘世的俗缘。

［8］安期：安期生，古代传说中修仙得道的人。术：指长生不老之术。得尽：犹享尽。养生年：养生长寿。

学习提示

游遍江南之后，诗人便乘舟往江中、江北探胜。横绝中流，诗人发现了江心屿。此屿挺拔江流中央，双峰对峙，景色清幽秀丽，碧空与云水一色，相互辉映，仿佛隔绝了尘世间的纷扰。诗人由此联想到昆仑山，联想到安享长寿的仙人，自己也有飘飘然欲仙的感觉。谢灵运的山水诗以精美著称，他总是以最工整、秀丽、简洁的语言，描绘出眼前的景色，好像是一卷工笔画，引人入胜。

鲍　照

鲍照（414？—466），字明远，东海（今江苏涟水县北）人，家居建康（今江苏南京）。出身寒微，少有文学才华，因得临川王刘义庆赏识而出仕，然一生仕途颇失意。后死于乱军之中。鲍照与谢灵运、颜延之并称“元嘉三大家”，现存诗歌约二百多首。长于乐府歌行，有八十多首乐府诗传世，其中《拟行路难》十八首最为杰出。著作今存《鲍参军集》。

拟行路难[1]

其　四

泻水置平地，各自东西南北流[2]。人生亦有命，安能行叹复坐愁？酌酒以自宽，举杯断绝歌路难[3]。心非木石岂无感，吞声踯躅不敢言[4]。

【注释】

［1］拟行路难：模拟乐府旧题《行路难》的诗作，共十八首，非一时之作。

［2］“泻水”二句：比喻人生于世间，犹如泻水于平地，命运各自不同。

［3］断绝：指举杯高歌《行路难》而排遣愁苦，以求断绝悲愁。或以为是举杯饮酒，因此以断绝高歌《行路难》。

［4］吞声：气咽而不能歌。踯躅：徘徊不进的样子。

学习提示

在门阀制度的压抑下，出身寒微的鲍照怀才不遇，抑郁不得志，于是在这首诗歌中倾泻了内心强烈的不满。诗歌开篇用比喻，“泻水置平地”，水流向何处，与地势有关，自身则是无可奈何的。也就是说，人生遭际或显达或困窘，都是“地势使之然”，这便是门阀制度下的现实。“人生亦有命”，好像是诗人在自我安慰，劝说自己不要再“行叹复坐愁”。言语劝说无效，诗人便欲“酌酒以自宽”，借酒浇愁；又欲高歌《行路难》，借歌声发泄情绪。种种努力，都是为了将自己从痛苦不堪的精神状态中解脱出来。但是，这一切努力最终归之失败，“心非木石”，岂能如此容易摆脱、忘却人生的失意。“学而优则仕”，读书做官是古代知识分子的惟一人生追求。门阀制度阻截了庶族知识分子的出仕之路，他们内心的牢骚、愁苦、愤懑就永远无法摆脱或忘却。诗人的诸种努力，从反面强化了自己内心的痛苦与愤慨之表达效果。

其 六

对案不能食，拔剑击柱长叹息[1]。丈夫生世会几时，安能蹀躞垂羽翼[2]？弃置罢官去，还家自休息。朝出与亲辞，暮还在亲侧。弄儿床前戏，看妇机中织。自古圣贤尽贫贱，何况我辈孤且直[3]！

【注释】

[1] 案：放食物的几案。

[2] 会：当。会几时：应当有多少时间，该有多久。安能：怎能。蹀躞（dié xiè 碟 屑）：小步行走，即徘徊不进的样子。垂羽翼：失意沮丧的样子。

[3] 孤且直：孤寒而耿直。孤：指庶族寒士低贱势孤。

学习提示

丈夫生世，失意沮丧，诗人时时刻刻在痛苦的折磨之中。他无法回避压抑人才的现实，以至于“对案不能食”，“拔剑”却只能“击柱”，其间有多少无奈，一肚子的不平只好化作长长的叹息。愤恨之下，诗人便打算离开官场，还家隐居，与妻子、儿女为伍，尽享天伦之乐。诗人渲染居家的愉悦、舒适、自在，用以反衬官场的失意。但，这仅仅是一种牢骚语。要是真正能够摆脱名缰利锁，就不会有那么强烈的痛苦与愤懑了。所以，结句诗人又回到真实的情感上来，以古人作比，抒发自己不得重用的愤慨。鲍照是较早写作七言诗的诗人。其诗歌情感强烈，激昂顿挫，音节富于变化，有极强的艺术感染力。

谢　朓

谢朓（464—499），字玄晖，陈郡阳夏（今河南太康）人。与谢灵运同族，世称“小谢”。曾为南齐诸王幕下的参军、功曹、文学等官职，后又曾任宣城太守，故称“谢宣城”。回到朝廷后，任吏部郎。因事牵连，入狱而死。谢朓受谢灵运山水诗的影响较深，现存的优秀诗篇以山水诗为主。齐武帝永明年间，谢朓与沈约等人又开创了讲究音律、对偶的永明体诗，又称“新体诗”。著作今存明人辑本《谢宣城集》。

玉阶怨[1]

夕殿下珠帘，流萤飞复息。长夜缝罗衣，思君此何极[2]？

【注释】

[1] 玉阶怨：《乐府诗集》收入《相和歌辞·楚调曲》。

[2] 何极：犹无穷，没有终极。

学习提示

谢朓所作的新体诗，中规中矩，严羽《沧浪诗话》说：“谢朓之诗，已有全篇似唐人者。”这首小诗，就宛如唐人五言绝句。诗歌写宫女生活的一个小场景：宫殿的黄昏，宫女们各自回屋休息，垂下珠帘，与其相伴的是无边的寂寞与冷清。只能呆坐，看“流萤飞复息”。长夜无眠，靠“缝罗衣”消磨时光，而内心却在盼望君王的临顾。宫中众多女子的365日就是这样无聊打发的。从题材来说，这是一首宫怨诗，写得精练含蓄，令人回味深长。

王孙游[1]

绿草蔓如丝，杂树红英发[2]。无论君不归，君归芳已歇[3]。

【注释】

[1] 王孙游：《乐府诗集》收入《杂曲歌辞》。

[2] 蔓：蔓延。英：花。

[3] 芳已歇：春天的花已经凋谢殆尽。歇：尽。

学习提示

这是一首闺怨诗，依然是代女子抒发思念之情，但思妇的身份与前诗不同。诗歌借景发挥，眼前是大好的春光，绿草绵延无际，红花点缀杂树，一片灿烂的景色。但是，丈夫不归来，就无人与己共赏春景。一旦春天离去，芳菲已歇，丈夫即使归来意义也不大了。诗歌以美丽的春天景色比拟自己的青春年华，暗指自己一旦红颜老去，如同春光消逝，即使等得丈夫归来，也没有意思了。话语虽然从容含蓄，内心的焦灼却难以掩饰。

之宣城出新林浦向板桥[1]

江路西南永，归流东北骛[2]。天际识归舟，云中辨江树[3]。旅思倦摇摇，孤游昔已屡[4]。既欢怀禄情，复协沧洲趣[5]。嚣尘自兹隔，赏心于此遇[6]。虽无玄豹姿，终隐南山雾[7]。

【注释】

[1] 之：往，到。宣城：今安徽宣城县。新林浦，在南京西南。板桥，即板桥浦，在新林浦南。《水经注·江水》："江水经三山，又湘浦出焉。水上南北结浮桥度水，故曰板桥浦，江又北经新林浦。"这首诗是谢朓离开京城、出任宣城太守时所作。

[2] 永：长，远。归流：指江水，东北流入大海。骛（wù 雾）：奔驰。

[3] 归舟：指回归向京城的行舟。

[4] 摇摇：情思恍惚的样子。《诗经·王风·黍离》："行迈靡靡，中心摇摇。"屡：多次，频繁。

[5] 欢：喜爱，满足。怀禄：怀恋官禄。协：符合，适合。沧洲趣：隐居水边的情趣。沧洲：水滨，隐者所居。作者自言出任宣城太守，既得官禄，又得隐逸之乐。

[6] 嚣尘：指喧嚣的尘世。自兹：从此。赏心：指闲适游赏的乐趣。

[7]"虽无"二句：自己虽无玄豹藏身避害的资质，但现在离开了京师，如玄豹一样隐逸于南山雾中，可以幽居避害了。玄豹姿：《烈女传》载，南山有玄豹，遇雾雨，一连七日不出，以避免受害。姿：天赋，资质。

学习提示

离开京师，出任宣城太守，并不是一件令人愉快的事情。诗人以沿途的山水景色来抚慰自我，将内心的不快化解在水光山色之中。"天际识归舟，云中辨江树"为诗中写景名句，江天之辽阔，云水之迷蒙，以及对京师的眷恋，都自然地融合在一起。诗人自我排解，以为到宣城有可取的地方，那里有俸禄可养家，有山水可隐逸，又可以远离政治漩涡，明哲保身。越如此自我安慰，越说明诗人无法释怀。所以，对诗人所言应该转换一个角度去理解，才能明白诗人此刻的真实心态。

晚登三山还望京邑[1]

灞涘望长安，河阳视京县[2]。白日丽飞甍，参差皆可见[3]。余霞散成绮，澄江静如练[4]。喧鸟覆春洲，杂英满芳甸。去矣方滞淫，怀哉罢欢宴[5]。佳期怅何许，泪下如流霰[6]。有情知望乡，谁能鬒不变[7]？

【注释】

[1] 三山：在南京城西南长江南岸，南北相连有三峰。还望：回望。京邑，指建康（今南京市）。这首诗是出任宣城太守之际创作的。

[2] 灞涘：灞水岸边。王粲《七哀诗》："南登灞陵岸，回首望长安。"河阳：县名，故城在今河南孟县西。潘岳《河阳县诗》："引领望京室"。京室，即京县，指西晋京都洛阳。这里用典故比喻自己还望京邑的心情。

[3] 丽：用作动词。指霞辉照映，光彩灿烂。飞甍（méng 萌）：飞檐。参差：高低不齐的样子。

[4] 绮：锦缎。练：白绸子。

[5] 去矣：离开了。方：将。滞淫：久留，淹留。

[6] 佳期：指返回京师的日期。霰（xiàn 线）：雪粒，雪珠。

[7] 鬒（zhěn 诊）：黑发。

学习提示

这首诗也是离开京师前往宣城时所作，对京师的眷恋就难以抑制地流露出来。对京师的怀恋其实就是对自己仕途的关心，希望自己重新得到朝廷信任，再度被召回京都而委以重任。诗人离开京城，几乎步步回首留恋。京城参差林立的高楼贵宅、飞檐画栋，是富贵与权力的象征，对诗人有无穷的吸引力。诗人的情绪还不算太低落，还能以较为从容的眼光欣赏沿途的风景，以转移自己的注意力。西下的夕阳洒落在江面上，五彩斑斓，有如绚丽迷人的锦绣；江水澄澈，风平浪静，一带江流宛如白练般蜿蜒伸展。江中小洲，春意盎然，飞鸟喧腾欢闹；江岸两边的郊野，杂花遍布，赏心悦目。诗人以极其流畅、工整、雅丽的语言描写所见的风光景色，如同一幅多彩的画卷缓缓展现。最终，诗人摆脱不了辞别京师、辞别家人的痛苦折磨，秀丽的风光也无济于事。诗歌的精华实际只集中在中间四句的景色描写上。

庾 信

庾信（513—581），字子山，南阳新野（今河南新野）人。其父是梁代著名宫廷文人庾肩吾。庾信原来也是梁朝宫廷御用文人，大量写作宫体诗，与徐陵齐名，时人称为“徐庾体”。梁末“侯景之乱”，庾信奉命出使西魏求援。西魏灭梁，庾信被强留在北朝。庾信一直心怀故国，无法消解对家乡的思念，感情转向深沉厚实。同时，他又受到北方质朴刚健文风的影响，南北文风在他的创作中就有了一定融和，开唐诗骨气刚健、气魄宏大之风气。著作今存辑本《庾子山集》。

拟咏怀[1]

其 七

榆关断音信，汉使绝经过[2]。胡笳落泪曲，羌笛断肠歌。纤腰减束素，别泪损横波[3]。恨心终不歇，红颜无复多[4]。枯木期填海，青山望断河[5]！

【注释】

[1] 拟咏怀：这组诗共27首，是庾信被强留在北方时所作的。

[2] 榆关：古关塞名，故址在今陕西榆林东，此处泛指边塞。汉使：指南方的使臣。绝：断绝，绝迹。

[3] 束素：纤腰。宋玉《登徒子赋》“腰如束素”。横波：指眼睛。

[4] 歇：停止。红颜：指青春年华。

[5]“枯木”句：用精卫填海的典故。《山海经·北山经》载：炎帝小女儿女娃游于东海，溺死海中，化为精卫鸟，常衔西山木石以填东海。望断河：期望截断黄河。《水经注·河水注》：古代华岳本是一座山，挡住黄河。后河神巨灵劈开华岳而成两座山。

学习提示

被迫滞留异国、对故乡永远的眷恋，成为庾信后期内心最大的痛苦，这首诗集中表现了诗人这种无法释怀的巨痛。诗人望断家乡的音信，甚至都见不到南方的使者，与故乡完全断绝了联系，没有任何事情或人物可供诗人怀恋与寄托情感。于是，思念之情被积压而显得格外强烈。在北方异乡，所听到的都是“胡笳”“羌笛”之类的少数民族乐器演奏出来的音乐，对一位被迫滞留此地的南方人来说，又特别不习惯，要为此断肠落泪。眼睛也因流泪过多而受损伤，形体也因过分悲苦而不断消瘦。在如此悲伤痛苦的摧残折磨下，诗人自知岁月无多，青春易逝。但诗人始终无法寻找到排解的方式。结尾告诉自己，想回到故国，精卫鸟犹如填平大海、合拢青山阻断黄河一样的不可能。那么，诗人只能在剧烈的悲苦中度完余生了。

其十一

摇落秋为气，凄凉多怨情[1]。啼枯湘水竹，哭坏杞梁城[2]。天亡遭愤战，日蹙值愁兵[3]。直虹朝映垒，长星夜落营[4]。楚歌饶恨曲，南风多死声[5]。眼前一杯酒，谁论身后名[6]？

【注释】

[1]“摇落”句：宋玉《九辩》：“悲哉秋之为气也，萧瑟兮草木摇落而变衰。”摇落：凋零，坠落。

[2]“啼枯”句：相传舜南巡，崩于苍梧之野。舜之二妃娥皇与女英，追赶不及，悲悼痛哭，泪下沾竹，竹尽斑然，后世称为湘妃竹。哭坏杞梁城：《琴操》载：杞梁战死，其妻泣曰：“上则无父，中则无夫，下则无子，人生之苦至矣！”放声悲号，杞城为之崩坍。杞梁，一名杞殖。杞梁城：即杞城，故址在今河南境内。

[3]愤战：令人怨愤的战争，指梁武帝太清二年（548）侯景叛乱，攻陷梁都。日蹙（cù促）：每日都在缩小。蹙：缩小，削减。值：遇到。

[4]“直虹”句：《晋书·天文志》：“虹头尾至地，流血之象。”古代认为长虹照映军垒是兵败流血的象征。“长星”句：据《晋书·天文志》载，诸葛亮最后一次伐魏，驻军五丈原。临死时，有长星赤而芒角，自东北西南流落于军营。据说这是主将死亡的征兆。

[5]“楚歌”句：楚霸王项羽被困垓下，四面楚歌，兵士斗志全无。此写梁军士气低落。饶：多。“南风”句：《左传》襄公十八年：“晋人闻有楚师，师旷曰：‘不害。吾骤歌北风，又歌南风，南风不競，多死声。楚必无功。’”南风：南方的乐曲。

[6]“眼前”二句：《世说新语·任诞》载：张翰“纵任不拘，时人号为‘江东步兵’。或谓之：曰‘卿乃可纵适一时，独不为身后名耶？’答曰：‘使我有身后名，不如即时一杯酒。’”

学习提示

这首诗悲悼侯景兵乱、梁朝兵败覆亡之事。诗人以肃杀悲凄的秋天作背景，将全诗笼罩在悲剧的氛围之中。次二句写兵败之后自己的极度悲伤，犹如哭得竹枝尽斑点的湘妃，哭倒城墙的杞梁妻。回顾战争的过程，长虹映照军垒，长星坠落军营，大败的征兆早已显现。而且，兵士没有斗志，坐以待毙。诗人出使北方，也没有完成使命，只好借酒浇愁，顾不得身后之名声了。结尾两句，据《庾子山集注》倪注称：这是讽刺梁朝君臣只图苟安逸乐，不顾长远之计，也可以成立。

寄王琳[1]

玉关道路远，金陵信使疏[2]。独下千行泪，开君万里书。

【注释】

[1] 王琳：字子珩，梁朝大将。江陵被围时，王琳曾由广州率兵赴援，未至而金陵陷落。后兴兵讨伐篡梁的陈霸先，兵败被杀。

[2] 玉关：玉门关，在今甘肃省敦煌县西。这里代指北方边塞。

学习提示

寥寥几言，抒写思念故人、故国之千转百回的痛苦心情，隽永深长。身在北方他乡，与故国遥隔万里，即使信使来得也很少。所以，得到南方友人的来信就显得异常珍贵，诗人由此可以寄托对故国、家乡、亲友的赤诚相思。诗人就是以这样激动感慨的心情打开王琳的来信的，信未启封，泪流不已。受北方文风影响，庾信摆脱了南方纤弱华丽的作风，诗歌境界开阔，感慨深沉，且流畅通俗。

重别周尚书[1]

阳关万里道，不见一人归[2]。唯有河边雁，秋来南向飞。

【注释】

[1] 重别周尚书：一共二首，这是第一首。周尚书，名弘正，曾于陈文帝天嘉元年（560年）出使北周，天嘉三年南归，庾信赋诗赠别。

[2] 阳关在今甘肃敦煌西南，这里泛指边塞。

学习提示

自己不得南归，庾信因此对即将归去的周尚书就有无限的羡慕。“阳关万里道，不见一人归”，是南北分隔与战争造成的，更是诗人后半生的痛苦。现在周尚书可以像秋来的大雁一样，回到南方，庾信在为之庆幸的同时，恐怕又在回味己身的悲苦。诗歌语言简练精美，而又平易浅显，所蕴涵的情感却异常复杂深沉。

南朝乐府民歌

南朝乐府的主要创作地是南方的都市，这是江南都市的民间歌曲，是较早的市民文学。与市民阶层的审美口味相适应，南朝乐府几乎都是情歌。这类民歌喜欢运用比兴、象征、隐喻、谐音、双关等抒情方法，抒发女性的情感，刻画女性的心态，描摹女子的容态外表，辞语华丽柔美，抒情婉约缠绵，风格清新细腻。

子夜歌[1]

始欲识郎时，两心望如一。理丝入残机，何悟不成匹[2]。

【注释】

[1] 子夜歌：相传是晋代一位名子夜的女子所创作，《乐府诗集》将其归入《清商曲辞·吴声歌曲》。现存《子夜歌》42首，都是男女恋歌。

[2] 丝：谐音“思”，指对心上人的思念。这是南朝乐府民歌最常见的谐音用法。何悟：怎么明白。或说：悟，谐音“误”，指耽误。匹：一语双关，同时暗指男女相匹配。

学习提示

秦汉以来，对男女的交往有越来越多的限制，婚姻早已不能自主了。在封建礼教的约束下，青年男女的个性被极大扭曲，现实中婚恋美满的事例也很难找到了。于是，汉代以来的乐府民歌所表现的男女恋情，多数都是悲剧性的，充满了忧伤与绝望。这首民歌也是这种格调。女子痴心一片，期望与“郎”两心如一，同结连理。岂知最终好事难谐，两人的恋情没有任何结果。南朝乐府最喜欢用谐音、双关的手法。这里，诗人用“残机”暗示恋情的破灭，相思的无用，痴情的落空。残机当然无法织成完整成匹的布，这就暗示着两人的分手。这位女子似乎最终也不明白到底错在哪里，是什么阻碍了他们之间的结合。或许是明白了也不愿意直说，面对强大的礼教体制，个人又有什么能力？

子夜四时歌[1]

渊冰厚三尺，素雪覆千里[2]。我心如松柏，君情复何似？

【注释】

[1] 子夜四时歌：简称《四时歌》，又称《吴声四时歌》。这是从《子夜歌》变化出来的一种歌唱四时的曲调，《乐府诗集》系于《清商曲辞·吴声歌曲》，共收录晋、宋、齐歌

辞75首，包括春歌20首、夏歌20首、秋歌18首、冬歌17首。这里选取的是冬歌中的一首。

［2］渊冰：渊水结成的厚冰。

学习提示

古代男女恋爱的双方中，变心的往往是男子。因为男子可以离开家庭、家乡，外出游历、求学、求仕，所谓“好男儿志在四方”，他们有更多的选择权。女子则被规定了“无才便是德”，她们是被选择被决定的，其结局往往是“嫁鸡随鸡，嫁狗随狗”。婚姻，对古代女子来说，是未来生活的惟一依靠，她们因此很投入，很专注。社会现状就造成了“痴情女子负心汉”的现象，许多诗歌表现的都是这个主题。这首诗以素雪覆盖千里、渊冰深结三尺的严寒冬日作背景，将自己的情感比作凌寒的松柏，无论气候条件怎样恶劣，都不会变化。对“君情”的追问，显然是对方已经变心，这种追问有谴责之意。表白自己的坚贞，是为了突出对方变心的无耻。

读曲歌[1]

打杀长鸣鸡，弹去乌臼鸟[2]。愿得连冥不复曙，一年都一晓[3]！

【注释】

［1］读曲歌：《清商曲辞·吴声歌曲》之一种，《乐府诗集》收录歌辞89首，都是写男女情爱。或以为“读曲”即“独曲”，指不入乐的徒歌。

［2］乌臼鸟：即鹎鵊，又名鸦舅，五更时最先啼叫。

［3］连冥：连续的黑夜。曙：天明。都：总共。一晓：一次天亮。

学习提示

在外界势力的逼迫下，热恋中的男女暗中约会一次是非常不容易的，于是他们就想无限期地延长这次幽会的时间。“打杀长鸣鸡，弹去乌臼鸟”，把一切能够提醒黎明时辰到来的事物都屏除，让醉心甜蜜的夜晚永存。结句诗人因此直接表达了此时此刻内心最强烈的愿望：“愿得连冥不复曙，一年都一晓”。希望一年到头都是一个延续完整的夜晚，一年天亮一次就足够了。这样强烈的主观意念，说明诗人深深沉湎于今夜的恋情，说明相见之不易，也说明今夜的情爱体验给诗人留下的印象太深刻了。

西洲曲[1]

忆梅下西洲，折梅寄江北[2]。单衫杏子红，双鬓鸦雏色[3]。西洲在何处？两桨桥头渡。日暮伯劳飞，风吹乌臼树[4]。树下即门前，门中露翠钿[5]。开门郎不至，出门采红莲[6]。采莲南塘秋，莲花过人头。低头弄莲子，莲子青如水。置莲怀袖中，莲心彻底红。忆郎郎不至，仰首望飞鸿[7]。鸿飞满西洲，望郎上青楼。楼高望不见，尽日栏杆头。栏杆十二曲，垂手明如玉。卷帘天自高，海水摇空绿。海水梦悠悠，君愁我亦愁。南风知我意，吹梦到西洲。

【注释】

［1］西洲曲：《乐府诗集》将本篇收录《杂曲歌辞》，标为无名氏古辞。徐陵编辑的《玉台新咏》，则标此诗为江淹所作。王士禛《古诗选》则说此诗是梁武帝萧衍所作。

［2］下：到，往。西洲：所爱女子家附近地名的泛称。江北：长江北岸，是情郎远去的地方。

［3］鸦雏色：像小乌鸦一样黝黑颜色，用来形容女子鬓发的颜色。

［4］伯劳：鸟名，又称博劳，又名䴗（jué 决）。《礼记·月令》：“仲夏䴗始鸣。”《古微书》：“伯劳好单栖。”乌臼树：落叶乔木，高二丈许。

［5］翠钿（diàn 电）：用翠玉镶嵌的首饰。这里代指女子。

［6］采红莲：古人以“采莲”的行为隐喻男女情爱，或两情相悦，或两情相思。莲，谐音“怜”，有爱怜、爱惜之意。汉乐府《江南》：“江南可采莲，莲叶何田田。”以写男女情爱，形成以后的诗歌创作传统。

［7］望飞鸿：古人称鸿雁可以传书，故闺中人举首遥盼。

学习提示

这是南朝乐府中最长的一首艳情诗，它依据季节的更迭变化，描写了一位多情女子对恋人真挚感人、绵绵不绝的相思之情。开篇就以“折梅”“忆梅”的情节，点明别离相思的主题。春季来到，西洲梅花再度开放，以前共赏梅花的人却已不在身边，只能寄赠梅花以表心意。后二句补写女主人公的青春美貌，“单衫杏子红”暗示已经到了暮春时节。西洲附近，经过“桥头渡”，便是女子的居所。分飞的伯劳鸟、风中的乌臼树，渲染了独居思念时之孤苦寂寥，说明季节也已经更换到初夏，这些声响同时将女子引到门前，开门察看是否情郎回来了。这种“开门郎不至”的期待落空，寂寞中的女子肯定经历了无数次，她只得以采莲的动作排遣思恋愁苦，因为从两汉以来，采莲行为已经被赋予了思念恋人的特殊含义。这个相思过程持续了整整一个夏季，到“忆郎郎不至，仰首望飞鸿”时，时间推移到了深秋。秋高气爽，晴空万里，女子便尽日登楼凭栏眺望。十二曲栏杆依遍，犹不见离人回来。遥望远方而背景逐渐开阔放大，一直到空旷无边的海水。这悠悠不尽的海水，阻隔了恋人，甚至连梦中都难以相聚。那么，只能拜托南风，将梦乡中的情人送回到自己的身边。这样夸张想象，新颖别致，又照应了开篇“下西洲”的描写。全诗环环相扣，借景抒情，多用谐音、双关，音节流畅和谐，显示出较高的创作技巧。所以，后人认为这首民歌是经过文人加工润色的。

北朝乐府民歌

北朝乐府是南北朝时产生并流传于北方的民歌，除了汉族的创作之外，许多少数民族的歌谣也被保存下来了，如鲜卑、羌等民族。北朝乐府保存至今的约七十多首，但是，题材比较开阔，举凡战争离乱、民生疾苦、男女爱情、游牧生活、北国风光等，都有涉猎。而且，多直接明白之抒情叙事，质朴刚健，粗犷奔放，体现出一种阳刚之美。

陇头歌辞[1]

其　一

陇头流水，流离山下[2]。念吾一身，飘然旷野[3]。

其　三

陇头流水，鸣声呜咽。遥望秦川，心肝断绝[4]。

【注释】

[1] 陇头歌辞：《乐府诗集》系于《横吹曲辞·梁鼓角横吹曲》，收录三首歌辞。陇头：即陇山，又名陇坂、陇首，在今陕西陇县西北，绵延至甘肃境内。陇坂山路异常险阻，行人视之为畏途。所以，此地多咏叹道路艰险、思念亲人家乡的作品。

[2] 流离：指山水四注下泄的样子。

[3] 飘然：飘荡无所依的样子。

[4] 秦川：指陕西中部。

学习提示

在荒凉空旷、崎岖曲折的山路中行走，旅途的艰辛令游子更加思念家乡的安定温暖。陇头道路之艰难，《陇头流水歌》描述说："西上陇坂，羊肠九回。山高谷深，不觉脚酸。手攀弱枝，足逾弱泥。"故此地多悲苦思乡诗。第一首诗人咏叹自己孤身漂泊的悲愁，以陇头流水作喻，写己身的远离家乡，身不由己。空旷的荒野，衬托出游子的孤单。第三首以流水声作喻。在心情悲苦的诗人听来，流水也仿佛在替行人哭泣呜咽。此地遥望家乡秦川，真是肝肠寸断。诗歌借助周围景物，抒发了强烈的情感，悲剧气氛非常浓郁。辛氏

《三秦记》载："人上陇者，想还故乡，悲思而歌，有绝死者。"恐怕是旅途的艰辛加思念所致，《陇头歌辞》悲苦已极，与所记载相吻合。

木兰诗[1]

唧唧复唧唧，木兰当户织[2]。不闻机杼声，唯闻女叹息。问女何所思？问女何所忆？女亦无所思，女亦无所忆。昨夜见军帖，可汗大点兵[3]。军书十二卷，卷卷有爷名。阿爷无大儿，木兰无长兄，愿为市鞍马，从此替爷征[4]。

东市买骏马，西市买鞍鞯，南市买辔头，北市买长鞭[5]。朝辞爷娘去，暮宿黄河边。不闻爷娘唤女声，但闻黄河流水鸣溅溅[6]。旦辞黄河去，暮至黑山头[7]。不闻爷娘唤女声，但闻燕山胡骑声啾啾[8]。

万里赴戎机，关山度若飞[9]。朔气传金柝，寒光照铁衣[10]。将军百战死，壮士十年归。

归来见天子，天子坐明堂[11]。策勋十二转，赏赐百千强[12]。可汗问所欲，"木兰不用尚书郎，愿借明驼千里足，送儿还故乡[13]。"

爷娘闻女来，出郭相扶将[14]。阿姊闻妹来，当户理红妆。小弟闻姊来，磨刀霍霍向猪羊。开我东阁门，坐我西阁床。脱我战时袍，著我旧时裳。当窗理云鬓，对镜帖花黄[15]。出门看火伴，火伴皆惊惶。"同行十二年，不知木兰是女郎。"

雄兔脚扑朔，雌兔眼迷离；两兔傍地走，安能辨我是雄雌[16]！

【注释】

[1] 木兰诗：又名《木兰辞》，最早见于南朝陈释智匠的《古今乐录》。《乐府诗集》系于《横吹曲辞·梁鼓角横吹曲》，收录二首诗，这里所选的是第一首。

[2] 唧唧：叹息声。当：面对着。

[3] 军帖：即军书，征兵文书。可汗（kè hán 克 寒）：古代西北地区少数部族对君主的称呼。

[4] 市：采购，购买。

[5] 鞍鞯（jiān 尖）：马鞍和马鞍下的衬垫。辔（pèi 配）头：驾驭马的嚼子、笼头与缰绳。

[6] 溅溅：水流迅疾的声音。

[7] 黑山：即杀虎山，在今内蒙古自治区呼和浩特东南。或以为是北京昌平附近的天寿山。

[8] 燕山：指燕然山，即今蒙古人民共和国境内的杭爱山。啾啾：马鸣声。

[9] 戎机：军机，此指战争。

[10] 朔气：北方寒气。金柝（tuò 拓）：铜制刁斗，似铜锅，白天用来烧饭，夜间用

来打更。

［11］明堂：天子举行祭祀、接见诸侯、选拔才士的厅堂。

［12］策勋：记功。十二转：泛言功勋之多。古代将勋位分成若干等级，每升一级叫一转。强，有余。

［13］不用：不为，不作。尚书郎：尚书省官员，泛指朝廷高官。明驼：骆驼。

［14］郭：外城。相扶将：互相扶持。

［15］帖：通“贴”。花黄：当时流行的一种妇女面饰，也叫额黄。以金黄色的箔片剪成花、鸟、星、月等图形，贴在额上，或用金黄颜料涂点额部。

［16］扑朔：扑腾，乱动。迷离：模糊不明，朦胧。

学习提示

木兰代父从军出征，是传播甚广、经久不衰的故事。这个故事，表现了封建伦理所倡导的“孝道”，其抗击外族入侵的过程又符合“忠义”报效国家的道德规范，女子从军的话题又有猎奇色彩，女扮男装的经历也富于戏剧性。综合多种因素，木兰从军的故事就为各个阶层所喜闻乐见。《木兰诗》最初完整记录了这个故事，通过从军出征、奋勇作战、功成归家三个阶段的记述，塑造一位英姿飒爽的女英雄形象。诗歌特别注意叙述与描写详略的安排。出征之前写得异常详细。从木兰知道征兵文书上有父亲的名字而暗下决心替父从军，到出征装备的详尽购置，到万里从军的紧急与艰辛，细细说来，显示出木兰巾帼不让须眉的气概、过人的胆量与无所畏惧的勇气。中间战争描写，则简单带过。战场的厮杀，总有雷同之处，诗人也不多着笔墨。诗歌再次将重点落实在功成名就回师之后，木兰辞谢了朝廷的一切封赏，恬淡超脱，平心静气地回到家乡过闺房生活。这从另一个角度显示出木兰不同流俗，仿佛又具有了隐士超尘脱俗的可贵品质。同时，反证木兰出征的目的就是为了“尽忠尽孝”。木兰的形象更为光辉。

敕勒歌[1]

敕勒川，阴山下[2]。天似穹庐，笼盖四野[3]。天苍苍，野茫茫，风吹草低见牛羊[4]。

【注释】

［1］敕勒歌：《乐府诗集》系于《杂歌谣辞》，且引《乐府广体》言：《敕勒歌》是北齐鲜卑人斛律金所唱敕勒民歌，原为鲜卑语，后译成汉语。敕勒，部族名，初号狄历，匈奴族后裔，北齐时聚居于朔州（今山西北部）一带。

［2］敕勒川：指敕勒族居住的草原。川，平原。阴山：阴山山脉，起于河套西北，绵

延于今内蒙古自治区的南境，西与内兴安岭衔接。

[3] 穹庐：游牧部族居住的圆顶毡帐。

[4] 见（xiàn 现）：通“现”，呈现。

学习提示

这首诗描述了敕勒民族游牧的生活，以及所居住的草原风光。“敕勒川，阴山下”，是这个部落生活的地方，大的背景已经给人一种开旷、雄浑、粗犷的感觉。“天似穹庐，笼盖四野”，写出平原开阔无际的非凡气象。只有在一望无际的平川上，蓝天才会给人以这种特殊的视觉效果。这个比喻从身边生活中来，显得别具一格。在这个宏大背景的描绘下，进一步具体到色彩的描摹。“苍苍”是一种深青色，碧空如洗才有这样的视觉效果，天空也因此更加高深幽邃。“风吹草低见牛羊”，极其质朴的一句话语，雄浑中更添一层壮丽的色调。牧草茫茫，一片青绿，风吹草低，露出成群白色的牛羊，在广袤青天的映衬下，多么壮观！这里流露的是敕勒部族对自己生活的热爱与自豪。

文赋

王　粲

王粲（177—217），字仲宣，山阳高平（今山东省邹县西南）人。“建安七子”之一。董卓之乱，他避难荆州，依附刘表，不得重用。后归曹操，任丞相掾，赐爵关内侯，官至魏国侍中。王粲身经离乱，感慨深沉，其诗赋都反映现实生活，苍凉悲慨，情感真挚。著作今存明人辑本《王侍中集》。

登楼赋[1]

登兹楼以四望兮，聊暇日以销忧[2]。览斯宇之所处兮，实显敞而寡仇[3]。挟清漳之通浦兮，倚曲沮之长洲[4]。背坟衍之广陆兮，临皋隰之沃流[5]。北弥陶牧，西接昭邱[6]。华实蔽野，黍稷盈畴[7]。虽信美而非吾土兮，曾何足以少留[8]！

遭纷浊而迁逝兮，漫逾纪以迄今[9]。情眷眷而怀归兮，孰忧思之可任[10]？凭轩槛以遥望兮，向北风而开襟[11]。平原远而极目兮，蔽荆山之高岑。路逶迤而修迥兮，川既漾而济深[12]。悲旧乡之壅隔兮，涕横坠而弗禁[13]。昔尼父之在陈兮，有归欤之叹音[14]。钟仪幽而楚奏兮，庄舄显而越吟[15]。人情同于怀土兮，岂穷达而异心[16]！

惟日月之逾迈兮，俟河清其未极[17]。冀王道之一平兮，假高衢而骋力[18]。惧匏瓜之徒悬兮，畏井渫之莫食[19]。步栖迟以徙倚兮，白日忽其将匿[20]。风萧瑟而并兴兮，天惨惨而无色。兽狂顾以求群兮，鸟相鸣而举翼，原野阒其无人兮，征夫行而未息[21]。心凄怆以感发兮，意忉怛而憯恻[22]。循阶除而下降兮，气交愤于胸臆[23]。夜参半而不寐兮，怅盘桓以反侧[24]。

【注释】

［1］登楼赋：这是王粲在荆州依刘表时登荆州（今湖北江陵县）城楼所作。《文选》李善注引盛弘之《荆州记》称：王粲尝登湖北当阳县城楼，感而作赋。后人考订：赋中写“西接昭丘”，昭丘在当阳东南七十里，与本赋不合。所以，王粲所登之楼，应是荆州城楼。

［2］兹：此。聊：姑且。暇：通“假”，借。一说指闲暇时光。销忧：消解忧愁。

［3］斯宇：此楼。显敞：明亮宽敞。寡仇：很少有匹敌的。

［4］漳：漳水，源出湖北南漳县西南。浦：河水的出口与其他河水汇合处。曲沮：弯曲的沮水。源出湖北保康县西南，东南流经当阳，与漳水会合。长洲，水中陆地。

［5］背：背靠。坟衍：地势高起为坟，地势广平为衍。皋隰（xí 席），水边低湿的地方。皋：水岸边。

［6］弥：极至，指最远处。陶牧：指陶朱公范蠡墓地所在的郊野，在湖北荆州城西北。昭丘：楚昭王的坟墓，在麦城西面的沮水旁边。丘：坟丘，陵墓。

［7］华实：花与果实。黍稷：黍子与高粱，泛指农作物。盈畴：田野上到处都是。

［8］信：确实。吾土：我的故乡。曾：竟。何足：哪里值得，怎么值得。少留：稍作居留，暂居。

［9］纷浊：纷乱混浊，喻乱世。迁逝：离家远逝，指从长安流亡到荆州。漫：漫长，悠长。逾：超过。纪：十二年为一纪。迄（qì 气）今：至今。

［10］眷眷：思念深切的样子。孰：谁。任：承受。

［11］凭：凭靠。轩槛：楼窗前的栏杆。

［12］逶迤：蜿蜒曲折。修迥：长远。漾：水流悠长的样子。

［13］壅隔：阻塞，隔绝。横坠：涕泪横流。

［14］尼父：孔子，名丘字仲尼，后世尊称“尼父”。陈，春秋时陈国，妫姓，故址在今河南东部和安徽一部分，都城宛丘（今河南淮阳）。归欤：回家吧。《论语·公冶长》：“子在陈，曰：‘归欤！归欤！’”

［15］钟仪：春秋时楚国乐官。《左传》成公九年载：钟仪为晋俘虏，晋侯看见时曾问：“南冠而絷者，谁也?”晋侯知道他是楚国的乐工后，要他演奏，钟仪所奏乃南音，表示不忘故国。幽：囚禁。庄舄（xì 细）：越国人。《史记·张仪列传》载：庄舄在楚国做官，病中而思念故乡，口中仍发出越国的语音。

［16］怀土：怀念故乡。穷：困窘，指人生失意。达：显达，指人生得意。

［17］逾迈：过往，流逝。俟（sì 四）：等待。河清：黄河水清。相传黄河水千年一清，那时也是政治清明的太平盛世。未极：没有等到。

［18］冀：期望，希望。王道：儒家所提倡的王道仁政。平：太平，稳定。假：凭借。高衢：大路，比喻盛世的坦途正道。骋力：指骏马驰骋脚力，比喻施展才能和抱负。

[19]“匏（páo 袍）瓜”句：《论语·阳货》载：“（子曰）吾岂匏瓜也哉？焉能系而不食?”匏瓜：葫芦。徒悬：空悬。“井渫（xiè 卸）”句：《易·井卦》：“井渫不食，为我心恻。”井渫：将井淘净，这里指净洁的井水。莫食：无人饮用。

[20] 栖迟：游息，流连。徙倚：徘徊，行止不定。忽：遽然，匆匆。匿：隐匿，指太阳下山。

[21] 阒（qù 去）：寂静。

[22] 凄怆：凄凉悲怆。感发：有感而发。忉怛（dāo dá 刀 答）：忧伤。憯（cǎn 惨）恻：凄苦悲伤。

[23] 循：沿着。阶除：阶梯。

[24] 夜参半：夜半。参：分；或说，及。或说，加。参半，即加半，超过半夜。盘桓：徘徊，此指内心情思反复。反侧：辗转不宁。

学习提示

王粲避乱投奔刘表，刘表见其貌陋体弱，并不重用他。王粲在荆州 16 年，一直郁郁不得志。当王粲登楼眺望远方时，中原战乱频仍，故乡难以归去；环顾眼前，则滞留他乡，一事无成，内心的愁苦一时涌上。登楼原来期望“销忧”，结果反而以“气交愤于胸臆”而结束。中间分三层抒发内心的思乡悲苦之情。第一层写荆州所处地理位置之佳美、土地的肥沃、物产的丰富，以“虽信美而非吾土”做结，反衬对故乡的深情眷恋，突出了内心的愁苦。第二层写被迫滞留他乡的凄苦。家乡路途遥远，险阻重重，无法归去。当然，其中还有战争的原因。诗人引古人孔子、钟仪、庄舄等为例，说明“人情同于怀土”，自己对故乡的思念，永远不能割舍。第三层写己身才华不得施展、无所成就的痛苦。正是不被所用，才更增添对故土的思恋之情。至此，登楼以排遣愁苦的愿望完全落空，内心的痛苦加倍汹涌而来。诗人以周围的环境、气候、鸟兽做陪衬，这种愁苦意绪笼罩了天地之间。所以，今夜又是一个辗转失眠的夜晚。这篇小赋，抒情流畅自然，情景融合无间，是抒情小赋的代表作。

思考题

1. 《登楼赋》抒发了怎样的一种情感？
2. 《登楼赋》分几个层次来抒发内心的愁苦意绪？
3. 《登楼赋》在哪些方面体现了抒情小赋的特色？
4. 分别举出《登楼赋》中所运用的三个典故，说明其在文章中的作用。

诸葛亮

诸葛亮（181—234），字孔明，琅琊阳都（今山东省临沂附近）人。汉末动乱之际，隐居隆中（今湖北省襄樊市），被刘备三顾茅庐请出山，共图大业。刘备建蜀国称帝后，官拜丞相。诸葛亮聪明过人的才华、鞠躬尽瘁的忠诚、指点江山的政治谋略，都让后人深深折服。中华书局有整理校点本《诸葛亮集》。

出师表[1]

先帝创业未半而中道崩殂，今天下三分，益州疲弊，此诚危急存亡之秋也[2]。然侍卫之臣不懈于内，忠志之士忘身于外者，盖追先帝之殊遇，欲报之于陛下也[3]。诚宜开张圣听，以光先帝遗德，恢弘志士之气；不宜妄自菲薄，引喻失义，以塞忠谏之路也[4]。

宫中府中俱为一体，陟罚臧否不宜异同[5]。若有作奸犯科及为忠善者，宜付有司论其刑赏，以昭陛下平明之理，不宜偏私，使内外异法也[6]。侍中侍郎郭攸之、费祎、董允等，此皆良实，志虑忠纯，是以先帝简拔以遗陛下[7]。愚以为宫中之事，事无大小，悉以咨之，然后施行，必能裨补阙漏，有所广益[8]。将军向宠，性行淑均，晓畅军事，试用于昔日，先帝称之曰能，是以众议举宠为督[9]。愚以为营中之事，悉以咨之，必能使行阵和睦，优劣得所。亲贤臣，远小人，此先汉所以兴隆也；亲小人，远贤臣，此后汉所以倾颓也[10]。先帝在时，每与臣论此事，未尝不叹息痛恨于桓、灵也[11]。侍中、尚书、长史、参军，此悉贞良死节之臣，愿陛下亲之信之，则汉室之隆，可计日而待也[12]。

臣本布衣，躬耕于南阳，苟全性命于乱世，不求闻达于诸侯。先帝不以臣卑鄙，猥自枉屈，三顾臣于草庐之中，谘臣以当世之事，由是感激，遂许先帝以驱驰[13]。后值倾覆，受任于败军之际，奉命于危难之间，尔来二十有一年矣[14]。先帝知臣谨慎，故临崩寄臣以大事也[15]。受命以来，夙夜忧叹，恐托付不效，以伤先帝之明[16]。故五月渡泸，深入不毛[17]。今南方已定，兵甲已足，当奖率三军，北定中原，庶竭驽钝，攘除奸凶，兴复汉室，还于旧都[18]。此臣所以报先帝而忠陛下之职分也。

至于斟酌损益，进尽忠言，则攸之、祎、允之任也[19]。愿陛下托臣以讨贼兴复之效；不效，则治臣之罪，以告先帝之灵。若无兴德之言，则责攸之、祎、允等之慢，以彰其咎[20]。陛下亦宜自谋，以谘诹善道，察纳雅言，深追先帝遗诏[21]。臣不胜受恩感激。今当远离，临表涕零，不知所言。

【注释】

[1] 出师表：蜀汉后主建兴五年（227）诸葛亮率师准备北伐，临出发时，上此表给刘禅。

[2] 先帝：指刘备。崩殂（cú 徂）：天子去世称崩殂。益州：代指蜀国。汉置益州，辖今四川、云南、贵州诸省部分地区。疲弊：穷困，国力不强。秋：此指紧要时刻。

[3] 侍卫之臣、忠志之士：皆泛指朝廷内外大臣。内：宫廷，内廷。外：朝廷之外。追：追念，追思。殊遇：厚遇。

[4] 诚宜：确实应该。开张圣听：即积极纳谏。光：发扬光大。恢弘：弘扬光大。妄自菲薄：随便看轻自己。引喻失义：言谈失去宗旨大义。

[5] 宫中：内廷侍臣府中：丞相府所属官吏。俱为一体：都是朝廷的大臣，同为一个整体。陟（zhì 志）罚：指升降官员。臧否（zāng pǐ 赃痞）：指表扬或批评官员。陟：升。臧：善。否：恶。

[6] 有司：专门部门。昭：表明。

[7] 侍中、侍郎：官职名，皇帝亲近的大臣。郭攸之：字演长，南阳人，时任侍中。费祎（yī 衣）：字文伟，江夏人。刘备时曾任太子舍人，刘禅即位，任黄门侍郎，迁侍中。董允：字休昭，南郡人。曾任太子舍人和黄门侍郎。良实：优良敦实。忠纯：忠贞纯正。是以：因此。简拔：选拔。

[8] 咨：咨询。裨（pí 皮）：增益。阙漏：缺失与遗漏。

[9] 向宠：字巨违，襄阳人。积军功至中都督。性行：品性与言行。淑均：贤良公正。

[10] 先汉：西汉。后汉：东汉。

[11] 桓、灵：东汉末年桓帝与灵帝，被认为是败坏东汉政局的昏君。

[12] 侍中、尚书、长史、参军：皆官职名。侍中指郭攸之、费祎、董允，尚书指陈震（字孝起，南阳人），长史指张裔（字君嗣，成都人），参军指蒋琬（字公琰，湘乡人）。贞良死节之臣：坚贞忠直、以死报国的臣子。

[13] 卑鄙：地位卑微。猥：犹委屈。枉屈：屈尊，委屈。驱驰：奔走效劳。

[14] 值：遇上。倾覆：败溃。汉献帝建安十三年（208），刘备为曹操所败，派遣诸葛亮到江东，与孙吴联盟，在赤壁共同抵御曹操。

[15] 临崩：临终。古代天子去世称“崩”。

[16] 夙（sù 素）夜：日夜。不效：没有结果。

[17] 泸：河流名，今金沙江与雅砻江汇合后的一段。不毛：不生长植物的地方，这里指未经开发的地方。

[18] 竭：竭尽。驽钝：才能低劣，自谦之词。劣马为“驽”，刀锋不快为“钝”。攘除：铲除，排除。奸凶：指曹魏。旧都：指洛阳。

[19] 斟酌损益：考虑事情的是否可行。

[20] 慢：怠慢。彰：暴露。咎：过失，错误。

[21] 谘诹（zōu 邹）：咨询。善道：好的道理。察纳：审察接纳。雅言：正言。

学习提示

诸葛亮明智通达、胸怀全局、忠贞耿直、操劳国事、鞠躬尽瘁等诸多优秀品质，在这篇文章中都有所表现。刘备去世后，诸葛亮独力支撑蜀国大局，内外统筹兼顾。刘禅是一位平庸昏聩的君王，诸葛亮在率兵北伐之际，对后方依然不放心，上此表规劝刘禅，表明心志。文章分三个部分。首先分析蜀国正处在“危急存亡之秋”，告诫刘禅继承先帝遗志，有所作为。第二部分推荐大臣中忠良贤能者，希望刘禅能全力依赖这些大臣，“亲贤臣，远小人”，共成大业。第三部分自述受先帝知遇之恩，欲率师北伐，尽职尽责，报答朝廷。忧国忧民的情怀，渗透在字里行间，行文包含情感。对于刘禅，诸葛亮既是父执，又是臣下，文章中父执之谆谆教导、臣下之谦恭结合得恰到好处。说理透彻，叙述简明，文风朴实。

李　密

李密（224—287），又名虔，字令伯，犍为武阳（今四川彭山县东）人。幼年父死母嫁，为祖母刘氏所抚养。三国时为刘蜀郎官。蜀灭，晋武帝司马炎数次征召，均以祖母年老病弱为辞。祖母逝世，始为太子洗马，官至汉中太守。后免官，终老于家。

陈情表

臣密言：臣以险衅，夙遭闵凶[1]。生孩六月，慈父见背；行年四岁，舅夺母志[2]。祖母刘愍臣孤弱，躬亲抚养[3]。臣少多疾病，九岁不行，零丁孤苦，至于成立。既无叔伯，终鲜兄弟[4]。门衰祚薄，晚有儿息[5]。外无期功强近之亲，内无应门五尺之僮[6]。茕茕孑立，形影相吊[7]。而刘夙婴疾病，常在床蓐[8]。臣侍汤药，未尝废离。

逮奉圣朝，沐浴清化[9]。前太守臣逵察臣孝廉，后刺史臣荣举臣秀才，臣以供养无主，辞不赴命[10]。诏书特下，拜臣郎中[11]。寻蒙国恩，除臣洗马[12]。猥以微贱，当侍东宫，非臣陨首所能上报[13]。臣具以表闻，辞不就职。诏书切峻，责臣逋慢[14]。郡县逼迫，催臣上道。州司临门，急于星火。臣欲奉诏奔驰，则刘病日笃；欲苟顺私情，则告诉不许[15]。臣之进退，实为狼狈。

伏惟圣朝以孝治天下，凡在故老，犹蒙矜育，况臣孤苦，特为尤甚[16]。且臣少仕伪朝，历职郎署，本图宦达，不矜名节[17]。今臣亡国贱俘，至微至陋。过蒙拔擢，宠命优渥。岂敢盘桓，有所希冀[18]？但以刘日薄西山，气息奄奄，人命危浅，朝不虑夕。臣无祖母，无以至今日，祖母无臣，无以终余年。母孙二人，更相为命，是以区区不敢废远。臣密今年四十有四，祖母刘今年九十有六，是臣尽节于陛下之日长，报刘之日短也。乌鸟私情，愿乞终养[19]。

臣之辛苦，非独蜀之人士及二州牧伯所见明知，皇天后土，实所共鉴[20]。愿陛下矜愍愚诚，听臣微志，庶刘侥幸保卒余年，臣生当陨首，死当结草[21]。臣不胜犬马怖惧之情，谨拜表以闻。

【注释】

[1] 险衅：危险和忧患，这里指厄运。夙（sù素）遭：早年遭逢。闵凶：忧患悲伤的事情。

[2] 生孩：出生。见背：去世。舅夺母志：舅父逼迫母亲改变守节不嫁的志向。

[3] 愍：怜惜，哀悯。躬亲，亲自。

［4］鲜：少，这里指“无”。

［5］祚（zuò 坐）薄：福分浅薄。祚：福。儿息：子孙。

［6］期（jī 机）功：指近亲。古代以亲戚关系的远近指定丧服的轻重，丧服一年为期，服丧九月为大功，服丧五个月为小功。故“期功”是指血缘关系密切的亲戚。强近：指血缘关系勉强接近的亲戚。应门：照应门户。

［7］茕茕（qióng 穷）：孤单的样子。孑（jié 节）立：孤单的生活。相吊：互相安慰。

［8］夙：早，向来。婴：缠绕。蓐，通“褥”，被褥。

［9］圣朝：指晋朝。清化：清明的教化。

［10］察：考察，荐举。孝廉：汉代以来荐举人才的一种科目，每年由郡国向朝廷举荐孝敬父母、品行廉洁的人出仕。秀才：汉代以来荐举人才的一种科目，由州举荐才能出众的人出仕。供养无主：供养祖母之事无人主持。

［11］郎中：官名，魏晋时是尚书曹司的长官。

［12］寻：不久。除：任命。洗（xiǎn 显）马：又作“先马”，太子侍从官。

［13］猥：谦词，鄙陋。东宫：太子居所，代指太子。陨首：掉落头颅，指杀身。

［14］峻切：严厉急切。逋（bū 晡）慢：回避怠慢。逋：逃脱。

［15］笃：指病势沉重。苟顺：暂时顺随。私情：指奉养祖母的私人事情。

［16］伏惟：伏首敬思。古代奏疏、书信中下级对上级的恭敬用语。矜育：怜悯与养育。

［17］伪朝：指蜀汉。郎属：郎官的衙署。宦达：仕途通达。矜：自夸。名节：名誉，节操。

［18］过蒙：过分蒙受。拔擢（zhuó 卓）：提拔。宠命：恩命。优渥（wò 握）：优厚。盘桓：徘徊，此指拖延不进。希冀：希求，企图。

［19］乌鸟私情：指人之孝心。传说乌鸦反哺，幼鸦喂养老鸦，古人以此比喻子女孝敬父母的真情。终养：即养老送终。

［20］辛苦：指辛酸困苦的处境。二州：梁州和益州。牧伯：州地方官，此指前文所说的太守逵和刺史荣。皇天后土：天地神明。共鉴：看得清楚。

［21］矜愍：怜悯。愚诚：愚拙的诚心。听：接受，准许。庶：或许。保：安，安享。卒：终，终年。陨首：杀身。死当结草：指死后也要继续报恩。据《左传》宣公十五年载：晋大夫魏犨病重时，嘱咐儿子，死后让他的妾改嫁；病危时又嘱咐说让妾殉葬。魏犨死后，其子魏颗按照父亲清醒时的嘱咐，将父亲的妾改嫁。后魏颗与秦将杜回交战，见一老人结草绊倒了杜回，遂将杜回擒获。魏颗夜间梦见那位老人，自称是魏犨之妾的父亲，是前来报答没让他的女儿殉葬的恩德。

学习提示

这是李密写给晋武帝司马炎推辞征召的一封书信。易代之际，处处容易招致嫌疑。得罪朝廷，或许性命难保，司马氏当年的杀戮给士人留下恐怖的记忆。李密奉养祖母是真情，其中还夹杂着对新朝的不认可。他后来出仕晋朝，还因诗文中有怨言而被罢职，说明他一直无法融入新朝。但是，李密又非常担心新朝认定他的不合作，因此带来不测。所以，话说得非常卑微，处处在打动对方的恻隐之心，言辞诚恳，文笔生动。全文层次分明，说理简练透彻。

向 秀

向秀（227? —272），字子期，河内怀（今河南省武陟县一带）人。“竹林七贤”之一，与嵇康友情甚笃。嵇康被害后，无奈出仕，官至散骑常侍。在朝中无所事事，明哲保身而已。喜爱老、庄，曾为《庄子》作注。其他作品今存《思旧赋》和《难嵇叔夜养生论》。

思旧赋（并序）

余与嵇康、吕安居止接近，其人并有不羁之才[1]。然嵇志远而疏，吕心旷而放，其后各以事见法[2]。嵇博综技艺，于丝竹特妙，临当就命，顾视日影，索琴而弹之[3]。余逝将西迈，经其旧庐[4]。于时，日薄虞渊，寒冰凄然[5]。邻人有吹笛者，发声寥亮[6]。追思曩昔游宴之好，感音而叹，故作赋云[7]：

将命适于远京兮，遂旋反而北徂[8]。济黄河以泛舟兮，经山阳之旧居[9]。瞻旷野之萧条兮，息余驾乎城隅[10]。践二子之遗迹兮，历穷巷之空庐[11]。叹黍离之愍周兮，悲麦秀于殷墟[12]。惟古昔以怀今兮，心徘徊以踌躇。栋宇存而弗毁兮，形神逝其焉如[13]。昔李斯之受罪兮，叹黄犬而长吟[14]。悼嵇生之永辞兮，顾日影而弹琴。托运遇于领会兮，寄余命于寸阴[15]。听鸣笛之慷慨兮，妙声绝而复寻。停驾言其将迈兮，遂援翰而写心[16]。

【注释】

[1] 嵇康（223—263）：字叔夜，“竹林七贤”之一，谯国铚（今安徽宿县）人。曾官中散大夫，世称“嵇中散”。喜好老、庄，攻击周、孔名教。是曹魏宗室女婿，拒绝与司马氏集团合作，被司马昭所杀。吕安：字仲悌，东平（今属山东）人，嵇康好友，魏晋名士，与嵇康一起被害。

[2] 志远而疏：志向远大，疏略世俗事务。心旷而放：心胸旷达，行为放逸。见法：被刑法处治。吕安兄吕巽也是嵇康的友人，后积极投靠司马昭，且品行卑污，奸淫弟吕安妻，反诬吕安不孝。嵇康因此写信与吕巽绝交，并为吕安作证。然嵇康与吕安却因此被杀。

[3] 博综技艺：指多才多艺。博：广博。综：集合。丝竹：指乐器，引申为音乐。就命：终命。

[4] 逝：往，到。西迈：向西远行，指去洛阳。迈：远行。旧庐：旧居。

[5] 日薄虞渊：太阳将要落山。薄：迫近。虞渊：相传是太阳落下的地方。

[6] 寥亮：嘹亮。

[7] 曩昔：往昔，从前。

[8] 将命：奉命。向秀这次是因地方荐举，去洛阳见司马昭的。适：往，去。远京：指洛

阳。旋:不久。反:通“返”,返回。徂(cú 殂):往,去。

［9］济：渡。山阳：地名，今河南省焦作市境内。

［10］息余驾：停下我的车来。息：停，止。

［11］践：踩踏。二子：指嵇康与吕安。

［12］黍离：《诗经·王风》中的一篇。东周迁都洛阳，士大夫路过故都，黍稷丛生，内心充满忧伤，悲痛而作此诗。后人或以“黍离”来表达悲苦之情怀。愍：通“悯”，怜悯。麦秀：歌名。据《尚书大传》记载：微子前去朝见周天子，见殷商故都宫室毁坏，禾黍丛生，感慨而作《麦秀歌》。殷墟：殷商故都的废墟。

［13］弗毁：没有毁坏。焉如：哪里去了。

［14］“昔李斯”二句：据《史记·李斯列传》载：李斯在权力斗争中失败被杀，临刑时，对儿子叹息说：“吾欲与若复牵黄犬俱出上蔡东门逐狡兔，岂可得乎!”

［15］运遇：命运。领会：际遇，遭际。寸阴：片刻。

［16］停驾：停车。言：语助词。将迈：将要出发。援翰：拿笔。翰：毛笔。

学习提示

司马氏集团从曹魏手中夺取政权，对政治异己分子采取高压政策，逆我者亡。动辄以杀戮相恐吓，“魏晋名士少有全者”。嵇康与吕安的被杀，是当时最轰动的事例。所加罪名完全是莫须有的，真正原因是他们与司马氏集团的不合作态度。此后，向秀就不敢公开抗拒，到洛阳见了司马昭。从洛阳回来，途经老友故居，怀旧悼亡之情油然而生，其中隐含着愤慨、悲苦与恐惧。但是，作者不好明白叙说，只能非常委婉，含糊其辞。鲁迅先生在黑暗政治的高压之下，写下《为了忘却的纪念》，说：“年青时读向子期的《思旧赋》，很怪他为什么只有寥寥的几行，刚开头却又煞了尾。然而，现在我懂得了。”

王羲之

王羲之（303—361），字逸少，琅玡临沂（今属山东）人，徙居会稽山阴（今浙江绍兴）。出身世族大家，为从伯王敦、王导所器重。官至右军将军，史称“王右军”。是古代著名的书法家，世人尊称为“书圣”。著作今存明人辑本《王右军集》。

兰亭集序

永和九年，岁在癸丑[1]。暮春之初，会于会稽山阴之兰亭，修禊事也[2]。群贤毕至，少长咸集[3]。此地有崇山峻岭，茂林修竹；又有清流激湍，映带左右[4]。引以为流觞曲水，列坐其次[5]。虽无丝竹管弦之盛，一觞一咏，亦足以畅叙幽情[6]。是日也，天朗气清，惠风和畅[7]。仰观宇宙之大，俯察品类之盛，所以游目骋怀，足以极视听之娱，信可乐也[8]。

夫人之相与，俯仰一世，或取诸怀抱，悟言一室之内；或因寄所托，放浪形骸之外[9]。虽趣舍万殊，静躁不同，当其欣于所遇，暂得于己，快然自足，不知老之将至[10]。及其所之既倦，情随事迁，感慨系之矣[11]。向之所欣，俛仰之间，已为陈迹，犹不能不以之兴怀[12]。况修短随化，终期于尽[13]。古人云：“死生亦大矣。”岂不痛哉！

每览昔人兴感之由，若合一契，未尝不临文嗟悼，不能喻之于怀[14]。固知一死生为虚诞，齐彭殇为妄作[15]。后之视今，亦犹今之视昔。悲夫！故列叙时人，录其所述，虽世殊事异，所以兴怀，其致一也[16]。后之览者，亦将有感于斯文。

【注释】

[1] 癸丑：古代农历用天干地支纪年，癸丑年即永和九年（353）。

[2] 会稽：地名，今浙江省绍兴。修禊（xì 细）：古代的一种祭祀习俗。农历三月三日上巳节到水边沐浴，清除不祥。

[3] 群贤：当时参加修禊活动的有孙绰、谢安、许询、支遁等 41 位名士。咸：全，都。

[4] 激湍：汹涌的急流。映带左右：与左右景物相互映衬。

[5] 流觞：饮酒的一种雅趣。与宴者散坐在弯曲的水边，将酒杯放在水流上，任其顺水漂流，漂到谁面前，谁便取而饮之。

[6] 幽情：内心深情。

[7] 惠风：和风。

[8] 游目：放眼游览。骋怀：舒展情怀。信：诚然，确实。

［9］相与：相处，相交。俯仰：低头抬头，形容时间短暂。悟言：从谈话中领悟。

［10］趣：通“取”。趣舍，即“取舍”。万殊：完全不同。欣于所遇：对所遇到的事情感到欣喜。暂得于己：暂时得到自己想要的东西。快然：高兴的样子。

［11］所之：所追求的。

［12］向：过去，原先。俛仰：通“俯仰”，片刻。以之兴怀：借助它而激发情怀。

［13］修短：指寿命长短。随化：顺从自然变化。终期：指寿终的期限。于尽：到了生命尽头。

［13］死生亦大矣：语本《庄子·德充符》：“死生亦大矣，而不得与之变。”

［14］若合一契：像合并在一起的符契。契：符契，古代用木或竹刻的契券，分成两半，契约双方各执一半，以作凭验。喻之于怀：从内心理解它。

［15］固：本来，原本。一死生：把死生看做一样，即不在乎生死。一：数词用作动词，看做一样。齐彭殇：把长寿与短命看作同等。齐：形容词用作动词，看做同等。彭：彭祖，相传彭祖活八百岁，这里代指长寿。殇：未成年而夭折者。妄作：妄自发表的言论。

［16］致：情致。

学习提示

东晋世家名士，言行追求高雅脱俗。兰亭修禊之际，也是高人雅士聚会的好日期。他们饮酒的行为也不同于常人，却要采取曲水流觞的方式。这次参加宴集的文人各有诗作，王羲之此文是为诗集所作的序，题目又作《三月三日兰亭诗序》。文章先写兰亭暮春季节风光之秀美：群山起伏，林竹青翠，清流环绕，郁郁葱葱。又遇上天气清朗，春风和煦，足以令人胸襟舒畅。对此景色，文人各有吟咏，各抒情怀，作者点明作序的目的。其中，对“一死生”、“齐彭殇”的否定，则是不满老庄哲学，这在当时比较少见。作者强调享受现实生活，顺应自然变化，表现出达观的生活态度。

陶渊明

作者生平见诗歌部分。

桃花源记

晋太元中，武陵人捕鱼为业，缘溪行，忘路之远近[1]。忽逢桃花林，夹岸数百步，中无杂树，芳草鲜美，落英缤纷，渔人甚异之[2]。复前行，欲穷其林[3]。

林尽水源，便得一山[4]。山有小口，髣髴若有光[5]。便舍舟，从口入。初极狭，才通人。复行数十步，豁然开朗，土地平旷，屋舍俨然[6]。有良田美池桑竹之属，阡陌交通，鸡犬相闻。其中往来种作，男女衣著，悉如外人。黄发垂髫，并怡然自乐[7]。

见渔人，乃大惊，问所从来，具答之[8]。便要还家，设酒杀鸡作食[9]。村中闻有此人，咸来问讯[10]。自云先世避秦时乱，率妻子邑人，来此绝境，不复出焉，遂与外人间隔[11]。问今是何世，乃不知有汉，无论魏、晋[12]。此人一一为具言所闻，皆叹惋。余人各复延至其家，皆出酒食[13]。停数日辞去，此中人语云："不足为外人道也！"

既出，得其船，便扶向路，处处志之[14]。及郡下，诣太守说此[15]。太守即遣人随其往，寻向所志，遂迷，不复得路。南阳刘子骥，高士也，闻之，欣然规往，未果，寻病终[16]。后遂无问津者[17]。

【注释】

[1] 太元：东晋孝武帝（司马曜）的年号（376—396)。武陵：郡名，故址在今湖南常德市一带。缘：沿着。

[2] 落英：落花。异：诧异。

[3] 穷：穷尽，指走到桃林的尽头。

[4] 林尽水源：桃林的尽头，就是溪流的源头。

[5] 髣髴：同"仿佛"。

[6] 俨然：形容房屋整齐的样子。

[7] 黄发：黄色头发，代指老年人。垂髫（tiáo 条)：小儿披垂的头发，代指儿童。

[8] 具：通"俱"，一一。

[9] 要：通"邀"，邀请。

[10] 咸：都，全。

[11] 邑人：乡人。绝境：与外界隔绝的地方。

［12］无论：更不用说。

［13］延：邀请。

［14］扶：沿着。向路：前日来时的道路。志：标志。

［15］及：到了。郡下：指武陵郡。诣：往见。

［16］南阳：郡名，故址在今河南南阳市。刘子骥：东晋末隐士刘驎之，字子骥。规往：计划前往。寻：不久。

［17］问津：问路，此指寻访桃花源路径。

学习提示

桃花源世界，是陶渊明幻想中的理想人间。这里，与外隔绝，与世无争；没有战争之骚扰，没有更朝换代之动乱；风调雨顺，耕种自给，生活富足；民风淳朴，老少和睦，怡然自乐。陶渊明之隐逸，寻找的就是这样一片净土。现实中无法寻觅，只得在幻想中构筑。这与老子所言“鸡犬之声相闻，民至老死不相往来”的世界有某种近似。叙述笔法，类似志怪小说，与当时的文坛创作风气有关联。开篇写武陵渔人偶得进入桃花源，结尾写他人欲再寻找而没有结果，姓名、地点、过程，都历历可数，似真似幻，扑朔迷离的记叙，引人入胜。

归去来兮辞[1]

归去来兮！田园将芜胡不归[2]？既自以心为形役，奚惆怅而独悲[3]？悟已往之不谏，知来者之可追[4]。实迷途其未远，觉今是而昨非。舟摇摇以轻飏，风飘飘而吹衣[5]。问征夫以前路，恨晨光之熹微[6]。

乃瞻衡宇，载欣载奔[7]。童仆欢迎，稚子候门。三径就荒，松菊犹存[8]。携幼入室，有酒盈樽。引壶觞以自酌，眄庭柯以怡颜，倚南窗以寄傲，审容膝之易安[9]。园日涉以成趣，门虽设而常关[10]。策扶老以流憩，时矫首而遐观[11]。云无心以出岫，鸟倦飞而知还[12]。景翳翳以将入，抚孤松而盘桓[13]。

归去来兮，请息交以绝游[14]。世与我而相违，复驾言兮焉求[15]！悦亲戚之情话，乐琴书以消忧。农人告余以春及，将有事于西畴[16]。或命巾车，或棹孤舟；既窈窕以寻壑，亦崎岖而经丘[17]。木欣欣以向荣，泉涓涓而始流。善万物之得时，感吾生之行休[18]。

已矣乎[19]！寓形宇内复几时？曷不委心任去留[20]？胡为遑遑欲何之[21]？富贵非吾愿，帝乡不可期[22]。怀良辰以孤往，或植杖而耘耔[23]。登东皋以舒啸，临清流而赋诗[24]。聊乘化以归尽，乐夫天命复奚疑[25]！

【注释】

[1] 归去来兮辞：据序言可知，此文是陶渊明于晋安帝义熙元年乙巳岁（405）十一月辞去彭泽令归隐田园后所作。来：语助词，无义。

[2] 芜：荒芜。胡：为什么。

[3] 以心为形役：使心志被形体所驱使，指为养家糊口而违背本意出来做官。奚：何，为什么。

[4]“悟以往”两句：语本《论语·微子》：“往者不可谏，来者犹可追。”这里指明白到过去的失误不可挽救，而未来的事情仍然可以追补。谏：止。追：追补，弥补。

[5] 轻飏（yáng 扬）：轻快飘扬，喻归家行舟一路的轻快迅捷。

[6] 熹微：清晨光线微弱的样子。熹：通“熙”，光明。

[7] 瞻：望见。衡宇：隐者所居以横木为门的简陋房屋，指自家旧住宅。《诗经·陈风·衡门》：“衡门之下，可以栖迟。”后人以为是写隐者安于贫贱。载：语助词，乃。欣：欣喜。

[8] 三径：三条小路。《文选》李善注引《三辅决录》载：汉哀帝时王莽当政，蒋翊闭门隐居，屋舍前有三径，只有羊仲、求仲往来。后人便以“三径”代指隐居处所。

[9] 壶觞（shāng 伤）：古代盛酒器具。眄（miàn 面）：斜视。柯：树枝。怡颜：使神情怡愉。寄傲：寄托高洁傲世的情怀。审：明白。容膝：只能容膝的斗室，形容居处环境的狭小。易安：易于安身。

[10] 日涉：每天都来。成趣：成为乐趣。

[11] 策：拄，持。扶老：手杖。流：周游。憩（qì 气）：休息。矫首：举首。遐观：远望。

[12] 岫（xiù 袖）：山峰。

[13] 景：日光。翳翳（yì）：日光暗淡的样子。入：指太阳落山。盘桓：盘旋，徘徊。

[14] 息交：停止与外界的交往。绝游：断绝与外界的交游。

[15] 相违：与自己心志相背离。复：还。驾言：驾车出游。言：语助词，无义。《诗经·邶风·泉水》：“驾言出游”。此处截取“驾言”，以代“出游”。焉：何，什么。

[16] 春及：春天到了。事：农事，指春耕农忙。畴：田亩。

[17] 巾车：有篷盖的车子。棹（zhào 赵）：划船的长桨，用作动词，指划船。窈窕：蜿蜒幽深的样子。

[18] 善：喜爱。得时：各得时节。行休：将要结束。

[19] 已矣乎：算了吧。已：止，拉倒。

[20] 寓形宇内：犹言“活在世上”。寓形：寄寓形骸。宇内：天地之内。曷：何。委心：随心。去留：指死生。一说，行止。

[21] 胡为：为何。遑遑：匆忙奔走的样子。欲何之：想到哪里去。

[22] 帝乡：天帝所居的仙境。期：期盼。

[23] 怀：想念，盼望。孤往：独自出游。植：通“置”，放置。一说“立”，插好手杖。耘：除草。耔：给禾苗培土。

[24] 皋：水边高地。舒啸，放声长啸。啸：嘬口发出悠长而清越的声音，魏晋名士

常用以抒发内心情感。

［25］聊：姑且。乘化：顺应大自然变化。归尽：生命终结。乐夫天命：乐天知命。奚疑：什么疑虑。

学习提示

这时陶渊明刚刚辞官归家时的创作，写出了摆脱尘俗烦扰、回归大自然的愉悦与欢欣，可与《归园田居》对照阅读。诗人经过仕途的颠簸，反省以往选择的错误，以极其欢快的心情回归田园。一路轻扬洒脱，抖落所有的烦恼，连夜赶路，清晨到家。诗人的欢欣波及到家人，“稚子”“童仆”，其实是诗人情绪的映照。从今往后，诗人可以举杯自乐，琴书适意，寻胜探幽，浏览景物，逍遥度日，与大自然融为一体。中间一段，描写田园山水风光，清丽脱俗，笔调舒畅。诗人自甘贫贱、不愿与世俗同流的高尚情操，于画面中处处可见。中国古代诸多隐士，在高喊隐居时，往往心恋朝廷。像陶渊明这样真诚质朴地歌颂田园生活的，极为少见。诗人以平淡流畅的语言，平实地叙述自己对这种生活的热爱，最后归结为“富贵非吾愿，帝乡不可期”，自己追寻的就是现实中的自在洒脱。所以，陶渊明成为古代隐逸者之典范，让后人心向往之。

陶宏景

陶宏景（452—536），字通明，丹阳秣陵（今江苏省江宁区）人。南朝齐时官至奉朝请。后隐居句曲山，设帐授徒，自号“华阳隐居”。梁武帝即位，屡次征召，推辞不出。帝有大事，皆咨询之，时人称其为“山中宰相”。卒谥贞白先生。有《陶隐居集》。

答谢中书书[1]

山川之美，古来共谈。高峰入云，清流见底。两岸石壁，五色交晖，青林翠竹，四时俱备。晓雾将歇，猿鸟乱鸣，夕日欲颓，沈鳞竞跃[2]。实是欲界之仙都，自康乐以来，未复有能与其奇者[3]。

【注释】

[1] 谢中书：谢微（或作“徵”），字元度，曾为中书鸿胪。

[2] 歇：消散。颓：斜坠。沈鳞：潜藏在水中的游鱼。

[3] 欲界：指人间。原是佛教术语，为佛教三界之一，此界中之众生皆耽于食、色、眠诸欲。仙都：仙人居住的地方。欲界仙都：即人间天堂。康乐：谢灵运，袭封康乐公。与：参与。即置身其间，得其享受。

学习提示

东晋南朝以来，世族士人谈玄要有山水点缀，闲暇之时也爱游山玩水。尤其是谢灵运创作山水诗并得时人广泛喜爱之后，游玩山水更是成为一种高雅的时尚。友人之间信件来往，也以谈山水为乐，其间有许多脍炙人口的名篇。这封书信，以极其简练优美的语言描绘了江南山川四时景色之不同。这里，高峰入云，清流见底，青林翠竹，交相辉映，晨雾将散，鸟啼猿鸣，夕阳掩映，鱼儿欢跃。如此美景，当然是人间天堂，作者也与友人共欣赏。

吴　均

吴均（469—520），字叔庠，吴兴故鄣（今浙江安吉县）人。出身贫寒，自幼聪慧好学。官至奉朝请。因私撰《齐春秋》，触怒梁武帝，致焚书免官。后奉诏撰《通史》，未成而卒。擅长诗文，文风清俊超拔，时人号“吴均体”。有《吴朝请集》。

与宋元思书[1]

风烟俱净，天山共色。从流飘荡，任意东西[2]。自富阳至桐庐，一百许里，奇山异水，天下独绝[3]。水皆缥碧，千丈见底，游鱼细石，直视无碍[4]。急湍甚箭，猛浪若奔[5]。夹岸高山，皆生寒树。负势竞上，互相轩邈，争高直指，千百成峰[6]。泉水激石，泠泠作响[7]。好鸟相鸣，嘤嘤成韵[8]。蝉则千转不穷，猿则百叫无绝[9]。鸢飞戾天者，望峰息心[10]；经纶世务者，窥谷忘返[11]。横柯上蔽，在昼犹昏；疏条交映，有时见日[12]。

【注释】

［1］宋元思：字玉山，刘峻有《与宋玉山元思书》。一作朱元思。

［2］从流：顺流。

［3］富阳：今浙江富阳县。桐庐：今浙江桐庐县。富阳与桐庐都在富春江沿岸。许：大约。

［4］缥碧：青苍深绿色。直视：透视。

［5］急湍：迅疾的湍流。甚箭：比飞箭还快。若奔：像奔腾的骏马。

［6］负势竞上：各负险峻之势，竞相指向高空。互相轩邈：彼此争高争远。轩：高。邈：远。直指：笔直向上。

［7］泠泠（líng 零）：清脆的水流声。

［8］嘤嘤（yīng 英）：柔婉和谐的鸟鸣声。

［9］转：通“啭”，此指蝉鸣声。猨：猿猴一类。

［10］鸢（yuān 渊）：鹰科猛禽。戾（lì 利）：至。《诗经·大雅·旱麓》：“鸢飞戾天，鱼跃于渊。”郑玄以为是比喻恶人远去。作者这里指政治上追求高位的人。息心：止息争权夺利之心。

［11］经纶：经营，筹划。经纶世务：指做官。

［12］横柯：指横斜伸展的树枝。疏条：稀疏的枝条。

学习提示

晋室南渡之后，江南秀丽诱人的景色越来越多地得到文人墨客的青睐，友人间来往信件也以此为谈资。除了这里选录的两封书信以外，丘迟《与陈伯之书》言：“暮春三月，江南草长，杂花生树，群莺乱飞。”也广为传播。这封信，描绘了从富阳到桐庐富春江两岸的山光水色，突出“奇山异水”的特征。水流之清澈、山势之高峻、瀑布之湍急、骇浪之汹涌，都构成奇异的风光。其间，鸟鸣山幽，蝉噪林静，猿啼声不绝如缕。作者强调山水对人性灵的陶冶，使奔走仕途者能净洁心灵，流连山水之间，从而忘却世俗的纷争。这些写景名篇的共同特征就是清丽流畅，秀美如画。

郦道元

郦道元（？—527），字善长，范阳涿鹿（今河北涿县）人。曾任东荆州刺史、河南尹、御史中尉等职，执法严峻，为权贵所惮恨，遭受谗言，遣为关右大使，被雍州刺史萧宝夤所害。郦道元历览群书，博采文献，结合自身见闻，撰成《水经注》40卷。《水经注》是记载山川水流的地理著作，同时记叙了山川沿途的风光景物、风土人情、历史掌故、神话传说等，具有很高的审美价值。

水经注

江水注[1]（节选）

自三峡七百里中，两岸连山，略无阙处[2]。重峦叠嶂，隐天蔽日：自非亭午夜分，不见曦月[3]。至於夏水襄陵，沿泝阻绝[4]。或王命急宣，有时朝发白帝，暮到江陵，其间千二百里，虽乘奔御风，不以疾也[5]。春冬之时，则素湍绿潭，迴清倒影[6]。绝巘多生怪柏，悬泉瀑布，飞漱其间，清荣峻茂，良多趣味[7]。每至晴初霜旦，林寒涧肃，常有高猿长啸，属引凄异，空谷传响，哀转久绝[8]。故渔者歌曰："巴东三峡巫峡长，猿鸣三声泪沾裳！"

【注释】

[1] 江水注：节录自《水经注》卷三十四，叙写长江三峡的江流和沿途景色。

[2] 阙：通"缺"，空缺，指山峰不连接的地方。

[3] 停午：夜分：夜半。曦月：日月。曦：日光。

[4] 夏水：夏天漫涨的江水。襄陵：大水漫上高山。襄：上。陵：山陵。沿：顺流而下。泝（sù 素）：逆流而上。指上下游交通阻绝。

[5] 或：有时。王命：朝廷的诏命，文书。宣：传达。白帝：白帝城，在今重庆奉节县东。江陵：今湖北江陵县。奔：奔驰的骏马。御风：驾风。以：通"似"。不以疾：不像那么快。即：就是骑着飞奔的骏马，或驾风飞行，速度都没有湍急的江水快。

[6] 素湍（tuān）：白色的急流。绿潭：碧绿的深潭。迴清倒影：景物倒映在清澈的水流之中。

[7] 绝巘（yǎn 演）：陡峭的山峰。飞漱：飞流激荡。清荣峻茂：水清，树荣，山峻，草茂。良：甚。

[8] 属引：连续不断。凄异：凄厉异常。转：通"啭"，猿啼。久绝：许久才停止。

学习提示

北朝文章朴实敦厚，多实录应用文，《水经注》首先是一部实用的地理著作。然而，郦道元文笔清丽舒畅，其中一些描写水流沿途山色景物的段落，可与南朝书信叙说山水风光景色片段相比美，这里选录的是最脍炙人口的一段。长江三峡一段水路，地理形势复杂，江流湍急，风光秀丽，四时不同。首先是两岸山势的连绵与高峻，不到正午与半夜，居然难见日月。其次是夏天江水的暴涨，弥漫山陵，汹涌奔腾。乘水流而下，居然能超过奔驰的骏马与呼啸而过的疾风。再次是春冬两季两岸奇异秀美的景色，山峰、树木、水流，无不引人入胜。险峻的山势与湍急的江流，也给行人带来诸多不便，以至两岸的猿声也给人凄厉悲苦的感受。作者最后还引用了当地民歌，于是，三峡沿途的民风民俗在这里也有所表现。

中国古代文学

轶事小说

刘义庆

刘义庆（403—444），彭城（今江苏省徐州市）人。南朝刘宋宗室，长沙王刘道怜次子，过继给临川王刘道规，袭封临川王。爱好文学，招集天下文学之士，编纂而成《世说新语》。分德行、语言、政事等36编，记载东汉末年至东晋南朝世族名士的逸闻轶事，片段传神，短小精悍，寥寥数言，人物风神面貌跃然纸上。而且，客观记录了那个时代的社会风尚、审美思潮、哲学流变，有重要的文献价值。

世说新语

王戎不食道边李[1]

王戎七岁，尝与诸小儿游。看道边李树，多子折枝，诸儿竞走取之，唯戎不动。人问之，答曰："树在道边而多子，此必苦李。"取之，信然[2]。

【注释】

[1] 王戎：字浚冲，官至司徒。"竹林七贤"之一。

[2] 信然：确实是这样。

学习提示

魏晋名士，许多人聪明才智过人，从小就表现非同寻常的天赋。王戎7岁，就知道根据现象来做出合理判断。所以，《晋书·王戎传》称他"幼而颖悟，神采秀彻。"

郗太傅求婿[1]

郗太傅在京口，遣门生与王丞相书，求女婿[2]。丞相语郗信："君往东厢，任意选之。"门生归，白郗曰："王家诸郎亦皆可嘉，闻来觅婿，咸自矜持，唯有一郎在东床上坦腹卧，如不闻[3]。"郗公云："正此好!"访之，乃是逸少，因嫁女与焉[4]。

【注释】

[1] 郗太傅：郗鉴，字道徽。仕晋，官至司空、太尉。

[2] 京口：地名，今江苏省镇江市。王丞相：王导，字茂弘，东晋立国元勋，官至丞相。

[3] 坦：通"袒"。

[4] 逸少：王羲之，字逸少。

学习提示

后人以"东床"作为"佳婿"的代名词，典出于此。晋人崇尚率真自然，王羲之闻郗家前来选婿，坦然而卧，没有矜持做作，正合此标准，所以成为上选。由此，可见王羲之的个性，以及晋人的风尚。

阿堵物

王夷甫雅尚玄远，常疾其妇贪浊，口未尝言"钱"[1]。妇欲试之，令婢以钱绕床，不得行。夷甫晨起，见钱阂行，令婢："举阿堵物[2]!"

【注释】

[1] 王夷甫：王衍，字夷甫。官至太尉，为石勒所害。雅：平日，平素。尚：崇尚，喜好。玄远：玄妙高远，淡远世俗。贪浊：贪婪污浊，聚敛财产。

[2] 阂（hé 核）：阻碍。阿堵物：那个堵住路的东西。

学习提示

后代称"钱"为"阿堵物"，典故出于此。王夷甫妻子的贪婪与王夷甫的清高在当时都是非常出名的，王夷甫对其妻子无奈，只得以己身的志行高洁相对抗，以至走向极端，终身不言“钱”字。晋朝有惧内风尚，于这则记载可见一斑。

刘伶病酒[1]

刘伶病酒，渴甚，从妇求酒[2]。妇捐酒毁器，涕泣谏曰：“君饮太过，非摄生之道，必宜断之[3]！”伶曰：“甚善。我不能自禁，唯当祝鬼神自誓断之耳！便可具酒肉。”妇曰：“敬闻命。”供酒肉于神前，请伶祝示。伶跪而祝曰：“天生刘伶，以酒为名，一饮一斛，五斗解酲[4]。妇人之言，慎不可听！”便引酒进肉，隗然已醉矣[5]。

【注释】

[1] 刘伶：字伯伦，“竹林七贤”之一。

[2] 病酒：因非常想饮酒而痛苦。渴：指酒瘾发作。

[3] 捐酒：倒掉酒。摄生：养生。

[4] 斛（hú 胡）：量词，十斗为一斛。解酲（chéng 成）：解乏。酲：酒后的困倦疲乏。

[5] 隗（wěi 委）然：醉倒的样子。

学习提示

魏晋之际，名士身处危境，动辄容易引起当政者的猜疑嫉恨，许多名士便借酒逃脱现实，消除司马集团的猜忌之心，也求得自我麻醉。他们“越名教而任自然”，更加饮酒无度，放纵自我。在当时形成放肆饮酒的风气，其中以刘伶最为著名。这则记载记录了刘伶嗜酒如命的个性。

王子猷居山阴[1]

王子猷居山阴，夜大雪，眠觉，开室命酌酒，四望皎然[2]。因起彷徨，咏左思《招隐诗》[3]。忽忆戴安道[4]。时戴在剡，即便夜乘小舟就之[5]。经宿方至，造门不前而返[6]。人问其故，王曰：“吾本乘兴而行，兴尽而返，何必见戴？”

【注释】

[1] 王子猷：王徽之，字子猷，王羲之之子。曾官黄门侍郎等，后弃官东归，隐居山

阴。山阴：地名，今浙江省绍兴市。

［2］眠觉：睡觉醒来。皎然：洁白的样子。

［3］因：于是。彷徨：徘徊。左思：西晋著名诗人，字太冲。《招隐诗》：共两首，抒写归隐田园的乐趣。

［4］戴安道：戴逵，字安道，博学多才，终身隐居不仕。

［5］剡（shàn 善）：地名，今浙江省嵊州。就：靠近，这里指前去拜访。

［6］经宿：过了一夜。造门：到达门前。

学习提示

晋人惟求潇洒自然。兴致来时，可以冒风雪通宵跋涉，不畏路途艰难；兴致过去之后，即使到了友人的门前，也不入内。晋人行为，看似怪异，其实是非常可爱可贵的个性化。这种个性化，不影响周围其他人的生存利益，所以，无可指责。在中国大一统的专制思想统治之下，这种个性化尤其显得难能可贵。

思考题

1. 此片段记载表现了王徽之怎样的言行风貌？
2. 王徽之看似怪异的行为，与当时的社会风气有什么关系？
3. 此片段记载在艺术创作方面有什么特色？

第三部分 唐

中国古代文学作品选读（一）

中国古代文学

诗

王　绩

王绩（585—644），字无功，自号东皋子，绛州龙门（今山西稷山县）人。炀帝大业四年（608）举孝悌廉洁，授秘书省正字。唐初，待诏门下省，以疾罢。存诗五十余首。其诗写自己淡远尘世、明哲保身的生活态度，以及从田野隐逸生活中寻求乐趣的生活情操。诗歌作风超脱齐梁、复归于魏晋。

野　望

东皋薄暮望，徙倚欲何依[1]？树树皆秋色，山山唯落晖。牧人驱犊返，猎马带禽归。相顾无相识，长歌怀采薇[2]。

【注释】

[1] 东皋：王绩故乡隐居处所。徙倚：徘徊低回。

[2] 采薇：《史记·伯夷列传》载：周武王灭殷商，伯夷、叔齐隐居首阳山，采薇为食，作歌唱之说：“登彼西山兮，采其薇矣。”后以此典故表示避世隐居。

学习提示

生活于隋末动乱之年代，诗人只求淡远尘世，明哲保身，从田野隐逸生活中寻求乐趣。傍晚眺望，所见是一片夕阳下的景色。诗人在这一幅田园牧歌图中突出了一个“归”字，牧人驱赶着牛羊回来了，猎马也带着一天的收获回家。这一幅日暮归家图，牵引出诗人对归隐的无限向往之情。“相顾无相识”的场面，与庄子笔下“鸡犬之声相闻，民老死不相往来”的理想国类似。难怪诗人要高歌《采薇》，决心归去了。

王 勃

王勃（650—676），字子安，绛州龙门（今山西稷山县）人。15 岁时上书自陈，太常伯刘祥道以“神童”表荐于上，对策高第，授朝散郎。为沛王作《檄英王鸡》而被黜。客剑南，三府交辟，以疾辞。杀官奴曹达，当诛，会赦，除名。往探父，渡海溺水，惊惧而卒，年二十七。有《王子安集》，存诗九十余首。其诗开拓了新的创作领域，摆脱了空洞无物的虚套，面向现实人生。但更多的只是表现个人生活的狭窄圈子，如写友情、亲情，写个人抱负志向，写遭受挫折的抑郁悲苦，风格健劲沉着。

送杜少府之任蜀川

城阙辅三秦，风烟望五津[1]。与君离别意，同是宦游人[2]。海内存知己，天涯若比邻。无为在歧路，儿女共沾巾。

【注释】

[1] 城阙：代指长安。三秦：地名，今陕西省一带，为古代秦国地域。项羽灭秦，分其地为雍、塞、翟三国，故称三秦。

[2] 宦游：为官四方。

学习提示

送别友人，是诗歌中十分常见的题材。但很少有像王勃这样写得意气豪迈、新颖别致的。首联诗人用地名构成工整的对偶句，“三秦”写送别之所，“五津”写友人宦游的去处，视野开阔。“与君”二句点出惜别的主题，语调略略低沉。然而，“海内存知己，天涯若比邻”这一对句，宽慰友人与自己，歌颂了真正的友情。于是，结尾二句就可以摆脱悲凉情调，用开朗壮阔的胸怀将缠绵的儿女私情一笔撇开，别开生面。诗人年轻有才，志在四方，所以才有如此爽朗开阔的胸襟。

山 中

长江悲已滞，万里念将归。况复秋风晚，山山黄叶飞。

学习提示

诗人进入仕途不久，便品尝到了挫折、离别的滋味，有了漂流异乡的切身体验，诗中因此出现了悲秋的情绪和念归的主题。在留滞他乡、迟迟不归的悲苦的诗人眼中，长江水似乎已经停止了流动，所以不能送自己回乡，江水中凝聚着的就是诗人的悲愁意绪。“长江悲已滞”是一种视觉与心理的幻觉，“万里念将归”是幻觉产生的真实原因。“况复秋风晚，山山黄叶飞”的秋日枯黄景色的描写，是补足一笔，以萧瑟的秋景烘托愁苦意绪，将思归之情置于悲秋的典型环境中。

卢照邻

卢照邻（637—690?），字升之，号幽忧子，幽州范阳（今北京大兴附近）人。十余岁即博学能文。曾拜都新尉。二十岁为邓王府典签。因染风疾去官，居太白山中。疾甚，足挛，一手又废，不堪其苦，与亲属执别，自投颍水而死。有《幽忧子集》，存诗近一百首。

长安古意

长安大道连狭斜，青牛白马七香车[1]。玉辇纵横过主第，金鞭络绎向侯家[2]。龙衔宝盖承朝日，凤吐流苏带晚霞[3]。百丈游丝争绕树，一群娇鸟共啼花。啼花戏蝶千门侧，碧树银台万种色。复道交窗作合欢，双阙连甍垂凤翼[4]。梁家画阁天中起，汉帝金茎云外直[5]。楼前相望不相知，陌上相逢讵相识。借问吹箫向紫烟，曾经学舞度芳年[6]。得成比目何辞死，愿作鸳鸯不羡仙。比目鸳鸯真可羡，双去双来君不见。生憎帐额绣孤鸾，好取门帘帖双燕。双燕双飞绕画梁，罗纬翠被郁金香。片片行云著蝉鬓，纤纤初月上鸦黄[7]。鸦黄粉白车中出，含娇含态情非一。妖童宝马铁连钱，娼妇盘龙金屈膝[8]。御史府中乌夜啼，廷尉门前雀欲栖。隐隐朱城临玉道，遥遥翠幰没金堤[9]。挟弹飞鹰杜陵北，探丸借客渭桥西[10]。俱邀侠客芙蓉剑，共宿娼家桃李蹊。娼家日暮紫罗裙，清歌一啭口氛氲[11]。北堂夜夜人如月，南陌朝朝骑似云。南陌北堂连北里，五剧三条控三市[12]。弱柳青槐拂地垂，佳气红尘暗天起。汉代金吾千骑来，翡翠屠苏鹦鹉杯[13]。罗襦宝带为君解，燕歌赵舞为君开。别有豪华称将相，转日回天不相让。意气由来排灌夫，专权判不容萧相[14]。专权意气本豪雄，青虬紫燕坐春风[15]。自言歌舞长千载，自谓骄奢凌五公[16]。节物风光不相待，桑田碧海须臾改。昔时金阶白玉堂，即今唯见青松在。寂寂寥寥扬子居，年年岁岁一床书。独有南山桂花发，飞来飞去袭人裾[17]。

【注释】

[1] 狭斜：小巷。汉乐府《长安有狭斜行》："长安有狭斜，道狭不容车。"七香车：用多种香木制成的华美小车。

[2] 玉辇（niǎn 碾）：帝王乘坐的车。主第：公主的府第。

[3] 龙衔宝盖：雕琢成龙形的伞柄衔住车子的华盖。凤吐流苏：绣着凤凰的车帷下垂着彩色的流苏。

[4] 复道：连接楼阁之间的空中通道。交窗：合欢花纹交错的窗户。双阙：宫门前的一对望楼。连甍（méng 盟）：排比相连的屋脊。

［5］梁家：东汉外戚梁冀。这里借指豪门贵族。汉帝金茎：汉武帝在建章宫立铜柱，上置铜盘，名仙人掌，以承接天露。金茎：铜柱。

［6］吹箫：用萧史、弄玉故事。汉刘向《列仙传》载：萧史是秦穆公时人，善吹箫。穆公有女字弄玉，喜欢箫史，嫁其为妻。后一同随凤凰仙去。

［7］蝉鬓：鬓发梳理成蝉翼的模式。鸦黄：即额黄。古代妇女在前额涂上鸦黄色，以为装饰。

［8］铁连钱：指马身上的毛色斑驳，如环环相扣的连钱花纹。盘龙：金钗名。屈膝：车门与车窗上的合叶。

［9］翠幰（xiǎn 显）：翠羽装饰的车幕。

［10］杜陵：地名，在长安城东南。探丸借客：指游侠。据《汉书·尹赏传》载：长安有专门谋杀官吏、为人报仇的侠少，行动前设赤、黑、白三种弹丸，摸得赤丸者杀武吏，摸得黑丸者杀文吏，摸得白丸者负责为同伴料理丧事。渭桥：在长安西北渭水上。

［11］氛氲：歌女演唱时所发出的浓郁的口脂香。

［12］北里：唐代娼妓聚居的地方，在长安城北门内。五剧：道路交错的地方。三条：三面通达的道路。三市：每日多次集市的处所。

［13］金吾：汉代禁卫军军官名。屠苏：美酒名。

［14］排灌夫：指豪门权贵意气相争，互相排挤。灌夫，汉武帝时将军，任侠使酒，得罪丞相田蚡，受陷害族诛。判：绝对。萧相：汉初名相萧何。

［15］青虬、紫燕：都是良马的名字。

［16］五公：汉代的著名五位权贵张汤、杜周、萧望之、冯奉世、史丹。这里泛指豪门权贵。

［17］南山：长安附近的终南山。

学习提示

这首诗托古喻今，描写了京城长安各个阶层的生活，尤其是集中笔墨揭示了达官贵族穷奢极欲的放纵生活。京城公主与侯王成群，他们坐骑、车马都非常奢华，成群结队，追逐享乐。所居住的高楼甲第，金碧辉煌，高耸云天。众多的男性贵族达官更是出入“北堂”妓院，与“妖童”“娼妇”为伍，沉湎于声色之中。其间，又有持剑侠客、挟弹杀手、皇帝禁卫等阶层的人士，也纷纷来到青楼，放怀痛饮，夜夜喧闹。其中也不乏朝廷的争权夺利，勾心斗角。这一切都组成了长安世俗的繁华富丽，如花团锦绣。诗人以“节物风光不相待，桑田碧海须臾改”对前文的热闹做冷然的一笔归纳，写历史的沧桑巨变，一切繁华终归尘土。最后以隐居者的寂寥、清苦，与长安的豪奢做强烈的对比，讽喻之意显而易见。

骆宾王

骆宾王（640？—684?），婺州义乌人。七岁能诗，称为“神童”。历任小官。武后时坐赃左迁临海丞，不得志，弃官而去。徐敬业起兵扬州，署骆宾王为府属，军中草檄皆出其手。兵败后不知所终。有《骆宾王文集》。以诗抒写个人怀抱，有沉郁之思致。

在狱咏蝉

西陆蝉声唱，南冠客思侵[1]。那堪玄鬓影，来对白头吟[2]。露重飞难进，风多响易沉。无人信高洁，谁为表予心？

【注释】

[1] 西陆：指秋天。《隋书·天文志》：“日循黄道东行……行西陆为之秋。”南冠：指囚徒。《左传》成公九年载：楚人钟仪为晋国所囚，依旧南冠而不忘故国。晋侯曾问：“南冠而絷者谁也？”

[2] 玄鬓：这里代指蝉。《古今注》载：魏文帝宫人莫琼树梳理鬓发如蝉翼，故称蝉鬓。白头吟：古乐府曲调，声情哀怨。据说是卓文君所制，怨恨司马相如的负心。

学习提示

诗人在朝廷任职时，以言论得罪武则天，被诬陷入狱。这是一首咏蝉诗，诗人借蝉自喻，用比兴手法写出自己入狱后艰难危苦的处境，表明自己始终如一的光明磊落的心胸。表面句句咏蝉，实际处处喻己。首二句用典，将秋蝉的凄切、乡思的难禁，与自己被诬入狱的处境融合在一起，为全诗奠定凄苦悲凉的基调。“那堪玄鬓影，来对白头吟”，以流水对写自己老大不堪，以至沦落为阶下囚的痛苦。“露重飞难进，风多响易沉”以比兴手法写自己的政治不得志，因多重阻隔而无法向帝王表白自己的心志，无法将自己的意见通达朝廷。诗人被诬入狱，还是必须相信朝廷的圣明，自己乃一时受屈。结句于是借蝉再次表明高洁心胸志向。

思考题

1. 这首诗用了哪些典故？每个典故所指或所象征的是什么？

2. 通过这首诗分析“初唐四杰”的创作特征。
3. 背诵这首诗。

于易水送人一绝[1]

此地别燕丹，壮士发冲冠。昔时人已没，今日水犹寒。

【注释】

[1] 易水：河流名，在今河北省易县。战国时著名刺客荆轲受燕太子丹所托，谋刺秦王。临行，友人送别于易水旁，高渐离击筑，荆轲歌云：“风萧萧兮易水寒，壮士一去兮不复还！”歌罢，坐中人“发尽上指冠”。

学习提示

不畏强暴、一诺千金、不惜杀身报恩的豪侠壮士荆轲，深受后人的推崇。荆轲之得燕太子丹的赏识，又为后人所艳羡。这首五言绝句咏荆轲告别燕国与友人，慨然赴秦，壮志凌云。寥寥数语，一位慷慨赴难的英雄形象如在眼前。诗人的咏叹中，更有称赞与神往，其中或许还隐含着已身无所作为的悲苦。

杨 炯

杨炯（650—700?），华阴人。10岁应童子举，高宗显庆五年（660）11岁，待制弘文馆。上元三年（676）27岁，应制举，补校书郎。坐从祖弟犯逆，左迁梓州司法参军。秩满，迁盈川令。卒于官。有《盈川集》。其诗已经逐渐从南朝“宫体诗”的作风中摆脱出来，表现了更为开阔的题材内容，表现出唐代文人昂扬奔放之独有的精神风貌。

从军行

烽火照西京，心中自不平[1]。牙璋辞凤阙，铁骑绕龙城[2]。雪暗凋旗画，风多杂鼓声。宁为百夫长，胜作一书生[3]。

【注释】

[1] 西京：指长安。

[2] 牙璋：古代兵符，由两块合成，分别由朝廷与主帅所掌，以为号令军中的凭证。凤阙：指帝京。龙城：地名，故址在今蒙古人民共和国境内。此处泛指敌方要塞。

[3] 百夫长：古代军队中率领一百位士兵的低级军官。

学习提示

初盛唐之时，朝廷喜对外扩张，利用军功晋身成为中下层知识分子的又一条仕宦出路。“初唐四杰”的诗歌，已经逐渐从南朝“宫体诗”的作风中摆脱出来，表现了更为开阔的题材内容。这首诗写因听闻边塞外族入侵的警报而思为国有所作为。诗人向往的是军中艰难困苦、危险紧张、龙争虎斗的生活，战士的无畏、诗人的雄心都一一展露。“宁为百夫长，胜作一书生”的心志，非常具有那个时代的特征。就是诗人们的这种豪情，才将诗歌逐渐引向盛唐。

宋之问

宋之问（650？—712），字延清，汾州（今山西汾阳）人，或云虢州（今河南灵宝）人。高宗上元二年（675）进士及第。供奉内廷。及张易之败，贬泷州参军，逃归。再为鸿胪主簿。后因知贡举贪赃狼藉，贬越州长史，再配钦州，玄宗先天中赐死。存诗196首。以善写应制诗得到武后的赏识，是宫廷诗人的代表。曾被贬谪荒远之地，有写贬谪流离之苦况的佳作。宋之问的作为告诉我们，诗歌已经无法被宫廷所牢笼。

题大庾岭北驿[1]

阳月南飞雁，传闻至此回[2]。我行殊未已，何日复归来？江静潮初落，林昏瘴不开。明朝望乡处，应见陇头梅。

【注释】

[1] 大庾岭：在今江西大庾，岭上多生梅花，又名梅岭。

[2] 阳月：农历十月。《尔雅·释天》：“十月为阳。”

学习提示

宋之问流放途中经大庾岭，在驿馆题写这首五律。古人将此岭作为南北的分界线，传说南归的北雁至此而回，诗人却依然要越岭跋涉。这无休止的行程，使诗人离家乡越来越远，离朝廷越来越远，诗人的心情也就越来越凄苦悲凉。诗人又以眼前景来烘托情感：江潮初落，江面平静，黄昏树林，瘴气缭绕。江水不能载诗人回乡，瘴气提醒诗人的流落。明朝望乡，路远难望，只见大庾岭的“陇头梅”，思乡情绪将随着离乡的路程而与日俱增。宋之问本来仅仅是宫廷御用诗人，贬谪生活使他体验了磨难、开阔了视野，诗歌有了宫廷以外的切实的内容。《旧唐书·宋之问传》称：“之问被窜谪，经途江岭，所有篇咏，传布远近。”这首诗是其中最著名的之一。

渡汉江

岭外音书断，经冬复历春。近乡情更怯，不敢问来人。

学习提示

宋之问从泷州贬所逃归，途径汉江，作此诗。诗歌的言语极其平常，贬谪者的心境也叙述的十分寻常，然写出了每一位久别家乡、家人的漂流者共同的复杂心态。贬谪岭外，与家人音书断绝，经历了许多难熬的春夏秋冬。简练的语言中，涵括了多少思乡的愁绪与贬谪的苦楚。“近乡情更怯，不敢问来人”，离乡者的心境够复杂的，既渴望立即回到家乡亲人身旁，又害怕离家久远而家中发生变故。《汉乐府·十五从军征》说：“十五从军征，八十始得归。道逢乡里人，家中有阿谁?”就是具体描述这种“近乡情更怯”的久别者的心态。

沈佺期

沈佺期（650—714），字云卿，相州内黄（今河南内黄）人。高宗上元二年（675）进士及第。由协律郎迁通事舍人，再转给事中，考功员外郎。受赃，劾未究。张易之败，长流外州。稍迁至台州录事参军。中宗时再入朝廷，官至中书舍人。开元初卒。存诗150余首。与宋之问并为宫廷诗人的代表。

杂　诗

闻道黄龙戍，频年不解兵[1]。可怜闺里月，长在汉家营。少妇今春意，良人昨夜情。谁能将旗鼓，一为取龙城[2]。

【注释】

[1] 黄龙戍：在今辽宁省开原县北。这里泛指边塞。解兵：休兵，休战。

[2] 将：率领。旗鼓：代指军队。龙城：这里泛指边境少数民族聚居的地方。

学习提示

闺妇思边是一个传统的题材。中国古典诗歌极少正面描写夫妻情爱的，通过闺妇思边写夫妻情感，是古诗的一种主要抒情方式。南朝以来的宫廷诗人，也有这类题材的点缀描写，大多浅描淡写，敷衍了事。沈佺期则擅长写闺妇思边，往往能比较深入地刻画出思妇与将士的深沉痛苦和复杂心态，耐人回味。“闻道黄龙戍，频年不解兵”是隔离夫妻双方的原因，开门见山，直切主题。以下用照应之笔写双方，写双方两地不尽的思念。结句自然推出对名将的渴望，有了英勇善战的名将能够平定外患，征战的将士就可以回家，思妇的心愿也就能实现了。

古　意

卢家少妇郁金堂，海燕双栖玳瑁梁[1]。九月寒砧催木叶，十年征戍忆辽阳[2]。白浪河北音书断，丹凤城南秋夜长[3]。谁为含愁独不见，更教明月照流黄[4]。

【注释】

［1］卢家少妇：泛指青春少妇。郁金堂：以郁金香和泥涂壁的堂屋。玳瑁（dài mào 代帽）梁：以玳瑁装饰的屋梁。玳瑁：龟属海产动物，甲壳坚硬，有文采，可制成装饰品。

［2］砧（zhēn 真）：捣衣石。辽阳：今辽宁省辽河以东地区。这里泛指东北边塞。

［3］白浪河：今辽宁大凌河。丹凤城：指长安。长安大明宫有丹凤门。

［4］流黄：黄紫相间的丝织品。指屋内的帷帐。

学习提示

这首闺妇思边诗场景描述得更加详尽。诗人用萧瑟的秋景来烘托离人的思念。诗中所用精美的名物，如“郁金堂”“玳瑁梁”“流黄”等，还保留有宫体诗的作风，但所抒发的情感基本上已经从宫体诗中摆脱出来。女主人公居住环境华丽，却无法解脱愁苦的缠绕，尤其是到了寒砧捣衣、树叶凋零的秋夜，这种思愁翻腾上来，叫思妇难以忍受。可以想见，今夜，又将是一个无眠的难以煎熬的夜晚。

张若虚

张若虚，扬州人，曾官兖州兵曹。唐中宗神龙年间，与贺知章等吴越人士驰名京城。存诗两首。闻一多先生称《春江花月夜》是“宫体诗的自赎”，是“诗中之诗，顶峰上的顶峰”。

春江花月夜

春江潮水连海平，海上明月共潮生。滟滟随波千万里，何处春江无月明[1]。江流宛转绕芳甸，月照花林皆似霰[2]。空里流霜不觉飞，汀上白沙看不见。江天一色无纤尘，皎皎空中孤月轮。江畔何人初见月，江月何年初照人。人生代代无穷已，江月年年望相似。不知江月待何人，但见长江送流水。白云一片去悠悠，青枫浦上不胜愁[3]。谁家今夜扁舟子，何处相思明月楼。可怜楼上月徘徊，应照离人妆镜台[4]。玉户帘中卷不去，捣衣砧上拂还来。此时相望不相闻，愿逐月华流照君[5]。鸿雁长飞光不度，鱼龙潜跃水成文。昨夜闲潭梦落花，可怜春半不还家。江水流春去欲尽，江潭落月复西斜。斜月沉沉藏海雾，碣石潇湘无限路[6]。不知乘月几人归，落月摇情满江树。

【注释】

[1] 滟滟：波光荡漾的样子。

[2] 芳甸：长满花草的原野。霰（xiàn线）：雪珠子。

[3] 青枫浦：泛指荒远的水边。

[4] 可怜：可爱。徘徊：指月影转动。

[5] 月华：月光。

[6] 碣石：山名，在今河北昌黎县北。潇湘：指潇水与湘水，在今湖南零陵县合流后称潇湘。这里以碣石、潇湘泛指天南地北。

学习提示

春江、花、月夜，诗人将这些充满诗情画意的意象完美地组合在一起，构成一幅无限优美的场景，语言清丽纯净，环境幽美恬静，虽然是宫体诗的题材，却没有丝毫的敷衍做作。所以，闻一多先生称这首诗是“宫体诗的自赎”，是“诗中之诗，顶峰上的顶峰”。诗人在春江花月夜的美好的背景中，融入了情人离别的思念，对时间久远、空间无限、个体渺小的无奈。悠悠情思，在明月之夜，绵绵不尽。诗歌的蕴意丰富，乃至能给人们一种哲理的启迪。

陈子昂

陈子昂（661—702），字伯玉，梓州射洪（今四川射洪附近）人。出身富家。24岁时进士对策高第。武后时积极上书朝廷，得武后赏识。曾官右拾遗，跟随武攸宜出征契丹。意见不合，由参谋降为军曹。38岁时以父老为借口，挂拾遗官空衔回乡。为县令段简所辱，入狱死。存诗近130首，有《陈伯玉集》。其诗言之有物，题材十分广泛，且多用"兴寄"法，含蓄深沉，或格高气壮，声情激越，贯穿于诗中的往往是慷慨悲壮之气。

登幽州台歌[1]

前不见古人，后不见来者。念天地之悠悠，独怆然而涕下[2]。

【注释】

［1］幽州台：又称"燕台"，即蓟北楼，在今北京市近郊。

［2］怆然：悲伤的样子。

学习提示

这是一首千古佳作。全诗既不押韵，诗句也不整齐，读来却是错落铿锵，韵味悠扬。诗人随武攸宜出征，才华横溢而遭受迫害打击，心情格外郁闷。当登上幽州台时，缅怀古人，面对高台悲风、茫茫四野，诉说不尽的孤独悲凉之感涌上心头，脱口而出。人生短暂，瞬间即逝，不能被人所赏识，趁时建功立业，有为之年还剩多少？诗人不能不为之焦灼、愤慨。其沉重的感慨，是心灵深处爆发出来的痛苦呐喊。

贺知章

贺知章（659—744），字季真，会稽（今浙江绍兴）人，自号“四明狂客”。武后年间进士，官至太子宾客、秘书监。玄宗天宝初告老还乡。其诗擅长捕捉现实生活之富有诗情画意的场面，做细腻描写，构思极其新颖巧妙。

咏柳

碧玉妆成一树高，万条垂下绿丝绦[1]。不知细叶谁裁出？二月春风似剪刀。

【注释】

[1] 碧玉：形容柳树的碧绿可爱。丝绦（tāo 滔）：丝带。

学习提示

这首七绝咏春日里的柳条，细腻真切，形象鲜明。早春柳树，垂下万条绿丝绦，如碧玉妆饰而成。这种拟人化的修辞法，使读者联想起体态婀娜的少女，为春风里的柳条带来了一份迷人的妩媚。后二句以自问自答的设问方式，歌唱了二月春风。春风为大地披上了绿色的新装，这细长如眉的柳叶也是由春风裁剪而成。比喻构思都极其新颖巧妙。

回乡偶书

少小离家老大回，乡音无改鬓毛衰。儿童相见不相识，笑问客从何处来？

学习提示

无论离开家乡有多么久远，对家乡的思念总是一个人拂之难去的一种情感。随着暮年将至，思乡的情感像久酿的纯酒，越发浓烈。诗人选取了两个十分平常又非常有典型意义的情形或场景来写久别思乡的情绪。其一是容颜衰老而乡音依旧。诗人长期在外为官，回到家乡已是晚年，玄宗赐镜湖一曲供他隐居。江南的语音自其体系，所以，回到家乡，与故土仍然保持亲密关系的只有“乡音”了。其二，儿童不识，以为他是外乡来客。以此写自已离家的久远，思乡之情不言而喻。

王　湾

王湾，洛阳人。玄宗时进士。曾官荥阳主簿，终洛阳尉。存诗10首。擅长抒写淡淡的乡思旅愁。

次北固山下[1]

客路青山下，行舟绿水前。潮平两岸阔，风正一帆悬。海日生残夜，江春入旧年。乡书何处达？归雁洛阳边[2]。

【注释】

[1] 次：停泊。北固山：在今江苏镇江市北。

[2] 归雁：古人相传大雁能够传书。

学习提示

这首诗写旅愁。但是，诗歌中的乡思旅愁是淡淡的，更多的是对沿途景色的欣赏。诗人行进于青山绿水之间，虽然乡思难忘，但毕竟生活在欣欣向荣的唐代社会，诗人是为实现个人价值而告别家乡，所以，并不特别为离别乡思而忧伤。“潮平两岸阔，风正一帆悬”，写景开阔，写出了大江直流，风平浪静。“海日生残夜，江春入旧年”以其“形容景物，妙绝千古”而深得时人的喜爱。《唐诗纪事》卷十五载：“诗人以来，无闻此句。张公（张说）居相府，手题于政事堂。每示能文，令为楷式。”最后的乡思照应了开篇的“客路”，一缕伤感，萦绕心头，只能托“归雁”寄达乡思之情意了。

刘眘虚

刘眘虚，新吴（今江西奉新县）人。开元间进士，曾官洛阳尉、夏县令。后人将其与贺知章、包融、张旭合称“吴中四友”。存诗一卷，22首。

阙　题

道由白云尽，春与青溪长。时有落花至，远随流水香。闲门向山路，深柳读书堂[1]。幽映每白日，清辉照衣裳[2]。

【注释】

[1] 闲门：空闲之门，即很少有人出入之门。

[2] 幽映：指柳阴。每：常常。

学习提示

这首诗写隐逸之乐，主要通过描述隐居的风景环境来表现。隐逸的小道，与清溪相伴，白云缭绕，春意烂漫。柳树下的读书堂，门向山径开，常日无人，清闲幽静。而且时有落花随流水而至，馨香宜人。这样幽闲宁静的山间读书处所，令人心旷神怡，顿时生出向往、艳羡之情。末二句用拗韵，颇具特色。俞陛云《诗境浅说》评说：“此诗起结皆不用谐律，弥见古雅。”隐居是唐人诗歌一大题材内容，然在唐初却少有出色之作。刘眘虚的这首诗可以说是开“盛唐田园山水诗派”的先路。

张九龄

张九龄（673—740），字子寿，韶州曲江（今广东省韶关市）人。唐中宗景龙初年进士。玄宗时官至同中书门下平章事、中书令，是开元年间的贤相。后被李林甫排挤，贬荆州长史。有《张曲江集》。其诗托物喻意，写出自己的内心志向和现实处境。

望月怀远

海上生明月，天涯共此时。情人怨遥夜，竟夕起相思[1]。灭烛怜光满，披衣觉露滋。不堪盈手赠，还寝梦佳期[2]。

【注释】

[1] 情人：泛指多情的人。竟夕：终夜。

[2] 不堪盈手：指月光不能用手捧着。佳期：相聚的好日子。

学习提示

有情人天涯相隔，两地却可以共赏一轮明月，所以，在古诗中明月就成为寄托相思情怀的最好意象之一。“海上生明月，天涯共此时”所抒写的就是这样一种情怀，境界阔大，雄浑高远。对此一轮明月，被离思所折磨的情人就无法入眠，“竟夕”相思，两地共此情怀。一直到烛光燃尽，凌晨露水滋生之时。对明月相思，却无法捧一手月光相赠，事实上是情人相隔遥远无法传递相思情意。只好敦促自己努力再入梦乡，在梦乡中与情人相见。

答陆澧

松叶堪为酒，春来酿几多？不辞山路远，踏雪也相过[1]。

【注释】

[1] 过：拜访。

学习提示

这首赠答友人之诗，写出了诗人洒脱隐逸情怀。隐居的环境中，事事高洁脱俗，连日常所饮之酒也由松叶酿造而成。有了这样清醇的美酒，就可以邀请好友前来对酌了。诗人是以自己猜测的语气写友人的醇酒及其相邀，可以肯定以前曾经有过类似的邀请与欢聚。既然有此好酒，有这样幽美的环境，有共同的隐逸爱好，诗人也就不畏惧雪花纷飞之际山路的艰难跋涉了。两人友情之深厚纯净也由此可见。

王　翰

王翰，字子羽，并州晋阳（今山西太原）人。睿宗景云元年（710 年）进士。曾任驾部员外郎、仙州别驾，贬道州司马。其诗豪迈激昂，是典型的盛唐之音。

凉州词

葡萄美酒夜光杯，欲饮琵琶马上催[1]。醉卧沙场君莫笑，古来征战几人回？

【注释】

［1］夜光杯：用白玉精制而成晶莹透亮的酒杯，可以光明照夜。

学习提示

征战沙场，不知是否可以尸骨还乡，这本来是一件凄凉悲苦的事情。但在初唐、盛唐充满了建功立业浪漫情怀的诗人的笔下，悲凉转变为豪迈，凄苦转变为昂扬。“葡萄美酒夜光杯”，边塞饮酒，自有一番异域情调，令人神往。“欲饮”之际，酒宴上又弹奏起了琵琶，似乎是催酒、送酒，将士更是放怀痛饮，一醉方休了。这种奔放的情怀，来自对边塞生活的向往，对功业的渴望。痛饮之余，醉倒沙场，旁人也不必嘲笑，因为将士们是以性命报国、博取功名的。

崔　颢

崔颢（704？—754），汴州（今河南开封市）人。唐玄宗开元十一年（723）进士。天宝年间曾官尚书司勋员外郎。以《黄鹤楼》诗著名。

黄鹤楼[1]

昔人已乘黄鹤去，此地空余黄鹤楼[2]。黄鹤一去不复返，白云千载空悠悠。晴川历历汉阳树，芳草萋萋鹦鹉洲[3]。日暮乡关何处是？烟波江上使人愁。

【注释】

[1] 黄鹤楼：旧址在今武汉市蛇山。

[2] “昔人”二句：传说仙人王子安曾乘黄鹤经过此地；一说三国蜀费文祎曾在此楼乘黄鹤登仙。

[3] 历历：清晰可辨的样子。汉阳：在武昌西面，与黄鹤楼隔江相望。萋萋：草木茂盛的样子。鹦鹉洲：在武昌北长江中。

学习提示

黄鹤楼是江汉名胜古迹，有多少骚人墨客登此楼题咏。据元人辛文房《唐才子传》载：李白登此楼欲赋诗题咏，终因崔颢之作过于出色而为之搁笔，并且说：“眼前有景道不得，崔颢题诗在上头。”诗人从黄鹤楼的传说写起，虽然在写“黄鹤一去不复返，白云千载空悠悠”的神话流传，但其中包含着岁月易逝、世事苍茫的深沉感慨。面对黄鹤楼前的景色，自然生发出乡关之愁思。诗歌也由前半部分的咏古转入叹今。

储光羲

储光羲，兖州（今属山东）人，一说润州（今江苏镇江）人。开元进士，曾官观察御史。安禄山陷长安，受伪职。后贬死岭南。

钓鱼湾

垂钓绿湾春，春深杏花乱。潭清疑水浅，荷动知鱼散。日暮待情人，维舟绿杨岸。

学习提示

从《楚辞·渔夫》开始，渔夫一直是隐逸者的理想生活形象之一。水乡是那么的清新秀丽，随小舟漂荡是如此的自由自在，渔夫生活成为隐居者的必然选择。诗人生活的钓鱼湾景色非常的美丽：绿阴春浓，点缀着几树杏花，潭水清澈，荷花摇动，鱼儿忽聚忽散，来去自在。诗人自然被这景色所陶醉。他所等待的“情人”，当然可以看成是他心爱的人，也可以广义地理解为有共同隐逸爱好的友人，希望他也能前来一起隐居。

王昌龄

王昌龄（约698—756），字少伯，京兆万年（今陕西西安）人。开元十五年（727）进士登第。一生曾两次被贬荒远之地，人称“王江宁”、“王龙标”。“安史之乱”爆发，王昌龄北归，路过亳州谯郡，为太守闾丘晓所杀。存诗近180首。擅长七言绝句，称“七绝圣手”、“七言长城”，甚至有“诗家夫子王江宁”（《唐才子传》卷二）之称。

从军行

其　四

青海长云暗雪山，孤城遥望玉门关[1]。黄沙百战穿金甲，不破楼兰终不返[2]。

其　五

大漠风尘日色昏，红旗半卷出辕门。前军夜战洮河北，已报生擒吐谷浑[3]。

【注释】

[1] 青海：青海湖，在今青海省西宁市西。雪山：今甘肃省祁连山。

[2] 穿：磨穿。楼兰：汉代西域国名。西汉傅之介前往楼兰，用计斩其王。这里泛指外族入侵之敌。

[3] 洮河：在今甘肃省西南部。吐谷（yù 欲）浑：我国古代居住在西北部的少数民族。这里泛指入侵外族之敌的首领。

学习提示

王昌龄是“盛唐边塞诗派”优秀的代表作家。他所写的一组《从军行》共7首，这里选录2首。“青海长云暗雪山”写将士们坚守“孤城”，在极度恶劣的环境中保护着国家的安全。他们身经百战，金甲穿破，然报国之志依然，不平定外患决不回家。这是盛唐特有的昂扬意气。“大漠风尘日色昏”写一次艰苦卓绝而又令人兴奋鼓舞的战斗。在“大漠风尘”狂暴的恶劣气候里，唐朝军队“红旗半卷”，进行了一次成功的袭击战，结果是生擒了敌军的首领。这2首诗或写征人报国的雄心和坚定的意志，或写一次具体的战争，从不同侧面反映了边塞生活。

出　塞

秦时明月汉时关，万里长征人未还。但使龙城飞将在，不教胡马度阴山[1]。

【注释】

[1] 飞将：汉代李广，匈奴号其为“汉之飞将军”。阴山：西起河套，横亘内蒙，与兴安岭相接。为中国古代北方抵御外来入侵的屏障。

学习提示

这首诗唱出了千古征人们的一个共同心愿：追随飞将军李广似的名将，为国平定外患，早日还乡与亲人团聚。诗人视野开阔，从秦汉以来千古边塞历史开始咏叹，苍凉雄浑。无休止的征战中有多少征人抛尸边疆，不得还乡。结尾推出共同心愿，也就显得格外有力。这种平凡的愿望中凝聚着无数征人对和平的渴望，及其对家人的思念。明朝李攀龙将这首诗推崇为唐人七绝的“压卷”之作。

芙蓉楼送辛渐[1]

寒雨连江夜入吴，平明送客楚山孤。洛阳亲友若相问，一片冰心在玉壶[2]。

【注释】

[1] 芙蓉楼：遗址在今江苏镇江西北角。

[2] 冰心：喻心地的高洁纯净。

学习提示

诗人一生经历坎坷，命运多舛，两次被贬谪，最后甚至被长官所杀。这样的生平，在唐代诗人中十分罕见。可以想见诗人在现实中孤高自傲的态度，不善于处理周围人际关系。当时对诗人的诽谤之辞一定不少。于是，诗人借送友之际，表明自己的心迹。开篇两句交代送友的环境。“寒雨连江”，“楚山”孤单，渲染出一片凄苦悲凉的送别气氛。结尾两句顺便交代，其实是诗人早就想告诉人们的。诗人以“冰心在玉壶”比喻自己的高洁，光明磊落，是对诬陷打击他的现实社会的愤怒抗议。全诗语言圆润自然，音调和谐婉转。

闺怨

闺中少妇不知愁，春日凝妆上翠楼[1]。忽见陌头杨柳色，悔教夫婿觅封侯[2]。

【注释】

[1] 凝妆：精心打扮。

[2] 陌头：大路旁边。觅封侯：寻取功名。

学习提示

诗人是一位比较注重情感生活的作家。这首诗所表现出来的思想，与传统相悖。传统要求每一位妻子具有“停机德”，鼓励丈夫外出寻求功名，光宗耀祖。而这首诗中的女子，只求丈夫厮守在自己的身旁，过甜甜蜜蜜、恩恩爱爱的日子。开篇的“闺中少妇不知愁”是欲擒故纵，她不可能从毫不知愁突然间跌落到愁苦的深渊。事实上，少妇是故意掩盖自己的思愁，通过“春日凝妆上翠楼”的动作化解内心的痛苦。岂知登楼所见“陌头杨柳色”，引起了当年夫妻同游的回忆，内心的愁苦就再也无法抑制了，心里话脱口而出：“悔教夫婿觅封侯”。这才是中国古代在闺中守“活寡”妻子的真实心声。

祖 咏

祖咏（699？—746?），洛阳人。唐玄宗开元十二年（724）进士。曾因张说推荐任驾部员外郎。与王维友善。《全唐诗》存录其诗36首。

望蓟门[1]

燕台一去客心惊，笳鼓喧喧汉将营[2]。万里寒光生积雪，三边曙色动危旌[3]。沙场烽火侵胡月，海畔云山拥蓟城。少小虽非投笔吏，论功还欲请长缨[4]。

【注释】

［1］蓟门：旧址在今北京西南一带。

［2］燕台：即蓟城的幽州台。喧喧：形容喧闹的声响。

［3］三边：古称幽州、并州、凉州为三边。这里泛指边塞。

［4］投笔吏：东汉班固，年少贫穷，曾为官府佣书吏。后投笔从戎，平定西域三十六国，封定远侯。请长缨：西汉书生终军年十八而受汉武帝赏识，他“自请愿受长缨，必羁南越王而致之阙下”（《汉书·终军传》）。后世称自己请求参军杀敌为请缨。

学习提示

祖咏也曾经寻求边塞立功，这首诗应该是他游宦蓟门时所作。诗人一到“燕台”，就为边塞特有的风光、军中肃穆的气氛而感到惊心。这里营帐连绵，笳鼓声喧；万里积雪，寒光一片；旌旗飘扬，烽火相接，云山环绕。军营的庄重，军容的严整，以及将士们在艰苦的环境中的无畏，都一一在边塞风光画中得以展露。受眼前景色、气象鼓励，诗人顿时豪气倍增，也希望请缨杀敌，为国立功了。

终南望余雪[1]

终南阴岭秀，积雪浮云端[2]。林表明霁色，城中增暮寒[3]。

【注释】

［1］终南：终南山。

［2］阴岭：背光的山岭。

［3］林表：林外。霁色：雪后晴色。

学习提示

据《唐诗纪事》卷二十记载，这首诗是祖咏到长安应进士试时所写。唐代应试诗要求是六韵十二句的五言排律，祖咏写完这四句则认为诗意已了，就此搁笔，一时传为佳话。诗写遥望中终南山积雪的景色。“终南阴岭秀，积雪浮云端”写出遥望中终南山的秀丽雄奇，其山峰高耸云端，故积雪若漂浮于天空。“林表明霁色，城中增暮寒”补足终南山雪意。洁白的积雪相映照，林外是一片明亮的晴色。积雪之厚，以至相隔数十里的长安城在傍晚时刻也增添了层层“暮寒”。

王之涣

王之涣（688—742），字季凌，原籍晋阳（今山西省太原市），迁居绛郡（今山西省新绛县）。开元初，曾官衡水主簿。被诬陷去官，漫游15年，足迹遍黄河南北。后官文安县尉。存诗6首。其边塞诗境界开阔，情调高亢。

登鹳雀楼[1]

白日依山尽，黄河入海流。欲穷千里目，更上一层楼。

【注释】

[1] 鹳雀楼：旧址在蒲州（今山西省永济县）西南。楼有三层，面对中条山，下临黄河，时有鹳雀栖息其上，故名。

学习提示

诗人登上鹳雀楼，大山大河尽收眼底。诗人并不因此满足，期待着“更上一层楼”，以穷尽视野。诗中写景气度非凡，那依山而尽的落日，奔流到海的黄河，气势磅礴，巍峨壮丽。开阔的胸襟给了诗人以开阔的视野。“欲穷千里目，更上一层楼”的诗意，更给人们一种生活哲理的启迪。

凉州词

黄河远上白云间，一片孤城万仞山。羌笛何须怨杨柳？春风不度玉门关[1]。

【注释】

[1] 羌笛：古代一种少数民族乐器。怨杨柳：乐府《横吹曲》中有《折杨柳》，曲调哀怨。玉门关：在今甘肃省敦煌县西。

学习提示

久戍边关，不得与家人团聚，也感觉不到君王的恩惠，一种怨苦的情绪油然而生。将士驻守在边关极其险恶的环境中，以一座“孤城”对抗着频繁的入侵之敌，周围是环绕的大山。边塞“羌笛”声传来，是一曲《杨柳》怨歌，倾诉了将士们的心境。塞外荒寒，不仅仅是地处偏僻，更重要的原因是“春风不度玉门关”。前人时以“春风”比喻皇恩，诗人是在替将士抱不平，是在讥刺朝廷的边塞政策。所以，明代人杨慎读解这首诗说：“此诗言恩泽不及于边塞，所谓君门远于万里也。”

孟浩然

孟浩然（689—740），襄州襄阳（今湖北襄樊）人。约40岁时，曾到长安应试，落第，留京谋求仕进，然终归无效，返回襄阳故乡，隐居游历。开元二十五年（737）49岁，张九龄为荆州长史，征辟孟浩然为从事。52岁去世。存诗200多首。孟浩然的诗主要是写隐逸生活与旅途风光，是唐代第一个倾力写作山水诗的诗人。王士禛《带经堂诗话》称孟诗“诗至此，色相俱空”，“画家所谓逸品是也。”闻一多《唐诗杂论·孟浩然》说：“淡到看不见诗了，才是真正孟浩然的诗，不，说是孟浩然的诗，倒不如说是诗的孟浩然更为准确。”

夜归鹿门歌[1]

山寺鸣钟昼已昏，渔梁渡头争渡喧[2]。人随沙岸向江村，余亦乘舟归鹿门。鹿门月照开烟树，忽到庞公栖隐处[3]。岩扉松径长寂寥，唯有幽人独来去[4]。

【注释】

[1] 鹿门：襄阳鹿门山，在汉江东岸，孟浩然曾隐居此处。

[2] 渔梁：地名，在襄阳附近沔水之中。

[3] 庞公：东汉末庞德公，拒绝征辟，携家隐居在鹿门山。

[4] 幽人：独居的隐士。

学习提示

思归或渴望隐逸的人们，特别喜欢描述傍晚归来的场景，这样的场景会牵引出他们对家乡或隐逸生活的无限留恋之情。《诗经·君子于役》之“日之夕矣，羊牛下来”，王维《渭川田家》之“斜光照墟落，穷巷牛羊归”等，都是这类场景的典型描写。孟浩然这首诗就十分出色地描摹了这么一幅晚归图景。山寺晚钟鸣响，渡头行人喧闹，江村沙岸，三三两两，都是劳作一天的归来者。在这样浓厚的归家氛围中，诗人也乘舟归隐鹿门，这是多么自然的事情。鹿门山明月光照，人迹稀少，景色幽静，诗人追慕古人庞公，这里正是理想的隐居处所。

思考题

1. 孟浩然的山水诗有什么创作特色？
2. 这首诗所抒发的是怎样的一种情感？诗人用怎样的手段抒发？
3. 背诵这首诗。

临洞庭

八月湖水平，涵虚混太清[1]。气蒸云梦泽，波撼岳阳城[2]。欲济无舟楫，端居耻圣明[3]。坐观垂钓者，徒有羡鱼情。

【注释】

[1] 虚、太清：都指天空。

[2] 云梦泽：古代泽名，现已经为陆地。古时云梦泽范围宽阔，约在今湖北省东南部、湖南省北部。

[3] 济：渡。端居：犹隐居，独居。

学习提示

生活在盛唐，没有一位诗人真正愿意隐居。孟浩然中年曾到京城求仕，失意而归。到晚年被张九龄所征辟，求仕心依然十分强烈。这是一首临洞庭而作献给张九龄的干谒诗。前四句写洞庭湖磅礴壮阔的气势。八月秋水升涨，湖水与堤岸几乎连成一片。洞庭湖之水气蒸腾，孕育了云梦泽的草木繁盛，郁郁苍苍；洞庭湖的波澜壮阔，甚至撼动着岳阳城。下四句转入干谒的主题。诗人以欲渡洞庭而无舟楫为喻，写自己欲报效朝廷而无人援引。最后表明心志：在这样圣明的年代，决不愿意隐居终老，期望张九龄能给予汲引，使自己有所作为。

过故人庄

故人具鸡黍，邀我至田家。绿树村边合，青山郭外斜。开轩面场圃，把酒话桑麻[1]。待到重阳日，还来就菊花[2]。

【注释】

[1] 场圃：打谷场与菜园。话桑麻：闲聊农事。

[2] 就菊花：欣赏菊花。就，靠近。

学习提示

这首诗写田园风光与友人的情谊，清新淳朴，恬淡亲切。开篇自然简单，老友之间邀之即来，随意中显示出友情的非同寻常。诗人又以绿树、青山、场圃、桑麻等农村平常景物构成田园平淡风光景色，远景、近景交相辉映，怡悦之情洋溢言表。结尾的不邀自来，真率质朴，老友亲密无间的友谊在不经意间见出。全诗恬淡淳厚，但不平浅枯燥，是孟浩然田园诗中最优秀的代表作。

宿建德江[1]

移舟泊烟渚，日暮客愁新[2]。野旷天低树，江清月近人。

【注释】

[1] 建德江：新安江流经浙江省建德县境内的一段。

[2] 渚：水中陆地。

学习提示

这首诗写旅途愁怀，白描出日暮、烟渚、旷野、清江等冷落寂寥的景象，再加上“天低树”“月近人”等对景物直觉感受的表现，便展现出一幅充满了旅思乡情的秋江夜泊图。诗歌以野旷江清的静景写寂寞的游子情怀，没有像李白那样运用惊人的夸张和瑰奇的幻想，也很少像王维那样敷设明艳鲜丽的色彩。王士禛《带经堂诗话》称孟诗“诗至此，色相俱空”，“画家所谓逸品是也。”闻一多《唐诗杂论·孟浩然》称：“淡到看不见诗了，才是真正孟浩然的诗，不，说是孟浩然的诗，倒不如说是诗的孟浩然更为准确。”整首诗风格单纯明净。

春　晓

春眠不觉晓，处处闻啼鸟。夜来风雨声，花落知多少。

学习提示

春眠是舒适的，酣恬沉睡的诗人不知拂晓已到，是处处啼鸟声惊醒了诗人。春天清晨的勃勃生机透过“啼鸟声”显露出来。醒来后，诗人立即想起昨夜的风雨，于是便关心有多少花瓣被催落。诗人听闻啼鸟声的欣喜，对落花的关心，都表现了对大自然的热爱。小诗语言平易浅近，又让读者回味无穷。

李颀

李颀（690—751），东川（今四川三台县）人，寄居颍阳（今河南省许昌附近）。唐玄宗开元二十三年（735）进士，官新乡尉，久不得升迁。晚年归隐东川故园。其边塞诗写军旅生活，能写出将士的悲苦之情。

古意

男儿事长征，少小幽燕客[1]。赌胜马蹄下，由来轻七尺[2]。杀人莫敢前，须如猬毛磔[3]。黄云陇底白雪飞，未得报恩不能归。辽东小妇年十五，惯弹琵琶解歌舞[4]。今为羌笛出塞声，使我三军泪如雨。

【注释】

[1] 事长征：指从军。幽燕：泛指今河北、辽宁一带，古来多出游侠男儿。

[2] 赌胜：逞能。七尺：七尺身躯。

[3] 磔（zhé 哲）：张开。

[4] 解：懂得。

学习提示

这首诗歌颂一位从军侠义男儿。他出身幽燕侠客的故乡，以万里长征、从军报国作为自己的事业。他骑术出众，以此赌胜，重义轻生。一怒之下，须髯皆张，相貌威严魁梧。“黄云”以下，笔调一转，写这位豪侠之士的思乡柔情。然因未得立功报国而不愿归去。侠士不同凡响心胸通过这样进一层的烘托，表现得淋漓尽致。

古从军行

白日登山望烽火，黄昏饮马傍交河[1]。行人刁斗风沙暗，公主琵琶幽怨多[2]。野云万里无城郭，雨雪纷纷连大漠。胡雁哀鸣夜夜飞，胡儿眼泪双双落。闻道玉门犹被遮，应将性命逐轻车[3]。年年战骨埋荒外，空见蒲桃入汉家[4]。

【注释】

[1] 交河：在今新疆吐鲁番西北，唐代是安西都护府治所。

[2] 行人：行军作战的士兵。刁斗：军中所用的铜器。白天用来煮饭，夜里用来打更。

[3]"闻道"句：据《汉书·李广利传》载：汉武帝遣李广利率师攻大宛，以取大宛良马。汉军死伤惨重而无所获，李广利请求班师，以图后举。武帝大怒，发使遮玉门关，说："军有敢入者斩之。"轻车：汉有轻车将军、轻车都尉，这里泛指率兵的将领。

[4] 蒲桃：即葡萄，西域特产。汉武帝采其种，移栽离宫四周。

学习提示

这首诗揭露统治者穷兵黩武仅仅是为了满足个人的奢侈愿望。他们置广大士兵的性命于不顾，不管百姓的痛苦，一再发动战争，以至边境上烽火连绵。开篇两句写白日，"行人"两句写夜晚，充分渲染边塞荒凉凄苦的环境氛围。"野云"四句，具体描摹边塞恶劣的环境，这里雨雪纷纷，大漠荒凉，胡雁哀鸣，无城郭险要可守。战争不仅给国内百姓带来深重灾难，而且给异族人民带来无尽的苦难，"胡儿"眼泪因此而落。结尾揭示统治者如此频繁地发动战争、不顾士兵死活的真正目的。在唐人一片好战声中，李颀这首诗冷然而唱起了反调，道出了广大百姓、士兵的心声，难能可贵。

听安万善吹觱篥歌[1]

南山截竹为觱篥，此乐本自龟兹出[2]。流传汉地曲转奇，凉州胡人为我吹。傍邻闻者多叹息，远客思乡皆泪垂。世人解听不解赏，长飙风中自来往。枯桑老柏寒飕飗，九雏鸣凤乱啾啾[3]。龙吟虎啸一时发，万籁百泉相与秋。忽然更作渔阳掺，黄云萧条白日暗[4]。变调如闻杨柳春，上林繁花照眼新[5]。岁夜高堂列明烛，美酒一杯声一曲[6]。

【注释】

[1] 觱篥（bì lì 闭利）：也作筚篥，古代一种簧管乐器。

[2] 龟兹（qiū cí 秋慈）：汉代西域国名，今新疆库车县一带。

[3] 飕飗（liú 留）：风声。

[4] 渔阳掺：《后汉书·祢衡传》载："曹操闻衡善击鼓，大会宾客，衡为《渔阳》掺，音节悲壮。"掺：击鼓的方法。

[5] 上林：秦汉时帝苑，周三百里地，旧址在今西安附近。

[6] 岁夜：除夕。

学习提示

李颀擅长以形象的语言描绘抽象的音乐。这首诗首四句是交代筚篥乐器与乐曲的来历。因为传自龟兹，必然与中原音乐相异，乐曲带有了异域风调。对于懂得欣赏的人来说，乐曲新颖奇特，能从中获得新的审美享受。对于“不解赏”的世人来说，只能听一个表面的热闹。“傍邻”二句写乐曲的艺术魅力。“枯桑”以下八句，具体描摹音乐的复杂微妙变化。筚篥声如寒风吹动枯桑、柏树，衰飒凄苦；如雏凤齐鸣，清脆嘹亮；如龙吟，如虎啸，如百泉迸溅，音调变化繁多，却又和谐地组合在一起。忽然间，乐曲声转向悲苦雄壮；忽然间，变调似让人面对皇家花园繁丽的春天，目不暇接。结尾两句总收一笔，高堂明烛，美酒听曲，真是人生一大乐事。

听董大弹胡笳声兼寄语弄房给事[1]

蔡女昔造胡笳声，一弹一十有八拍[2]。胡人落泪沾边草，汉使断肠对归客[3]。古戍苍苍烽火寒，大荒沉沉飞雪白。先拂商弦后角羽，四郊秋叶惊摵摵[4]。董夫子，通神明，深山窃听来妖精。言迟更速皆应手，将往复旋如有情。空山百鸟散还合，万里浮云阴且晴。嘶酸雏雁失群夜，断绝胡儿恋母声[5]。川为净其波，鸟亦罢其鸣。乌孙部落家乡远，逻娑沙尘哀怨生[6]。幽音变调忽飘洒，长风吹林雨堕瓦。迸泉飒飒飞木末，野鹿呦呦走堂下。长安城连东掖垣，凤凰池对青琐门[7]。高才脱略名与利，日夕望君抱琴至[8]。

【注释】

[1] 董大：董庭兰，房琯门客，善弹琴。《旧唐书·房琯传》载：“朝官往往因庭兰以见琯。”胡笳：古代少数民族的一种吹奏乐器，这里是乐曲名。《乐府诗集·琴曲歌辞》转录唐刘商序文：“后董生以琴写胡笳声为十八拍，今之《胡笳弄》是也。”房给事：房琯此时官门下省给事中。

[2] “蔡女”二句：三国蔡琰（文姬）被匈奴所掳，回到中原时翻胡笳调入琴曲，作《胡笳十八拍》。后人有以为是伪托的。

[3] 归客：指蔡琰。后来在曹操的要求下，匈奴放回蔡琰。

[4] “先拂”句：指演奏音乐的繁复变化。古代五音分别为宫、商、角、徵、羽。摵摵（shè 设）：落叶声。这里形容琴声。

[5] “嘶酸”二句：蔡琰将回中原，不忍与自己在匈奴出生的儿子离别，作《悲愤诗》。诗人由董大所弹琴声的沉痛联想到这一段经历。嘶酸：酸楚的嘶哭声。雏雁：指蔡琰的两个小儿子。

［6］“乌孙”句：乌孙是汉代西域国名。汉江都王刘建女儿细君曾远嫁乌孙国王。汉武帝令马上奏琵琶，以解公主思乡情怀。逻娑：唐代吐蕃首府，这里代指吐蕃。唐代文成公主、金城公主都曾远嫁吐蕃。

［7］东掖垣（yuán 元）：门下省所在地。凤凰池：指中书省。青琐门：宫门。

［8］高才：指房琯琯。脱略：超脱。君：指董大。

学习提示

诗人描述自己聆听董大弹胡笳时的审美感受，调动了多种艺术手段。首先，诗人用典故比拟，调动读者的艺术联想。蔡文姬昔作《胡笳十八拍》，乐曲中叙述了胡儿恋母的凄悲，如失群“雏雁”的酸鸣。哀怨悲苦，以至“胡人落泪”“汉使断肠”。乐曲声又如汉代公主远嫁乌孙时所听到的琵琶，充满着一入绝域、永别家乡的伤心愁苦。其次，诗人用形象比喻，落实抽象的感受。乐曲的凄寒悲苦声响，如古战场荒凉的烽火，如大漠莽莽的寒雪，如林间瑟瑟惊落的秋叶；乐曲转为潇洒飘逸，又如“长风吹林”、雨点堕瓦，如迸泉飒飒，如野鹿呦呦，轻快悠扬。再次，诗人用极度夸张手法，突出音乐的艺术魅力。董大演奏之出神入化，以至“深山窃听来妖精”，“ 空山百鸟散还合，万里浮云阴且晴”。音乐声，惊天地，动鬼神。享受了这样美妙的乐曲，当然使人“脱略名与利”，只求能够再度获得如此的艺术享受。

王　维

王维（701—762），字摩诘，祖籍太原祁（今山西祁县），徙家于蒲（今山西永济县）。开元七年（719）赴府试，举京兆解头。开元九年（721）21岁时中进士第，为太乐丞。曾一度贬官。张九龄为相，被任命为右拾遗。“安史之乱”爆发，王维被俘，授伪官。其弟王缙平乱有功，故王维受特别宽恕。后连连升迁，官至尚书右丞。晚年过着亦官亦隐的生活。有《王右丞集》。以山水诗著称，其“诗中有画，画中有诗”的描写，深受后人称道。

山居秋暝

空山新雨后，天气晚来秋。明月松间照，清泉石上流。竹喧归浣女，莲动下渔舟。随意春芳歇，王孙自可留[1]。

【注释】

[1]“随意”二句：《楚辞·招隐士》：“王孙游兮不归，春草生兮萋萋。”这里反用其意，谓留恋秋色，山中可留。

学习提示

王维是“盛唐山水诗派”的杰出代表作家。他笔下的山水风光，总是那样空灵清幽，色彩明丽。这首诗写秋日傍晚雨后空旷山间的优美景色。天色已昏，明月升起；群芳已谢，青松如盖；山泉清冽，泉水丁冬。加上雨后空气的清爽，令诗人心神俱陶醉其中，确实是隐居的理想所在。在这一片幽静中传来一阵声响，原来是浣纱女子归来的喧闹，是莲花丛中归来的渔舟。美丽的少女和莲花丛中的渔舟，为画面平添了生气与色彩，山间生活幽静而不沉寂。至此，诗人自然生出隐逸之心，期望终老山间了。

终南山[1]

太乙近天都，连山到海隅[2]。白云回望合，青霭入看无[3]。分野中峰变，阴晴众壑殊。欲投人处宿，隔水问樵夫。

【注释】

［1］终南山：在陕西省长安县南。王维曾隐居于此。

［2］太乙：终南山主峰，借指终南山。天都：指帝京长安。海隅（yú 愚）：海角。

［3］青霭（ǎi 矮）：山中青色的雾气。

学习提示

诗人的这些山水诗写得极其雄伟壮丽，气势非凡。“太乙近天都，连山到海隅”用夸张、想像之笔描绘出终南山的整体轮廓。登山览景，风景常异。山路间，白云弥漫，云海茫茫，烟云变幻，移步换形，回首就不见来路；丛山间，千岩万壑，风光不同，阴晴各异。山间的“樵夫”，也带有超脱尘世的隐士气息。“隔水问樵夫”之时，就有了归隐的意兴。

思考题

1. 通过这首诗对比王、孟山水诗的不同艺术特色。

2. 苏轼称王维的诗“诗中有画”，这里是怎样体现的？联系王维的其他诗作，分析王维诗的这种创作特色。

3. 王维的人生经历与他的诗歌创作之间有何种联系？

4. 背诵这首诗。

过香积寺[1]

不知香积寺，数里入云峰。古木无人径，深山何处钟？泉声咽危石，日色冷青松。薄暮空潭曲，安禅制毒龙[2]。

【注释】

［1］过：探访，探望。

［2］“安禅”句：据《法苑珠林》：西方有不可依山，山中有池潭，毒龙居之，杀五百商人。佛门高僧以无边佛法制服毒龙，使之变化为人，永不伤人。

学习提示

诗人寻访香积寺，渐入山峰云间。所见的是古木苍苍，小径无人，惟远处传来悠扬的钟声，让行人感觉到香积寺已经距离不远。清人赵殿成评首四句说："一气盘旋，灭尽针线之迹。非自盛唐高手，未易多觏。"（《王右丞集笺注》卷七）以下泉声幽咽，日色阴冷，突出了山间的深僻空旷。被景色所陶醉的诗人，涤荡胸中杂念，所生发出来的还是归隐之心。

观 猎

风劲角弓鸣，将军猎渭城[1]。草枯鹰眼疾，雪尽马蹄轻。忽过新丰市，还归细柳营[2]。回看射鹛处，千里暮云平[3]。

【注释】

[1] 渭城：咸阳古城，在长安西北渭水北岸。

[2] 新丰：地名，故址在今陕西省临潼东北。细柳营：在长安附近，西汉周亚夫曾驻军于此，故名。新丰与细柳营这里都是泛指长安附近。

[3] 射鹏：北齐斛律光狩猎时射杀一大鹏，人称："此射鹏手也。"后以这个典故喻指武艺高强者或狩猎能手。

学习提示

诗歌写一次狩猎活动，写得逸兴飞扬，激情奔放，诗风一转为遒劲。前四句写出猎。将军狩猎，先声夺人："风劲"说明奔驰速度之快捷；角弓鸣响，说明射技之出众。"草枯""雪尽"之时，鹰眼敏锐，马蹄轻快，最适宜于出猎。这次出猎收获之丰已在不言之中。后四句写猎归。"忽过""还归"写急速奔驰中所经过的地方之多。因为尽兴而归，所以归来时依然意气风发。回看狩猎处所，不禁豪情满怀。结尾用典总括了将军的技艺超人。

使至塞上

单车欲问边，属国过居延[1]。征蓬出汉塞，归雁入胡天[2]。大漠孤烟直，长河落日圆。萧关逢候骑，都护在燕然[3]。

【注释】

[1] 问边：出使边塞。属国：附属国，即下文的居延。居延：在今内蒙古额济纳旗境内。东汉时有居延属国。

[2] 征蓬：随风卷起的远飞的蓬草。喻己身。

[3] 萧关：古代关名，在今宁夏固原县东南。候骑：侦察骑兵。都护：武官名。燕然：山名，即今蒙古境内杭爱山。东汉窦宪出击匈奴，至燕然山勒石纪功而还。这里泛指前线。

学习提示

王维中年出使边塞，目睹了塞外风光，诗歌因此也有了真切具体的描绘。首四句是交代出使经过。“大漠孤烟直，长河落日圆”为写景名句，大漠空阔，一望无际，袅袅孤烟在远视中变为一条直线；黄河横贯，视野无所遮拦，故能见一轮圆日落下。塞外景色的浩瀚无垠、荒凉孤寂，大漠、长河的雄伟壮丽，在这里也得到体现。经过如此长途艰难跋涉，“萧关逢候骑”之时，亲切感油然而生。

鸟鸣涧

人闲桂花落，夜静春山空。月出惊山鸟，时鸣春涧中。

学习提示

诗人后期写了一组山水诗《辋川集》20首，这里选录3首。这时山水诗之静谧，趋于幽冷阒寂，深深染上作者消极出世甚至禅学寂灭的思想情调。这首诗写春日里空山之夜景，明月辉映，桂花闲落，只有幽鸟时鸣。诗人写出自己欣赏佳境的愉快，所表现的只是一种闲适生活中的优游自在，缺乏陶渊明那种恬淡下的愤慨。

鹿　柴[1]

空山不见人，但闻人语响。返景入深林，复照青苔上[2]。

【注释】

[1] 鹿柴（zhài 寨）：辋川地名之一。王维曾在蓝田辋川营造别墅，隐居于此。

［2］景：通“影”。

学习提示

傍晚夕阳西下的时刻，余晖透过深林，一缕缕地照射在青苔上。山间空旷无人，偶尔有人语声传来，如空谷传音。在这空寂冷清、杳无人迹的深山老林，诗人感受到了身心的愉悦。诗人这组诗的风格都是平淡自然的，语言也是流畅易懂的，但所表现的空寂静谧的境界，渗透着佛家的禅思，耐人寻味。

竹里馆[1]

独坐幽篁里，弹琴复长啸[2]。深林人不知，明月来相照。

【注释】

［1］竹里馆：辋川地名之一。

［2］幽篁：茂密的竹林。长啸：撮口而呼，呼声清越舒长，魏晋名士以长啸抒怀。

学习提示

独自坐在茂密的竹林里，时而弹琴，时而长啸，自得其乐。深林之间，只有明月相伴。明月下的夜色是如此幽静澄净，诗人弹琴长啸又是如此安闲自得，似乎摒弃了一切尘世的俗虑，完全沉浸在空明的境界之中。

少年行

其一

新丰美酒斗十千，咸阳游侠多少年[1]。相逢意气为君饮，系马高楼垂柳边。

其二

出身仕汉羽林郎，初随骠骑战渔阳[2]。孰知不向边庭苦，纵死犹闻侠骨香。

【注释】

［1］新丰：地名，故址在今陕西省临潼东北。此地产美酒。斗十千：一斗美酒十千文钱。形容价格昂贵。

［2］羽林郎：汉代禁卫军官名。骠骑：汉代有骠骑将军，名将霍去病曾任此职。渔阳：唐郡名，在今河北蓟县一带。

学习提示

《少年行》组诗共四首，这里选录二首。这组诗歌颂少年侠客，表现了诗人的志向抱负，不关心世事的诗人也有过少年豪气。第一首写长安游侠少年高楼纵饮的场面。他们为人豪爽，出手阔绰。只要意气相投，便一见如故。系马垂楼，立即上楼痛饮。饮酒时，谈论的肯定还是共同有兴趣的话题，如仗义行侠、为国立功等。第二首则写他们在边塞战争中寻求建功立业、报效国家的机会。首句点明这些游侠少年的贵族出身，次句写他们随战边塞的艰苦经历。末二句写他们的志向：为国战死疆场也不后悔。为国捐躯，才是侠之大者。

九月九日忆山东兄弟

独在异乡为异客，每逢佳节倍思亲。遥知兄弟登高处，遍插茱萸少一人[1]。

【注释】

［1］遍插茱萸：古人重阳节有佩带茱萸辟邪的习俗。

学习提示

漂流异乡，久别亲人，每逢佳节，思亲情绪备感强烈，这是每一位离家的游子都能体验到的。王维则以流畅的诗的语言十分精练地将这种亲情表现出来，易引起人们的普遍共鸣。“异乡”的特定环境与“佳节”的特定时间，使这种亲情更加淳厚，更令人愁苦难堪，更具有典型意义。

送元二使安西[1]

渭城朝雨裛轻尘，客舍青青柳色新[2]。劝君更尽一杯酒，西出阳关无故人[3]。

【注释】

[1] 安西：唐代安西都护府治所，在今新疆库车附近。

[2] 渭城：咸阳古城，在长安西北渭水北岸。裛（yì 易）：沾湿。

[3] 阳关：在今甘肃敦煌西南，为出塞要道。

学习提示

送别友人，恋恋不舍，伤感之中又必须劝慰行者，王维这首诗表现得含蓄深长。前二句描述送别的环境。一场“朝雨”刚刚过去，沾湿了轻尘，路面净洁，空气清新，客舍旁杨柳青青，这是一个行人上路的好时间。诗人再也没有理由挽留行者了，只能劝他再喝一杯送行酒，西出阳关之后，旅途荒凉，再也没有友人相送、相劝了。诗人的依依不舍、对行者的细腻体贴以及殷勤祝福，都融化在这杯送行酒中。这首诗被当时的人们谱成三叠，在送行时普遍传唱。

杂　诗

君自故乡来，应知故乡事。来日绮窗前，寒梅著花未[1]？

【注释】

[1] 绮窗：雕绘着花纹的窗子。著花：开花。

学习提示

这首诗善于运用民歌朴素的语言和自然的音调，表现出单纯而又隽永的韵味。明朗活泼如日常生活的语言，新鲜、浑厚，传达出具有普遍意义的人生情思。诗人对故乡留恋不已，故乡的许多事物肯定不断地浮现在他的脑海中。但他这里只选取了“来日绮窗前，寒梅著花未”这样一件微不足道的小事来询问。连这点滴小事都是如此关切，可见诗人对家乡的怀念到了何等深切的地步。

相　思

红豆生南国，秋来发几枝？愿君多采撷，此物最相思[1]。

【注释】

[1] 采撷（xié 挟）：采摘。

学习提示

自王维这首诗流传，红豆又被称为相思子，成为赠送情人、表达相思的信物。回到诗歌之中，这里所赠送的不能肯定是异性情人，或许是同性友人。如同《送沈子福归江东》里所说的“惟有相思似春色，江南江北送君归”，就是对同性友人表达相思情意。据《云溪友议》记载：“安史之乱”爆发，唐玄宗逃亡蜀地，乐工李龟年流落湘中，于采访使宴席上唱“红豆生南国”与“清风明月苦相思”二诗，坐中人听了，都流泪南望玄宗所在。可见，唐人并没有将这些诗狭义地理解为爱情的表述。不过，后人已经习惯将其作为爱情名篇来阅读。

送沈子福归江东

杨柳渡头行客稀，罟师荡桨向临圻[1]。惟有相思似春色，江南江北送君归。

【注释】

[1] 罟（gǔ 谷）师：渔夫。这里指船夫。圻：同“埼”，弯曲的河岸。

学习提示

这首送别诗结构上类似《送元二使安西》，首二句写送别的环境，后二句抒发依依不舍的别情。这次友人是乘舟远行，诗人在杨柳渡头送别。杨柳依依，仿佛替人惜别。周围景物的选择性描写中已经渗透了无言的留恋之意。将自己的相思比喻作江南江北无处不在的春色，一来突出相思情意之浓厚，二来宽慰友人无论行走到何处，都有友情相伴相随。

渭川田家

斜光照墟落，穷巷牛羊归[1]。野老念牧童，倚杖候荆扉[2]。雉雊麦苗秀，蚕眠桑叶稀[3]。田夫荷锄至，相见语依依[4]。即此羡闲逸，怅然吟式微[5]。

【注释】

［1］墟落：村庄。穷巷：偏僻的小巷。

［2］荆扉：柴门。

［3］雉：野鸡。雊（gòu 够）：野鸡啼叫。

［4］依依：恋恋不舍的样子。

［5］式微：《诗经·式微》："式微，式微，胡不归？"这里指归隐之念。

学习提示

田园也是诗人归隐的处所，田园风光中以此诗写得最为出色。诗歌以朴素明白的语言，勾勒了农村平凡而又美丽的风光，形象鲜明，生意盎然。诗人将农村淳朴的人情、宁静的风光，与官场尔虞我诈、龌龊黑暗作对比，不免将农村风俗人情、田园景色诗意化。诗人捕捉的是夕阳西下时的乡村晚归图，当老老少少劳作一天纷纷归来时，家的气氛就被分外渲染出来。回到现实中，农夫劳作一天，辛劳异常，恐怕没有"荷锄至""语依依"的闲情逸致。这份悠闲是旁观者诗人所特有的。所以，诗歌是对农村生活故意美化的结果。

思考题

1. 王维是在怎样的心情背景下创作田园诗的？诗中所体现的是何种生活情景？
2. 通过这首诗对比王、孟田园诗的不同创作特色。
3. 简述王、孟的田园诗的发展渊源，并说明王、孟田园诗的最新成就。
4. 怎么理解盛唐时期王、孟的山水田园诗作？
5. 背诵这首诗。

高　适

高适（703？—765），字达夫，渤海蓨县（今河北景县）人。20岁时西游长安，干进无门，失望而归。以后将近十年，在宋州（河南商丘附近）从事耕读生涯。天宝八年（749年）“举有道科中第”，授汴州封丘尉，不久辞官。后入陇右节度使、权知河西节度使哥舒翰幕下任书记。后官至刑部侍郎、左散骑常侍。有《高常侍集》，存诗240多首。高适是盛唐边塞诗的代表作家，殷璠《河岳英灵集》评高适诗“多胸臆语，兼有气骨”。

燕歌行

汉家烟尘在东北，汉将辞家破残贼[1]。男儿本自重横行，天子非常赐颜色[2]。摐金伐鼓下榆关，旌旆逶迤碣石间[3]。校尉羽书飞瀚海，单于猎火照狼山[4]。山川萧条极边土，胡骑凭凌杂风雨[5]。战士军前半死生，美人帐下犹歌舞。大漠穷秋塞草腓，孤城落日斗兵稀[6]。身当恩遇常轻敌，力尽关山未解围。铁衣远戍辛勤久，玉箸应啼别离后[7]。少妇城南欲断肠。征人蓟北空回首。边庭飘飖那可度，绝域苍茫更何有[8]。杀气三日作阵云，寒声一夜传刁斗[9]。相看白刃血纷纷，死节从来岂顾勋。君不见沙场征战苦，至今犹忆李将军[10]。

【注释】

[1] 烟尘：烽烟与尘土，借指边境战争。

[2] 横行：纵横杀敌。赐颜色：皇帝的召见垂青。

[3] 摐（chuāng 窗）金伐鼓：敲锣打鼓。摐，击打。榆关：山海关。逶迤：连绵不绝的样子。碣石：山名，在今河北昌黎县东北。

[4] 瀚海：大沙漠。狼山：今内蒙古西北部有狼居胥山。这里泛指交战前线。

[5] 凭陵：勇猛凶暴的样子。

[6] 穷秋：深秋。腓（féi 肥）：病，枯萎。

[7] 玉箸（zhù 著）：喻思妇之泪。

[8] 飘飖：这里形容路途遥远。绝域：极其荒远的地方。

[9] 三时：虚指时间之长久。刁斗：军中所用的铜器。白天用来煮饭，夜里用来打更。

[10] 李将军：西汉将军李广。

学习提示

高适早年多次到边塞寻求仕宦出路，总是不得志而归。他混迹下层，比较关心军队中下层不合理的现实，他的边塞诗多针对现实的揭露。这首诗的内容相当丰富，举凡出征的军容、军情的紧急、塞漠的荒寒、战争的酷烈、军中的苦乐不均、战士的勇武、别离的悲怆、对和平的祈愿等等，熔为一炉。声情有时雄迈高亢，有时幽怨缠绵，不同情感复杂矛盾，错综交织，苍凉悲壮。诗中骈散相间的句式和平仄互换的用韵，以及援声律入古体的写法，与“四杰”以来的做法相似，然结构、气势的开合动荡则别具特色。

思考题

1. 这首诗的主题是什么？与岑参的诗歌有什么异同？
2. 高适从军热情很高，不歌颂胜战，却写败战，为什么？
3. 比较高适这首诗在风格与写作方面与岑参边塞诗的异同。
4. 背诵这首诗歌。

别董大[1]

千里黄云白日曛，北风吹雁雪纷纷[2]。莫愁前路无知己，天下何人不识君？

【注释】

[1] 董大：约为当时著名音乐家董庭兰。

[2] 曛（xūn 勋）：日色昏黄。

学习提示

在千里黄云笼罩、北风劲吹、雪花纷飞的酷寒阴冷的日子里，送别友人，更有一份对友人旅途平安的牵挂。诗人没有明确说出，只是通过景物隐隐透露。“莫愁前路无知己，天下何人不识君”转而宽慰友人，这种劝慰切合了董大著名音乐家的身份。

封丘作

我本渔樵孟诸野，一生自是悠悠者[1]。乍可狂歌草泽中，宁堪作吏风尘下[2]？只言小邑无所为，公门百事皆有期。拜迎官长心欲碎，鞭挞黎庶令人悲。归来向家问妻子，举家尽笑今如此。生事应须南亩田，世情付与东流水[3]。梦想旧山安在哉，为衔君命且迟回[4]。乃知梅福徒为尔，转忆陶潜归去来[5]。

【注释】

[1] 渔樵：打鱼砍柴，代指隐逸。古人以渔樵为典型的隐逸生活。孟诸：古代大泽名，在今河南东北部。悠悠：无拘无束，闲散自在。

[2] 乍可：只可，只能够。宁堪：哪堪。风尘：繁杂的尘世。

[3] 生事：生计。

[4] 衔君命：奉君命为官。

[5] 梅福：西汉末年人，曾为南昌尉，后弃官归隐读书。徒：仅仅，只是。陶潜：东晋末年，陶渊明弃官归隐，作《归去来兮辞》。

学习提示

高适苦苦追求二十多年，年过四十，才得到封丘尉这样一个卑微的官职。职任之要求，与他的理想相去甚远，使他再度陷入苦闷痛苦之中。诗的开篇声明自己只能是一位隐居乡野、过着悠闲生活的渔樵隐士，不堪堕入风尘作一俗吏。这思想固然受陶渊明影响，更是对现实失望的牢骚。从诗人此前此后坚持不懈地追求一官半职、以求施展自己的政治才干、实现自己的政治理想的作为来看，这里显然是口头上的牢骚，而不是真实心态。下文紧接着交代这种牢骚产生的由来。其一是“公门百事皆有期”，时间上受拘束，行动不自由；其二是身心受摧残，逼迫自己做“拜迎官长”“鞭挞黎庶”之违背意愿的事。诗人也在维持生计与坚持素志之间有过犹豫，听过家人的劝告，但最终选择了不与世俗同流合污的归隐做法，显示出诗人不同流俗的高洁品格。

岑　参

岑参（715—769），荆州江陵（今湖北江陵）人。开元二十二年（734）到洛阳献书。此后10年，屡入京、洛，为出仕奔波。天宝三年（744）应进士试及第。天宝八年（749），赴安西节度使高仙芝幕中任职。天宝十三年（754），赴北庭节度使封常清幕下任职。约于至德二年（757）东归，因杜甫推荐，任右补阙。官至嘉州刺史。有《岑嘉州集》。其诗歌善于描摹边疆奇异风光，荒寒的西域在岑参笔下展示为一幅幅奇特的景致，因而引人入胜。

走马川行奉送出师西征

君不见走马川行雪海边，平沙莽莽黄入天。轮台九月风夜吼，一川碎石大如斗，随风满地石乱走[1]。匈奴草黄马正肥，金山西见烟尘飞，汉家大将西出师[2]。将军金甲夜不脱，半夜军行戈相拨，风头如刀面如割。马毛带雪汗气蒸，五花连钱旋作冰，幕中草檄砚水凝[3]。虏骑闻之应胆慑，料知短兵不敢接，车师西门伫献捷[4]。

【注释】

［1］轮台：唐代隶北庭都护府，今新疆乌鲁木齐西北。

［2］金山：即阿尔泰山。这里泛指塞外大山。

［3］五花连钱：指名贵的马。这种良马毛色深浅斑驳，隐约如波纹。

［4］慑（shè 社）：恐惧。车师：地名，安西都护府所在地，在今新疆吐鲁番附近。

学习提示

岑参两度到边塞任职，寻求军中立功机会。尤其是第二次出塞，得主帅封常清的赏识，诗人更加意气昂扬，信心百倍。诗歌描写一次大军夜间出征。开篇便写出了边塞特异的风沙气候与景色：狂风怒吼，黄沙飞扬，遮天蔽日，迷蒙一片。以环境的恶劣反衬唐军的不畏艰险。中间写匈奴入侵，一笔连接，带出下文的将军出师。诗人歌颂唐朝将军的以身作则，歌颂唐军衔枚疾走的军容整齐严明，将士不畏严寒冰冻风雪的英雄气概，战争的胜利结局可以预见。全诗三句为一韵，句句用韵，平、上、入互换，造成一种拗峭劲折的音节，似紧锣密鼓，紧张急迫。与诗中描写的风雪的威胁、军情的紧急、行军的急迫、战斗的严酷，很好地协调在一起。

思考题

1. 唐人创作边塞诗有什么背景？
2. 岑参的边塞诗有什么艺术特色？试比较其与高适边塞诗的不同特点。
3. 岑参边塞诗所抒发的是怎样的一种情感？为什么？
4. 盛唐气象与岑参的边塞诗创作有何种联系？
5. 背诵这首诗。

白雪歌送武判官归京

北风卷地白草折，胡天八月即飞雪。忽然一夜春风来，千树万树梨花开。散入珠帘湿罗幕，狐裘不暖锦衾薄[1]。将军角弓不得控，都护铁衣冷难著[2]。瀚海阑干百丈冰，愁云惨淡万里凝[3]。中军置酒饮归客，胡琴琵琶与羌笛。纷纷暮雪下辕门，风掣红旗冻不翻[4]。轮台东门送君去，去时雪满天山路。山回路转不见君，雪上空留马行处。

【注释】

［1］锦衾：锦缎被子。
［2］控：拉弓。都护：武官名。都护与将军在这里都是泛指。
［3］瀚海：大沙漠。阑干：纵横交错的样子。
［4］辕门：军营之门。掣（chè 彻）：牵曳。

学习提示

这首诗写北方飞雪，用南国的春风和梨花作喻，梨花盛开时花团锦簇的景象恰能传达出大雪纷飞的态势。这一奇想把萧索酷寒顿时转化为绚丽烂漫，给全诗定下豪迈乐观的情调。写风中红旗，用凝固字眼来形容，色彩鲜丽的画面中突出奇寒的感觉。这些描写有意避实返虚，通过想象和虚构，把平凡的生活景象一变为富有美感的艺术形象。殷璠《河岳英灵集》评岑参诗“语奇体俊，意亦造奇”。从实际景物中求奇，善于运用大胆的夸张、想象，突出事物的奇异之处，符合艺术的真实。这首诗最能表现岑参边塞诗“好奇”的特征。

逢入京使

故园东望路漫漫，双袖龙钟泪不干[1]。马上相逢无纸笔，凭君传语报平安。

【注释】

［1］龙钟：同“泷冻”，沾湿。

学习提示

久戍边关，即使满怀豪情，有时也难免思念京都，思念家人与友人。边塞与京都相隔遥远，很少通信息，偶尔遇到两地往返者，便要勾引出诗人绵绵的思乡愁绪。诗人遥望故园，曾经流过多少相思之泪。今日匆匆遇见“入京使”，无暇取纸笔做书信，只能托其“传语报平安”。“无纸笔”恐怕是借故推脱，无论如何不至于匆忙到这种地步，更深层的原因是绵长复杂的思乡情绪无法用纸笔来表达。

李　白

李白（701—762），字太白，其先陇西成纪（今甘肃天水附近）人。出生于碎叶（今哈萨克斯坦托克城附近），约5岁时举家潜归四川，居彰明县青莲乡，后自号青莲居士。约15岁开始外出学仙、漫游，26岁离开蜀地。天宝元年（742），或因玉真公主与贺知章的推荐，玄宗召其入朝。三年后赐金放还，一度北上幽蓟。“安史之乱”爆发，隐居庐山，入永王李璘幕下，事败流夜郎，赦还。卒于族叔当涂县令李阳冰处。有《李太白全集》，存诗900多首。李白的诗歌，是他豪爽、浪漫、自由个性的充分体现，有遗世独立、傲视人寰之态，充分展现了慷慨激昂的盛唐精神。自称“兴酣笔落摇五岳，诗成啸傲凌沧州。”（《江上吟》）

古　风

西上莲花山，迢迢见明星[1]。素手把芙蓉，虚步蹑太清[2]。霓裳曳广带，飘拂升天行[3]。邀我登云台，高揖卫叔卿[4]。恍恍与之去，驾鸿凌紫冥[5]。俯视洛阳川，茫茫走胡兵。流血涂野草，豺狼尽冠缨[6]。

【注释】

［1］莲花山：西岳华山的最高峰莲花峰。明星：神话中华山仙女名。

［2］虚步：凌空而行。蹑（niè 聂）：踩，踏。太清：天空。

［3］霓裳：彩虹做的衣服。曳（yè 业）：拖曳。

［4］云台：云台峰，华山东北高峰。高揖：长揖。卫叔卿：传说中的仙人，曾经去拜访过汉武帝，失望而去。

［5］恍恍：恍惚。紫冥：高空。

［6］冠缨：官员的服饰。

学习提示

李白一共写了59首古风，内容相当广泛，非一时一地之作。这是其中第19首，大约作于“安史之乱”爆发以后。诗人采用游仙体写自己的现实感受。西岳华山的莲花峰高耸云天，周围是明星闪烁的神话世界。诗人登上莲花高峰，就拉近了与仙人的距离。此时，诗人看见飘渺往来的神女手把芙蓉，凌空而行，衣带飘拂，姿态优雅。她邀请诗人共同升天而去，同游仙家美境。“素手把芙蓉”以下四句，也是对莲花峰拟人化之想象描写，在诗人的幻意识中，仙境与人间已经逐渐融合为一。诗人在恍惚中随神女而去，突然间俯视人间，只见洛阳一带胡兵茫茫，猖獗异常。豺狼当道，中原百姓备受蹂躏，血流成河。写到这里，诗人就再也无心独自登仙了，对现实的关切占据了他所有的身心。

蜀道难

噫吁嚱，危乎高哉[1]！蜀道之难，难于上青天。蚕丛及鱼凫，开国何茫然[2]。尔来四万八千岁，不与秦塞通人烟[3]。西当太白有鸟道，可以横绝峨眉巅[4]。地崩山摧壮士死，然后天梯石栈相钩连[5]。上有六龙回日之高标，下有冲波逆折之回川[6]。黄鹤之飞尚不得，猿猱欲度愁攀缘[7]。青泥何盘盘，百步九折萦岩峦[8]。扪参历井仰胁息，以手抚膺坐长叹[9]。问君西游何时还，畏途巉岩不可攀[10]。但见悲鸟号枯木，雄飞雌从绕林间。又闻子规啼夜月，愁空山[11]。蜀道之难，难于上青天，使人听此凋朱颜。连峰去天不盈尺，枯松倒挂倚绝壁。飞湍瀑流相喧豗，砯崖转石万壑雷[12]。其险也若此，嗟尔远道之人胡为乎来哉！剑阁峥嵘而崔嵬，一夫当关，万夫莫开[13]。所守或匪亲，化为狼与豺。朝避猛虎，夕避长蛇，磨牙吮血，杀人如麻。锦城虽云乐，不如早还家。蜀道之难难于上青天，侧身西望长咨嗟[14]。

【注释】

[1] 噫吁嚱（xū xī 虚 西）：惊叹词。

[2] 蚕丛、鱼凫：传说中蜀国的两位先王。

[3] 尔来：自蚕丛、鱼凫以来。秦塞：泛指秦地。

[4] 太白：山名，在今陕西省眉县东南。鸟道：极其险峻狭窄的山路。横绝：横渡。

[5]“地崩”句：据《华阳国志·蜀志》载：秦惠王嫁五女给蜀王，蜀王派五位壮士迎娶。到梓潼，见一大蛇钻入洞穴，五位壮士拽蛇尾向外拉，山崩，压死五位壮士与五位秦女，山也分成五岭。天梯：陡峻的山路。石栈：在山崖上凿石架木而建成的栈道。

[6] 六龙：神话传说中羲和驾驶着六龙所拉的车子载着太阳在空中运行。高标：指蜀中高峰。逆折：水流回旋。回川：有漩涡的河流。

[7] 猱（náo 挠）：猿猴类动物，最善攀缘。

[8] 青泥：岭名，在今陕西省略阳县西北。盘盘：曲折的样子。萦：萦绕，围绕。

[9] 参（shēn 身）、井：二星宿名，参为蜀之分野，井为秦之分野。胁息：屏住呼吸。膺（yīng 应）：胸口。

[10] 巉（chán 谗）岩：高峻的山峰。

[11] 子规：杜鹃鸟。传说为蜀古望帝魂魄所化。啼声哀怨动人。

[12] 喧豗（huī 灰）：水流相冲击的轰响声。砯（pīng 乒）：水流撞击岩石的声音。

[13] 剑阁：剑门关，在四川剑阁县北，是大、小剑山之间的一条栈道。崔嵬：险峻的样子。

［14］咨嗟：叹息。

学习提示

诗人借用乐府古题，充分运用想象、夸张之笔，极力描述蜀道的奇险，同时透露出对现实社会的某些隐忧。“蜀道之难难于上青天”是诗中的主旋律，一唱三叹，重复出现，奠定了全诗的基调。首先，诗人运用神话传说，描写蜀道的历史悠久与险峻。将横绝峨眉山顶的“鸟道”、连接险要的“天梯石栈”，与“蚕丛”、“鱼凫”、五丁开山的神话传说结合在一起描写，增加了蜀道神奇的色彩。其次，诗人运用极度的夸张，写蜀道的高耸云天、盘旋迂回。“黄鹤之飞尚不得，猿猱欲度愁攀缘”。登上山颠，甚至可以“扪参历井”。诗人同时写出蜀道绚丽神异的风光。这里，连峰近天，瀑流争下，枯松倒挂，又叫游人流连忘返。“剑阁”以下写现实隐忧，对地方不断膨胀的军事势力感到忧虑，在山水诗中加以讽喻。殷璠《河岳英灵集》称这首诗“可谓奇之又奇，自骚人以还，鲜有此体。”

将进酒

君不见黄河之水天上来，奔流到海不复回。君不见高堂明镜悲白发，朝如青丝暮成雪。人生得意须尽欢，莫使金樽空对月。天生我材必有用，千金散尽还复来。烹羊宰牛且为乐，会须一饮三百杯[1]。岑夫子，丹丘生[2]，将进酒，杯莫停。与君歌一曲，请君为我侧耳听。钟鼓馔玉不足贵，但愿长醉不复醒[3]。古来圣贤皆寂寞，惟有饮者留其名。陈王昔时宴平乐，斗酒十千恣欢谑[4]。主人何为言少钱，径须酤取对君酌[5]。五花马，千金裘，呼儿将出换美酒，与尔同销万古愁[6]。

【注释】

［1］会须：会当，应当。

［2］岑夫子：岑勋，南阳人。丹丘生：元丹邱。二人都是李白的好友。

［3］钟鼓：宴席上所演奏的乐器。馔（zhuàn 撰）玉：珍美的食品。

［4］“陈王”二句：三国魏曹植，曾封陈王。他的《名都篇》有“归来宴平乐，美酒斗十千。”恣：放任。

［5］径：直接。沽取：买酒。

［6］将出：拿出。尔：你。

学习提示

此诗约作于长安放还之后，诗人与友人登高宴饮，兴酣作此篇。诗之开篇就是以两组排比长句，如挟天风海雨气势汹涌地向读者迎面扑来。紧接着的排比，从空间之夸张进入时间的想象，一波未平，一波又起。悲叹人生短促，不直接自伤老大，一种搔首顾影、徒呼奈何的情态宛然可见。以下诗情渐趋狂放，行乐不可无酒，自然切入饮酒、咏酒之主题。李白自视为天上谪仙，对天上月宫多向往之情。诗人的“须尽欢”与“必有用”之纵情及强烈的自信，隐含有放逐出长安的牢骚，以及自我安慰、振作，流露出一种怀才不遇而又渴望用世的积极意向。至此，狂放之情趋于高潮，诗的旋律加快，诗人眼花耳热之醉态跃然纸上，千载之下使人如闻高声之劝酒：“岑夫子，丹丘生，将进酒，杯莫停。”短句的忽然插入使诗歌节奏突变，诗歌已经还原为生活。“与君歌一曲”为饮酒歌中之劝酒歌。对权贵的蔑视，“但愿长醉”的牢骚，已由狂放转向愤慨，这是李白借酒浇愁的原因。在这种深广忧愤情绪的促动下，酒兴越喝越浓，越喝越狂，主客混淆，醉态毕现。结句落实到“万古愁”之悲，回应开篇，使全诗的格调浑融整一。

思考题

1. 通过这首诗，分析李白诗作的创作特征。
2. 结合李白的个人经历，分析李白的个性特征与诗歌创作之间的关系。
3.《将进酒》里包含哪些复杂的情感？诗人的情绪是如何跌宕变化的？
4. 盛唐气象在李白的诗歌里是怎样体现的？
5. 背诵这首诗。

行路难

其　一

金樽清酒斗十千，玉盘珍羞直万钱[1]。停杯投箸不能食，拔剑四顾心茫然[2]。欲渡黄河冰塞川，将登太行雪满山。闲来垂钓碧溪上，忽复乘舟梦日边[3]。行路难，行路难，多岐路，今安在？长风破浪会有时，直挂云帆济沧海[4]。

【注释】

[1] 清酒：美酒。斗十千：指酒价格的昂贵。珍羞：珍贵的菜肴。

[2] 箸：筷子。

[3] 垂钓碧溪：相传姜尚在磻溪垂钓，遇周文王而得重用。

[4] 长风破浪：据《南史·宗悫传》载：宗悫少年时，叔父问其志向，回答说："愿乘长风破万里浪。"后以此典故喻宏大抱负得以施展。济：渡。

学习提示

李白42岁时被玄宗招致长安，自以为可以宏图大展。岂知皇帝仅仅把他当做一位文学侍臣，在现实政治中李白无所作为。李白遗世独立的傲岸性格也使他难以融入官僚社会，他必定会被作为统治阶层的异类而受到排挤。李白因此感觉到人生道路的艰难险阻，一气写了三首《行路难》。这里选录的是第一首，写滞留长安的日常生活和内心郁积的愤恨。李白出身富商，到长安后又很快得到皇帝与权贵的赏识，他的生活条件的确是非常优裕的，"金樽清酒斗十千，玉盘珍羞直万钱"并不算太夸张。然李白不满足于这种纵酒奢华的生活，"拔剑四顾"之际流露出内心的苦闷。诗人无论是"欲渡黄河"，还是"将登太行"，在现实中处处碰壁，无路可走。退隐下来，只好无奈垂钓碧溪了。"行路难，行路难"的痛苦呐喊中宣泄出满腔的愤恨。但是，诗人毕竟是乐观的，是永远进取的。诗歌的结尾，他依然表达了"长风破浪"的远大志向。

长相思

长相思，在长安。络纬秋啼金井栏，微霜凄凄簟色寒[1]。孤灯不明思欲绝，卷帷望月空长叹，美人如花隔云端。上有青冥之长天，下有渌水之波澜[2]。天长路远魂飞苦，梦魂不到关山难。长相思，摧心肝[3]。

【注释】

[1] 络纬：又名莎鸡，俗名纺织娘。金井栏：精美的井栏。簟（diàn 电）：竹席。

[2] 渌水：清澈之水。

[3] 摧：极度损伤。

学习提示

以男女之情爱，写自己忠君报国的思想，写自己的政治抱负，这是从屈原《离骚》以来树立起的古典创作传统。这首诗开篇“长相思，在长安”的特定的指向，将诗歌带入一种特定的抒情氛围。以下的相思细节描写，都可以看作是政治隐喻。秋日凄寒，长夜难眠，卷帷望月，美人遥隔，天长路远，困难重重，可望而不可求。诗人对自己人生理想的追求，就陷入如此一种尴尬的境地。“长相思，摧心肝”，就是强烈痛苦之后的一种必然结果。当然，读者也可以抛开诗歌的政治隐喻，将其作为一首纯粹的离别相思的爱情诗来阅读。

长干行

妾发初覆额，折花门前剧[1]。郎骑竹马来，绕床弄青梅。同居长干里，两小无嫌猜。十四为君妇，羞颜尚不开。低头向暗壁，千唤不一回。十五始展眉，愿同尘与灰[2]。常存抱柱信，岂上望夫台[3]。十六君远行，瞿塘滟滪堆[4]。五月不可触，猿声天上哀。门前迟行迹，一一生绿苔。苔深不能扫，落叶秋风早。八月蝴蝶来，双飞西园草。感此伤妾心，坐愁红颜老[5]。早晚下三巴，预将书报家[6]。相迎不道远，直至长风沙[7]。

【注释】

[1] 剧：游戏。

[2] 展眉：指坦然面对夫君，不再害羞。“愿同”句：化灰化尘都希望永远在一起，喻生死同心。

[3] 抱柱信：据《庄子·盗跖》载：古代传说尾生与情人相约桥下相会，大水忽至，女子未到，尾生抱桥柱不去，被淹死。望夫石：据说思妇久立，眺望远方，渴望丈夫回家，以至化身为石。

[4] 瞿塘：长江三峡之一。滟滪堆：瞿塘峡口中间的大礁石。

[5] 坐：因为。

[6] 三巴：巴郡、巴东、巴西的总称，相当于今四川东部。

[7] 长风沙：地名，在今安徽安庆市东五十里江边。

学习提示

这首诗受民歌影响，完整地叙述了一个爱情、婚姻、离别、相思的故事。其中“青梅竹马”已经作为爱情的发生状态的生动描述，在现代语言体系中保持着旺盛的生命力。这一对男女恋人是“同居长干”的乡邻，“两小无嫌猜”，长大之后自然过渡到婚姻。然而，欢聚之日短暂，离别之时漫长，这位女子很快就陷入了独守闺房的痛苦之中。诗人特意用“十四为君妇”“十五始展眉”“十六君远行”等系列数字排列，突出婚后幸福日子的短暂。分别之后，外界的猿声哀鸣、绿苔蔓生、秋风落叶、蝴蝶双飞，都触动女子的思亲愁怀。故结尾转为对丈夫归来的强烈的渴望。

塞下曲

五月天山雪，无花只有寒。笛中闻折柳，春色未曾看[1]。晓战随金鼓，宵眠抱玉鞍。愿将腰下剑，直为斩楼兰[2]。

【注释】

[1] 折柳：乐府《横吹曲》中有《折杨柳》，曲调哀怨。

[2] 楼兰：汉代西域国名。西汉傅之介前往楼兰，用计斩其王。这里泛指外族入侵之敌。

学习提示

李白的这首边塞诗写得神采飞扬、意气风发。“五月天山雪，无花只有寒”，这对初到边塞的诗人来说是多么新奇呀！以这样好奇的口气来描写，酷寒艰险的边塞环境一下子转变为奇异浪漫的异域风光，将士们不畏艰险的气概已包含其中。以下写将士们艰苦卓绝的日夜奋战和“斩楼兰”的雄心壮志，顺理成章。诗人也是在借题写自己的个人抱负。

静夜思

床前明月光，疑是地上霜。举头望明月，低头思故乡。

学习提示

飘零在外，思念故乡，是人之常情。李白以最普通的景物与语言，写出人们最平常的情感，引起了最为广泛的共鸣。一轮明月，连接游子与故乡，也最能牵引出思乡愁绪。景物与语言的选择，看似寻常，却经过诗人的精心提炼。明人胡应麟说：“太白诸绝句，信口而成，所谓无意于工而无不工者。”（《诗薮·内编》卷六）这首诗就是一个典型的例子。

春　思

燕草如碧丝，秦桑低绿枝。当君怀归日，是妾断肠时。春风不相识，何事入罗帏？

学习提示

每当“燕草如碧丝，秦桑低绿枝”春日初临之际，都要特别地牵引出情人的彼此相思之情。往日的春天，或许正是两人携手同游的好时光，今日怎不叫人痛断肠？“当君怀归日，是妾断肠时”，对比照应，双方的情感都是如此深厚。凄苦之余，便发出对春风的无理埋怨，怨春风擅“入罗帏”，撩拨人之相思痛苦。

子夜吴歌

秋　歌

长安一片月，万户捣衣声。秋风吹不尽，总是玉关情。何日平胡虏，良人罢远征？

学习提示

思妇关心远在边塞丈夫的起居冷暖，捣征衣、做征衣、寄征衣，就寄托了她们一腔的热情和满腹的思恋。边疆战事频繁，征人远戍他乡，故而一片捣衣声整齐响起。战争带来的妻离子散，不仅给闺妇以无穷的痛苦，也成为一个严重的社会问题。思妇们共同推出一个良好的愿望：“何日平胡虏，良人罢远征”，这也是诗人对现实社会的良好祝愿。

秋浦歌

白发三千丈，缘愁似个长[1]。不知明镜里，何处得秋霜[2]？

【注释】

[1] 缘：因为。个：如此，这样。

[2] 秋霜：喻白发。

学习提示

李白的夸张惊心动魄。“白发三千丈”是不可能的，诗人解释了一下：“缘愁似个长”，就将不可能转变为可能。人内心的愁苦是无法衡量的，对人对事的愁苦程度也是不一样的。诗人化无形为有形，让人充分体验到他内心愁苦的深重。“不知明镜里，何处得秋霜”是补充，原来无端的感慨是因为览镜而生。诗人当然知道“得秋霜”的真实原因，只不过不想点破，以免无法遏制。

峨眉山月歌

峨眉山月半轮秋，影入平羌江水流[1]。夜发清溪向三峡，思君不见下渝州[2]。

【注释】

[1] 平羌江：即青衣江。峨眉山南临平羌江。

[2] 清溪：清溪驿。在四川犍为县峨眉山附近。渝州：今重庆市。

学习提示

这首诗是李白青年时离蜀所作，清新明朗，音韵悠扬。峨眉山月晶莹明亮，倒影在平羌江水之中，随着水流而微微晃动。对家乡景物的欣赏中，带有一丝恋恋不舍之情感。“夜发清溪向三峡”，行舟速度极快，也显示出诗人心情的轻松愉悦。“思君”云云，毕竟是离别，摆脱不了对友人、其实是对故乡的挂恋。

赠汪伦

李白乘舟将欲行，忽闻岸上踏歌声[1]。桃花潭水深千尺，不及汪伦送我情[2]。

【注释】

[1] 踏歌：歌唱时以脚踏地为节拍。

[2] 桃花潭：在今安徽泾县西南。

学习提示

李白是重感情的，是容易被感动的。当他的乡村朋友汪伦赶来为他送行时，他不禁再次动情了。汪伦举止也极为潇洒，以踏歌声送别李白，与李白豪放的个性相契合，难怪诗人格外珍重。“桃花潭水深千尺，不及汪伦送我情”，随手以眼前景为喻，新颖贴切。李白真是有妙手成春的出色诗才。

闻王昌龄左迁龙标遥有此寄[1]

杨花落尽子规啼，闻道龙标过五溪[2]。我寄愁心与明月，随君直到夜郎西[3]。

【注释】

[1] 龙标：今湖南省黔阳县。

[2] 五溪：指雄溪、樠溪、酉溪、潕溪、辰溪，都在今湖南省西部和贵州省东部。

[3] 夜郎：古国名，在今贵州省西北部，及云南、四川、广西部分地区。这里泛指遥远的西南边地。

学习提示

友人被贬谪远去，诗人有着无限的牵挂。杨花落尽，春光已逝；子规啼叫，凄怨哀苦。在这样特定的时间里听说友人的坏消息，诗人顿时也是一片愁苦之情。路远无奈，只能托明月寄情，伴随友人到荒凉僻远的贬所。诗人深厚的情谊，也将追随明月而“直到夜郎西”了。

庐山谣寄卢侍御虚舟[1]

我本楚狂人，凤歌笑孔丘[2]。手持绿玉杖，朝别黄鹤楼。五岳寻仙不辞远，一生好入名山游。庐山秀出南斗傍，屏风九叠云锦张，影落明湖青黛光[3]。金阙前开二峰长，银河倒挂三石梁[4]。香炉瀑布遥相望，回崖沓嶂凌苍苍[5]。翠影红霞映朝日，鸟飞不到吴天长[6]。登高壮观天地间，大江茫茫去不还。黄云万里动风色，白波九道流雪山[7]。好为庐山谣，兴因庐山发。闲窥石镜清我心，谢公行处苍苔没[8]。早服还丹无世情，琴心三叠道初成[9]。遥见仙人彩云里，手把芙蓉朝玉京[10]。先期汗漫九垓上，愿接卢敖游太清[11]。

【注释】

[1] 卢侍御虚舟：卢虚舟，字幼真，范阳（今北京一带）人。肃宗时曾任殿中侍御史。曾与李白同游庐山。

[2]“我本”二句：《论语·微子》载：楚狂人接舆曾过孔子车前讥讽而歌：“凤兮凤兮，何德之衰!”

[3] 秀出：突出，特别优秀。南斗：星宿名。古人认为南斗是寻阳的分野，庐山则在寻阳的附近。屏风九叠：庐山有屏风叠，在五老峰东北。这里同时指庐山山峰如屏风所画层层叠嶂。

[4] 金阙：金阙岩，在香炉峰西南。三石梁：据说庐山上有三道石梁，长数十丈，宽不到一尺。

[5] 香炉：香炉峰。沓（tà 踏）：重叠。

[6] 吴天：吴地的天空。庐山一带古属吴国。

[7] 九道：据说长江流至庐山寻阳附近分为九道。雪山：喻卷起的白浪。

[8] 石镜：据说庐山东山悬崖上有一块圆形石，可以照见人影，叫石镜。谢公：南朝诗人谢灵运，曾到庐山游玩过，他的《入彭蠡湖口》说：“攀崖照石镜”。

[9] 还丹：道家所炼的丹药。琴心三叠：《黄庭内景经》中的术语，谓修炼身心有了一定的功底。

[10] 玉京：道教称天神元始天尊所居之处在上天中心的玉京山。

[11]“先期”二句：据《淮南子·道应训》载：仙人卢敖游北海，见一人，邀结伴同游，此人笑着回答说：“我与汗漫相约在九垓之外，不能久留。”随即跳入云中而去。汗漫：神仙名，隐含不可知、没有边际之意。九垓（gāi 该）：九天。太清：道家指天空的最高处。

学习提示

一生频频遭受挫折的诗人，已经由傲岸转为狂放，蔑视礼法的独立不羁精神被进一步凸现出来，连儒家的老祖宗孔子他也敢放歌嘲笑。嘲笑了孔子，也就是摒弃了儒家执著的入世求仕精神，接下来当然就可以“五岳寻仙不辞远，一生好入名山游”了。名山之中，李白最爱庐山，曾多次隐居于此。因为庐山有奇秀神异的风光，峰峦叠翠，明湖掩映，瀑布倒挂，松柏苍苍，周围还有环绕蜿蜒而去的大江。陶醉于庐山的美境，诗人决心追随神仙遨游，飘飘然凌空而去了。李白在《赠蔡山人》诗里有如此痛苦的自白：“我本不弃世，世人自弃我。”根据这一点理解李白的这首诗，知道他的下定决心仍然是无奈中的愤恨牢骚语。

梦游天姥吟留别[1]

海客谈瀛洲，烟涛微茫信难求[2]。越人语天姥，云霓明灭或可睹。天姥连天向天横，势拔五岳掩赤城[3]。天台四万八千丈，对此欲倒东南倾[4]。我欲因之梦吴越，一夜飞度镜湖月[5]。湖月照我影，送我至剡溪[6]。谢公宿处今尚在，渌水荡漾清猿啼[7]。脚著谢公屐，身登青云梯[8]。半壁见海日，空中闻天鸡[9]。千岩万转路不定，迷花倚石忽已暝。熊咆龙吟殷岩泉，栗深林兮惊层巅[10]。云青青兮欲雨，水澹澹兮生烟。列缺霹雳，丘峦崩摧[11]。洞天石扇，訇然中开[12]。青冥浩荡不见底，日月照耀金银台[13]。霓为衣兮风为马，云之君兮纷纷而来下。虎鼓瑟兮鸾回车，仙之人兮列如麻[14]。忽魂悸以魄动，恍惊起而长嗟[15]。惟觉时之枕席，失向来之烟霞。世间行乐亦如此，古来万事东流水。别君去兮何时还，且放白鹿青崖间，须行即骑访名山[16]。安能摧眉折腰事权贵，使我不得开心颜[17]。

【注释】

[1] 天姥：山名，在今浙江新昌县东。

[2] 瀛洲：传说中东海上的仙山。信：确实，实在。

[3] 赤城：山名，在今浙江天台县境内。

[4] 天台：山名，在今浙江天台县北。

[5] 镜湖：又称鉴湖或庆湖，在今浙江绍兴市。

[6] 剡（shàn 善）溪：曹娥江的上游，在今浙江省嵊州。

[7] 南朝诗人谢灵运游览天姥山，曾在剡溪住过。其《登临海峤》说：“暝投剡中宿，明登天姥岑。”

[8] 谢公屐（jī 机）：谢灵运特制的登山木鞋，鞋底装有活动锯齿。上山时去掉前齿，下山时去掉后齿。

[9] 天鸡：传说东南方有桃都山，山上有天鸡，每日清晨，天鸡啼叫，天下雄鸡也随之啼鸣。

[10] 殷：声音宏大。栗：战栗，恐惧。

[11] 列缺：闪电。霹雳：响雷。

[12] 洞天：道家称神仙居所为洞天。石扇：石门。訇（hōng 轰）然：形容声音宏大。

[13] 青冥：天空。金银台：传说中神仙所居住的楼台。

[14] 列如麻：指降临的仙人多如麻。

[15] 悸：心惊。

[16] 白鹿：传说中仙人的坐骑。

[17] 摧眉折腰：形容卑躬屈膝，低头服侍。

学习提示

这首诗融记梦、游仙、山水为一体，充分显露了李白自由奔放、不受现实规范的精神品格。向往已久，才能梦中神游，诗歌因此从自己的向往之情写起。传闻中的天姥山，高耸云霄，气度非凡，具有名山大川的宏伟气魄。“我欲因之梦吴越”以下，进入梦境。梦的世界是变幻莫测、缤纷多彩的。有时是湖月相映，渌水荡漾，海日升空，天鸡高唱，一片清新秀美、灿烂明丽的景色；有时又是石径盘旋，山深幽暗，“迷花依石”，“熊咆龙吟”，奇异迷离。渐渐地乌云沉沉，天空欲雨，越来越阴森恐怖。随着霹雳雷声，景致陡转，情调再次变为开朗欢快。此时，日月照耀，仙人纷纷降临，色彩绚丽，光辉夺目。在这种游山水、游仙的极度欢快中，诗人恍然惊醒，跌落到现实世界。有了这样一番梦中神奇经历的诗人，就更不愿意与世俗同流合污了，人生失意涌上心头时，就决意“且放白鹿青崖间，须行即骑访名山”了。其中，除了对名山仙境的向往之外，更是对现实的蔑视，对权贵的抗争。

金陵酒肆留别

风吹柳花满店香，吴姬压酒唤客尝[1]。金陵子弟来相送，欲行不行各尽觞。请君试问东流水，别意与之谁短长？

【注释】

[1] 吴姬：吴地女子。这里指酒店里劝酒的侍女。压酒：压榨酒糟以取酒。

学习提示

李白非常擅长以眼前平常景色，烘托当时的心境、情感，自然流畅，新颖别致，获得非同寻常的艺术效果。今日告别金陵，金陵的一群子弟来相送，本来是很常见的。但是，李白通过风吹柳花、满店飘香的环境设置，吴姬压酒、热情劝客的人情风俗，已经透露了自己恋恋不舍之意。结尾以“东流水”比喻别情，就将此时的情感表现得淋漓尽致。《苕溪渔隐丛话》引《诗眼》：“好句须要好字，如李太白诗‘吴姬压酒唤客尝’，见新酒初熟、江南风物之美，工在‘压’字。”

登金陵凤凰台[1]

凤凰台上凤凰游，凤去台空江自流。吴宫花草埋幽径，晋代衣冠成古丘[2]。三山半落青天外，二水中分白鹭洲[3]。总为浮云能蔽日，长安不见使人愁。

【注释】

［1］金陵：今南京市。凤凰台：故址在南京凤凰山。相传南朝宋元嘉年间有凤凰集于此山，于是筑凤凰台。

［2］吴宫：三国吴的宫殿。吴国首先在金陵建都，修有宫殿。晋代：指东晋。晋室东渡后，也建都于此。衣冠：指名门世族。古丘：古墓。

［3］三山：在南京西南长江边上，因三峰并列得名。白鹭洲：长江中的沙洲，在南京水西门外。

学习提示

这是一首登临怀古诗。金陵曾是六朝的故都，在这里演出过多少轰轰烈烈的历史盛衰悲剧。李白登上金陵凤凰台，便有许多感慨涌上心头。凤凰台上，凤去台空，历史就是这样的流逝、改变。三国吴、东晋先后在金陵建都，现在只剩下花草茂盛的幽径和名门世族的古墓。眼前“三山半落青天外，二水中分白鹭洲”，景物依然，不因人事的转移而有所改变。一种物是人非之感触目而来。“总为浮云”二句从怀古回到现实，现实社会中统治者不懂得使用诗人这样的人才，潜藏着与六朝一样的隐忧。这是诗人怀古诗的真实目的。

黄鹤楼送孟浩然之广陵[1]

故人西辞黄鹤楼，烟花三月下扬州[2]。孤帆远影碧空尽，唯见长江天际流。

【注释】

［1］黄鹤楼：故址在今湖北武昌。广陵：扬州。

［2］烟花：指春天繁花似锦的景色。

学习提示

在长江旁边黄鹤楼之前，诗人送别友人。友人乘舟已经逐渐远去，诗人依然恋恋不舍，伫立在江边，目送着孤帆消失在天际的尽头。这一伫立凝望，是诗人对友人的无限牵挂，是深厚友情的流露。

渡荆门送别

渡远荆门外，来从楚国游[1]。山随平野尽，江入大荒流。月下飞天镜，云生结海楼[2]。仍怜故乡水，万里送行舟[3]。

【注释】

[1] 荆门：山名，在今湖北宜都西北，长江南岸。楚国：泛指长江中下游地区，春秋战国时属楚国。

[2] 天镜：喻倒影在水中的一轮圆月。海楼：海市蜃楼。

[3] 怜：爱。

学习提示

这是青年李白离蜀时所作。诗人满怀豪情，辞别故乡，乘舟出蜀，开始了为实现个人理想抱负的壮游生活。他的第一个目的地是属于古代楚国的两湖地区。诗人兴致勃勃地观赏沿途景色，“山随平野尽，江入大荒流”，写出长江两岸的风景特色：山岭连绵起伏，一直延伸到广袤的平原；江水奔腾流淌，穿过了荒凉开阔的原野。胡应麟《诗薮》称赞这两句说：“太白壮语也。”随着江水流淌的减缓，月亮倒影在江中如一面飞镜；江面雾气蒸腾，云彩变幻，结成了海市蜃楼般的奇景。诗人以欣喜的心情，陶醉于沿途所见的美景。结尾落实到对故乡的眷恋，这是每一位离乡者所难免的。

宣州谢朓楼饯别校书叔云[1]

弃我去者昨日之日不可留，乱我心者今日之日多烦忧。长风万里送秋雁，对此可以酣高楼[2]。蓬莱文章建安骨，中间小谢又清发[3]。俱怀逸兴壮思飞，欲上青天览日月[4]。抽刀断水水更流，举杯销愁愁更愁。人生在世不称意，明朝散发弄扁舟[5]。

【注释】

[1] 宣州：今安徽宣城。谢朓楼：又名谢公楼或北楼，南齐诗人谢朓官宣城太守时所建。校书：官名，秘书省校书郎。李白族叔李云此时任此职。

[2] 酣：畅饮。

[3] 蓬莱文章：指李云的文章。蓬莱为海上神山，据说仙家秘籍都珍藏于此，时人用来代指皇家藏书处秘书省。建安骨：建安风骨。东汉末年建安诗人的作品慷慨激昂、深沉悲壮，这种时代作风被称为“建安风骨”。小谢：即谢朓。人称谢灵运为“大谢”，将谢朓与之并称。清发：清新秀丽。用谢朓的诗风来称赞李云的作品。

[4] 逸兴：超凡脱俗的兴致。

[5] 散发：脱去簪缨，指不受任何生活拘束。弄扁舟：指归隐江湖。

学习提示

在现实中频受挫折、心中蓄积了诸多郁愤之后，诗人有时就不加抑制地喷薄而出。这首诗开篇就用11字的长对偶句，不可阻挡地倾诉内心的郁闷，对现实的强烈愤懑不平情绪，形式上极端自由，体现了诗人自由的灵魂。“长风”二句，写与族叔的饯别，豪迈洒脱，并不因现实挫折而略显颓唐。“蓬莱文章建安骨，中间小谢又清发”，是对族叔文章的评价，也是李白审美趣好的表达。酒酣之际，顿生“逸兴壮思”，诗人恍然之间脱离了现实人世，“欲上青天览日月”了。从幻想回到现实，反差是如此大，诗人的愁苦之情当然不可能解脱了。剩下只有“明朝散发弄扁舟”这一条归隐之路了。

答王十二寒夜独酌有怀

昨夜吴中雪，子猷佳兴发[1]。万里浮云卷碧山，青天中道流孤月。孤月沧浪河汉清，北斗错落长庚明[2]。怀余对酒夜霜白，玉床金井冰峥嵘[3]。人生飘忽百年内，且须酣畅万古情。君不能狸膏金距学斗鸡，坐令鼻息吹虹霓[4]。君不能学哥舒横行青海夜带刀，西屠石堡取紫袍[5]。吟诗作赋北窗里，万言不直一杯水[6]。世人闻此皆掉头，有如东风射马耳[7]。鱼目亦笑我，谓与明月同。

骅骝拳踞不能食，蹇驴得志鸣春风[8]。折杨皇华合流俗，晋君听琴枉清角[9]。巴人谁肯和阳春。楚地由来贱奇璞[10]。黄金散尽交不成，白首为儒身被轻。一谈一笑失颜色，苍蝇贝锦喧谤声[11]。曾参岂是杀人者，谗言三及慈母惊[12]。与君论心握君手，荣辱于余亦何有？孔圣犹闻伤凤麟，董龙更是何鸡狗[13]？一生傲岸苦不谐，恩疏媒劳志多乖[14]。严陵高揖汉天子，何必长剑拄颐事玉阶[15]？达亦不足贵，穷亦不足悲。韩信羞将绛灌比，祢衡耻逐屠沽儿[16]。君不见李北海，英风豪气今何在[17]？君不见裴尚书，土坟三尺蒿棘居[18]。少年早欲五湖去，见此弥将钟鼎疏[19]。

【注释】

[1]“昨夜”二句：《世说新语·任诞门》载：山阴王子猷大雪夜思念剡溪友人戴逵，乘舟前去拜访，经宿方至戴逵门前，未入门而返。他人询问原因，子猷回答说：“吾本乘兴而行，兴尽而反，何必见戴？”这里以王子猷喻友人王十二。

[2] 沧浪：清苍色。长庚：古代将黄昏时刻出现于西方的金星称为长庚星。

[3] 玉床：指井栏，在月光映照下洁白如玉。

[4] 狸膏：狐狸的油。据说鸡惧怕狸捕食，闻狸气味而逃。所以斗鸡时特意将狸膏涂在鸡的头上，以恐吓对方。金距：套在鸡爪上的金属品，使鸡爪更加锋利。坐：因而。鼻息吹虹霓：喻斗鸡者的气焰熏天。

[5]“学哥舒”二句：玄宗时名将哥舒翰为立功邀赏，率大军强攻吐蕃石堡城，牺牲无数，得朝廷嘉奖。时西北民谣说：“北斗七星高，哥舒夜带刀。吐蕃总杀尽，更筑两重濠。”紫袍：唐三品以上官服。

[6] 直：通“值”。

[7] 东风射马耳：喻世人无法理解王十二的诗赋，有如东风吹进马耳。

[8] 骅骝：骏马。拳踞：局束而不得施展。蹇（jiǎn 减）驴：跛驴。

[9] 折杨、黄华：古代民间流传的两种俗曲。晋君听琴：《韩非子·十过》载，晋平公请师旷奏清角，师旷言此调为黄帝所制，今晋君德薄，听之有祸。晋平公坚持要听，结果风雨大作，晋平公受惊病倒，晋国大旱三年。

[10]“巴人”句：战国宋玉在答楚王问时说，郢都有歌《下里巴人》，应和者数千人；歌《阳春白雪》，应和者只有数十人，所谓曲高和寡。“楚地”句：据《韩非子·和氏》载，和氏得璞玉先后献给楚厉王、楚武王，二王不识美玉，分别砍断和氏的左足与右足。楚文王即位，才发现和氏所献乃美玉。

[11] 苍蝇：喻谗言小人。锦贝：有文采的贝壳，喻巧言诋毁。喧谤声：诽谤声喧腾。

[12]“曾参”二句：据刘向《新序》载：与曾参同名者杀人，有人走告曾参母亲，前二次曾母都不相信，当第三人告诉曾母时，她终于相信了，越墙而逃。

[13]“孔圣”句：据说孔子晚年听说捕获麒麟的事情，感伤说：“吾道穷矣。”古人认为凤凰与麒麟都是祥瑞之物，在太平盛世才能出现。“董龙”句：据《十六国春秋》载，前秦右仆射董龙，以佞幸得宠，司空王堕斥之曰：“董龙是何鸡狗，而令国士与之言乎！”

［14］傲岸：高傲。不谐：与世俗不合。媒：引荐者。劳：徒劳。乖：违背。

［15］“严陵”句：东汉严光，字子陵，少与光武帝刘秀同学。刘秀为帝，召见严光，严光长揖不拜，不行君臣之礼。拄：支撑。颐：下颔。

［16］“韩信”句：汉初名将韩信，初封楚王，后降为淮阴侯，经常称病不朝，自言羞与绛侯周勃、颍阴侯灌婴等同列。“祢衡”句：东汉末年祢衡，生性孤僻高傲，有人问他何不与当时名士交往，回答说：“吾焉能从屠沽儿耶?”屠沽儿：杀猪卖酒之徒。

［17］李北海：唐北海太守李邕，名重天下，为李林甫所害。

［18］裴尚书：唐刑部尚书裴敦复，有战功，与李邕同时被李林甫所害。蒿棘：杂草。

［19］钟鼎：即钟鸣鼎食，喻荣华富贵。

学习提示

这首诗赠答友人，抒发了复杂的思想情感。开篇设想友人想念自己的情景，借用“雪夜访戴”的典故表达。面对好友，诗人便敞开心扉，吐露心声了。首先，诗人愤恨贤愚不分、是非颠倒的不合理现实。斗鸡邀宠的小人、屠杀起家的武将，都得朝廷重用，而才华横溢、名重天下的李邕、裴敦复，反而备受排挤，迫害致死。滔滔浊世，都是鱼目与明珠不分、下里巴人与阳春白雪不辨的没有见识者，诗人的高才受抑便是意料之中的事了。其次，诗人叙述了现实中自己的屡屡碰壁，“黄金散尽交不成，白首为儒身被轻”的世态炎凉，以及谗言屡至、苍蝇喧谤的危险处境。诗人也明白，自己的失败是性格所造成的必然悲剧，“一生傲岸苦不谐，恩疏媒劳志多乖”，就是对生平遭遇原因的探索和归纳。但诗人并不因此改变自己的行为态度，他以严子陵、韩信、祢衡等古人自比，明确表示要信守做人的原则，不与世俗同流合污。经过认真思考，诗人对官场更加失望，归隐“五湖”的念头更加强烈了。诗人这是告诉友人自己今后的打算与志向，其间充塞着的依然是牢骚不平。

望庐山瀑布

日照香炉生紫烟，遥看瀑布挂前川[1]。飞流直下三千尺，疑是银河落九天。

【注释】

［1］香炉：香炉峰，在庐山西北。

学习提示

观赏庐山瀑布，诗人以奇特的夸张、出人意表的想象、与众不同的比喻，让读者获得了全新的审美享受。将飞流直下的瀑布比作银河落九天，写出了瀑布高空直落、不可阻挡的壮观气势，雄奇瑰丽，新人耳目。

望天门山[1]

天门中断楚江开，碧水东流至此回。两岸青山相对出，孤帆一片日边来。

【注释】

[1] 天门山：在今安徽省当涂县西南长江两岸。长江西岸称西梁山，东岸称东梁山，两山隔江对峙，形似天门。

学习提示

天门山隔江对峙，仿佛被江流中断。诗人抓住景物特征，寥寥数笔，就将其轮廓勾画出来。天门山形势的奇险壮观、江流的汹涌奔腾，宛在眼前。乘舟江中而行，“两岸青山相对出”，变静景为动景，画面平添生趣。诗人乘一片孤帆，就有了乘风破浪的豪迈感受。

早发白帝城[1]

朝辞白帝彩云间，千里江陵一日还[2]。两岸猿声啼不住，轻舟已过万重山。

【注释】

[1] 白帝城：故址在今重庆奉节县白帝山上。

[2] 江陵：今湖北江陵。

学习提示

诗人晚年流放夜郎，中途遇赦放还，心情格外轻松愉快。顺长江而下，行程也变得十分迅捷。诗人用极度夸张的手法写行舟速度，突出的是自己亟欲还乡、再见亲人的急迫心情。两岸猿声，本来给人凄怨悲苦的感受，此时诗人也无暇顾及。“轻舟已过万重山”之喜悦中，与亲人见面就在眼前了。

月下独酌

花间一壶酒，独酌无相亲。举杯邀明月，对影成三人。月既不解饮，影徒随我身[1]。暂伴月将影，行乐须及春[2]。我歌月徘徊，我舞影零乱。醒时同交欢，醉后各分散。永结无情游，相期邈云汉[3]。

【注释】

[1] 解：懂得。

[2] 将：偕、同。

[3] 无情：忘情。相期：相约。邈：高远。

学习提示

花下独自饮酒，诗人充分品尝了人生的孤独。诗人不说现实中到处碰壁，不说世无知音，而是在月夜花间，举杯邀月，对着明月、对着自己的身影，起舞畅饮，一切皆在不言之中。然明月与身影毕竟是无知之物，“我歌月徘徊，我舞影零乱”，它们最终也无法使诗人摆脱孤独。一番起舞痛饮的努力之后，反而更加孤独了。

金昌绪

金昌绪，生平不详。或言曾在钱塘（今杭州）居住。

春　怨

打起黄莺儿，莫教枝上啼。啼时惊妾梦，不得到辽西[1]。

【注释】

[1] 辽西：辽河以西地区，泛指东北边疆。

学习提示

闺妇思边，是一个古老的题材，离人之间有诉说不完的相思愁苦。诗人选取了一个特殊的角度来表现。思妇正沉浸于甜美的梦乡，只有在梦中她才可以无拘束地与自己的亲人团聚。梦境时间持续越长，思妇得到的安慰就越多。偏偏无知的黄莺在枝头啼叫，惊醒了闺妇的好梦，怎不叫人恼恨，当然要将黄莺赶走了。选取角度的新颖赋予古老的题材以新的诗意。金昌绪只留下这一首诗歌，却为他奠定了诗歌史上不朽的地位。

杜　甫

杜甫（712—770），字子美，自称少陵野老、杜陵布衣，京兆杜陵（西安市东南）人，生于河南巩县。青少年时期，曾外出漫游。天宝五年（746），到长安参加考试，未取。献赋干谒，待制集贤院。天宝末被任命为县尉等卑官，回家探亲。“安史之乱”爆发，赶赴朝廷，为叛军所掳至长安。至德二年（757）逃至凤翔，为左拾遗。长安收复，不久任华州司功参军，次年便弃官而去。漂泊到成都筑草堂居住，曾一度出任工部员外郎。后再漂流，死于从潭州到岳阳的船上。有《杜少陵集》，存诗一千四百余首。杜甫对现实社会、国计民生的深切关怀，使他的诗笔接触到盛唐乃至转衰过程中的各个层面、侧面的社会问题，以诗歌内容之博大精深而被称之为“诗史”，表现为“沉郁顿挫”的诗风。

望　岳

岱宗夫如何，齐鲁青未了[1]。造化钟神秀，阴阳割昏晓[2]。荡胸生曾云，决眦入归鸟[3]。会当凌绝顶，一览众山小[4]。

【注释】

[1] 岱宗：泰山为五岳之首，故尊称为岱宗。夫：语气词。“齐鲁”句：指泰山横跨齐鲁，青山逶迤连绵。

[2] 造化：大自然。钟：聚集。阴：山北。阳：山南。割：划分。

[3] 荡：涤荡，激荡。曾：同“层”。决眦（zì 自）：睁大眼睛。这里指极目向远处眺望。

[4] 会当：终究要。凌：登上。

学习提示

这是诗人早年漫游时期的作品，诗歌显示了杜甫开阔的胸襟和青年时期蓬勃的朝气。岱宗横跨齐鲁，郁郁苍苍，诗人初登泰山，赞叹之情由衷流露，以自问自答的方式道出了自己的惊叹与仰慕之情。施补华《岘傭说诗》说：“‘齐鲁青未了’五字，囊括数千里，可谓雄阔。后来惟退之‘荆山已去华山来’七字足以敌之。”大自然赋予泰山神奇的风貌，高大巍峨，山阳、山阴昏晓分明，一个“割”字使场景显得生动。山中云气蒸腾，涤荡了诗人的心胸；诗人极目远方，眺望着黄昏的归鸟。这一切并不能令诗人满足，如果要将“众山小”尽收眼底，就必须“凌绝顶”。“会当凌绝顶，一览众山小”，是壮志凌云的青年诗人的胸怀，揭示了一种普遍的生活真理。

房兵曹胡马诗

胡马大宛名，锋棱瘦骨成[1]。竹批双耳峻，风入四蹄轻[2]。所向无空阔，真堪托死生[3]。骁腾有如此，万里可横行[4]。

【注释】

[1] 大宛：汉西域国名，盛产名马。锋棱：形容骏马骨架突出。

[2] 竹批：形容骏马双耳犹如竹削而成似的。古代相马法以为两耳瘦削是千里马的特征之一。峻：高耸。

[3] 堪：可以，能够。

[4] 骁腾：骁勇，奔腾。

学习提示

以千里骏马喻人才，骏马的奔腾喻才能的得以施展，已经成为民族语言习惯。杜甫这首诗咏千里马，隐隐是在表现自己志在千里的心胸怀抱。前四句写骏马出处、外形、奔驰的模样，以简洁的笔法描绘出一匹来自大宛骨峻神清的千里马。后四句写自己的赞美，对这样的骏马衷心向往。骏马的形象与品格，类似忠实的朋友、勇猛的战士、侠义的豪杰，诗人以此鼓励友人，同时是在自勉。浦起龙《读杜心解》卷三之一评云："此与《画鹰》诗，自是年少气盛时作，都为自己写照。"又说："前半先写其格力不凡，后半并显出一副血性，字字凌厉。其炼局之奇峭，一气飞舞而下。"

饮中八仙歌

知章骑马似乘船，眼花落井水底眠[1]。汝阳三斗始朝天，道逢麴车口流涎，恨不移封向酒泉[2]。左相日兴费万钱，饮如长鲸吸百川，衔杯乐圣称避贤[3]。宗之潇洒美少年，举觞白眼望青天，皎如玉树临风前[4]。苏晋长斋绣佛前，醉中往往爱逃禅。李白一斗诗百篇，长安市上酒家眠，天子呼来不上船，自称臣是酒中仙。张旭三杯草圣传，脱帽露顶王公前，挥毫落纸如云烟[5]。焦遂五斗方卓然，高谈雄辨惊四筵[6]。

【注释】

[1] 知章：诗人贺知章，见前文作者介绍。

[2] 汝阳：汝阳王李 ，玄宗侄。酒泉：地名，今属甘肃，以盛产美酒著称。

[3] 左相：指李适之，天宝末年曾任左丞相。后被李林甫排挤，罢相家居，饮酒赋诗云："避贤初罢相，乐圣且衔杯。为问门前客，今朝几个来？"（《旧唐书·李适之传》）

[4] 宗之：崔宗之，与下文提及的苏晋都是当时名士。玉树临风：三国魏夏侯玄，仪表潇洒，如玉树临风。后以此典形容人物的神韵俊爽。

[5] 张旭：著名书法家。《杜臆》卷一载：张旭“善草书，好酒。每醉后，号呼狂走，索笔挥洒，变化无穷，若有神助。”

[6] 卓然：卓异超众。

学习提示

这首诗是一系列性格豪放、举止通脱、嗜酒如命的俊杰人物的画像走廊。贺知章任纵潇洒，随遇而安；汝阳王不可一日无酒，恨不得生活在酒乡；李适之以酒自慰，躲避时祸；崔宗之风貌俊爽，举杯傲视尘世；苏晋以酒为隐，自得其乐；李白斗酒诗兴大发，尘世的一切权威不在话下；张旭酒后狂性发作，草书落笔“如云烟”；焦遂痛饮五斗，语惊四座。这一群人都是不遵礼法的独立不羁之士。杜甫作为儒家信徒，恪守社会礼法规范，但不妨碍他对饮中八仙的仰慕。这是杜甫诗人气质的充分流露。

兵车行

车辚辚，马萧萧，行人弓箭各在腰[1]。耶娘妻子走相送，尘埃不见咸阳桥[2]。牵衣顿足阑道哭，哭声直上干云霄。道傍过者问行人，行人但云点行频[3]。或从十五北防河，便至四十西营田[4]。去时里正与裹头，归来头白还戍边[5]。边庭流血成海水，武皇开边意未已。君不闻汉家山东二百州，千村万落生荆杞[6]。纵有健妇把锄犁，禾生陇亩无东西。况复秦兵耐苦战，被驱不异犬与鸡。长者虽有问，役夫敢申恨[7]。且如今年冬，未休关西卒。县官急索租，租税从何出？信知生男恶，反是生女好。生女犹得嫁比邻，生男埋没随百草。君不见青海头，古来白骨无人收[8]。新鬼烦冤旧鬼哭，天阴雨湿声啾啾[9]。

【注释】

[1] 辚辚：车的行驶声。萧萧：马的嘶鸣声。

[2] 耶：通“爷”。走：奔跑。咸阳桥：即渭桥，故址在咸阳西南十里的渭水上。

[3] 点行频：按户籍抽壮丁出行打战十分频繁。

[4] 营田：指在守边的同时，从事垦荒、屯田的工作。

[5] 里正：唐代社会基层组织以百家为里，设里正一人。裹头：唐时新兵入伍需装束整齐，以头巾裹头。

[6] 山东二百州：泛指华山以东的广大地区。

[7] 敢：岂敢。

［8］青海头：青海湖边，是唐朝部队与吐蕃经常交战的地方。
［9］啾啾（jiū 纠）：鬼哭声。

学习提示

这首诗从客观描述开始，以重墨铺染的雄浑笔法，突兀地展现出一幅振人心弦的送别图。“牵衣顿足拦道哭”一句接连四个情感剧烈的动作，把送行者的挂恋、悲怆、愤恨、绝望的心情表现得细腻入微。这一幅场景，集中了千百万个家庭妻离子散的悲剧，令人触目惊心。从“道旁过者问行人”以下转入第二层，通过设问的方式，让“行人”直接倾诉所遭受的苦难及内心的痛苦。且说明这一切都是诗人的亲眼所见、亲耳所闻，增加了诗歌的真实感。至此，诗笔陡转，以“君不闻”领起，很难说是“行人”的控诉，还是诗人自己的联想议论，或者是两者兼而有之。从空间、时间都得以拓展，百姓的苦难是普遍的。视野延伸到“行人”家中，进入千家万户普通家庭，写出穷兵黩武带来的严重社会问题，其后遗症之可怕，将威胁到唐帝国的安危生存。“长者虽有问”明确转为“行人”的对答，诗意推进一层。征夫在敢怒不敢言的反复矛盾中，终于无法忍耐，心中的怨苦倾吐而出。连用五言短句，句式的改变，显示了“行人”内心的急苦与倾诉的迫切。穷兵黩武结合横征暴敛，民不聊生到了极限。脱口而出的诉说，也表明百姓的忍耐到了极点。结尾诗人用凄苦哀怨的笔调，描绘出穷兵黩武所带来的这么一幅阴惨惨的现实画面：青海边古战场上，平沙茫茫，白骨露野，阴风惨惨，鬼哭凄凄。寂冷阴森的情景，令人不寒而栗。

思考题

1.《兵车行》表现了怎样的主题？诗人是如何表现的？
2. 杜甫诗歌运用夸张手法与李白有什么不同之处？
3. 作为叙事诗，《兵车行》有哪些特色？
4. 背诵这首诗。

月　夜

今夜鄜州月，闺中只独看[1]。遥怜小儿女，未解忆长安。香雾云鬟湿，清辉玉臂寒。何时倚虚幌，双照泪痕干[2]。

【注释】

［1］鄜（fū 夫）州：今陕西富县。

［2］虚幌：轻薄透明的帷幕。

学习提示

“安史之乱”爆发，杜甫在投效流亡朝廷的途中被俘往长安。这首诗是他沦陷长安思念寄居在鄜州的家人时而作。一轮明月勾起离人的相思，今日的相思又有了国破家亡的独特含义。儿女幼小，不解相思，只有妻子遥忆长安，就显得更加孤独。“香雾云鬟湿，清辉玉臂寒”两句是诗人设想月夜妻子相思的情景，描写细腻，体贴入微。结句以希望结束全诗，只能寄期望于未来。浦起龙《读杜心解》卷三之一评云：“心已驰，神到彼，诗从对面飞来，悲婉微至，精妙绝伦。又妙在无一字不从月夜照出也。”

春　望

国破山河在，城春草木深。感时花溅泪，恨别鸟惊心[1]。烽火连三月，家书抵万金[2]。白头搔更短，浑欲不胜簪[3]。

【注释】

［1］感时：为时事而感伤。

［2］连：接连。

［3］浑：简直。

学习提示

诗人沦陷在长安，又是一个新的春天来到。由于山河破碎、家国沦亡，往日繁华喧闹的京城野草树木丛生，眼前一片荒凉孤寂。诗人触景生情，亡国的愁苦之恨再度涌上心头。诗人用“花溅泪”“鸟惊心”描述自己的亡国之恨。无知的花、鸟尚且如此，诗人的痛苦不言而喻。遭逢乱世，更加思念家人，家书又无由抵达。思念过于强烈，搔头动作过于频繁，白发为之稀疏。这种强烈的思亲情绪，与亡国的现实背景结合在一起，特别打动人心。

羌　村

峥嵘赤云西，日脚下平地[1]。柴门鸟雀噪，归客千里至。妻孥怪我在，惊定还拭泪[2]。世乱遭飘荡，生还偶然遂[3]。邻人满墙头，感叹亦歔欷[4]。夜阑更秉烛，相对如梦寐[5]。

【注释】

[1] 峥嵘：山高峻的样子，此处形容天空中的云层。日脚：穿过云层斜照到地面上的阳光。

[2] 妻孥（nú 奴）：妻子儿女。

[3] 遂：如愿。

[4] 歔欷（xū xī 虚 西）：抽噎声。

[5] 夜阑：夜深。秉烛：持烛。

学习提示

杜甫从长安逃出，投奔朝廷流亡政府所在地凤翔，“麻鞋见天子，衣袖露两肘”，被肃宗任命为左拾遗。然又因为认识不清朝廷的政治形势，很快得罪皇帝，被放还回家探亲。离乱中诗人对家人有过许多牵挂与思念，这一次得机会回家，感触十分复杂。“妻孥怪我在，惊定还拭泪”，写自己生还给家人带来的惊喜，诗人又何曾不是惊喜地发现家人都平安呢？乱世的家人团聚，在当地也是一件大事，因为家家户户可能都有因战争而流离不知音信的亲人。“邻人满墙头，感叹亦歔欷”之际，既是为诗人一家的团圆而庆幸，又有每人自我的感慨。“夜阑更秉烛，相对如梦寐”写乱世重逢人们的心境，尤其真切。分别之时，在梦中多次与亲人相见。今日真的见面，反而疑真疑假。重逢的难得、意外的喜悦，都体现在这特殊的心态之中。

赠卫八处士

人生不相见，动如参与商[1]。今夕复何夕，共此灯烛光？少壮能几时，鬓发各已苍。访旧半为鬼，惊呼热中肠[2]。焉知二十载，重上君子堂。昔别君未婚，儿女忽成行。怡然敬父执，问我来何方。问答乃未已，儿女罗酒浆。夜雨剪春韭，新炊间黄粱。主称会面难，一举累十觞。十觞亦不醉，感子故意长。明日隔山岳，世事两茫茫[3]。

【注释】

[1] 动：动辄。参（shēn 深）、商：二十八宿中的二星宿，东西相对，此升彼沉。

［2］热中肠：内心激动。

［3］隔山岳：喻相隔距离遥远。

学习提示

诗人在离乱后与老友重逢，感慨颇多颇深。当年分手时友人乃未婚之少壮，重逢时则已鬓发苍白，儿女成群。“访旧半为鬼，惊呼热中肠”，是乱世之后的常态，重逢才是喜出望外。老友儿女敬重父执，张罗酒饭招待客人，诗人既感到温馨，又有世事苍茫巨变的感受。想到明日又要分手，重见不知何日，惜别、怅惘之情涌上心头。浦起龙《读杜心解》卷一之二评云：“古趣盎然，少陵别调。一路皆属叙事，情真、景真，莫乙其处。之起四句是总提，结两句是去路。”

石壕吏

暮投石壕村，有吏夜捉人[1]。老翁逾墙走，老妇出门看。吏呼一何怒，妇啼一何苦。听妇前致词，三男邺城戍[2]。一男附书至，二男新战死。存者且偷生，死者长已矣[3]。室中更无人，惟有乳下孙。有孙母未去，出入无完裙。老妪力虽衰，请从吏夜归。急应河阳役，犹得备晨炊[4]。夜久语声绝，如闻泣幽咽。天明登前途，独与老翁别。

【注释】

［1］投：投宿。石壕村：在今河南省陕县东南。

［2］邺城：唐代相州，今河南安阳。

［3］长已矣：永远完了。

［4］河阳：孟津，在黄河北岸，洛阳对面。唐军在邺城战败，退至河阳。得：能够。

学习提示

“安史之乱”过程中，诗人有著名的“三吏”“三别”，写战争给百姓带来的深重灾难，《石壕吏》是其中很有代表性的一首。诗人采用纯客观的记录方式，将自己傍晚投宿石壕村的见闻如实叙述出来。战争驱使大量的年轻男性劳力奔赴战场，战死战场。诗人所投宿的这一家，居然三个儿子都在前线，其中二位已经阵亡。县吏犹来捉丁不已，最终竟驱赶老妪应役。家中只剩下妇孺老幼，生产的凋敝、农村的贫困，也将是必然的事实。诗人对县吏滥捕丁役有所不满，但又无可奈何。

佳　人

绝代有佳人，幽居在空谷。自云良家子，零落依草木[1]。关中昔丧败，兄弟遭杀戮。官高何足论，不得收骨肉。世情恶衰歇，万事随转烛[2]。夫婿轻薄儿，新人已如玉。合昏尚知时，鸳鸯不独宿[3]。但见新人笑，那闻旧人哭。在山泉水清，出山泉水浊。侍婢卖珠回，牵萝补茅屋。摘花不插发，采柏动盈掬。天寒翠袖薄，日暮倚修竹[4]。

【注释】

［1］零落：原指草木的凋落，喻指佳人的衰老。

［2］衰歇：喻指世风的堕落。

［3］合昏：合欢花，俗称夜合花、马缨花等，朝开夜合。古代常用以赠人，据说可以消怨和好。

［4］修竹：高高的竹子。

学习提示

这首诗中所咏叹的佳人有其喻托象征意义。这位佳人幽居在空旷的山谷，既是自持清高，不与世俗同流合污；也是被世俗抛弃的结果。她遇关中丧败战乱，骨肉被杀。自家夫婿又喜新厌旧，将她无情抛弃，所以，她被迫与空谷、清泉、松柏、修竹为伍。诗人一再求仕，却一再被朝廷所弃置。到“安史之乱”平定，他人皆升官晋级，诗人却被逼辞官。其经历、出处、操守，与这位佳人极其相似。

前出塞

挽弓当挽强，用箭当用长。射人先射马，擒贼先擒王。杀人亦有限，立国自有疆[1]。苟能制侵陵，岂在多杀伤[2]？

【注释】

［1］“立国”句：指每个国家各有自己的疆土。

［2］侵凌：侵犯，凌辱。

学习提示

这首诗多采用当时的口语、俗语，表现了诗人对和平的渴望。面对入侵者，诗人知道只能以暴制暴，但诗人要求以最少的牺牲，去获取最大的胜利。“挽弓当挽强，用箭当用长”是比喻，目的是要说明“射人先射马，擒贼先擒王”，这是诗人从现实生活中归纳出来的普遍道理。后四句表达了诗人强烈的和平愿望，一种对人的生命的珍视。这是一种超脱狭隘民族观念的人道主义精神，在当时的那个社会，非常难能可贵。

梦李白

其　一

死别已吞声，生别常恻恻[1]。江南瘴疠地，逐客无消息[2]。故人入我梦，明我长相忆。恐非平生魂，路远不可测。魂来枫叶青，魂返关塞黑。君今在罗网，何以有羽翼？落月满屋梁，犹疑照颜色。水深波浪阔，无使蛟龙得。

其　二

浮云终日行，游子久不至。三夜频梦君，情亲见君意。告归常局促，苦道来不易[3]。江湖多风波，舟楫恐失坠。出门搔白首，若负平生志。冠盖满京华，斯人独憔悴[4]。孰云网恢恢，将老身反累。千秋万岁名，寂寞身后事。

【注释】

［1］恻恻：悲苦的样子。

［2］瘴疠：南方潮湿地区流行的疾病。逐客：被贬谪的人，这里指李白。

［3］局促：短促。

［4］冠盖：代指达官贵人。京华：京城。

学习提示

杜甫对年长的诗人李白是非常敬重的，他们曾一同畅游，结下深厚的友谊。“安史之乱”期间，李白凭诗人的热情参与平叛队伍，却由于政治上的迟钝而站错立场，自身也被当成叛逆流放夜郎。消息传来，杜甫非常牵挂，又极为痛心。夜郎多瘴疠之气，李白以暮年衰疲之躯投身荒蛮，杜甫就有了生离死别的凄惨感觉，这就是第一首所抒发的情感。杜甫只能在梦中与老友相见，梦见之后又疑惑是否为李白的魂魄归来。因为是梦中相见，是遥致想念，诗歌就多用想象、虚构之笔来描写。第二首在怀念友人的同时，为李白辩解。杜甫是非常明白李白热情报国的本意，也十分同情“冠盖满京华，斯人独憔悴”的遭遇，对朝廷的处置表示不满，相信诗人会有身后的公正评价。

月夜忆舍弟

戍鼓断人行，秋边一雁声[1]。露从今夜白，月是故乡明。有弟皆分散，无家问生死。寄书长不达，况乃未休兵。

【注释】

[1] 戍鼓：戍楼上的更鼓。戍：驻防。秋边：即边秋，秋天的边塞。

学习提示

战乱之际，流离在外，就会特别思念亲人，思念故乡。诗人有月夜忆妻子儿女之作，这首诗忆舍弟，性质相同。诗中“露从今夜白，月是故乡明”为名句，将节令、景色与今夜的思亲情绪很好的融合在一起。诗歌以最平常的语言叙述，诉说最深厚的亲情。浦起龙《读杜心解》卷三之二评云：“上四突然而来，若不为弟者，精神乃字字忆弟，句里有魂也。‘书长不达’，平时犹可；‘况未休兵’，可保无事耶？二句从五、六申写。”

蜀　相[1]

丞相祠堂何处寻，锦官城外柏森森[2]。映阶碧草自春色，隔叶黄鹂空好音。三顾频烦天下计，两朝开济老臣心[3]。出师未捷身先死，长使英雄泪满襟。

【注释】

[1] 蜀相：蜀国丞相诸葛亮。

[2] 锦官城：指成都。据记载，成都诸葛亮庙前有两株柏树。森森：茂盛的样子。

[3] 三顾：指刘备三顾茅庐，请诸葛亮出山。两朝：诸葛亮辅佐刘备、刘禅父子两朝。开济：开创大业，匡济国家。

学习提示

诗人在成都定居后，多次拜祭诸葛亮，对诸葛亮的品格、功业、成就，深表仰慕，也为诸葛亮事业的最终未成而深表惋惜。诗歌开篇渲染了一种庄严肃穆的环境，松柏森森，为诗人指点“丞相祠堂”的路径，这与诗人前去拜祭的心情相吻合。“映阶碧草自春色，隔叶黄鹂空好音”一联，写诸葛亮的身后寂寞，也是世无俊杰的曲隐表述。后四句对诸葛亮功业的咏叹中，渗透了个人失落的感伤。刘备为请诸葛亮出山，三顾茅庐，君主对人才重视到这等地步，足令后代文人志士羡慕不已。诸葛亮因此鞠躬尽瘁，辅佐两朝，死而后已。这样的明君、贤臣际遇，是后代有志效忠朝廷的才智之士们的楷模。诗人向往古人之时，也就是在为自身的不遇而苦恨。难得君臣如此投合，诸葛亮居然还是抱憾而终，诗人不禁为之泪流满襟。

客　至

舍南舍北皆春水，但见群鸥日日来[1]。花径不曾缘客扫，蓬门今始为君开[2]。盘飧市远无兼味，樽酒家贫只旧醅[3]。肯与邻翁相对饮，隔篱呼取尽余杯[4]？

【注释】

[1] 但见：只见。

[2] 缘：因为。蓬门：茅屋之门。

[3] 盘飧（sūn 孙）：菜肴。飧，本指熟食。市远：集市路途较远。兼味：多样食品。旧醅：隔年的陈酒。

[4] 肯：是否可以。余杯：剩下来的酒。

学习提示

定居成都草堂，获得一段时间的安宁生活，杜甫心境变得恬淡舒适。这种宁静的生活中，有友人过往拜访，诗人特别高兴。首二句写自己的隐居环境，春水缭绕，春意荡漾，日日只有鸥鸟相访。“花径”二句以与客对话的语气来写，增加了亲切感。杜甫不是一个隐逸避世的诗人，喜欢与人交往，一旦有人相访，就十分欣喜。以下四句写待客之热情，显示了诗人的诚挚真率、淳朴敦厚。诗人倾其所有招待来客，虽然没有山珍海味，却是诚意感人。诗人的喜欢人际交往还可以从“肯与邻翁相对饮，隔篱呼取尽余杯”中看出。其一，诗人恐怕饮酒场面不够热闹，打算请邻翁加入，使气氛更加热烈；其二，平日诗人一定与邻翁平等来往，亲密无间的。诗人定居成都时，这种对待普通百姓的平等态度处处流露出来，显示了诗人博大的胸怀，在那个时代是难能可贵的。

春夜喜雨

好雨知时节，当春乃发生。随风潜入夜，润物细无声[1]。野径云俱黑，江船火独明。晓看红湿处，花重锦官城[2]。

【注释】

[1] 潜：悄悄地。这里指春雨在夜里悄悄地随风而至。

[2] 花重：花因为饱含雨水而显得沉重。锦官城：成都。

学习提示

俗话说：“春雨贵如油”，到了杜甫的笔下化为诗的语言，就是“好雨知时节，当春乃发生”。中间四句写春雨悄然而至的情景，和春雨夜野外的景色。“随风潜入夜，润物细无声”，还揭示了一定的生活哲理，成为教育者的至理名言。当清晨起来，发现春雨润湿大地万物，花开得是那样的鲜艳，诗人的喜悦之情便洋溢于言表。

茅屋为秋风所破歌

八月秋高风怒号，卷我屋上三重茅。茅飞渡江洒江郊，高者挂罥长林梢，下者飘转沉塘坳[1]。南村群童欺我老无力，忍能对面为盗贼，公然抱茅入竹去。唇焦口燥呼不得，归来倚杖自叹息。俄顷风定云墨色，秋天漠漠向昏黑[2]。布衾多年冷似铁，骄儿恶卧踏里裂[3]。床头屋漏无干处，雨脚如麻未断绝[4]。自经丧乱少睡眠，长夜沾湿何由彻[5]。安得广厦千万间，大庇天下寒士俱欢颜，风雨不动安如山。呜呼！何时眼前突兀见此屋，吾庐独破受冻死亦足[6]。

【注释】

[1] 罥（juàn 绢）：缠绕。塘坳（āo 凹）：低洼积水的地方。

[2] 俄顷：不久。漠漠：阴沉沉的样子。

[3] 恶卧：睡卧不老实，胡乱踢蹬。

［4］雨脚：雨点。
［5］彻：度过整个夜晚。
［6］突兀：高耸的样子。见：同“现”。

学习提示

杜甫有关心民生疾苦的博大胸怀，这是一种“仁者爱人”的可贵的人道主义精神。他充分领悟、发扬了儒家的“推己及人”的思想，每当自己遭受现实挫折时，总是首先联想起处境不如自己的广大下层百姓，将关怀投向大众。这是一个秋风秋雨大作的夜晚，诗人得以暂时歇息的茅屋顶盖被席卷而去，片刻的安宁再度失去。诗人在风雨飘摇的动荡生活中度过了大半生，外界的风雨极容易引起诗人生活的忧患。诗人从秋风的怒号，写到南村群童的调皮，目的都是为了突出自己的现实窘境。因此，诗人接着就是对自己的贫窘生活的具体描述：多年布被，干冷似铁，骄儿无知，踹踏开裂。茅屋四壁漏雨，雨点如麻直落屋中。自己生活困窘的描写，又是为了烘托更加贫寒困苦的下层百姓。于是，诗人立即将目光转向广大民众，唱出“安得广厦千万间，大庇天下寒士俱欢颜，风雨不动安如山”这样的千古绝句，而且只要百姓安乐，自己甘愿受冻，这样博大的胸襟，令人钦佩。

赠花卿[1]

锦城丝管日纷纷，半入江风半入云[2]。此曲只应天上有，人间能得几回闻？

【注释】
［1］花卿：花敬定，成都尹崔光远部将。
［2］锦城：成都。

学习提示

“安史之乱”以后，地方军阀势力迅速膨胀，武将的个人享受都超越等级范围。在这首诗里，诗人是在赞美花敬定家美妙的音乐，也是在含蓄讽刺他骄奢的生活。首句写其终日享受，沉湎声色，次句写其乐声悠扬，飘入云霄。后二句在赞美中寓讽喻之意。一介武夫，居然可以做天人享乐，其骄横跋扈之态呼之可出。

江畔独步寻花

黄四娘家花满蹊，千朵万朵压枝低。留连戏蝶时时舞，自在娇莺恰恰啼[1]。

【注释】

[1] 恰恰：自然，和谐。

学习提示

写乡间景物，信手拈来，妙手成春。欢快的溪流，灿烂的花朵，翻飞起舞的蝴蝶，自由啼鸣的娇莺，处处显示出活泼的春日生机，也显示出诗人热爱春光、热爱自然的生活情趣。前二句写花开的盛况，后二句写莺蝶的自在，二者相互辉映，构成一个灿烂的春天。

闻官军收河南河北[1]

剑外忽传收蓟北，初闻涕泪满衣裳[2]。却看妻子愁何在？漫卷诗书喜欲狂。白日放歌须纵酒，青春作伴好还乡[3]。即从巴峡穿巫峡，便下襄阳向洛阳[4]。

【注释】

[1] 宝应元年（762）十月，唐朝各路大军全面反攻，再度收复洛阳及河南诸郡县，进军河北。安禄山、史思明部将纷纷投降。延续了七年多时间的“安史之乱”基本上被平定。

[2] 剑外：剑门阁以南，指今四川一带。蓟北：今河北省东北部地区，这里是安禄山、史思明的巢穴。

[3] 放歌：放声歌唱。青春：秀丽的春天景色。

[4] “即从”二句：这是诗人预计还乡的路径。诗人自注：“余田园在东京。”东京，即洛阳。

学习提示

诗人一反含蓄敛抑、沉郁顿挫的作风，痛快淋漓，一泻千里。这是诗人听说“安史之乱”全面平定、国家再得安宁之际大喜过望心情的真实流露。喜讯传来，涕泪纵横。“漫卷”的动作显得既有为回乡收拾行装的目的，又是那样漫不经心，这完全是狂喜之余下意识的行动。“白日放歌”，与大好春光为伴回家，杜甫生平真的没有如此豪爽奔放。结尾用四个地名形成工整对偶，同时显示在诗人的想象中，回家的路程是如此的轻快，如闪电般迅疾。浦起龙《读杜心解》卷四之一评云：“八句诗，其疾如飞。题事只一句，余具写情。得力全在次句，于神理妙在逼真，于文势妙在反振。三、四，以转作承；第五，仍能缓受；第六，上下引脉；七、八，紧申‘还乡’。生平第一首快诗也”。

登 高

风急天高猿啸哀，渚清沙白鸟飞回[1]。无边落木萧萧下，不尽长江滚滚来[2]。万里悲秋常作客，百年多病独登台。艰难苦恨繁霜鬓，潦倒新停浊酒杯[3]。

【注释】

[1] 渚：水中小洲。

[2] 落木：落叶。萧萧：树叶坠落声。

[3] 苦恨：恨极了。

学习提示

诗人晚年再度飘荡，一度流寓夔州。首句仰视高空，如狂飙骤来，苍凉悲哀。次句俯视江渚，对偶工整，凄清冷落。诗人秋日登高，所见的是天地间枯萎萧条的纷纷落叶，与长江滚滚而去的无情流水。时世艰难、长年漂泊、老病孤愁、潦倒失意之感慨汹涌而来。语势虽然渐渐转为平淡，无限的悲凉也因此缓缓流露。胡应麟《诗薮》内编卷五评云：“若‘风急天高’，则一篇之中句句皆律，一句之中字字皆律。而实一意贯串，一气呵成。骤读之，首尾若未尝有对者，胸腹若无意于对者。细绎之，则锱铢钧两，毫发不差。而建瓴走坂之势，如百川东注于尾闾之窟。”

思考题

1. 杜甫后期精于七律创作，试通过这首诗分析杜甫创作的这一变化。
2. 请结合杜甫的个人经历分析《登高》所表现出来的思想情感。
3. 杜甫“沉郁顿挫”的作风在这里是怎样表现的？

4. 比较杜甫与李白诗歌创作的不同特色。

5. 背诵这首诗。

登楼

花近高楼伤客心，万方多难此登临。锦江春色来天地，玉垒浮云变古今[1]。北极朝廷终不改，西山寇盗莫相侵[2]。可怜后主还祠庙，日暮聊为梁甫吟[3]。

【注释】

[1] 锦江：水名，在四川成都南面。玉垒：山名，在四川灌县西北。

[2] 北极：北辰星，居天之中央。这里代指京都。西山寇盗：指当时入侵中原的吐蕃军队。

[3] 后主：三国蜀后主刘禅。成都先主庙旁便是后主祠。梁甫吟：歌名。据说诸葛亮隐居躬耕垄亩之际，喜欢为《梁甫吟》。

学习提示

浦起龙《读杜心解》卷四之一评云：“声宏势阔，自然杰作。须得其一线贯串之法，盖为吐蕃未靖而作也。”“安史之乱”平定以后，国家并没有像杜甫所期望的那样恢复和平宁静，地方藩镇势力的跋扈，吐蕃外敌的入侵，使得大唐帝国多灾多难。春日登楼眺望远方，诗人的心情格外压抑沉闷。自然界已经春回大地，国家的春天诗人还是看不见。所见的只是“万方多难”，尤其是“西山寇盗”的猖獗，诗人不能不为国家的前程而担忧，他在愤恨吐蕃入侵之时，再次对诸葛亮深表仰慕之情。这种仰慕里也包含着对现实的期待，渴望能出现一位文功武略似诸葛亮的贤臣，辅佐大唐帝国。回想诸葛亮的功业未竟，又不禁扼腕痛惜。这种痛惜里所蕴涵的还是现实的殷忧，诸葛亮的悲剧下场似乎预示着现实的艰难。

绝句

两个黄鹂鸣翠柳，一行白鹭上青天。窗含西岭千秋雪，门泊东吴万里船[1]。

【注释】

[1] 西岭千秋雪：原注：“西山白雪，四时不化。”

学习提示

诗人随兴之所致，以清丽的诗笔描绘了眼前所见的景色。黄鹂、翠柳、白鹭、青天、岭雪，组成和谐的画面，色彩鲜明，如一幅绚丽的画图。诗人以轻松欢快的心情写所见的景物，景物中渗透着生机勃勃的朝气。

旅夜书怀

细草微风岸，危樯独夜舟[1]。星垂平野阔，月涌大江流。名岂文章著，官因老病休。飘飘何所似，天地一沙鸥[2]。

【注释】

[1] 危樯：高高的桅竿。

[2] 飘飘：飘零无依。

学习提示

诗人晚年离开成都草堂，乘舟东下。这首诗作于这次旅途之中。“细草”二句是近景，渲染了旅途的孤寂与被迫再度飘零的落寞。“星垂”二句写远景，气魄宏大，襟怀旷远。无边的原野、奔流的大江，更反衬出诗人的孤单及旅途颠沛的凄苦。诗人追究一生的遭际，以“名岂文章著，官因老病休”作归纳，透露出一事无成的苦涩。直到晚年，诗人还似沙鸥飘零，自伤身世，诗意越转越悲苦。

白　帝[1]

白帝城中云出门，白帝城下雨翻盆。高江急峡雷霆斗，翠木苍藤日月昏。戎马不如归马逸，千家今有百家存。哀哀寡妇诛求尽，恸哭秋原何处村？

【注释】

[1] 白帝：白帝城，故址在今重庆奉节县白帝山上。

学习提示

这首诗作于寓居夔州期间。前四句用复沓句法写白帝城中、城外以及“高江急峡”云雨翻腾、雷霆震怒的奇险气候与景色。后四句写战乱带来的民生凋敝。诗人用最平常的语言，如“千家今有百家存”“ 哀哀寡妇诛求尽”等，写出触目惊心的景象。千家万户，人烟凋零，哭泣声响成一片。画面上笼罩着浓厚的悲剧气氛。“安史之乱”以后民生的凋敝，乡村的衰败，皆于此可见。

秋兴八首

其　一

玉露凋伤枫树林，巫山巫峡气萧森[1]。江间波浪兼天涌，塞上风云接地阴。丛菊两开他日泪，孤舟一系故园心[2]。寒衣处处催刀尺，白帝城高急暮砧[3]。

【注释】

[1] 玉露：白露。萧森：萧瑟阴森。

[2] 丛菊两开：见到了菊花的再一次开放。指自己滞留在夔州已经是第二年了。

[3] 砧：捣衣石。

学习提示

《秋兴》组诗熔铸了夔州萧条的秋色，清凄的秋声，与诗人暮年多病的苦况，关心国家命运的深情，意境深沉，悲壮苍凉。第一首起兴，后七首抒怀，章法缜密严整，脉络分明。“玉露凋伤枫树林”为组诗之序曲，通过对巫山巫峡的秋色秋声的形象描绘，烘托出阴沉萧森、动荡不安的环境气氛，抒发了诗人忧国之情与抑郁孤独之怀抱。全诗开门见山，抒情写景，波澜壮阔，感情强烈。首二句写白露凋伤枫叶乃至满林如此，状秋日已深，故巫山巫峡之气肃杀而萧森。以草木之衰变，抒悲秋之情意。次二句紧承首联，极写巫山巫峡秋气萧森之状。峡江之间，波浪滔天；楚塞之上，风云遍地，此皆萧森之气。他乡滞留之愁苦尽在言外。如此自然牵引出“丛菊两开他日泪，孤舟一系故园心”两句。诗人感慨羁留夔州已经两秋，故见菊花两开，他日感伤之泪也难以遏止。“故园”，指长安。“故园心”为组诗之纲要，感慨抒情由此而发。下启二、三首。末二句言人家感秋气萧森皆预备寒衣，白帝城中捣衣声不绝。天寒岁暮，己身旅客之无衣，更令人伤怀。

八阵图[1]

功盖三分国，名成八阵图。江流石不转，遗恨失吞吴[2]。

【注释】

[1] 八阵图：诸葛亮设置的军阵。分天、地、风、云、龙、虎、鸟、蛇八阵，聚石成堆，纵横棋布。夏季为江水淹没，冬季露出水面。诸葛亮所布八阵图的遗迹有多处，这里所咏的是夔州八阵图。

[2]“遗恨”句：指诸葛亮不赞成刘备对东吴用兵。诗人认为刘备一意孤行，由此导致鼎足三立局面的破坏。

学习提示

这首诗咏怀古迹。八阵图的遗迹中，遗留着诸葛亮的功绩，也流传着诸葛亮功业未竟的遗恨。为古人惋惜，同时是在抒写自己无所成就的抑郁情怀。诗人不是为某次战役而惋惜，而是痛惜诸葛亮的才华、壮志的最后成空。

咏怀古迹

其　二

摇落深知宋玉悲，风流儒雅亦吾师[1]。怅望千秋一洒泪，萧条异代不同时。江山故宅空文藻，云雨荒台岂梦思[2]。最是楚宫俱泯灭，舟人指点到今疑。

【注释】

[1]“摇落”句：宋玉《楚辞·九辨》：“悲哉秋之为气也！萧瑟兮草木摇落而变衰。”后以此典抒悲秋情绪。

[2]“云雨”句：宋玉《高唐赋序》载：楚王游玩高唐，曾遇见巫山神女，自献其身。离别时说：“妾在巫山之阳，高丘之阻，旦为朝云，暮为行雨，朝朝暮暮，阳台之下。”

学习提示

《咏怀古迹》共五首，作于夔州。这一首凭吊楚国宋玉。宋玉有《高唐赋》，写巫山神女之事，流传甚广，据说江陵还有宋玉的古宅。诗人路经此地，不禁为古人悲慨，同时抒写自己的身世家国之悲。《楚辞》以悲怨为其抒情特征，悲秋的传统就来自宋玉。经社会动乱，晚年流落无所定居的诗人，心情上与宋玉之类《楚辞》作家非常相近。何况，今日依然草木凋零，景物萧条，千秋异代同此悲苦。在舟人的指点评说之际，诗人也陷入沉思，古人的身世、作品、情感，一一在脑海闪过。与自己遭遇、情绪相近的部分就容易被突出出来，归根结底，诗人的意旨是指向今天。

其　三

群山万壑赴荆门，生长明妃尚有村[1]。一去紫台连朔漠，独留青冢向黄昏[2]。画图省识春风面，环佩空归月夜魂[3]。千载琵琶作胡语，分明怨恨曲中论[4]。

【注释】

[1] 赴：群山连绵起伏，如奔赴而去。荆门：山名，在今湖北宜都县西北。明妃：王昭君，荆门山附近归州（今湖北秭归）人。汉元帝宫人，竟宁元年（前33年）遣嫁匈奴单于。

[2] 紫台：指汉宫廷。江淹《恨赋》：“明妃去时，仰天叹息，紫台稍远，关山无极。”青冢：昭君墓，在今内蒙古呼和浩特市南。

[3]“画图”句：据《西京杂记》载：汉元帝命宫廷画师画新入选宫女容貌，昭君不肯贿赂画师，因此被丑化，最终遣嫁匈奴。临行，汉元帝才发现昭君的美貌，然已无法挽回。省识：辨识，觉察。环佩：代指昭君。

[4]“千载”二句：相传昭君在匈奴作琵琶怨曲，曲名《昭君怨》。

学习提示

昭君出塞，历代评价不一。诗人着重描写昭君告别故乡、诀别亲人、远赴塞外一路上的凄苦悲愁，以及身死他域、魂归中原的悲剧。诗人以“一去紫台连朔漠，独留青冢向黄昏”概括昭君悲苦的一生。“画图省识春风面，环佩空归月夜魂”推究悲剧之所以发生的原因，皇帝的昏庸昭然若示。千载琵琶遗曲中，传说着昭君的愤恨，也透露出诗人同情。

古代士大夫喜欢以臣妾自比，杜甫在为昭君鸣冤之际，当然也是在宣泄自己的愤懑。

其 五

诸葛大名垂宇宙，宗臣遗像肃清高[1]。三分割据纡筹策，万古云霄一羽毛[2]。伯仲之间见伊吕，指挥若定失萧曹[3]。运移汉祚终难复，志决身歼军务劳[4]。

【注释】

[1] 宗臣：世人所景仰的名臣。

[2] 纡（yū 迂）：曲折，引申为周密。筹策：筹谋划策。“万古”句：喻诸葛亮品行高洁，万古难以企及。

[3] 伯仲：兄弟，借喻不相上下。伊吕：伊尹辅佐商代开国君主汤，吕尚辅佐周代开国君主武王，都是著名的开国功臣。萧曹：萧何与曹参，西汉初年著名宰相。

[4] 运移：指气数已尽。祚（zuò 坐）：福分，福气。志决：志向坚定。身歼：身死。

学习提示

杜甫晚年最为敬佩的古人是诸葛亮。这首诗写瞻仰武侯祠时的感受。首二句是诗人对诸葛亮的总体评价。有了如此高的评价，诗人才不断有诗作凭吊，而且篇篇精粹凝练，脍炙人口。诗人仰慕诸葛亮“三分割据”的雄才大略，称颂他可以与伊尹、吕尚、萧何、曹参等古代名臣贤相并驾齐驱，几乎集古代贤臣的诸多才能于一身。由于诗人自己事业的无成，他总是借古人抒写自己的悲苦。景仰诸葛亮的诗歌最后都要落实到为其功业中途而废惋惜，以此写现实的悲苦情绪。诸葛亮鞠躬尽瘁而无所作用的悲剧下场，就与诗人的现实处境十分类似。

登岳阳楼

昔闻洞庭水，今上岳阳楼。吴楚东南坼，乾坤日夜浮[1]。亲朋无一字，老病有孤舟。戎马关山北，凭轩涕泗流[2]。

【注释】

[1] 吴楚：长江下游一带。坼：裂开。乾坤：天地。

[2] 关山北：泛指战乱中的北方地区。凭轩：靠着栏杆。涕泗：眼泪、鼻涕。

学习提示

登上岳阳楼，面临洞庭湖，诗人的视野非常开阔，写景也气势磅礴。首二句写出往日有关洞庭湖的传说以及自己对洞庭湖的向往之情。登临眺望，果然气度非凡。“吴楚东南坼，乾坤日夜浮”写出洞庭湖的雄伟阔大，似乎吴楚大地就此开裂，天地沉浮于此。后人将其与孟浩然的“气蒸云梦泽，波撼岳阳城”并为写洞庭湖的名句。然无边的洞庭阻隔了诗人归家的路程，使他与亲朋断绝，愁苦意绪难以自制。诗人晚景落魄，观赏景物时也没有了早年《望岳》时一以贯之的豪情。其实，阻隔诗人的真实原因是“戎马关山”，战乱不断，逼迫诗人滞留他乡。无限的悲苦翻腾上来，化作涕泪，横流不已。洞庭水，滔滔不绝，此时恐怕流淌的是诗人思乡的眼泪。

江南逢李龟年[1]

岐王宅里寻常见，崔九堂前几度闻[2]。正是江南好风景，落花时节又逢君。

【注释】

[1] 李龟年：唐玄宗时期著名的音乐家。

[2] 岐王：唐玄宗弟李范，封岐王。崔九：崔涤，曾任秘书监，唐玄宗的宠臣。

学习提示

遭逢世乱之后，重新遇见当年长安故人，便有恍如隔世的感觉。李龟年的音乐，代表了一个时代的繁荣昌盛，眼前人还在，音乐依旧，只是没有了当年的环境与心情。江南的再度重逢，就充满了沧桑之感。蘅塘退士《唐诗三百首》评此诗云：“世运之治乱，年华之盛衰，彼此之凄凉流落，俱在其中。少陵七绝，此为压卷。”

张 继

张继，字懿孙，襄州（今河北襄阳）人。天宝十二年（753）进士。大历末官检校祠部员外郎，分掌财赋于洪州。存诗四十余首，《全唐诗》录其诗一卷。

枫桥夜泊[1]

月落乌啼霜满天，江枫渔火对愁眠。姑苏城外寒山寺，夜半钟声到客船[2]。

【注释】

[1] 枫桥：在今苏州城西。

[2] 姑苏：苏州的别称，因城西南有姑苏山而得名。寒山寺：在枫桥附近，建于南朝梁代。相传唐初诗僧寒山、拾得曾在此居住，因此得名。

学习提示

诗人今夜停泊在苏州城外的枫桥下，旅途的愁绪阵阵袭来，孤寂不眠。面对着月落之后灰蒙蒙的天色和惊飞的栖乌，江边是秋日的枫树，江中是点点的渔火，远处传来寒山寺夜半悠扬的钟声，诗人对江南水乡宁静幽美的景色有几分欣赏，更多的是冷清寂寞的感受。

刘长卿

刘长卿（？—789?），字文房，籍贯宣城（今属安徽），出生于洛阳。约于天宝末登进士第。补长洲县尉，官至随州刺史。诗歌流传五百余首。自诩为“五言长城”。

逢雪宿芙蓉山主人

日暮苍山远，天寒白屋贫。柴门闻犬吠，风雪夜归人。

学习提示

黄昏日落，山路遥远，风雪中长途跋涉者非常渴望能找到一个歇息落脚之地。行程之中，望见了暮雪里贫寒的茅草白屋，行人也有了很温馨的感觉。“柴门闻犬吠，风雪夜归人”，让人充分体验到行人行程的艰难劳累，以及再见人烟的欣喜。

寻南溪常山道人隐居

一路经行处，莓苔见屐痕[1]。白云依静渚，春草闭闲门[2]。过雨看松色，随山到水源。溪花与禅意，相对亦忘言[3]。

【注释】

[1] 屐（jī 基）：木底鞋，泛指鞋。
[2] 渚：水中小洲。
[3] 禅意：参禅之所得。

学习提示

刘长卿倾向于以隐逸来排遣自己现实的失意，他写了大量的隐逸诗，孤寂淡远，意境过于凄清冷寂，冷暗衰飒成为诗歌的基调。这首诗是这种作风的典型代表。诗人一路的经行之处，荒凉无人，莓苔蔓生，寂静得让人有阴冷寒僻的感觉。诗人以这样幽僻的山水、松色自我陶醉，最后陷入枯寂的禅思之中。

韩　翃

韩翃，字君平，南阳（今河南邓县）人。天宝十三年（754）进士。德宗时曾任驾部郎中，知制诰，官至中书舍人。《全唐诗》录其诗三卷。他在当时已负盛名，“一篇一咏，朝士珍之”（《中兴间气集》卷上）。

寒　食

春城无处不飞花，寒食东风御柳斜[1]。日暮汉宫传蜡烛，轻烟散入五侯家[2]。

【注释】

[1] 御柳：皇家花园中的柳树。

[2]“日暮”二句：古代寒食节有禁火三日的习俗，朝廷特赐王侯家蜡烛，以示恩典。五侯：泛指朝廷王侯权贵。

学习提示

这首诗脍炙人口，暗含讥讽，格调潇洒轻扬。清明寒食，春意阑珊，处处飞花飘零，柳枝也随风飘扬，诗人这里渲染了一种清寒冷落的气氛。结句似乎是在咏叹一个史实，隐隐是在指责皇恩只是眷顾达官贵族，而平民百姓却被排除在视野之外。

戴叔伦

戴叔伦（732—789），字幼公，润州金坛（今江苏镇江）人。早年曾在盐铁使刘晏幕下任职，后官至抚州刺史。晚年出家为道士。存诗近三百首，《全唐诗》录其诗二卷。

三间庙[1]

沅湘流不尽，屈子怨何深[2]？日暮秋风起，萧萧枫树林。

【注释】

［1］三间庙：祭祀屈原的祠庙，据《清一统志》载，庙在汨罗县境内。屈原生前曾任三间大夫。

［2］沅湘：沅江与湘江，都在湖南省境内，流入洞庭湖。屈原曾被流放到这一带。

学习提示

屈原信而见疑、忠而被谤，最后在极度悲愤中自沉汨罗江殉国，引起历代文人的浩叹。这首诗为凭吊屈原而作。沅江、湘江流淌不尽，似乎都是屈原的千古怨苦愤恨。屈原怨苦的原因、内容，在短小的绝句中并不作明白揭示，诗人只是描述了一幅秋日傍晚、寒风吹起、枫林萧萧的衰飒景象，让读者自己去品味。

兰溪棹歌[1]

凉月如眉挂柳湾，越中山色镜中看[2]。兰溪三日桃花雨，半夜鲤鱼来上滩[3]。

【注释】

［1］兰溪：新安江和富春江的上游，流经浙江兰溪。棹歌：船家歌曲。

［2］越中：今浙江东部一带。镜：喻清澈宁静的水面。

［3］桃花雨：桃花盛开季节所下的春雨。

学习提示

诗中兰溪的景色是优美恬静而又活泼欢快的。凉月如眉，高挂柳湾，溪水清澈如镜，山色倒影其中。三日的春雨，催得桃花盛开。夜半也不孤寂，有那活泼的鲤鱼跳跃上滩。诗人以欣喜的眼光赏识这一幅幅春日美好的图景。

韦应物

韦应物(737—792?)，京兆长安(今西安)人。天宝十年(751)以恩荫入宫廷，为玄宗近侍三卫郎。年少荒唐，恃宠骄纵。“安史之乱”爆发，流落外地。回京后入太学折节读书，经考试得洛阳丞职位。以后历任滁州、江州、苏州刺史。存诗五百六十余首。

淮上喜会梁州故人[1]

江汉曾为客，相逢每醉还。浮云一别后，流水十年间。欢笑情如旧，萧疏鬓已斑[2]。何因不归去，淮上对秋山？

【注释】

[1] 淮上：今江苏淮阴一带。梁州：即今河南开封。

[2] 萧疏：头发疏落稀少。

学习提示

离乱之后，故人重逢，有恍如隔世的感觉。一别就是十年，人世沧桑，有多少离别后的情事变化需要相互诉说，诗人用极其含蓄形象的“浮云一别后，流水十年间”一笔带过。老友相聚是欢快的，笑语声不断，然掩饰不住鬓发斑白的迟暮衰疲之感。诗人追问“何因不归去”，是对仕途坎坷的不满，答案是很清楚。

滁州西涧[1]

独怜幽草涧边生，上有黄鹂深树鸣[2]。春潮带雨晚来急，野渡无人舟自横[3]。

【注释】

[1] 滁州：今安徽滁县，作者时任滁州刺史。西涧：在滁州城外，俗名上马河。

[2] 怜：喜爱。

[3] 野渡：无人管的荒僻渡口。

学习提示

野渡荒僻无人，冷清萧条的景象，被诗人描绘得出神入化。西涧旁边是无人怜惜的幽草在寂寞的生长，黄鹂的啼鸣反而衬托出此地的寂静无人。春潮带雨，涧水横涨，渡船随着水流而横斜。景象中表现出诗人恬静闲适、冲淡平和的心境。

寄全椒山中道士[1]

今朝郡斋冷，忽念山中客[2]。涧底束荆薪，归来煮白石[3]。欲持一瓢酒，远慰风雨夕。落叶满空山，何处寻行迹。

【注释】

[1] 全椒：县名，今属安徽。

[2] 郡斋：刺史衙门内的斋舍。

[3] 煮白石：道家修炼，需服食“石英”，方法是将薤白、黑芝麻、白蜜、山泉水、白石英放到锅里熬煮，而后服食。

学习提示

这首诗似一潭秋水，清澈冷然，人称“一片神行”。诗的关键是“冷”。郡斋气候冷，更是心头的寒冷，透露出诗人对现实的惧怕与殷忧。因此思念起山中气候更加寒冷的道士，他应该度日更加艰难。然而，在诗人的想象中他却十分潇洒自在。他到涧底打柴，归来“煮白石”，服食求神仙，自得其乐。这正是诗人向往的生活，故在想象中予以如此诗化。友人山中苦炼，作者思念不已，欲寄“一瓢酒”，于秋风冷雨之夜安慰友人，然因友人的行踪无定而无法寻觅。何况，秋天来临，满山落叶，遮盖了行迹，更叫人无法寻觅。其中有对来往潇洒自在生活的向往与羡慕，更有自身寂寞的无法排解。本来寂寞的应该是老友，而不是官场中的诗人。诗人如此表述，是对官场的不适应。诗歌在萧疏淡远之景中见深挚之情感。诗人以简朴自然的语言，白描的手法，创造出一种清新淡雅、含蓄深远的意境。

戎　昱

戎昱，荆南人。登进士第。曾任荆南节度使府从事。唐德宗建中年间，官虔州刺史。曾谪辰州刺史。晚年流寓蜀中。存诗一百二十余首。

咏　史

汉家青史上，计拙是和亲[1]。社稷依明主，安危托妇人。岂能将玉貌，便拟静胡尘[2]？地下千年骨，谁为辅佐臣？

【注释】

[1] 和亲：古代外嫁女子给少数民族，以结亲的方式求得双方和平。

[2] 静胡尘：比喻消除边塞战争。

学习提示

以女子和亲，多数时候是中原实力削弱、帝王将相无能的表示。诗人通过咏史，讥刺了这种软弱胆怯的外交政策。诗人明指汉代，隐喻现实。社稷安危，应该倚赖圣明君主和辅佐大臣，可是，历史上就有那么许多无能之辈却将“安危托妇人”。没有雄厚的国家实力，这种和亲政策又能发挥多大的效用，诗人是十分怀疑的，所以不由得提出疑问：“岂能将玉貌，便拟静胡尘?”诗人历数“地下千年骨”，不知有几人能担当起辅佐君王的重任。事实上，这是在呼唤现实人才，诗歌咏写的是汉朝历史，事实上是为现实担忧。

司空曙

司空曙，字文明，广平（在今河北永年县东南）人。曾入剑南节度使韦皋幕。历任洛阳主簿、长林县丞、左拾遗、水部郎中、虞部郎中等。存诗一百七十余首。

江村即事

钓罢归来不系船，江村月落正堪眠。纵然一夜风吹去，只在芦花浅水边。

学习提示

这首诗写钓罢归来眠睡在渔舟之上的一个小场面，表现隐逸者逍遥适意的自在生活。关键是“不系船”，懒得系船，任渔舟随意飘荡。既见隐逸环境的恬静、安宁，又见自己纯任自然的悠闲的生活态度。次句补充了地点、时间、人物的行动等。末二句以虚拟口气回答了“不系船”的问题。

云阳馆与韩绅宿别[1]

故人江海别，几度隔山川[2]。乍见翻疑梦，相悲各问年。孤灯寒照雨，湿竹暗浮烟。更有明朝恨，离杯惜共传[3]。

【注释】

[1] 云阳：在今山西泾阳县西北。韩绅：一作韩升卿，是韩愈的叔父，曾任泾阳县令。

[2] 几度：多少道。

[3] 惜：珍惜。

学习提示

故人相隔多年，山川遥远，各自江海飘零，今日旅途中意外相逢，就会悲喜交加。喜的是不期的重逢，甚至怀疑是在梦中；悲的是人事变幻，各自垂垂老去。孤灯、湿竹、寒雨、浮烟的凄寒黯淡的场面，是离乱的社会投影，也是聚少离多的凄苦情调的渗透。想到明天又将各自飘零，只能珍惜眼前的一杯酒了。

卢　纶

卢纶，字允言，河中蒲（今山西永济）人。大历初，数考进士不中。经元载推荐，任阌乡尉，升监察御史。官至检校户部郎中。《全唐诗》录其诗五卷。卢纶在大历十才子中别具特色，诗风稍稍雄浑，歌行富有气势。

塞下曲

其　二

林暗草惊风，将军夜引弓。平明寻白羽，没在石棱中[1]。

其　三

月黑雁飞高，单于夜遁逃[2]。欲将轻骑逐，大雪满弓刀。

【注释】

[1] 白羽：代指箭，因为箭身上粘有羽毛。没（mò 莫）：隐没。石棱：坚硬的石头。

[2] 单于：古代匈奴的首领。泛指少数民族的首领。

学习提示

诗人这一组《塞下曲》共6首，这里选录2首。“林暗草惊风”一首写将军夜猎，误射石头，以表现将军的勇武与臂力惊人。诗人将李广之事稍加改写，增加了夜晚射猎、平明寻找的时间差，为这一插曲平添几分戏剧色彩。“月黑雁飞高”一首写敌军的连夜溃逃，将军不畏大雪，轻骑追赶。这些场景的构思，充满着英雄主义的气概。

李 益

李益（748—827），字君虞，凉州姑臧（今甘肃武威）人，后随家迁居洛阳。大历四年（769）进士及第，两年后又登制科举，才名远播。曾二度出塞，在军中度过了青壮年时期。暮年官运亨通，终以礼部尚书致仕。《全唐诗》录其诗二卷。

喜见外弟又言别[1]

十年离乱后，长大一相逢。问姓惊初见，称名忆旧容。别来沧海事，语罢暮天钟[2]。明日巴陵道，秋山又几重[3]？

【注释】

[1] 外弟：表弟。

[2] 沧海事：喻指世事变化巨大，咏“沧海桑田”故事。《神仙传·麻姑》：“麻姑自说云：接待以来，已见东海三为桑田。”

[3] 巴陵：今湖南岳阳。

学习提示

离乱动荡的社会，将亲人天涯隔绝，10 年以后再度相逢，竟然如同陌生人。“问姓惊初见，称名忆旧容”，这样的重逢，辛酸多于欣喜。谈论起别后的种种景况，有诉说不完的话语，诗人用“别来沧海事，语罢暮天钟”一笔概括。想到明日的立即分手，心情再度变得沉重，但又非常无奈。遭逢乱世，渺小的个体就是无法把握自己的命运，只能随其飘零。语句的背后，蕴涵着如此沉重的悲苦情调。

夜上受降城闻笛[1]

回乐峰前沙似雪，受降城外月如霜[2]。不知何处吹芦管，一夜征人尽望乡[3]？

【注释】

[1] 受降城：唐代有三处受降城，这里指灵州（今甘肃灵武县）的西受降城。

[2] 回乐峰：回乐县附近的山峰。回乐县故址在今甘肃灵武县西南。

［3］芦管：笛。

学习提示

这首诗首二句写登城时所见的月下景色。“回乐峰前”的沙地，在凄寒的月光映照下，如白冷冷的积雪；“受降城外”满地都是幽冷凄凉的月光。这是一幅令人望而生寒的凄苦场景，是征人思乡的典型环境。万籁俱寂中夜风传送来凄凉幽怨的芦笛声，更引发了征人的不可按捺的思乡情绪。“尽望乡”，是那个时代的典型情绪，芦笛中所传达的也是这样一种情绪，因此引起了登城遥望的征人们普遍共鸣。后人也有将此诗推许为唐人七绝压卷之作的。

从军北行

天山雪后海风寒，横笛遍吹《行路难》[1]。碛里征人三十万，一时回首月中看[2]。

【注释】

［1］行路难：乐府旧曲，多言世路艰难及离别悲伤。

［2］碛（qì 器）：沙漠。

学习提示

这首诗浓缩了一幅壮阔悲凉的行军途中夜宿的场景。首句将地域、季节、气候一一交代清楚，烘托出行军时的环境气氛，行军时之艰苦卓绝尽在言外。次句折射出征途中军人的心情。《行路难》是一首声情哀怨的笛曲，时常涉及“离别悲伤之意”。“遍吹”则笛声此起彼伏、响彻在空旷、荒凉的夜空。营地驻扎时的抒情透露了思乡怨战的情绪，描绘出一幅壮阔而又悲伤的场景。笛声引起“三十万”征人的共鸣，家乡不可见，只能“回首月中”，心中的怨苦，难以用语言描述。

江南曲

嫁得瞿塘贾，朝朝误妾期[1]。早知潮有信，嫁与弄潮儿。

【注释】

[1] 瞿塘：长江三峡之一。贾：商人。瞿塘贾，指来往于长江中的商人。

学习提示

这首诗写商妇独守空闺的痛苦，以商妇怨恨的口吻出之。逐利轻别的商人，一再失约，耽误回家与商妇团聚的日期。商妇在无数次失望之后，怨恨到了极点，不觉产生改嫁信守时间的“弄潮儿”。当然，这是一时的气话，就此可以表现商妇痛苦的深度。从商妇的角度，诗人肯定了夫妻相聚相守的必要性与正当性，这里有情感的需求，有情欲的需求。诗人的表达虽然十分含蓄，但在那个时代还是比较新颖尖锐的。

孟　郊

孟郊(751—814),字东野,湖州武康(今浙江德清县)人。贞元七年(791)举乡贡,往长安应进士试,连续落第。在此期间结识韩愈等。贞元十二年(796)第三次应试登第。为溧阳县尉。后再为河南水陆转运从事等。元和九年 64 岁得暴疾去世。存诗四百余首。绝大多数是古体,力追汉魏,不拘谨于声律骈偶的限制。用语刻琢而不尚华丽。诗歌的主旋律是中下层文人对穷愁困苦生活的怨恨情绪。

游子吟

慈母手中线，游子身上衣。临行密密缝，意恐迟迟归。谁言寸草心，报得三春晖[1]。

【注释】

[1] 三春晖：春季三个月的阳光，喻母爱。

学习提示

孟郊由寡母养育成人，对母亲有着深深的眷恋之情。这首诗写慈祥的母爱与儿子对母亲的依恋，通过“慈母手中线，游子身上衣”一个平常的生活细节来表现，意味深长。它写出了人类一种普遍的美好情感，非常容易引起不同阶层的共鸣。诗人将慈母的“密密缝”，联想作千言万语的嘱咐，叮嘱游子早日归家。这又写出了慈母牵挂子女的共同心态。结句表达对慈母的孝思，便水到渠成。这首诗写得非常具体，从生活细节出发，却极富概括力。

寒地百姓吟

无火炙地眠，半夜皆立号[1]。冷箭何处来，棘针风骚劳[2]。霜吹破四壁，苦痛不可逃。高堂捶钟饮，到晓闻烹炮[3]。寒者愿为蛾，烧死彼华膏[4]。华膏隔仙罗，虚绕千万遭[5]。到头落地死，踏地为游遨。游遨者谁子？君子为郁陶[6]。

【注释】

[1] 炙地眠：烤热地面，以便就地而睡。号：号哭。

[2] 冷箭、棘针：都是用来形容刺骨的寒风。

[3] 捶钟饮：指富贵人家饮宴时击钟奏乐。烹炮：煎炒烹炸食物的声音。

[4] 华膏：华丽的灯烛。膏，灯油。

[5] 仙罗：华贵的纱罗幔帐。

[6] 郁陶：忧思郁积的样子。

学习提示

孟郊长期生活在社会的中下层，对社会残酷黑暗的现实有比较真切的认识，他有许多直接揭示社会现实的诗歌。这首诗就是为饥寒交迫的百姓呼吁，诗人的强烈愤慨也流露在其中。诗人采用两种不同生活画面对比的写作方式，展示了无法抵御寒夜酷冷的百姓的悲惨境遇。贵族社会寻欢作乐，温暖如春。他们的奢华生活，恐怕正是对寒地百姓剥夺的结果。社会的贫富差距到了这种地步，就很容易酿成社会动乱。诗人就是从关心国事的角度重视这些题材的。

登科后

昔日龌龊不足夸，今朝放荡思无涯[1]。春风得意马蹄疾，一日看尽长安花。

【注释】

[1] 龌龊：局促，言行举止受限制。放荡：无所拘束，言行举止自由放纵，得意挥洒。无涯：没有边际。

学习提示

孟郊的诗歌始终给人一种苦涩沉重的感受，像这首诗如此轻松欢快的调子，难得一见。诗人进士及第，意味着可以进入仕途，人生际遇将完全改变。极度欢欣鼓舞之余，诗笔也变得流畅奔放，豪气万丈。“春风得意”，已经成为这种特定人生境遇的生动描绘。

秋　怀

秋月颜色冰，老客志气单[1]。冷露滴梦破，峭风梳骨寒。席上印病文，肠中转愁盘。疑怀无所凭，虚听多无端[2]。梧桐枯峥嵘，声响如哀弹[3]。

【注释】

［1］老客：久客他乡者。单：孤单，孤怯。

［2］凭：凭证，依据。

［3］峥嵘：突兀高耸的样子。

学习提示

孟郊写得最多的是中下层文人对穷愁困苦生活的怨恨情绪。这类诗歌，他不作流畅明白的揭示，而是通过生涩的词语组合、乖僻的意象搭配，构成晦涩阴冷的画面。这首诗是一个范例。“冷露”四句写贫士的穷愁潦倒，表述的方式就十分怪异。诗人用暗、冷、枯、硬的意象，构成一组组险怪、生硬、艰涩的句子，传达心中难言的愤懑愁苦。

洛桥晚望[1]

天津桥下冰初结，洛阳陌上人行绝。榆柳萧疏楼阁闲，月明直见嵩山雪。

【注释】

［1］洛桥：即天津桥，是洛水上的一座浮桥。在洛阳西南。

学习提示

冰雪寒夜，诗人在洛桥上独自眺望嵩山。桥下冰水冻结，路上行人绝迹。这样苦寒孤寂的夜晚，诗人独立遥望，心中一定是有所郁闷愁苦。所见的是榆树、柳树稀疏萧条，楼阁的空寂闲冷，这就更增加了诗人孤独凄寒的感受。夜晚能望见嵩山，原因有二：一是月明，二是积雪。明月与积雪辉映，远处还是一片的明丽。这样开阔的视野，也是诗人心胸的一种表现。

崔 护

崔护，字殷功，博陵（今河北定县）人。贞元十二年（796）进士。宪宗元和元年（806），与元稹、白居易等同登“才识兼茂明于体用科”。曾官京兆尹、御史大夫、岭南节度使等。《全唐诗》存其诗6首。

题都城南庄

去年今日此门中，人面桃花相映红。人面不知何处去？桃花依旧笑春风。

学习提示

据孟棨《本事诗》记载，这首诗歌有一个非常旖旎动人的故事流传。据说崔护举进士下第，游城南，口渴到一人家要水喝，遇一美丽女子，崔护不禁为之动情。次年再来，不见佳人，崔护于是在门扉上题写此诗。这首诗本身就具有极强的叙事性，故事或许因此附会而出，诗歌因此得以广泛流传。

常　建

常建，开元十五年（727）与王昌龄同榜登进士第。曾任盱眙县尉。仕途不得意，归隐江湖。《全唐诗》录其诗一卷。诗人倾心归隐，诗歌多表现自己的隐逸情怀。

题破山寺后禅院[1]

清晨入古寺，初日照高林。曲径通幽处，禅房花木深。山光悦鸟性，潭影空人心。万籁此都寂，但余钟磬音。

【注释】

[1] 破山：在今江苏常熟。寺：指破山上的兴福寺，南齐时所建。

学习提示

诗人喜欢幽冷寂静的景色，甚至走向孤僻荒凉。清晨之际，寻访古寺，本来就有一种苍老古朴的感觉。诗人以“曲径通幽处，禅房花木深”描述自己入寺的感受，静谧得让人超脱尘世。这里只有山光、潭影与人为伍。万籁俱寂中，苍劲古老的钟磬声在空山中回荡，更令人陷入空寂冷落的感受之中。

张 籍

张籍（766—830?），祖籍苏州，和州乌江（今安徽和县）人。贞元十二年（796）结识孟郊、韩愈，韩愈送其入京赴进士试，次年及第。回徐州为韩愈所留。元和元年（806）调任太常寺太祝。后官至秘书郎、水部员外郎。存诗四百七十余首。诗歌关心社会现实，语言以朴实取胜，简练爽利，少铺叙与议论，多白描，吸收口语入诗。白居易《读张籍古乐府》说："风雅比兴外，未尝著空文。"王安石称："看似寻常最奇崛，成如容易却艰辛。"（《题张司业诗》）

节妇吟

君知妾有夫，赠妾双明珠。感君缠绵意，系在红罗襦[1]。妾家高楼连苑起，良人执戟明光里[2]。知君用心如日月，事夫誓拟同生死[3]。还君明珠双泪垂，何不相逢未嫁时！

【注释】

[1] 缠绵意：曲折委婉的深情。罗襦：丝织面料的短袄。

[2] 苑：花园。良人：古代妻子对丈夫的称呼。明光：汉宫殿名，这里代指皇宫。

[3] 心如日月：爱得真切实在，光明正大。拟：打算。

学习提示

这首诗是写给平卢淄青节度使李师道的，是为谢绝地方藩镇势力的拉拢，决意效忠朝廷而作。诗人托女子之口，婉转明志。对方的殷勤可谓盛情难却，如同一位男子赠送给心爱女子的一双昂贵明珠。然这位女子已经有了自己心爱的丈夫，所以只能婉转谢绝。李师道名义上还是朝廷的重臣，实际上已成为地方割据势力。面对李师道这种特殊的身份，诗人只能一方面表示感谢，一方面婉言谢绝。诗歌用比兴手法，对这种尴尬的拒绝做了恰如其分的表达。

秋 思

洛阳城里见秋风，欲作家书意万重。复恐匆匆说不尽，行人临发又开封。

学习提示

秋日思家，秋风又起，欲以家书寄达思念。然而，千头万绪，千言万语，又从何说起，如何诉说得完？这首诗以朴素的语言，抒发了这种复杂的情感。“复恐匆匆说不尽，行人临发又开封”，对家人的无限牵挂、自己满腔的思乡情绪，都得到含蓄表现。

王 建

王建（766—831?），字仲初，三辅（今西安附近）人。建中四年（783）应进士试落第，东出潼关，开始长达30年的求学、从军、漫游的生活。因李益推荐入幽州刘济幕，后前往岭南从军。元和八年（813）回乡。后被推荐为京畿官吏。存诗五百余首。多新乐府诗，江湖飘零期间，受民歌影响。

望夫石

望夫处，江悠悠。山头日日风复雨，行人归来石应语。

学习提示

这首诗以一个民间传说为题材，写出思妇对行人无尽的思念之痛苦。诗歌的构思新颖别致，在平直朴素叙述之后加上一两句看似平常的句子使意蕴加深，在不动声色中突出主题。望夫石的传说流传甚广，并无新意。诗人加上“山头日日风复雨，行人归来石应语”之后，从相反的角度构思，思妇的深情被进一步突出。同时给读者耳目一新的感觉。

新嫁娘

三日入厨下，洗手作羹汤。未谙姑食性，先遣小姑尝[1]。

【注释】

[1] 谙：熟悉，了解。姑：婆婆。食性：饮食嗜好。小姑：夫婿的妹妹。

学习提示

王建的这类诗歌，都富有民歌情调。他往往能够抓住生活中一个不起眼的细节，写出一段活鲜鲜的生活真实。新嫁娘入门，讨取公婆的欢心至关重要。乖巧伶俐的新嫁娘，知道以小姑为突破口，成功的希望就很大了。今人也可以从中了解封建时代媳妇在家庭中卑躬事人的低下地位。

柳宗元

柳宗元（773—819），字子厚，河东解（今山西运城县解州镇）人，世居长安。贞元九年（793）登进士第，十四年（798）中“博学宏辞科”，仕途顺利。顺宗即位，参与王叔文等主持的政治变革。宪宗登基，被贬永州（今湖南零陵县）司马。元和十年（815），被招回京，再次改贬柳州（今广西柳州）刺史，卒于柳州。有《柳河东集》。其诗绝大多数是贬官以后所作，众体皆备。

江　雪

千山鸟飞绝，万径人踪灭。孤舟蓑笠翁，独钓寒江雪。

学习提示

范　文《对床夜话》卷四称“唐人五言四句，除柳子厚《钓雪》一诗外，绝少佳者。”这首诗创造出一种空旷孤寂的意境，在描绘山水的同时，转入内心世界的探索，披露郁结的悲愤，或抒发思乡之愁苦，在淡忘世事中渗透着凄苦与孤傲，意境高远。诗人故意设置如此一个万籁俱寂、凄寒冷落的场面，“孤舟蓑笠翁”傲世独立、不畏风雪的风神骨韵，被极其鲜明地突出出来。

登柳州城楼寄漳汀封连四州[1]

城上高楼接大荒，海天愁思正茫茫[2]。惊风乱飐芙蓉水，密雨斜侵薜荔墙[3]。岭树重遮千里目，江流曲似九回肠。共来百越文身地，犹自音书滞一乡[4]。

【注释】

[1] 王叔文改革集团中的另外四位友人当时分别被贬为漳州刺史、汀州刺史、封州刺史、连州刺史。

[2] 大荒：极其荒远的地方。

[3] 飐（zhǎn 斩）：风吹动。薜荔（bì lì 闭 立）：一种蔓生植物，可以攀附在墙上

生长。

［4］百越：古代称五岭以南各地少数民族为百越。这里泛指南方的少数民族。

学习提示

这首诗抒写贬谪之感慨，牢骚愤恨表现得非常突出。全诗思念友人、思念长安，以凄凉、荒僻的景物烘托情感，比喻贴切生动。诗人再度受到贬谪，内心的志向不变。他登上城楼，眺望远方，思念志同道合、遭遇相似的友人，还是在表达自己不屈的意志。海天茫茫，相隔一方，同时用来烘托内心沉重的忧思。颔联用比兴手法，"惊风乱飐""密雨斜侵"，似乎象征着现实中的风雨动荡，政敌对自己的迫害不已。"岭树""江流"都是眼前景，被诗人信手拈来，表达愁苦意绪。末联回应开篇的登望，写思念友人、音信不通的痛苦。诗歌抒发自己离乡去国的悲愤抑郁情思。表明诗人始终不能忘怀现实政治，失败的悲愤与受贬的哀怨萦绕心头。

渔　翁

渔翁夜傍西岩宿，晓汲清湘燃楚竹[1]。烟销日出不见人。欸乃一声山水绿[2]。回看天际下中流，岩上无心云相逐。

【注释】

［1］西岩：永州西山。清湘：清澈的湘江。

［2］欸（ǎi 矮）乃：象声词，船橹摇动声。

学习提示

诗歌中描述的渔翁，是诗人理想中隐士的形象。渔翁独宿江上，与青山绿水相伴，几乎不食人间烟火。柳宗元在备受挫折、极度愤慨之余，便向往一种遗世独立、回归自然、无拘无束、自由自在、自食其力、自得其乐的理想生活境界。渔翁的形象中，依然隐隐寄寓了诗人的苦闷牢骚。

思考题

1. 试比较柳宗元的山水诗与王维、孟浩然山水诗的不同特色。
2. 柳宗元是如何将个人经历与内心的不平表现在自己的山水诗中的?
3. 背诵这首诗。

韩 愈

韩愈（768—824），字退之，河阳（今河南孟县）人，自称郡望昌黎。登贞元八年（792）进士第。曾任监察御史。因参与平定淮西战役之功迁刑部侍郎。为谏迎佛骨，贬潮州（今广东潮安）刺史。穆宗即位，召回京城，为国子监祭酒，转为兵部侍郎，官终吏部侍郎。有《韩昌黎集》。韩愈诗笔力雄健，气势宏伟；力求避开前人经常使用的熟语、套语，语言和意象，以散文、骈赋笔法入诗，使诗句可长可短、跌宕跳跃、变化多端。

山 石

山石荦确行径微，黄昏到寺蝙蝠飞[1]。升堂坐阶新雨足，芭蕉叶大栀子肥[2]。僧言古壁佛画好，以火来照所见稀。铺床拂席置羹饭，疏粝亦足饱我饥[3]。夜深静卧百虫绝，清月出岭光入扉[4]。天明独去无道路，出入高下穷烟霏[5]。山红涧碧纷烂漫，时见松枥皆十围。当流赤足蹋涧石，水声激激风吹衣。人生如此自可乐，岂必局束为人鞿[6]？嗟哉吾党二三子，安得至老不更归[7]？

【注释】

[1] 荦（luò 落）确：险峻的样子。微：细小，狭窄。

[2] 栀（zhī 支）子：常绿灌木，夏日开花。

[3] 疏粝（lì 立）：简单的饭菜。

[4] 扉：门户。

[5] 无道路：辨别不清道路。穷：历尽。

[6] 局束：拘束，不自由。鞿（jī 几）：套在马口上的缰绳，引申为受控制靴。

[7] 吾党二三子：指志同道合的朋友。不更归：即更不归。

学习提示

这首诗如一篇山水游记，从行至山寺、山寺所见、夜看壁画、铺床吃饭、夜卧所闻、夜卧所见、清晨离寺一直写到下山所见，娓娓道来，让人如历其境。在这一夜到晨的所见所闻中，又选用了色彩浓淡明暗变化的若干图景，错落交叠，如“山石荦确行径微，黄昏到寺蝙蝠飞”，写出暮色苍茫中的“暗”；下两句写芭蕉与栀子花，又是暗色中的一“亮”；下写以火把观壁画，是明中有暗；而夜卧无声时“清月出岭光入扉”，又是暗中来明；“天明独去无道路，出入高下穷烟霏”，则是天色蒙蒙亮时的山岚弥漫；而下接“山红涧碧纷烂漫”，则又豁然一明。全诗在流畅中见奇崛，有精心的雕琢而又平易自然。

思考题

1. 通过这首诗分析韩愈诗歌的创作特色。
2. 韩愈诗歌“散文化”的倾向在这首诗里是怎样表现的？
3. 背诵这首诗。

听颖师弹琴[1]

昵昵儿女语，恩怨相尔汝[2]。划然变轩昂，勇士赴敌场[3]。浮云柳絮无根蒂，天地阔远随飞扬[4]。喧啾百鸟群，忽见孤凤凰[5]。跻攀分寸不可上，失势一落千丈强[6]。嗟余有两耳，未省听丝篁[7]。自闻颖师弹，起坐在一旁。推手遽止之，湿衣泪滂滂[8]。颖乎尔诚能，无以冰炭置我肠[9]。

【注释】

[1] 颖师：一位来自天竺的僧人，以擅长弹琴著名。
[2] 昵昵：亲昵的话语声。尔汝：都是第二人称，以尔、汝相称表示亲昵。
[3] 划然：忽然。轩昂：激昂雄壮。
[4]“浮云”二句：喻琴声的悠扬。蒂（dì 地）：同“蒂”。
[5]“喧啾”二句：喻琴声时如百鸟杂喧，时如孤凤长鸣。
[6]“跻攀”形容琴声的高低曲折变化。
[7] 省：懂得。丝簧：两种乐器，代指音乐。
[8] 遽：急忙。滂滂：眼泪纵流的样子。
[9] 冰炭置我肠：喻情感的剧烈波动冲突，一会儿似冷冰，一会儿似火炭。

学习提示

唐诗中以描摹音乐闻名的，这是其中一首。音乐的开篇如同小儿女亲昵的话语声，忽然变调，雄壮激昂，如勇士赴战场。乐声逐渐转为悠扬舒缓，如空中的浮云，如飘扬的柳絮。音高步步跻升，最后如百鸟群中的清唳的一声孤凤，嘹亮震耳。音调攀升最高以后，突然跌落。如此繁复错综的变化，令听者如痴如醉，泪流不已。诗人用“冰炭置我肠”比喻不同音乐声带来感觉上的强烈差异，非常新颖。

八月十五夜赠张功曹[1]

纤云四卷天无河，清风吹空月舒波[2]。沙平水息声影绝，一杯相属君当歌[3]。君歌声酸辞且苦，不能听终泪如雨。洞庭连天九疑高，蛟龙出没猩鼯号[4]。十生九死到官所，幽居默默如藏逃。下床畏蛇食畏药，海气湿蛰熏腥臊[5]。昨者州前捶大鼓，嗣皇继圣登夔皋[6]。赦书一日行万里。罪从大辟皆除死[7]。迁者追回流者还，涤瑕荡垢清朝班[8]。州家申名使家抑，坎轲只得移荆蛮[9]。判司卑官不堪说。未免捶楚尘埃间[10]。同时辈流多上道,天路幽险难追攀[11]。君歌且休听我歌,我歌今与君殊科[12]。一年明月今宵多,人生由命非由他,有酒不饮奈明何?

【注释】

[1] 张功曹：张署，曾与韩愈同为监察御史，一同贬官。宪宗即位，遇赦，与韩愈一起迁江陵府，韩愈为法曹参军，张署为功曹参军。

[2] 河：银河。

[3] 属（zhǔ 主）：劝酒。

[4] 九疑：山名，即苍梧山，在今湖南省宁远县境内。猩鼯（wú 无）：猩猩与一种飞鼠。

[5] 药：指毒蛊，南方地区一种用毒虫制成的毒药。海气：蒸腾的潮湿的空气。蛰（zhé 折）：蛰伏的毒蛇毒虫等。

[6] 嗣皇：指新继位的宪宗。登：进用。夔皋：相传为舜时的两位贤臣。这里代指贤臣。

[7] 大辟：死刑。除死：免除死罪。

[8] 迁者：贬谪者。流者：流放者。涤瑕荡垢：喻指朝廷清除奸邪党徒。宪宗以非正常手段继位为帝，首先全面打击、贬斥深受其父顺宗信任的王叔文改革集团成员。在政治立场上，韩愈与宪宗站在一起，斥王叔文等人为奸邪。

[9]“州家”句：郴州刺史已经将他们的姓名申报给上去，结果被湖南观察使压制不予申奏，所以，他们不能被招回京城。荆蛮：指被调往江陵府任职。江陵即荆州，先秦时属楚国，故称荆蛮。

[10] 判司：州郡诸曹参军的统称。捶楚：受到鞭打。唐代州县的辅佐官有过失有时要接受笞杖的惩处。

[11] 同时辈流：指与他们同时受到贬谪的人。上道：上路回京城。天路：喻进入朝廷之路。

[12] 殊科：不一样，不同类。

学习提示

韩愈早年仕途非常不顺利，曾被贬谪到远方。而且，这次皇帝登基的大赦中，诗人竟然被排除在外，抑制不住的凄苦怨恨就在这首诗中爆发出来。诗歌以对话体写成。张功曹与诗人经历相同，张功曹酸楚的诉说，其实就是诗人自己在吐露苦水。他们被贬荒蛮，忍受了瘴疠毒气的侵袭。在大赦中又遇到不公平的待遇。为官之时，卑微屈辱。种种不幸相加，内心的愁苦就难以排遣。诗人则以乐观者的面貌出现说话，鼓励友人不要失去信心。既然仕途不得意，就将心胸放开一些，在饮酒中自我陶醉。这种对话体，实际上是诗人内心的两种声音、两种思想在搏斗。既避免不了被贬的消沉悲苦，又不断地自我鼓励。

左迁至蓝关示侄孙湘[1]

一封朝奏九重天，夕贬潮州路八千[2]。欲为圣朝除弊事，肯将衰朽惜残年[3]。云横秦岭家何在[4]？雪拥蓝关马不前。知汝远来应有意，好收吾骨瘴江边[5]。

【注释】

[1] 左迁：贬谪，降职。蓝关：即蓝田关，在今陕西蓝田县南。湘：韩湘，韩愈侄韩老成的儿子。

[2]“一封”二句：元和十四年（819）正月，韩愈上疏谏迎佛骨，宪宗怒甚，虽有宰相裴度等力争，韩愈仍被贬为潮州刺史。九重天：喻指皇帝。潮州：又称潮阳，即今广东潮州。

[3] 肯：岂肯。惜残年：顾惜老年。韩愈这一年已经52岁。

[4] 秦岭：在蓝田县东南，横贯陕西南部。

[5] 瘴江：潮州岭南一带多潮湿瘴气，故称此地江河为瘴江。

学习提示

韩愈关怀国事，不惜残年，不惜得罪帝王。这一片忠心，竟换得如此重的贬谪处罚。诗人用“朝奏”“夕贬”这样的时间，突出皇帝的盛怒与自己遭受的重责，心中是愤恨不平的。所以，诗人补充说明了自己“欲为圣朝除弊事”的良苦用心。“云横”二句，写出贬谪路途的艰辛，以及不知何日回家的酸苦，这里也是他遇见侄孙韩湘的地方。诗人向侄孙托付后事，凄苦悲伤。一个正直的士大夫，只获得如此下场，令人扼腕。

早春呈水部张十八员外[1]

天街小雨润如酥，草色遥看近却无[2]。最是一年春好处，绝胜烟柳满皇都[3]。

【注释】

[1] 水部张十八员外：张籍，排行十八，时任水部员外郎。

[2] 天街：京城的街道。酥：酥油。

[3] 绝胜：极佳。

学习提示

诗歌描写早春京城的景色，细腻生动，真切自然。京城街道，经春天小雨润湿，新鲜而富有生机。早春刚刚冒绿的小草，远看一片绿茸茸，近看却仍然还是淡薄浅显。早春，意味着大好时光的即将到来，当满城烟柳飘拂的时候，就更令人陶醉了。诗人始终以昂扬的精神面貌对待现实，故写景时也有着勃勃的生气。

李　贺

李贺（791—816），字长吉，福昌昌谷（今河南省宜阳县三乡）人。唐王室远支。因避父亲晋肃讳，不能参加进士考试，只做过奉礼郎一类的小官。抑郁不得志，英年早逝。有《李长吉歌诗》，存诗二百四十余首。擅长描写受排挤压抑、穷愁潦倒的愁苦牢骚，多用想象之笔，幽冷奇崛，秾艳凄丽。

李凭箜篌引[1]

吴丝蜀桐张高秋，空白凝云颓不流[2]。江娥啼竹素女愁，李凭中国弹箜篌[3]。昆山玉碎凤凰叫，芙蓉泣露香兰笑[4]。十二门前融冷光，二十三丝动紫皇[5]。女娲炼石补天处，石破天惊逗秋雨。梦入神山教神妪，老鱼跳波瘦蛟舞[6]。吴质不眠倚桂树，露脚斜飞湿寒兔[7]。

【注释】

[1] 李凭：是当时善弹箜篌、供奉宫廷的梨园弟子。箜篌（kōng hóu 空 侯）：古代的一种弦乐器，根据弦数的多少有大、小箜篌之分，又分竖式、卧式两类。

[2] 吴丝：指箜篌的弦。吴地蚕丝最精美，是制作箜篌弦的最适宜材料。蜀桐：指箜篌的身干。四川桐木古称宜制作琴瑟。张：张开，指弹奏起来。空白：天空。颓：颓然。这里指云朵的凝聚、滞留。

[3] 江娥：即湘娥，湘水女神。传说舜死于苍梧之野，舜之二妃娥皇、女英追之洞庭，向南痛哭，泪洒竹枝，竹上尽留斑点。所以，湘江一带有斑竹。素女：传说中的神女。《史记·封禅书》：“太帝使素女鼓五十弦瑟，悲，帝禁不止，乃破其瑟为二十五弦。”中国：即国中，指京城。

[4] 昆山：昆仑山，盛产美玉。玉碎、凤凰叫：形容乐声的清脆激越。泣露：形容乐声的幽咽。香兰笑：形容乐声的欢快明丽。

[5] 十二门：长安城有十二座城门，这里代指长安。二十三丝：李凭所弹的箜篌是二十三弦的。紫皇：天神名。

[6] “梦入”句：干宝《搜神记》载：“有妪号成夫人，好音乐，能弹箜篌，闻人弦歌，辄便起舞。”这里意指神妪的所长乃李凭梦入神山时所教。“老鱼”句：老鱼、瘦蛟都被乐声感动得起舞。

[7] 吴质：即月宫中的神人吴刚。寒兔：月亮。传说月宫中有玉兔，故称。

学习提示

清人方拂南将这首诗与韩愈的《听颖师弹琴》、白居易的《琵琶行》相提并论，认为是“摹写声音至文”（《李长吉诗集批注》卷一）。秋高气爽时节，诗人听到了李凭美妙的演奏。李贺擅长结合神话传说，用幻觉描述自己聆听乐声后的感受，而且将这种幻觉转移到外物之上。箜篌声之动听，居然让空山浮云为之颓然凝滞，让善于鼓瑟的湘娥与素女为之悲愁而潸然泪下。乐声之清脆繁杂，如“昆山玉碎”；乐声之情感多变，悲抑时如“芙蓉泣露”，欢快时如“香兰”含笑；乐声之高亢嘹亮，如石破天惊。音乐的出神入化效果真是“动天地，惊鬼神”，神山中的神妪也要向李凭学习；甚至可以让“老鱼跳波”，瘦蛟起舞；让月宫中的仙人为之痴迷而忘记了睡眠。诗人用幻意识组合神话及怪诞意象，光怪陆离，所用的词汇丰富多彩，所用的比喻形象灵巧，令人耳目一新。

苏小小墓[1]

幽兰露，如啼眼。无物结同心，烟花不堪翦。草如茵，松如盖[2]。风为裳，水为佩。油壁车，久相待[3]。冷翠烛，劳光彩[4]。西陵下，风吹雨。

【注释】

［1］苏小小：南朝齐时钱塘名妓。《古乐府·苏小小歌》：“我乘油壁车，郎乘青骢马。何处结同心？西陵松柏下。”

［2］茵：形容绿草茸茸，长得非常茂盛。盖：伞。

［3］油壁车：古代妇女所乘之车，车壁以油涂饰。

［4］翠烛：喻磷火。

学习提示

诗人描写了一个幽冷怪异的鬼世界，仿佛那艳丽女鬼苏小小的幽灵始终飘荡于西湖。诗人写苏小小的美貌，总是带着几分森森鬼气。她那流泪的眼睛，如同幽兰上晶莹的露珠；清风是她的衣裳，流水丁冬是她的佩饰；她所居住的环境，绿草如茵，青松如盖。身在幽冥，她仍然为相约的成空、爱情的失落而哀怨。她只能在西陵之凄风苦雨中寂寞地忍受着无聊的时光。人称李贺为“鬼才”，除了他擅长运用怪异的意象之外，还指他非常出色地描写了空灵缥缈的鬼怪世界。

雁门太守行

黑云压城城欲摧，甲光向日金鳞开[1]。角声满天秋色里，塞上燕脂凝夜紫[2]。半卷红旗临易水，霜重鼓寒声不起[3]。报君黄金台上意，提携玉龙为君死[4]。

【注释】

[1] 摧：崩毁。甲光：阳光照射在铠甲上的反光。金鳞：铠甲闪光犹如金色的鱼鳞。

[2]“塞上”句：长城附近多紫色泥土，故称“紫塞”。燕脂：即胭脂，深红色。喻指紫色的塞土。

[3] 易水：在今河北易县境内。

[4] 黄金台：相传燕昭王筑高台，置黄金于其上，招揽天下贤才。故址在易县东南。玉龙：宝剑。

学习提示

这首诗歌颂了在入侵之敌大军压境、景况极其危急艰险的时刻，守城将士大无畏的英雄气概与为国捐躯、死而无憾的决心。首二句用强烈的色彩对比，写出两军对阵的严峻形势。一方面是黑压压的围城军队，另一方面是金光反射的守军，色彩的对比中已经透露出诗人的褒贬情感。中间四句写战争的过程。鸣咽的军中号角声吹起，表明一场你死我活的战斗正在进行。战斗中牺牲之惨烈，以至战场上大片大片的鲜血在夕阳的映照下呈现出一片“夜紫”色。“半卷”二句可以理解为驰援军队的到来，也可以理解为守军组织的夜间一次偷袭反击战。黑夜行军，偃旗息鼓，在这种以攻为守的悲壮行为之中，包含了将士们为国捐躯、视死如归的英雄气概，所以结尾表明心迹就十分自然。全诗苍凉悲慨，风格与屈原的《九歌·国殇》相似。

梦　天

老兔寒蟾泣天色，云楼半开壁斜白[1]。玉轮轧露湿团光，鸾佩相逢桂香陌[2]。黄尘清水三山下，更变千年如走马[3]。遥望齐州九点烟，一泓海水杯中泻[4]。

【注释】

[1] 老兔、寒蟾：指月亮。民间传说月亮上的黑影是月宫中的玉兔或蟾蜍。云楼：月中楼阁。壁斜白：月光斜照在云楼壁上。

[2] 玉轮：喻圆月。鸾佩：雕着鸾凤的玉佩。这里指戴着鸾佩的月宫中的仙女们。桂香陌：月宫里的道路。传说月宫中种有桂树。

[3] 黄尘：下界陆地。清水：沧海。三山：传说东海中有三神山，即蓬莱、方丈、瀛洲。

[4] 齐州：即中州，指中国。一泓：一汪。“遥望”两句写从天上向下眺望，所见陆地、大海的渺小。

学习提示

这首诗写梦游月宫的经历，以排遣诗人现实中屡受挫折的苦闷。诗人是在心情阴郁的状态下梦游天宫的，刚到月亮之中，天上的景色也是惨白阴冷、凄凉一片的。“玉轮”二句情绪才逐渐转变。一轮圆月被薄薄的湿气所包围，润洁光亮。诗人仿佛听到了月宫中仙女们相逢时发出了鸾佩丁冬声，仿佛闻到了月中桂树的清香，诗人被天上清幽宁静的景色所打动了。俯视人间，时间过得那么迅捷而显得格外短暂，中原大地在空间上也是分外渺小。与天宫相形，人间的孜孜追求还有什么意义呢？诗人这是一种自我安慰的方式，可以视为变相的牢骚。后四句的豪纵、雄阔，与李白近似。

思考题

1. 这首诗寄托了诗人什么样的情感？
2. 这首诗体现了一种怎样的独特风格？
3. 李贺的生平经历是如何体现在诗歌创作之中的？
4. 背诵这首诗。

金铜仙人辞汉歌[1]

茂陵刘郎秋风客，夜闻马嘶晓无迹[2]。画栏桂树悬秋香，三十六宫土花碧[3]。魏官牵车指千里，东关酸风射眸子[4]。空将汉月出宫门，忆君清泪如铅水[5]。衰兰送客咸阳道，天若有情天亦老[6]。携盘独出月荒凉，渭城已远波声小。

【注释】

[1] 诗前原有小序说：“魏明帝青龙元年八月，诏宫官牵车西取汉孝武捧露盘仙人，欲立置前殿。宫官既拆盘，仙人临载，乃潸然泪下。唐诸王孙李长吉遂作《金铜仙人辞汉歌》。”汉武帝在建章宫立十二铜柱，上置铜盘，名仙人掌，以承接天露。魏代汉兴，明帝

命宫官拆移铜人，运往洛阳。相传铜人被拆移时曾流泪。

［2］茂陵：汉武帝的陵墓，在陕西兴平县。秋风客：指汉武帝，因为汉武帝曾作《秋风辞》。

［3］三十六宫：汉代长安有宫殿三十六所。土花：苔藓。

［4］东关：长安东面城门。洛阳在长安东面。酸风：叫人酸鼻的冷风。眸子：瞳人。

［5］君：指汉武帝。铅水：形容泪水之清澈。

［6］客：铜人。

学习提示

大唐帝国自“安史之乱”以后就颓然中衰，中唐时期的一丝中兴辉光并不令人鼓舞振奋。作为唐宗室旁支，李贺十分自然地将自己的命运与唐王朝连接在一起。这首诗咏叹金铜仙人辞汉的一段史实，流露出的是自己对国家现实的殷忧。金铜仙人为汉武帝所铸，汉武帝在世时，汉王朝兴隆昌盛。但是，诗歌却从汉武帝辞世之后的凄冷孤寒写起，“茂陵刘郎”的魂魄在秋风萧瑟的夜晚归来而又匆匆离去，清晨之时，无迹可寻，只留下斑斑苔藓，一片的阴暗荒凉。“魏官”四句，写亡国的凄苦。无知的金铜仙人，被迁移出故宫时，尚且“清泪如铅水”，承受亡国悲苦人们的心境可想而知。末四句写金铜仙人路途上的景象，渲染一路上的凄清，及铜人对故国的无尽思念之情。“天若有情天亦老”，想像奇绝，脍炙人口。

思考题

1. 通过咏史，《金铜仙人辞汉歌》表达了一种什么样的思想情感？
2. 人称李贺是“鬼才”，在这首诗歌里有什么表现？
3. 通过这首诗分析李贺的诗歌风格。
4. 背诵这首诗。

南　园

其　一

花枝草蔓眼中开，小白长红越女腮[1]。可怜日暮嫣香落，嫁与春风不用媒[2]。

其 五

男儿何不带吴钩？收取关山五十州[3]。请君暂上凌烟阁，若个书生万户侯[4]。

【注释】

[1]“小白”句：喻花红红白白地盛开。

[2] 嫣香：娇艳芳香，这里指鲜花。

[3] 吴钩：一种弯头的宝刀。关山五十州：指当时藩镇割据的黄河南北五十余州。

[4] 凌烟阁：唐初，太宗为表彰开国功臣，在凌烟阁上画二十四功臣像，亲笔为之写赞。若个：哪个。

学习提示

诗人所写的《南园》诗一组共 13 首，这里选录 2 首。第一首写南园春日景色，慨叹花之凋零。春回大地，南园“花枝草蔓”，灿烂生长盛开，红红白白，如艳丽的越女，煞是可爱。转眼日暮花落，飘零于春风之中。伤春惜花，叹息盛颜难久、青春易逝，夹杂着自我身世感伤。第二首写报国志向。诗歌由两个问句构成，直抒胸臆，慷慨激昂。第一个问句引出内心远大志向，诗人亟盼为国平定外患战乱。第二个问句道出受压抑的苦闷，表现了怀才不遇的愤激情怀。凌烟阁上，没有一个是书生，诗人作为一介书生，在愤慨中对前程就有点悲观了。

巫山高

碧丛丛，高插天，大江翻澜神曳烟[1]。楚魂寻梦风飔然，晓风飞雨生苔钱[2]。瑶姬一去一千年，丁香筇竹啼老猿[3]。古祠近月蟾桂寒，椒花坠红湿云间[4]。

【注释】

[1] 神曳烟：喻烟云缭绕。

[2] 楚魂寻梦：用楚襄王梦遇巫山神女的故事。战国宋玉《高唐赋》载：楚王游玩高唐，曾遇见巫山神女，自献其身。离别时说：“妾在巫山之阳，高丘之阻，旦为朝云，暮为行雨，朝朝暮暮，阳台之下。”飔（sī 思）：凉风。

[3] 瑶姬：据《襄阳耆旧传》载：赤帝之女名瑶姬，未嫁而卒，葬于巫山南面，称巫山之女。就是后来所说的巫山神女。筇（qióng 穷）竹：竹子的一种，因出自邛山而

得名。

［4］蟾桂：传说月中有蟾蜍与桂树。椒花：蜀椒之花，今天所谓的花椒。

学习提示

这首诗以想像之笔写巫山景色，重点落实在楚襄王与巫山神女的传说上。巫山十二碧峰，高耸入云，山下长江翻腾，烟雾缭绕，如有神女往来其间。“神曳烟”，在景色描写与传说之间做了很自然的过渡。传说是当年之事，眼前只有楚王魂灵归来于凉风凄凄之中，寻求梦中的情人。但是，巫山处处苔藓横生，荒凉冷落，竹丛中哀猿啼鸣，神女的踪迹一去不可寻觅。只有古祠寂寞，月光寒冷，椒花自落，留给楚王，也是留给今人不尽的孤独凄凉。

将进酒

琉璃钟，琥珀浓，小槽酒滴真珠红[1]。烹龙炮凤玉脂泣，罗屏绣幕围香风[2]。吹龙笛，击鼍鼓，皓齿歌，细腰舞。况是青春日将暮，桃花乱落如红雨[3]。劝君终日酩酊醉，酒不到刘伶坟上土[4]。

【注释】

［1］琥珀：颜色黄净，与好酒的颜色相似，故常用来指美酒。

［2］烹龙炮凤：指烤炙精美的食品。

［3］青春：指大好春光。

［4］刘伶：三国魏“竹林七贤”之一，嗜酒，放纵自由，有《酒德颂》。

学习提示

李贺的饮酒不是豪爽开朗、举杯痛饮，而是满怀愁苦，借酒浇愁。在罗幕屏风的华美环境里，美人歌舞伴酒。这里的饮具是“琉璃钟”，酒色呈“琥珀浓”，小槽新酒如珍珠滴红，宴席上“烹龙炮凤”，器具、酒食、人物、歌舞、环境，无一不精美。但诗人仍然摆脱不了内心愁绪的纠缠。他想到了春天过去，日暮天黑，桃花纷飞。好景不常的人生痛苦深深地困扰着诗人，结尾只能高呼在终日酩酊大醉中摆脱一切了。

白居易

白居易（772—846），字乐天，晚号香山居士。其先太原人，迁居下邽（今陕西渭南县北）。贞元十五年（799）在宣城应乡试，次年至长安应省试及第。两年后再应吏部试，授秘书省校书郎。元和元年（806）又应“才识兼茂明于体用科”，登第。官翰林学士。元和十年（815）上书获罪，贬江州司马。晚年官运亨通，以刑部尚书致仕。存诗2 800多首。其新乐府诗突出那个时代贫富不均的现象和下层百姓在各种剥削勒索下艰难挣扎的悲惨状况，语言通俗晓畅。闲适诗旷达平和，感伤诗深沉悠扬。

上阳白发人

愍怨旷也[1]

上阳人，红颜暗老白发新。绿衣监使守宫门，一闭上阳多少春[2]。玄宗末岁初选入，入时十六今六十。同时采择百余人，零落年深残此身[3]。忆昔吞悲别亲族，扶入车中不教哭。皆云入内便承恩，脸似芙蓉胸似玉。未容君王得见面，已被杨妃遥侧目。妒令潜配上阳宫，一生遂向空房宿。宿空房，秋夜长，夜长无寐天不明。耿耿残灯背壁影，萧萧暗雨打窗声。春日迟，日迟独坐天难暮。宫莺百啭愁厌闻，梁燕双栖老休妒[4]。莺归燕去长悄然，春往秋来不记年。唯向深宫望明月，东西四五百回圆。今日宫中年最老，大家遥赐尚书号[5]。小头鞋履窄衣裳，青黛点眉眉细长。外人不见见应笑，天宝末年时世妆[6]。上阳人，苦最多。少亦苦，老亦苦，少苦老苦两如何？君不见昔时吕向美人赋，又不见今日上阳白发歌[7]。

【注释】

[1] 愍怨旷也：题下自注：“天宝五载已后，杨贵妃专宠，后宫人无复进幸矣。六宫有美色者，辄置别所，上阳是其一也。贞元中尚存焉。”愍：同“悯”，哀怜，怜悯。怨旷：不得及时婚配的男女。语出《孟子·梁惠王上》：“内无怨女，外无旷夫。”

[2] 绿衣监使：主管宫苑的宦官，在六、七品之间，著深、浅绿色公服。

[3] 零落：陆续死去。残：残余，剩余。

[4] “梁燕”句：上阳宫人因年老而无婚配希望，所以，对双栖的梁燕也不再嫉妒。

[5] 大家：宫廷中口语，指皇帝。尚书：宫中女官称号。前代宫中女官设尚书，唐代则设“六尚”之职。

[6] 时世妆：流行时髦的妆饰。

[7] 吕向《美人赋》：诗人自注：“天宝末，有密采艳色者，当时号花鸟使。吕向献《美人赋》以讽之。”吕向，字子回，曾官左拾遗。

学习提示

这是白居易《新乐府》50首中的第七首，写后宫女子悲苦凄凉的一生。前人的宫怨之作，往往短小含蓄，点到为止。白居易为了达到补救时弊的作用，改用长篇叙事，做详尽描述。开篇四句，最为概括地交代上阳宫人悲剧的生活与环境。“玄宗末岁”以下，完整叙述其生平。她从16岁青春少女被采征入宫，在宫中煎熬了40多年，如今已是白发苍苍的60岁老人。同时入宫的百余名宫女，皆不堪后宫非人的生活而死去，只有上阳宫人残留此身。诗人描写了入宫时少女仅有的一点幻想，被杨贵妃妒忌“潜配”冷宫的经过。中间换用“秋夜长，夜长无寐天不明”，“春日迟，日迟独坐天难暮”等句子抒情，写上阳宫人“春往秋来不记年”的日夜孤独寂寞与长年被剥夺正常生活权利的非人折磨。以至到晚年，她仍保留着“天宝末年时世妆”，被“大家遥赐尚书号”，这一切都成了辛酸的讽刺。“上阳人，苦最多”以下，是诗人的直接议论，是中心题旨的点明。白居易的新乐府“首句标其目，卒章显其志”，对主题思想往往再三致意。

思考题

1. 《上阳白发人》是针对什么现实问题而发的？试结合社会背景做一定的分析。
2. 通过这首诗，阐述白居易新乐府创作的得失利弊。
3. 白居易的新乐府诗有哪些创作特征？
4. 分析这首诗通过周围的景色烘托情感，融情入景的写作方法。
5. 白居易的新乐府创作与中唐政治环境有何种关联？
6. 背诵这首诗。

井底引银瓶

止淫奔也

井底引银瓶，银瓶欲上丝绳绝。石上磨玉簪，玉簪欲成中央折[1]。瓶沉簪折知奈何，似妾今朝与君别。忆昔在家为女时，人言举动有殊姿[2]。婵娟两鬓秋蝉翼，宛转双蛾远山色[3]。笑随戏伴后园中，此时与君未相识。妾弄青梅凭短墙，君骑白马傍垂杨。墙头马上遥相顾，一见知君即断肠[4]。知君断肠共君语，君指南山松柏树[5]。感君松柏化为心，暗合双鬟逐君去[6]。到君家舍五六年，君家大人频有言[7]："聘则为妻奔是妾，不堪主祀奉蘋蘩[8]。"终知君家不可住，其奈出门无去处[9]。岂无父母在高堂，亦有亲情满故乡。潜来更不通消息，今日悲羞归不得。为君一日恩，误妾百年身。寄言痴小人家女，慎勿将身轻许人。

【注释】

[1]"井底"四句：用两个比喻，写这一对男女爱情的夭折。

[2] 殊姿：出众的容貌。

[3] 婵娟：美好的样子。秋蝉翼：两鬓梳妆的样式如蝉翼，称蝉鬓。远山：画成山形眉黛。这些都是当时流行时髦的妆饰。宛转：细长而弯曲。

[4] 断肠：指无法割舍的恋情。

[5] 松柏树：喻坚贞的爱情。

[6]"暗合"句：指私奔。古代女子未嫁时将头发梳成双鬟，结婚后绾结成髻。

[7] 大人：指父母。

[8] 蘋蘩：祭祀祖先所用的植物。

[9] 其奈：无奈。

学习提示

这首诗标明的题旨是"止淫奔也"，即反对男女青年没有"父母之命，媒妁之言"的自由恋爱。但在客观描写过程中，写出一对相恋的男女青年被封建礼教活活拆散的爱情悲剧，引起人们对那个不合理制度的普遍不满。诗中女主人公，举止娴静，仪态幽雅，容貌秀丽。她与心爱男子，墙头、马上，一见钟情。她相信了男子爱情的誓言，随其私奔而去。岂知同居五六年之后，终被抛弃。表面上是"大人"频频有言，实际上是男子的负心。否则，开始为什么可以不听"大人"之言，五六年以后才有变卦？诗中的女子是刚毅的，她看出爱人的负心，干脆自己先出门离去。只是离去后不知归往何处，私奔的行为使她遭社会唾弃。女主人公的下场必然是十分可悲的，她只能以自身的教训来劝告后人。元代白朴根据这首诗改编成《墙头马上》的戏剧，结局改为大团圆，表达了广大读者对这位女子的同情与良好的心愿，这正是白居易诗歌获得的相反的社会效果。

长恨歌

汉皇重色思倾国，御宇多年求不得[1]。杨家有女初长成，养在深闺人未识。天生丽质难自弃，一朝选在君王侧。回眸一笑百媚生，六宫粉黛无颜色[2]。春寒赐浴华清池，温泉水滑洗凝脂[3]。侍儿扶起娇无力，始是新承恩泽时[4]。云鬓花颜金步摇，芙蓉帐暖度春宵[5]。春宵苦短日高起，从此君王不早朝。承欢侍宴无闲暇，春从春游夜专夜。后宫佳丽三千人，三千宠爱在一身。金屋妆成娇侍夜，玉楼宴罢醉和春。姊妹弟兄皆列土，可怜光彩生门户[6]。遂令天下父母心，不重生男重生女。骊宫高处入青云，仙乐风飘处处闻。缓歌慢舞凝丝竹，尽日君王看不足。渔阳鼙鼓动地来，惊破霓裳羽衣曲[7]。九重城阙烟尘生，千乘万骑西南行。翠华摇摇行复止，西出都门百余里[8]。六军不发无奈何，宛转蛾眉马前死。花钿委地无人收，翠翘金雀玉搔头[9]。君王掩面救不得，回看血泪相和流。黄埃散漫风萧索，云栈萦纡登剑阁[10]。峨嵋山下少人行，旌旗无光日色薄。蜀江水碧蜀山青，圣主朝朝暮暮情。行宫见月伤心色，夜雨闻铃肠断声。天旋日转回龙驭，到此踌躇不能去[11]。马嵬坡下泥土中，不见玉颜空死处[12]。君臣相顾尽沾衣，东望都门信马归。归来池苑皆依旧，太液芙蓉未央柳[13]。芙蓉如面柳如眉，对此如何不泪垂？春风桃李花开夜，秋雨梧桐叶落时。西宫南苑多秋草，宫叶满阶红不扫。梨园弟子白发新，椒房阿监青娥老[14]。夕殿萤飞思悄然，孤灯挑尽未成眠。迟迟钟鼓初长夜，耿耿星河欲曙天[15]。鸳鸯瓦冷霜华重，翡翠衾寒谁与共[16]？悠悠生死别经年，魂魄不曾来入梦。临邛道士鸿都客，能以精诚致魂魄[17]。为感君王展转思，遂教方士殷勤觅。排空驭气奔如电，升天入地求之遍。上穷碧落下黄泉，两处茫茫皆不见[18]。忽闻海上有仙山，山在虚无缥缈间。楼阁玲珑五云起，其中绰约多仙子[19]。中有一人字太真，雪肤花貌参差是[20]。金阙西厢叩玉扃，转教小玉报双成[21]。闻道汉家天子使，九华帐里梦魂惊。揽衣推枕起徘徊，珠箔银屏迤逦开[22]。云鬓半偏新睡觉，花冠不整下堂来。风吹仙袂飘飖举，犹似霓裳羽衣舞。玉容寂寞泪阑干，梨花一枝春带雨[23]。含情凝睇谢君王，一别音容两渺茫[24]。昭阳殿里恩爱绝，蓬莱宫中日月长[25]。回头下望人寰处，不见长安见尘雾。唯将旧物表深情，钿合金钗寄将去[26]。钗留一股合一扇，钗擘黄金合分钿[27]。但教心似金钿坚，天上人间会相见。临别殷勤重寄词，词中有誓两心知。七月七日长生殿，夜半无人私语时[28]。在天愿作比翼鸟，在地愿为连理枝。天长地久有时尽，此恨绵绵无绝期。

【注释】

[1] 汉皇：汉武帝，这里代指唐玄宗。这首诗多处以汉代唐。御宇：治理天下。

[2] 六宫粉黛：指宫中所有的嫔妃。无颜色：相形之下，她们的美色都不值一提。

[3] 华清池：在今陕西临潼南骊山上。此地有温泉，唐玄宗建温泉宫，后改名华清宫。凝脂：形容洁白滑润的肌肤。

[4] 新承恩泽：指杨贵妃初次受到玄宗的恩宠。

[5] 金步摇：一种首饰，上有珍珠垂挂，步行时不断颤动。

[6] 列土：封爵赐邑。杨贵妃得宠时，她的三位姐姐和兄弟杨国忠皆得封赐。可怜：可爱。

[7]“渔阳”句：指安禄山、史思明的叛乱。渔阳：唐郡名，属范阳节度使安禄山的辖区，安史叛军就是从这里出发。在今河北蓟县一带。鼙（pí 皮）鼓：军中使用的小鼓。霓裳羽衣曲：舞曲名，由西域流入中原，经唐玄宗润色。

[8] 翠华：代指皇帝的车驾，因前面有翠羽装饰的旌旗仪仗。摇摇：飘扬摇荡。

[9] 花钿、翠翘、金雀、玉搔头：都是妇女的各种名贵首饰。

[10] 云栈：高入云霄的栈道。萦纡：盘绕曲折。剑阁：剑门关，今四川剑阁县北。

[11] 天旋日转：喻唐军收复长安。龙驭：皇帝的车驾。

[12] 马嵬坡：杨贵妃被逼自尽之处。

[13] 太液、未央：汉代宫池名，代指唐内宫池苑。

[14] 梨园弟子：玄宗曾经挑选教坊乐师、宫女，在梨园亲自教练歌舞，称“皇帝梨园弟子”。椒房：后妃居住的宫殿。阿监：宫中女官。青娥：青春美好的容颜。

[15] 耿耿：微明的样子。

[16] 衾：被子。

[17] 临邛（qióng 穷）：县名，今四川邛崃县。鸿都：东汉洛阳宫门名，借指长安。

[18] 碧落：天空，道家的称呼。

[19] 绰约：美好轻盈的样子。

[20] 太真：杨贵妃被度为女道时号太真。参差：仿佛，约略。

[21] 扃（jiōng）：门户。小玉、双成：都是古代神话中的女子。

[22] 珠箔（bó 驳）：珠帘。迤逦（yǐ lǐ 以 里）：曲折连绵的样子。

[23] 阑干：泪水纵横的样子。

[24] 凝睇：深情注视。

[25] 昭阳殿：汉宫殿名，赵飞燕姊妹所居。借指杨贵妃生前寝宫。蓬莱宫：泛指仙境，指杨贵妃死后所在。

[26] 钿合：用珠宝镶嵌的金盒。

[27] 擘（bò 檗）：剖开。

[28] 长生殿：在华清宫内。

学习提示

诗人创作此诗的主观目的是揭露帝王骄奢荒淫的生活给国家带来的深重灾难，追究“安史之乱”爆发乃至大唐帝国中衰的历史原因以作为当时统治者的借鉴。诗歌的前半部分详细地刻画了杨贵妃的入宫、专宠、恃宠骄横，和唐明皇的沉湎女色、不恤国事。他们歌舞游乐，纵情享受，乐不思返，终于酿成了震动天下、颠覆朝廷的“安史”叛乱，将国家与百姓拖入苦难的深渊。唐明皇与杨贵妃自身也成了这场动乱的牺牲品，杨贵妃被迫自尽，唐明皇被迫退位。两人的放纵享乐，是祸国殃民的罪魁祸首。然而，唐明皇又代表着大唐最昌盛的一个时代，对比眼前的衰乱，渴望帝国中兴的诗人不禁向往唐明皇的功业。杨贵妃之艳丽，令后代文人怦然心动，他们不能不为她的悲剧下场洒一掬同情之泪水。唐明皇与杨贵妃的悲剧，也是那个离乱时代千百个家庭苦难的典型代表。交织着这样复杂的情感，诗歌的后半部分批判逐渐让位给同情与颂扬，诗人在无意识中逐步淡忘批判的主旨，转而热情歌颂两人的坚贞爱情。这里有诗人的美化，更有民间的传说成分。帝王的不幸遭遇更容易引起常人的同情，《长恨歌》后半部分所表现的还是一种时代情绪。其中"七月七日长生殿，夜半无人私语时。在天愿作比翼鸟，在地愿为连理枝"的密约誓言，令天下恩爱男女心驰神往；"天长地久有时尽，此恨绵绵无绝期"的绝望痛苦，又令所有的人为之泪落。诗歌的后半部分脱离了主观设定的批判题旨，抒情性大大增强，更具有艺术感染力。后代读者，恐怕更醉心于后面的抒情表达，而或多或少地忽略了前半部分的主题思想。清人袁枚《马嵬驿》的见解则不一样，说："石壕村里夫妻别，泪比长生殿里多。"

琵琶行[1]

浔阳江头夜送客，枫叶荻花秋瑟瑟[2]。主人下马客在船，举酒欲饮无管弦。醉不成欢惨将别，别时茫茫江浸月。忽闻水上琵琶声，主人忘归客不发。寻声暗问弹者谁，琵琶声停欲语迟。移船相近邀相见，添酒回灯重开宴[3]。千呼万唤始出来，犹抱琵琶半遮面。转轴拨弦三两声，未成曲调先有情[4]。弦弦掩抑声声思，似诉平生不得意[5]。低眉信手续续弹，说尽心中无限事。轻拢慢捻抹复挑，初为《霓裳》后《六幺》[6]。大弦嘈嘈如急雨，小弦切切如私语[7]。嘈嘈切切错杂弹，大珠小珠落玉盘。间关莺语花底滑，幽咽泉流水下滩[8]。水泉冷涩弦凝绝，凝绝不通声暂歇[9]。别有幽愁暗恨生，此时无声胜有声。银瓶乍破水浆迸，铁骑突出刀枪鸣[10]。曲终收拨当心画，四弦一声如裂帛[11]。东舟西舫悄无言，唯见江心秋月白。沉吟放拨插弦中，整顿衣裳起敛容[12]。自言本是京城女，家在虾蟆陵下住[13]。十三学得琵琶成，名属教坊第一部[14]。曲罢曾教善才伏，妆成每被秋娘妒[15]。五陵年少争缠头，一曲红绡不知数[16]。钿头云篦击节碎，血色罗裙翻酒污[17]。今年欢笑复明年，秋月春风等闲度[18]。弟走从军阿姨死，暮去朝来颜色故。门前冷落鞍马稀，老大嫁作商人妇。商人重利轻别离，前月浮梁买茶去[19]。去来江口守空船，绕船月明江水寒。夜深忽梦少年事，梦啼妆泪红阑干[20]。我闻琵琶已叹息，又闻此语重唧唧[21]。同是天涯沦落人，相逢何必曾相识。我从去年辞帝京，谪居卧病浔阳城。浔阳地僻无音乐，终岁不闻丝竹声。住近湓江地低湿，黄芦苦竹绕宅生[22]。其间旦暮闻何物？杜鹃啼血猿哀鸣。春江花朝秋月夜，往往取酒还独倾。岂无山歌与村笛，呕哑嘲哳难为听[23]。今夜闻君琵琶语，如听仙乐耳暂明。莫辞更坐弹一曲，为君翻作琵琶行。感我此言良久立，却坐促弦弦转急。凄凄不似向前声，满座重闻皆掩泣。座中泣下谁最多，江州司马青衫湿[24]。

【注释】

［1］诗前原序："元和十年，予左迁九江郡司马。明年秋，送客湓浦口，闻舟中夜弹琵琶者，听其音，铮铮然有京都声。问其人，本长安倡女，尝学琵琶于穆、曹二善才。年长色衰，委身为贾人妇。遂命酒，使快弹数曲，曲罢悯默。自叙少小时欢乐事，今漂沦憔悴，辗徙于江湖间。予出官二年，恬然自安，感斯人言，是夕始觉有迁谪意。因为长句，歌以赠之，凡六百一十二言。名曰《琵琶行》。"

［2］浔阳江：在江西九江市北，长江的一段。瑟瑟：风吹声响。

［3］回灯：重新张灯。

［4］"转轴"句：指演奏前的调整弦音。

［5］掩抑：形容乐声抑郁低沉。

［6］拢、捻、抹、挑：都是弹琵琶时的几种指法。《霓裳》：《霓裳羽衣曲》。《六么》：本名《录要》，又名《绿腰》，是当时流行的曲调。将乐工所进曲调录要成谱，以此得名。

［7］大弦：粗弦。小弦：细弦。琵琶弦按粗细排列。

［8］间关：鸟鸣声。滑：形容音乐声流利轻快。幽咽：形容乐声的微弱，若有若无。

［9］凝绝：指乐声逐渐静止下来。

［10］"银瓶"二句：形容乐声重起，一变为雄壮激昂之声。

［11］拨：套在手指上拨弦的工具。画：划。四弦一声：四根弦同时发声。裂帛：形容乐声的尖锐、清脆。

［12］敛容：重整脸部神色，显得矜持严肃。

［13］虾模陵：在长安城东南曲江的附近。西汉董仲舒墓在此，其门人经此，都要下马致敬，所以叫"下马陵"，后讹为"虾蟆陵"。

［14］教坊：唐代宫廷设置的音乐官署，掌管乐伎、教练歌舞。

［15］善才：琴师的通称。秋娘：唐代长安著名乐伎，这里泛指歌妓。

［16］五陵年少：长安富贵家子弟。五陵，指汉代的长陵、安陵、阳陵、茂陵、平陵，豪门富族多住这一带。缠头：当时风俗，乐妓表演完毕，客人以锦罗之类作赏赐，称"锦缠头"。绡：一种丝织品。

［17］钿头云篦（bì 毕）：一种发饰。击节：打拍子。血色：鲜红色。

［18］等闲度：轻易、随便地度过。

［19］浮梁：县名，在今江西景德镇北。

［20］阑干：泪水纵横的样子。

［21］唧唧：叹息声。

［22］湓江：即湓水，源出江西瑞昌西清湓山。

［23］呕哑嘲哳（ōu yā zhāo zhā 讴 压 招 扎）：形容乐声杂乱琐碎。

［24］江州司马：白居易时被贬为江州司马。

学习提示

这首诗写于被贬江州的第二年，诗中借琵琶女的乐声与遭遇，诉说了自己遭受贬谪的愁苦牢骚。首先，这首诗以擅长描写音乐而著名。琵琶女演奏“轻拢慢捻抹复挑”的系列动作被刻画得十分详尽。乐声或悲抑、或优美、或急速、或舒缓、或低沉以至无声、或铿然一声“如裂帛”，其繁复错综之变化，被展示得淋漓尽致。中间部分琵琶女自述身世，诗人也做详细的转述，为的是引出“同是天涯沦落人，相逢何必曾相识”的感慨。因此，诗歌的最后部分很自然地转入自我身世的感伤。被贬居所的荒凉偏远，日常生活的孤寂无聊，被贬之后的抑郁苦闷，都被一一牵引出来。诗人能将聆听音乐的感受与身世的感伤结合在一起，双方相互烘托，相得益彰，在唐代描写音乐的诗篇中独树一帜。

赋得古原草送别

离离原上草，一岁一枯荣[1]。野火烧不尽，春风吹又生。远芳侵古道，晴翠接荒城[2]。又送王孙去，萋萋满别情[3]。

【注释】

[1] 离离：茂盛的样子。

[2] 远芳：远处的芳草。侵：蔓延。晴翠：碧草在阳光的照射下所呈现出的一片碧绿色。

[3] 王孙：指离家的友人。萋萋：茂盛的样子。

学习提示

这是诗人16岁时所写的一首送别诗，显示出诗人早年的非凡才华。诗人的敏锐、特异的禀赋，也是每一位一流作家必须具备的条件。据张固《幽闲鼓吹》记载：白居易初到长安，拜见前辈诗人顾况，顾况拿他的姓名开玩笑说：“米价方贵，居亦弗易。”读此诗后立即改口，说：“道得个语，居即易矣。”白居易因此成名。诗歌以漫天遍野生长的“原上草”，烘托离人的绵绵相思情意。前四句写芳草的顽强生命力，富有哲理意蕴，成为千古传诵的名句。而离人的别愁，也像这生生不息的野草一样，追随友人一直到天涯。

暮江吟

一道残阳铺水中，半江瑟瑟半江红[1]。可怜九月初三夜，露似真珠月似弓[2]。

【注释】

[1] 瑟瑟：碧珠，喻江水似碧玉般澄清。

[2] 可怜：可爱。

学习提示

傍晚以至入夜时刻的江景，被诗人描绘得生动真切，诗人对生活之美、景物之美，真是有着细腻的观察、敏锐的捕捉、贴切的描写。一道残阳辉映江中，江水红碧相间，景色绚丽多彩。一弓弯月升起，露水似珍珠，清淡秀丽，与傍晚的灿烂相比，又是一幅令人陶醉的美景。两幅画面组合在一起，暮江的美景琳琅满目，充分显示出诗人对大自然的热爱。

钱塘湖春行

孤山寺北贾亭西，水面初平云脚低[1]。几处早莺争暖树，谁家新燕啄春泥[2]。乱花渐欲迷人眼，浅草才能没马蹄。最爱湖东行不足，绿杨阴里白沙堤[3]。

【注释】

[1] 孤山：西湖上的一处名胜，山上有孤山寺。贾亭：唐贞元中杭州刺史贾全在西湖所建的亭子。云脚：接近地面的云气。

[2] 暖树：向阳的树木。

[3] 白沙堤：又称白堤、白公堤，在西湖东畔。白居易所筑。

学习提示

这首诗描写西湖的早春景色，处处扣住“初春”做文章。这里，春水才涨平湖岸，早莺在暖树上歇息，享受和煦的阳光；新燕在辛勤劳作，修补旧巢。渐渐开放的杂乱的花卉，让人眼花缭乱，冒绿的小草，短浅刚刚能淹没马蹄。到处洋溢着早春的生机，春意盎然的日子指日可待。诗人陶醉于此，就有赏玩不够的感觉了。

刘禹锡

刘禹锡（772—842），字梦得，籍贯河南洛阳，出生于嘉兴。贞元九年（793）进士，同年登“博学鸿词科”，两年后再登“吏部取士科”，释褐为太子校书。后迁监察御史。参与“二王集团”变革，被任命为屯田员外郎、判度支盐铁案。变革失败，被贬为朗州（今湖南常德）司马。元和九年（814）回京，再贬为连州（今广东连县）刺史。宝历二年（826）调回洛阳，任职于东都尚书省。会昌二年病卒，享年71。有《刘梦得文集》。在他的诗歌中经常流露出激昂奋发的意气，较少衰飒颓唐的语调。

西塞山怀古[1]

王浚楼船下益州，金陵王气黯然收[2]。千寻铁锁沉江底，一片降幡出石头[3]。人世几回伤往事，山形依旧枕江流。今逢四海为家日，故垒萧萧芦荻秋[4]。

【注释】

［1］西塞山：在今湖北省大冶县东，是长江中流的一个要塞。

［2］王浚：晋武帝时大将，率军平定东吴。楼船：王浚所修建的战舰。下：顺流而下。益州：今成都市。金陵：今南京市。黯然：暗淡无光的样子。

［3］铁锁：东吴为了抵抗晋军，在长江要害处布上铁锁，以阻拦船舰的通过。王浚于是以大火烧之，铁锁被烧断，晋军战舰直抵金陵。石头：石头城，即南京。

［4］四海为家：指南北统一。萧萧：萧索，萧条。

学习提示

刘禹锡的咏史诗往往抓住前朝史实有关的风景遗迹，抒发家国兴亡、时代变迁之感慨，精辟的议论发人深思，着重点落实在“兴废由人事，山川空地形”（《金陵怀古》）上。这首诗咏叹王浚平定东吴的史实，目的是针对现实中的藩镇割据而发。诗人的主旨在歌颂统一，反对分裂割据。诗歌的开篇极力渲染王浚出兵的赫赫声势，大军势如破竹的进程，所到之处，摧枯拉朽。东吴简直组织不起来有效的抵抗，哪怕是江中的铁索也无法阻挡魏军进攻的步伐。金陵王气的黯然与一片降幡的高挂，彻底宣告了割据分裂的失败。人世沧桑，山形依旧，古垒萧萧，历史的教训值得汲取。“今逢四海为家日”，诗人是希望地方势力认清形势，不要做出违背历史潮流的事情来。

思考题

1. 刘禹锡的咏史诗有什么创作特征？
2. 请比较分析刘禹锡咏史诗与前人之作的不同之处。
3. 刘禹锡的个人情感是怎样体现到咏史之作中的？
4. 背诵这首诗。

石 头 城

山围故国周遭在，潮打空城寂寞回[1]。淮水东边旧时月，夜深还过女墙来[2]。

【注释】

[1] 周遭：四周，周围。

[2] 淮水：秦淮河。女墙：城上的矮墙。

学习提示

金陵是六朝的故都，此地有许多古迹供后人凭吊。六朝建国都比较短暂，繁华转瞬即逝，留下的只有寂寞冷清，这引起了后人的深深思索。刘禹锡这首诗只是描摹了石头城今日的冷落，江潮汹涌，拍打空城，寂寞而退。当年的繁盛已经没有踪迹可寻。其间的原因，诗人留给读者共同思考。

乌 衣 巷

朱雀桥边野草花，乌衣巷口夕阳斜[1]。旧时王谢堂前燕，飞入寻常百姓家[2]。

【注释】

[1] 朱雀桥：南京秦淮河上的一座桥，面对金陵朱雀门，建于东晋。乌衣巷：在秦淮河南岸，靠近朱雀桥。三国时，吴国在此驻军守防，士兵都穿乌衣，因此得名。东晋时，成为豪门世族的聚居之地。

［2］王谢：东晋时世族大家王氏与谢氏。

学习提示

乌衣巷当年名盛一时，居住此地者都是世族达贵，而今也避免不了萧条冷清。诗人不直接描写乌衣巷当年的盛况或眼前的萧条，只是以住宅主人的变迁来表现历史的盛衰。住宅主人身份的改变，又是通过喜欢回归旧巢的燕子来表现，曲折层深。施补华《岘傭说诗》评后二句说："若作燕子他去，便呆。盖燕子仍入此堂，王谢零落，已化作寻常百姓矣。如此则感慨无穷，用笔极曲。"

竹枝词

杨柳青青江水平，闻郎江上唱歌声。东边日出西边雨，道是无晴却有晴[1]。

【注释】

［1］晴：谐音"情"，暗指男女爱情。

学习提示

诗人被流放到巴蜀，向当地民歌学习，创作了许多富有民歌情调的诗篇。这首诗歌唱民间男女传递情爱之清新明朗。在杨柳青青的美好春季，江水涨涌，正是水乡男女劳动繁忙的日子。在劳动中，男女青年活泼欢快，不忘对生活的美好追求。男子的唱歌声，是以歌声传递情意，女子心领神会，但又很含蓄地用谐音法婉转表明自己的领悟。

秋　词

自古逢秋悲寂寥，我言秋日胜春朝。晴空一鹤排云上，便引诗情到碧霄。

学习提示

刘禹锡生性倔强，无论遭受何等挫折，总是不悲观，不颓丧。悲秋是历代骚人墨客的共同情结，到了刘禹锡笔下，一改旧调，变为激扬抖擞。开篇就否定了历来“逢秋悲寂寥”的陈词滥调，独标“秋日胜春朝”的观点。请看：秋高气爽，晴空万里，一鹤排云而上，是多么的高扬豪迈。诗人的诗情也因此给引向了碧霄，变得视野开阔，心胸爽朗。

竹枝词

其　二

山桃红花满上头，蜀江春水拍山流。花红易衰似郎意，水流无限似侬愁。

其　九

山上层层桃李花，云间烟火是人家[1]。银钏金钗来负水，长刀短笠去烧畲[2]。

【注释】

[1] 烟火：炊烟。

[2] 银钏金钗：代指少数民族妇女，银钏金钗是她们的日常装饰。长刀短笠：代指少数民族男子，长刀短笠是他们劳动时的装束。烧畲（shē 赊）：即落后山区的火耕方法。在耕种前，先用刀砍荆棘，烧草木积灰，以为肥料。

学习提示

这一组《竹枝词》描写了当地生活的诸多方面。第一首是痴情女子对负心男子的怨诉。诗歌用了“山桃红花”与“蜀江春水”两个非常形象的比喻，以“花红易衰”喻男子的薄情负心，以“水流无限”喻女子被抛弃后的不尽悲伤。民歌时常有新鲜生动的比喻，直接从生活中来，带着泥土的芬芳。刘禹锡充分汲取了民歌的这些优点。第二首写巴蜀山间百姓的现实生活场景，似一幅幅惟妙惟肖的风俗人情画面。高山之上，桃李盛开，云烟袅袅处就是山民定居的地方。他们应该是当地的土著部落，女子们“银钏金钗来负水”，男子们“长刀短笠去烧畲”。今天的少数民族有的还保留这种生活习俗。

浪淘沙

其　一

九曲黄河万里沙，浪淘风簸自天涯。如今直上银河去，同到牵牛织女家。

其五

濯锦江边两岸花，春风吹浪正淘沙[1]。女郎剪下鸳鸯锦，将向中流匹晚霞[2]。

其六

日照澄洲江雾开，淘金女伴满江隈[3]。美人首饰侯王印，尽是沙中浪底来。

【注释】

[1] 濯锦江：即锦江，流经成都。

[2] 将向：携向。

[3] 江隈：江水的弯曲处。

学习提示

这组《浪淘沙》九首也是向民歌学习而作。第一首咏九曲黄河，赞叹黄河的渊远流长，波浪滔天，气势磅礴。仿佛可以直通银河，去拜访牵牛、织女。第二首江上浣纱女郎的劳作。岸边春风吹拂，鲜花盛放，江中晚霞撒满。女郎拿着鸳鸯图案绚丽的锦缎，是在浣洗，又好像是在随意嬉戏。女郎与春花，鸳鸯锦与晚霞，相映成辉。第三首写江中女郎的另外一个劳动场面。旭日初生，江面上云雾散尽，江边已经到处是辛勤劳作的淘金女郎。下二句诗意一转，用对比手法，揭示上层社会奢华的生活都是下层百姓勤劳创造的结果。

元和十年自朗州召至京戏赠看花诸君子[1]

紫陌红尘拂面来，无人不道看花回。玄都观里桃千树，尽是刘郎去后栽[2]。

【注释】

[1] 这是元和十年（815）刘禹锡自贬谪地朗州被召回京，在京等待重新被任命期间所作。

[2] 玄都观：在长安朱雀街西。刘郎：刘禹锡自称。

学习提示

刘禹锡生性倔强，永远不向政敌低头。被贬十年回京，内心的愤恨郁勃难消，于是，通过游览玄都观之桃花，以象征的笔法写出。首二句用夸张手法写玄都观桃花盛开、游人如潮的热闹场面。桃花之繁盛，甚至将道路、尘土都染成紫红色。后二句冷然一笔补充说，今日盛开的桃树，都是诗人被贬以后所栽种，语调的冷落与前二句之喧闹也形成对比。诗人隐喻朝廷擅长钻营得宠的新贵们，都是自己被贬以后爬上来的。据说此诗惹怒了朝廷新贵，刘禹锡及其同志的第二次被贬，与此诗也有关系。

再游玄都观[1]

百亩庭中半是苔，桃花净尽菜花开。种桃道士归何处？前度刘郎今又来。

【注释】

[1] 诗前原序："余贞元二十年为屯田员外郎，时此观未有花。是岁出牧连州，寻贬朗州司马。居十年，召至京师，人人皆言有道士手植仙桃，满观如红霞。遂有前篇以志一时之事。旋又出牧。今十有四年，复为主客郎中。重游玄都，荡然无复一树，唯菟葵燕麦动摇于春风耳。因再题二十八字以俟后游。时大和二年三月。"

学习提示

刘禹锡从第二次被贬，重回京都时又过了 14 年。前度玄都观游赏、作诗导致再度贬官，倔强的诗人这次就特地再去玄都观看看，向政敌示威。岂知 14 年过去，玄都观已经完全萧条败落，百亩庭院被苔藓占去一半，桃花无处寻觅，野菜花却处处开放。一幅人去观空、衰败荒凉的景象。诗人不禁自豪地追问：当年种桃的道士哪里去了，而备受挫折的"前度刘郎"，今天我又来了。诗人是在追问，当年那些迫害他的政敌哪里去了？诗人不屈的个性，乐观的态度，对政敌的蔑视，都表现在这追问之中。

酬乐天扬州初逢席上见赠[1]

巴山楚水凄凉地，二十三年弃置身[2]。怀旧空吟《闻笛赋》，到乡翻似烂柯人[3]。沉舟侧畔千帆过，病树前头万木春。今日听君歌一曲，暂凭杯酒长精神[4]。

【注释】

［1］乐天：白居易，字乐天。

［2］巴山楚水：刘禹锡二十多年被贬生涯中，所历之地大都属古代的巴国、楚国，属于南方荒蛮之地。

［3］《闻笛赋》：指“竹林七贤”之一向秀的《思旧赋》。“竹林七贤”中的另一位友人嵇康被司马氏所杀，向秀被迫应郡举。经嵇康旧居，闻邻人笛声悲苦，作《思旧赋》，以寄托对亡友的哀思。烂柯人：据《述异记》载：晋王质入山砍柴，见二童子下棋，便旁观至终局，发觉手中斧柄已经腐烂。到家才知道已经过了百年。

［4］长：振作。

学习提示

这首诗是赠答之作，开篇就延续白居易的诗意，自叙被贬 23 年凄风苦雨的生活。今日归来，恍如隔世，人事全非，许多老友已不在人世。诗人连用两个典故含蓄地表达自己归来时的心境。但诗人是倔强的，“沉舟侧畔千帆过，病树前头万木春”，表达了对现实、对人生达观的态度。结尾就是自我振作，与友人饮酒听歌，开怀对待人生挫折打击。这首诗以简洁的文字、精选的意象，表现了阅尽沧桑后的沉思，蕴涵着对现实与历史的深邃认识。

李 绅

李绅（？—846），字公垂，润州无锡（今属江苏）人。元和元年（806）进士，曾官翰林学士。后官至宰相。首创《新题乐府》20首，失传。《全唐诗》录其诗4卷。其诗关心民生疾苦，成为新乐府运动的前驱。

悯 农

其 一

春种一粒粟，秋收万颗子。四海无闲田，农夫犹饿死。

其 二

锄禾日当午，汗滴禾下土。谁知盘中飧，粒粒皆辛苦[1]？

【注释】

[1] 飧（sūn 孙）：晚饭，这里泛指饭食。

学习提示

李绅是较早写新题乐府的，元稹等受李绅的启发而开始新乐府创作。李绅的新题乐府虽然失传，但是从这二首《悯农》诗中可以看出诗人关怀现实的态度。诗人以精练的语言，直切主题。第一首写天下农人辛勤耕作，秋天收获丰盛，却依然逃不脱饿死的悲剧下场。“春种一粒粟，秋收万颗子”，说明这是一个丰收年。“四海无闲田”，说明农人之辛勤，已经地尽其用。然而，“农夫犹饿死”，其原因何在呢？这是诗歌留给时人思考的一个问题。第二首告诫人们要珍惜粮食，珍重农人的劳动。“锄禾日当午，汗滴禾下土”，把农人的辛劳写得十分形象。以下“谁知盘中飧，粒粒皆辛苦”的告诫就有充分的说服力。

元　稹

元稹（779—831），字微之，行九，世称元九，河南（今洛阳）人，迁往长安。15岁明经擢第。曾与白居易同入秘书省任校书郎。元和元年（806年），登“才识兼茂明于体用科”第一名，授左拾遗，历仕监察御史。后受宰相赏识，仕途通达，长庆二年（822年）曾官至宰相。终年57岁，赠尚书右仆射。生前多次自编《元氏长庆集》。存诗约八百首。有乐府诗四卷，涉及面极其广泛。

连昌宫词

连昌宫中满宫竹，岁久无人森似束[1]。又有墙头千叶桃，风动落花红簌簌[2]。宫边老翁为余泣，小年进食曾因入[3]。上皇正在望仙楼，太真同凭阑干立[4]。楼上楼前尽珠翠，炫转荧煌照天地[5]。归来如梦复如痴，何暇备言宫里事。初过寒食一百六，店舍无烟宫树绿。夜半月高弦索鸣，贺老琵琶定场屋[6]。力士传呼觅念奴，念奴潜伴诸郎宿[7]。须臾觅得又连催，特敕街中许然烛。春娇满眼睡红绡，掠削云鬟旋装束[8]。飞上九天歌一声，二十五郎吹管逐[9]。逡巡大遍凉州彻，色色龟兹轰录续[10]。李謩压笛傍宫墙，偷得新翻数般曲[11]。平明大驾发行宫，万人鼓舞途路中[12]。百官队仗避岐薛，杨氏诸姨车斗风[13]。明年十月东都破，御路犹存禄山过[14]。驱令供顿不敢藏，万姓无声泪潜堕[15]。两京定后六七年，却寻家舍行宫前。庄园烧尽有枯井，行宫门闭树宛然。尔后相传六皇帝，不到离宫门久闭[16]。往来年少说长安，玄武楼成花萼废[17]。去年敕使因斫竹，偶值门开暂相逐[18]。荆榛栉比塞池塘，狐兔骄痴缘树木[19]。舞榭欹倾基尚在，文窗窈窕纱犹绿[20]。尘埋粉壁旧花钿，乌啄风筝碎珠玉[21]。上皇偏爱临砌花，依然御榻临阶斜。蛇出燕巢盘斗栱，菌生香案正当衙[22]。寝殿相连端正楼，太真梳洗楼上头[23]。晨光未出帘影动，至今反挂珊瑚钩。指似傍人因恸哭，却出宫门泪相续[24]。自从此后还闭门，夜夜狐狸上门屋。我闻此语心骨悲，太平谁致乱者谁？翁言野父何分别，耳闻眼见为君说。姚崇宋璟作相公，劝谏上皇言语切[25]。燮理阴阳禾黍丰，调和中外无兵戎[26]。长官清平太守好，拣选皆言由相公。开元之末姚宋死，朝廷渐渐由妃子。禄山宫里养作儿，虢国门前闹如市[27]。弄权宰相不记名，依稀忆得杨与李[28]。庙谟颠倒四海摇，五十年来作疮痏[29]。今皇神圣丞相明，诏书才下吴蜀平[30]。官军又取淮西贼，此贼亦除天下宁[31]。年年耕种宫前道，今年不遣子孙耕。老翁此意深望幸，努力庙谟休用兵[32]。

【注释】

[1] 连昌宫：唐代皇帝行宫之一，在河南郡寿安县（今河南宜阳县）。森似束：形容宫竹一丛一丛，生长茂密。

[2] 千叶桃：碧桃，花开重瓣。簌簌：纷纷飘落的样子。

[3] 小年：少年。进食：给皇帝送食品。

[4] 上皇：唐玄宗。太真：杨贵妃为女道时号太真。

[5] 炫转荧煌：形容光彩炫目。

[6] 贺老：贺怀智，唐玄宗时艺人，善弹琵琶。定场屋：压场之意，即最好的。

[7] 力士：高力士，唐玄宗宠信的宦官。念奴：天宝年间著名歌女。诸郎：皇帝的随从侍卫人员，都是贵族子弟。

[8] 掠削：用手轻轻整理头发。旋：不久。

[9] 九天：指皇宫。二十五郎：邠王李承宁善吹笛，排行二十五。逐：指以笛声伴奏。

[10] 逡巡：形容歌唱时节拍之舒缓。大遍：古代音乐术语，指成套的乐曲。凉州：曲调名。这里指演奏完了一整套凉州大曲。彻：曲终。色色：各种各样的。龟兹（qiū cí 秋 词）：汉西域国名，在今新疆库车一带。这里指龟兹乐。录续：即“陆续”，指轮番演奏。

[11] “李謩”二句：自注说：“玄宗尝于上阳宫夜后按新翻一曲。属明夕正月十五日，潜游灯下，忽闻酒楼上有笛奏前夕新曲，大骇之。明日，密遣捕捉笛者诘验之。自云：‘其夕窃于天津桥玩月，闻宫中度曲，遂于桥柱上插谱记之。臣即长安善笛者李謩也。’玄宗异而遣之。”謩，同“谟”。压笛：按笛。

[12] 大驾：皇帝的车驾。

[13] 队仗：车驾前的仪仗队。岐、薛：岐王李珍、薛王李瑁，都是玄宗的侄辈。这里代指皇亲。杨氏诸姨：指杨贵妃姐妹。车斗风：形容车跑得飞快。

[14] “明年”二句：指安禄山、史思明叛军攻陷东都洛阳。

[15] 驱令：驱赶，迫令。供顿：供应军需。

[16] 六皇帝：实际应该是五位皇帝，即肃宗、代宗、德宗、顺宗、宪宗。

[17] 玄武楼：德宗新建，在大明宫北面。花萼：花萼楼，玄宗所建，在兴庆宫的西南角。

[18] 敕使：皇帝的使者。斫（zhuó 浊）：砍。暂：一会儿。相逐：跟随进去。

[19] 栉（zhì 挚）比：像梳子齿一样密密麻麻地排着。缘：围绕。

[20] 攲倾：歪斜倒塌。文窗：雕花的窗格。窈窕：美好的样子。

[21] 花钿：古代妇女佩带的镶嵌珠宝的首饰。

[22] 斗栱：我国古代木结构中梁柱之间的一种支承结构，由斗形方木与弓形横木组成，可以使屋檐外伸。香案：供焚香的桌案。衙：正门。

[23] 端正楼：在华清宫，这里是借用。

［24］指似：同“指示”。却出：退出。

［25］姚崇、宋璟：玄宗开元年间两位著名的宰相。相公：宰相的尊称。

［26］燮理：调和。

［27］“禄山”句：安禄山曾经为杨贵妃养子，可以自由出入宫廷。虢国：虢国夫人，杨贵妃的姐姐。

［28］杨与李：杨国忠与李林甫。

［29］庙谟：朝廷的重大决策。谟，谋划。疮痏（wěi 委）：疮疤痕。这里指国家的残破局面。

［30］今皇：指宪宗。丞相：指裴度。吴蜀平：吴，指江南东道节度使李锜；蜀，指西川节度副使知节度事刘辟。他们都曾经兴兵叛乱，被朝廷平定。

［31］淮西贼：指淮西节度使吴元济，是当时叛军中军事势力最强大的。

［32］深望幸：殷切地盼望着皇帝的临幸。

学习提示

这首长篇叙事诗，通过连昌宫的盛衰变迁，探索开元、天宝年间政治由开明转向腐败的原因，为当朝皇帝提供前车之鉴。前四句概写今日连昌宫的萧条冷落景况，引出“宫边老人”的泣诉。以下至“杨氏诸姨车斗风”，写连昌宫往日的兴盛。当年唐明皇与杨贵妃出游至此，宫内奢华不减长安。寒食时节，灯火辉煌，音乐声喧，乐声响彻九霄。这样一幅宫中放纵享乐的场面，已经为“安史之乱”的爆发埋下了祸根。“明年十月东都破”至“夜夜狐狸上门屋”，写“安史之乱”爆发，连昌宫因此荒废。即使叛乱平定以后，宫门仍然坚闭。只是一次宫内整理，老人跟随进去看了一看。只见荆棘丛木横生，池塘荒芜，狐兔出没，舞榭歌台倾塌，四处残破荒凉。对连昌宫昔盛今衰的现实做了充分铺叙之后，诗人开始进一步探索变迁的原因，但还是以“宫边老人”的口说出。玄宗在位前期，知人善用，宰相开明，政通人和，天下太平。而后，杨贵妃兄妹渐渐得宠，又有奸相李林甫败坏朝纲，国家大祸就此酿成。诗人最终归结到对现实的歌颂。当时朝廷逐渐平定了几股较大的地方割据势力，让人们看到了中兴的希望。诗人期望皇帝能以玄宗为鉴，将大唐帝国导向新的昌隆繁盛。

闻乐天授江州司马[1]

残灯无焰影幢幢，此夕闻君谪九江[2]。垂死病中惊坐起，暗风吹雨入寒窗。

【注释】

[1] 元和十年（815），元稹为通州（今四川达县）司马。听说友人白居易被贬为江州司马，作此诗。

[2] 幢幢（chuáng 床）：昏暗不明的样子。九江：唐代江州属九江郡。

学习提示

元稹与白居易是志同道合的好友，友人被贬的消息传来，诗人为之牵挂、悲痛。首二句渲染了一种暗淡凄凉的氛围，残灯欲灭，灯火摇曳，周围的景色一片昏暗，诗人又得重病卧床，心境本来就凄苦沉重。此时，忽然听到友人贬谪的坏消息，心情大恸，不由得惊坐而起。诗人不直接写心中的悲苦，却以“暗风吹雨入寒窗”的景色做结，寓情于景，含蓄婉转。

菊　花

秋丛绕舍似陶家，遍绕篱边日渐斜[1]。不是花中偏爱菊，此花开尽更无花。

【注释】

[1] 秋丛：指一丛丛菊花。陶家：东晋陶渊明，喜种菊。

学习提示

这首赏菊诗，表现的是诗人的隐逸情怀。秋日菊花盛开，屋舍旁、篱笆外，处处环绕。这让诗人联想起东晋隐士陶渊明，因此也牵引出诗人对隐逸生活的向往。后二句补充说明爱菊的理由。菊花在秋日的萧条时节开放，给大地带来了生机。秋日转寒，菊花开后，大自然将一片荒凉，这就令人倍加珍惜了。

行　宫

寥落古行宫，宫花寂寞红。白头宫女在，闲坐说玄宗。

学习提示

这首诗也是追寻、探索玄宗之事，通过一位白头宫女的口吻说出。这位白头宫女，一定是玄宗时的“遗老”，她见过了开元、天宝年间的国家兴盛，也目睹了杨贵妃的骄横，更经历了将国家拖入深重灾难的“安史之乱”，她是一位历史的见证人。今日“闲坐说玄宗”，有多少话题，有多少感慨，诗人不必一一叙述言明。潘德舆《养一斋诗话》卷三说：“‘寂寞古行宫’二十字，足赅《连昌宫词》六百余字。”诗贵含蓄，《行宫》的出色就在这里。

离　思

曾经沧海难为水，除却巫山不是云。取次花丛懒回顾，半缘修道半缘君[1]。

【注释】

[1] 取次：任意，随便。缘：因为。

学习提示

这首诗悼念亡妻韦丛，表达了对亡妻深深的眷恋之情。沧海之大，容纳百川；巫山之美，云雨翻腾，诗人经历过最好的，便对寻常之“水”、之“云”兴味索然了。诗人用这象征的手法喻指自己夫妻情感如沧海之水一样深广，如巫山之云一样美好。有了这样情感经历，从花丛中经过时，诗人就不会对一般的花卉发生兴趣。这里还是以花喻女子。诗人将原因解释为一半是修道，一半是思念亡妻。在他人读来，“修道”也是悼念亡妻时的无奈之举。

遣悲怀[1]

昔日戏言身后意，今朝皆到眼前来。衣裳已施行看尽，针线犹存未忍开[2]。尚想旧情怜婢仆，也曾因梦送钱财。诚知此恨人人有，贫贱夫妻百事哀。

【注释】

[1] 遣悲怀：这是元稹悼念亡妻韦丛的组诗，共三首，这里选录第二首。

[2] 施：施舍。行看尽：眼看不多了。行：快要。

学习提示

悼亡诗唐人中元稹写得最为出色。诗人从夫妻平常琐碎小事写起，絮絮叨叨中渐见深情。这一份絮叨，只有“贫贱夫妻”之间才有。往日两人闲聊，曾言及身后将如何如何，这都是一时的戏言，岂知今日都成现实。诗人以极其沉痛的口吻叙述这一切。不耐亡妻之伤悲，诗人施舍衣裳，不愿面对旧针线，都是怕睹物思人。“尚想”二句更显出诗人的情痴。“诚知”二句的概括，平平常常，又哀怨无限。

张　祜

张祜，字乘吉，南阳（今属河南）人，一说清河（今属河北）人。曾得到令狐楚的推荐，却被元稹所抑制，布衣终身。后客淮南，得度支使杜牧善待。宣宗大中时，卒于丹阳。存诗三百六十余首。

何满子[1]

故国三千里，深宫二十年。一声《何满子》，双泪落君前[2]。

【注释】

[1] 何满子：唐玄宗开元年间，沧州有歌者名何满子，触犯刑律，当斩。进歌曲赎死，曲名《何满子》。

[2] 君：指唐武宗。

学习提示

这首宫怨诗虽短小，但涵括面却极其宽广。“故国三千里”，写相隔空间的辽阔，宫人被征入宫，远离家人，与故乡相隔三千里。“深宫二十年”，写幽闭时间之长久。宫女不幸的遭遇，被浓缩在这十个字中。所有的怨苦，都通过“一声《何满子》”来表达。一声悲歌，双泪齐落，包含宫人的多少辛酸。

集灵台[1]

虢国夫人新承恩，平明骑马入宫门[2]。却嫌脂粉污颜色，淡扫娥眉朝至尊[3]。

【注释】

[1] 集灵台：即长生殿，在华清宫内。

[2] 虢国夫人：杨贵妃三姊的封号，嫁裴家。平明：天刚亮的时候。

[3] “却嫌”二句：乐史《太真外传》载：“虢国不施脂粉，自炫美艳，常素面朝天。”至尊：皇帝，指唐玄宗。

学习提示

杨贵妃得宠，兄妹皆骄横一时。这首咏史诗以虢国夫人为代表，写出杨氏兄妹的跋扈，讥刺唐玄宗与虢国夫人之间的暧昧关系。首句“新承恩”就语带讽刺，虢国夫人又非后妃，何以得此恩宠？第二句直写其骄横，宫门禁地，也可骑马出入。后二句转到虢国夫人之淡妆美艳。诗人不必明确点破，读者也知道这是虢国夫人得宠的惟一原因。于是，唐玄宗之荒唐、昏庸，就昭然若示。

题金陵渡[1]

金陵津渡小山楼，一宿行人自可愁。潮落夜江斜月里，两三星火是瓜州[2]。

【注释】

[1] 金陵渡：在今江苏镇江附近。唐代镇江也称金陵。

[2] 瓜州：在今江苏邗江南部。

学习提示

这首诗写旅途愁绪。金陵渡口，行人的愁苦意绪阵阵涌来。今夜又是一个无眠之夜。诗人伫立在小山楼，眺望江上夜景，惟见潮落月斜，星火点点，那是远处的瓜州。这么一幅静谧恬淡的江上夜景图，也是给今夜的行人一点旅途的安慰。

贾　岛

贾岛（779—843），字浪仙（阆仙），范阳（今北京附近）人。早年作过和尚，法名无本。后结识韩愈等，在韩愈劝说下还俗。长庆二年（822）开始应进士试，多次落第。开成二年（837）为长江（今四川蓬溪）主簿。有《长江集》，《全唐诗》录其诗四卷，约四百首。是著名的苦吟诗人，其诗时时透露出一股萧瑟之气，悲愁苦闷之辞处处可见。同时又寻求精神的寄托与安慰，借山水顾影自怜。

渡桑乾[1]

客舍并州已十霜，归心日夜忆咸阳[2]。无端更渡桑乾水，却望并州是故乡[3]。

【注释】

[1] 桑乾（gān 干）：桑乾河，今名永定河。源自山西马邑县北，东流入海。

[2] 客舍：客居他乡。并（bīng 兵）州：今山西太原。咸阳：这里指京都长安。

[3] 无端：无来由。更：再。

学习提示

客居并州，日夜思念京城，期望能回到京都得到朝廷重用。“十年”可以视作虚指，言长期滞留他乡。岂知命运逼迫诗人远渡桑乾，此时再望并州，反而显得亲切可留恋。这种表达中蕴涵了诗人无奈的凄苦。“无端”是自我怨苦，其实是知道原因。

剑　客

十年磨一剑，霜刃未曾试。今日把示君，谁有不平事？

学习提示

从这首诗来看，诗人是有抱负、有志向的。他的出家应该有一定的原因，所以，他才会还俗，会参加进士考试，会孜孜不倦地在仕途上追求。“十年磨一剑”，可以视为隐喻，指诗人长期学习各种本领技艺以及他的才能与修养自我完善的过程。“霜刃未曾试”，则指未得施展才能的机会。“今日把示君，谁有不平事”，是诗人亟欲用世的心态流露。这样的人，当然不适宜当和尚了。

题李凝幽居

闲居少邻并，草径入荒园[1]。鸟宿池边树，僧敲月下门。过桥分野色，移石动云根[2]。暂去还来此，幽期不负言[3]。

【注释】

[1] 邻并：紧邻，比邻。

[2] 云根：古人认为云生石上，石为云根。

[3] 幽期：约定相聚隐居的日期。

学习提示

诗人有过出家的经历，还俗后又事事不得意，内心郁闷蓄积到一定程度，就转向山水景物，寻求慰藉。这首诗是题友人的隐居处所，流露的是诗人自己的向往情趣。幽居周围的景色，荒僻静谧，这是贾岛喜欢的格调。诗人转向隐逸之际，摆脱不了内心的悲苦。而这些山水在悲苦心境的投射中，变得寂寞、衰飒、冷清。“鸟宿池边树，僧敲月下门”是诗中名句，据说贾岛考虑是用“敲”字还是“推”字，过于出神，误闯了京兆尹韩愈的仪仗队，韩愈以为“僧敲月下门”更佳，两人从此结下友谊。

忆江上吴处士

闽国扬帆去，蟾蜍亏复团[1]。秋风生渭水，落叶满长安。此地聚会夕，当时雷雨寒。兰桡殊未返，消息海云端[2]。

【注释】

[1] 闽国：指今福建地区。蟾蜍：月亮。传说月亮中有蟾蜍，故用作代称。

[2] 兰桡：木兰舟，舟船的美称。

学习提示

这首诗遥忆友人，深情款款。友人扬帆前往闽地，至今已有时日。秋风吹起，落叶满长安。在这萧条凄苦的季节里，更令人思念远离的友人，牵挂的冷暖。诗人不禁回忆起当年此地相聚的情景，户外是雷雨大作，友人则聚首谈心，相得甚欢。今日友人未还，音信不通，诗人只得遥望“海云端”，以寄思念之情。

暮过山村

数里闻寒水，山家少四邻。怪禽啼旷野，落日恐行人。初月未终夕，边烽不过秦[1]。萧条桑柘外，烟火渐相亲。

【注释】

[1] 边烽：边境的烽火。秦：指古代秦国属地，在今陕西、甘肃一带。

学习提示

傍晚时候路过山村，进入诗人眼帘的都是那些荒凉阴暗的景物。山间人家稀落，惟闻寒水潺潺流淌。诗人的心境如此，所以对山村抱着这样的先入之见，数里之外，就做这样的揣想。于是，周围的一切景物都变得阴森恐怖，旷野里怪禽的啼叫，奄奄一息的落日，都让行人惊惧不安。此地生活还是宁静的，初月升起，不闻边烽。渐近山村，渐近烟火，诗人在萧条中还是感到一丝亲切。

访隐者不遇

松下问童子，言师采药去。只在此山中，云深不知处。

学习提示

这位隐者是诗人理想生活的表现。在白云深处的丛山之间，采摘草药，潇洒度日。所居住的环境也是松树环绕，清冷脱俗。又有童子侍奉，俗务不劳烦心。诗人向往的是这样的隐逸生活，对所拜访的“隐者”之描述中寄寓了自己精神上的寄托与安慰。

朱庆馀

朱庆馀（797—?），字可久，越州（今浙江绍兴）人。唐敬宗宝历二年（826）进士，曾官秘书省校书郎。又曾客游边塞。

宫中词

寂寂花开闭院门，美人相并立琼轩[1]。含情欲说宫中事，鹦鹉前头不敢言。

【注释】

[1] 琼轩：美玉廊台，是对宫中廊台的美称。

学习提示

这首宫怨诗选择一个新的角度表现宫女的凄怨生活。长日寂寥，花开花落，院门自闭，这是宫女的典型生活环境。尽管周围的一切都那么精美富丽，但还是掩饰不住内心的苦怨。关系比较要好的一对宫女“含情欲说宫中事”，旁边已肯定没有窃听者，不过，最终还是欲说还休，因为鹦鹉学舌，难保不泄露谈话的内容。后宫佳丽千万人，千万人争夺一人的宠爱，彼此之间有多少的勾心斗角。那么多的女人聚集在一起，长日无聊，也只能靠你争我夺、流言蜚语、乃至阴毒卑下手段打发时光。这首诗的语言相当美丽，却掩盖着这样一个残酷的现实。

近试上张水部[1]

洞房昨夜停红烛，待晓堂前拜舅姑[2]。妆罢低声问夫婿，画眉深浅入时无[3]？

【注释】

[1] 张水部：指张籍，时任水部员外郎。

[2] 停：停放。舅姑：公婆。

[3] 入时无：合流行时式？

学习提示

唐人参加进士考试之前有“温卷”的风俗，除了规定的向礼部缴纳诗文以外，还将自己的优秀作品送给当代文坛同时又是官场上的著名人物，以求其揄扬。朱庆馀这次将自己的 26 首作品呈现给张籍，同时作此诗以探听张籍的口气。结果大得张籍的赞扬，得以考中进士。诗歌以新嫁娘自喻，不知自己的妆饰是否合公婆之意，妆罢之后先低声地征询夫婿的意见。这里，公婆隐喻主考官，夫婿暗指张籍。诗人用这样喻托的方式，恰如其分地表达了自己的意思。如果仅仅将其作为新嫁娘面对公婆忐忑不安的心理描写与在夫婿之前的撒娇卖乖，也是十分出色的。张籍当即有《酬朱庆馀》的回答，诗云：“越女新妆出镜心，自知明艳更沉吟。齐纨未足时人贵，一曲菱歌敌万金。”明确了自己的赏识态度，告诉对方没必要为考试担心。

杜　牧

杜牧（803—852），字牧之，京兆万年（今陕西西安）人。早年以落魄公子、风流文人的身份出入于歌楼妓馆。文宗大和二年（828）进士及第。同年，考中“贤良方正直言极谏科”，授官。曾长期在各方镇为幕僚。40岁以后当上州官，曾任黄州、池州、睦州刺史。官至中书舍人。终年50岁。有《樊川诗集》。

过华清宫

长安回望绣成堆，山顶千门次第开[1]。一骑红尘妃子笑，无人知是荔枝来[2]。

【注释】

[1] 绣成堆：骊山右侧有东绣岭，左侧有西绣岭。玄宗时，岭上多植树木花卉，望之锦绣一片。次第：依次，一一。

[2] “一骑”二句：杨贵妃喜欢吃荔枝，玄宗便让南海每年飞驰进贡。

学习提示

杜牧的咏史诗往往寓意深长，借古讽今，针对现实的黑暗与腐朽，借历史上盛衰兴亡的经验教训加以讽喻。这首诗咏写的是本朝的历史，唐明皇与杨贵妃在华清宫的纵情享乐，将唐帝国拖入最为深重的灾难。诗人选择了千里飞驰、递送荔枝这样一个角度落笔。首二句是铺垫，写李、杨二人生活享受的排场。登上骊山，回望长安，锦绣成堆。一路盘旋到山顶，宫殿鳞次栉比，宫门迤逦打开。这样庞大的建筑，耗费了多少民脂民膏，凝结着多少百姓的血泪，诗人不做明白揭示。后二句转入传送荔枝的话题，却也是点到为止。为博取妃子一笑，皇帝不惜劳民伤财。诗人用“无人知是荔枝来”轻轻带过，语带讽刺，含蓄浑厚。苏轼《荔枝叹》说：“宫中美人一破颜，惊尘流血溅千载。”将触目惊心的悲惨结果完全揭示出来，这正是杜牧这首诗在含蓄中留给读者回味的。

江南春

千里莺啼绿映红，水村山郭酒旗风。南朝四百八十寺，多少楼台烟雨中？

【注释】

［1］“南朝”句：南朝数位皇帝以及众多达官贵人好佛，在江南大建佛寺，据说有五百余处。这里举其大概数字。

学习提示

描写江南的春景，既是眼前之所见，也是充分地发挥了想象力。江南的春天，花红水绿相互辉映，黄莺啼鸣，处处酒旗招展。“千里”清丽、繁华的画面，是就所见加上想象的补充而构成。“南朝四百八十寺”，金碧辉煌，同样是就想象之所及，今日都笼罩在烟雨霏霏之中，显得深邃迷离。其间，是如梦幻般的南朝历史的云烟，在景色的赏识过程中，渗透了幽深的历史感慨。

思考题

1. 杜牧咏史诗与前人不同之处在哪里？
2. 试分析杜牧七言绝句的艺术风格。
3. 杜牧的诗歌里是怎样体现晚唐作风的？
4. 背诵这首诗。

赤　壁

折戟沉沙铁未销，自将磨洗认前朝[1]。东风不与周郎便，铜雀春深锁二乔[2]。

【注释】

［1］将：拿来。

［2］“东风”二句：指赤壁之战，周瑜借东风之便火烧曹军，大获全胜。铜雀：铜雀台：曹操所建，在邺城（今河北临漳）。曹操暮年享乐之处，他的姬妾歌妓都住在台中。二乔：即二桥，东吴著名美女。大桥嫁孙策，小桥嫁周瑜。

学习提示

这首诗直接评论历史人物、事件，对历史上兴亡成败的关键问题发表自己独到的见解。将赤壁之战的成功完全归结于“东风”的客观因素，当然是十分偏颇的。何文焕《历代诗话考索》说：“牧之之意，正谓幸而成功，几乎家国不保。”其实，杜牧的识见不会如此肤浅，他是故意做此偏颇惊人之论，以突出“时无英雄，使竖子成名”的内心感慨，抒发的是自己才能不得施展的愤懑牢骚。

思考题

1.《赤壁》的主题思想是什么？
2. 杜牧的咏史诗有什么特点？
3. 背诵这首诗。

泊秦淮

烟笼寒水月笼沙，夜泊秦淮近酒家[1]。商女不知亡国恨，隔江犹唱《后庭花》[2]。

【注释】

[1] 秦淮：河名，是六朝繁华喧闹的地方，在今南京市。

[2] 商女：以卖艺为生的歌妓。《后庭花》：即《玉树后庭花》，为陈后主所作。被后人视为亡国靡靡之音。

学习提示

在各类题材中，杜牧以咏史诗最为出色，往往具有深沉的历史感。咏叹之际，融合了对自然、社会、历史的感慨，总有一种怀古伤今的忧患意识。今夜泊舟秦淮，烟雾弥漫，水月朦胧，水边是歌舞寻乐的酒家。随着《后庭花》歌声传来，引出了诗人深深的忧患。南朝声色歌舞、纸醉金迷的生活如现眼前。这里有对历史的无限感慨，更有对现实的辛辣讽刺，道出了诗人内心的隐忧。

寄扬州韩绰判官

青山隐隐水迢迢，秋尽江南草木凋。二十四桥明月夜，玉人何处教吹箫[1]？

【注释】

[1] 二十四桥：扬州二十四桥有多种说法。一说即吴家砖桥，又名红药桥；一说是二十四座桥的总称；一说隋置二十四桥，以城门坊市为名。玉人：美人。

学习提示

江南月夜景色，是如此的清新秀丽，令人陶醉。青山逶迤，绿水迢迢，即使“秋尽江南”，草木凋零，山清水秀的江南依然不失清丽妩媚。当明月升起，扬州的景色更加迷人。那二十四桥间传来玉人的乐箫声，悠扬动听，令人想起其地歌舞的繁盛，歌妓的美艳，“春风十里扬州路”的情景恍如眼前，诗人不禁心驰神往。

遣　怀

落魄江湖载酒行，楚腰纤细掌中轻[1]。十年一觉扬州梦，赢得青楼薄倖名[2]。

【注释】

[1] 载酒：携酒。楚腰：女子细腰。相传楚灵王好细腰，宫女多节食以讨君王欢心，故称“楚腰”。掌中轻：相传汉赵飞燕体轻，能做掌上舞。这里都是借指扬州歌妓。

[2] 薄倖：薄情。

学习提示

这首诗回顾自己在扬州放浪形骸、纵情声色的生活，故作疏放中隐隐透露出落魄的枯涩。首句便点明“落魄”，“楚腰纤细掌中轻”之出入歌楼妓院的自我放纵其实是不得已的，是内心苦闷的排遣。“十年一觉扬州梦，赢得青楼薄倖名”，是对自己一事无成的不满，更是对不重用自己的社会的不满。

山 行

远上寒山石径斜，白云生处有人家。停车坐爱枫林晚，霜叶红于二月花[1]。

【注释】

[1] 坐：因为。霜叶：枫叶。

学习提示

秋日远上寒山，诗人不着眼于冷落萧条的景色，依然兴趣勃勃。当他遥望发现“白云生处有人家”时，一种欣慰喜悦的情感涌上心头。诗人浏览景色，发现了“霜叶红于二月花”的秋日别致景色，火红的色彩中充满了生机。杜牧写景抒怀的诗歌，常常以自我旷放来寻求解脱，希望能获得一种闲适的生活和恬静的心境。心胸比较开阔，其诗也时有一种高朗爽健、意气风发、俊逸明丽的特色。

秋 夕

银烛秋光冷画屏，轻罗小扇扑流萤[1]。天阶夜色凉如水，坐看牵牛织女星[2]。

【注释】

[1] 轻罗小扇：用非常薄的罗纨所制的扇子。

[2] 天阶：宫中石阶。

学习提示

七夕之月夜，景色清淡秀丽。银烛、画屏，都被洒上了月色的冷光。少女们有七夕之夜向织女星乞巧的风俗，她们更是趁此机会欢闹嬉戏，手执轻罗小扇扑打流萤。少女的天真、活泼、好奇，都表现在这幅画面中。嬉戏困乏了，静静地抬头遥望，指点着牵牛、织女二星，大约在相互传说着他们爱情故事。诗笔就此打住，少女们“坐看”时的言行，尽随读者想象。蘅塘退士《唐诗三百首》评此诗云：“层层布景，是一幅着色人物画。只‘坐看’二字，逗出情思，便通身灵动。”

赠　别

其　一

娉娉袅袅十三余，豆蔻梢头二月初[1]。春风十里扬州路，卷上珠帘总不如。

其　二

多情却似总无情，唯觉尊前笑不成[2]。蜡烛有心还惜别，替人垂泪到天明。

【注释】

［1］娉娉、袅袅：都是形容女子体态的婀娜柔美。豆蔻：豆蔻夏初开花，二月初尚含苞欲放，故用来比喻处女。

［2］尊：酒杯。

学习提示

这组诗是赠别歌妓的。第一首写给自己喜爱的一位雏妓。她只有十三出头，如二月初豆蔻梢头含苞欲放的花蕾。这种比喻非常贴切形象，后人因此称女子的这一年龄阶段为豆蔻年华。这位雏妓的容颜在扬州也是出众的。十里扬州，青楼鳞次栉比，美艳歌妓无数，当春风吹过，珠帘一一卷起，所有的歌妓都露出了她们庐山真面目，没有一位比得上诗人心爱的雏妓。当然，这种美化的诗笔，肯定是“情人眼里出西施”。第二首写送别，诗人沉浸在悲伤痛苦之中，难以自我解脱。今夜的送别酒宴，应该趁机多一点笑语，以告慰别后的寂寞。但即将分手的事实沉重地压在心头，使离人无法宽怀一笑。这就是“多情却似总无情，唯觉尊前笑不成”的原因。后二句以蜡烛为喻，写二人长夜无眠，面对蜡烛，默默垂泪惜别。用眼前景物做生动新颖的比喻，与李商隐“蜡炬成灰泪始干”有异曲同工之妙。

金谷园[1]

繁华事散逐香尘，流水无情草自春[2]。日暮东风怨啼鸟，落花犹似坠楼人[3]。

【注释】

［1］金谷园：地名，在洛阳市西北。西晋石崇在此筑园林，十分奢丽。

［2］香尘：石崇为了教练家中歌妓舞步，以沉香屑铺象牙床上，无印迹者赐以珍珠。

［3］坠楼人：孙秀欲占有石崇的爱妾绿珠，被石崇拒绝，孙秀便在赵王司马伦前陷害石崇，石崇因此被捕。绿珠为此跳楼自尽。

学习提示

金谷园是晋朝豪富石崇所筑，诗人对此，既感慨石崇当年的豪奢，也联想到绿珠的悲惨下场。首句蕴藏了诗人无限的慨叹，金谷园的繁华，已经成为往事，与芳香尘屑一起消失得无影无踪。惟有周围的流水，不管人世转换，沧桑巨变，依旧潺潺流淌，春草也随季节而碧绿。诗人正沉浸在往事的遐想之中，一直彷徨到傍晚，耳边传来啼鸟的怨鸣声，眼前的一片飞花使他想起了坠楼自尽的绿珠，惋惜之情油然而生。

清　明

清明时节雨纷纷，路上行人欲断魂。借问酒家何处有？牧童遥指杏花村。

学习提示

清明佳节，细雨纷纷，家家上坟祭祖，路上不同的行人有着相近的哀思，诗人用“欲断魂”做概括一笔描写。“断魂”者同时包括旅途漂泊的诗人，于是，他想寻找一家酒店，做暂时的歇息，以安慰旅途的孤寂，以躲避纷纷的细雨。牧童遥指之处所，杏花烂漫，酒店掩映其中。可以想见，行人能够找到一个很好的休息场所了，一丝欣慰涌上心头。

许　浑

许浑，字用晦，润州丹阳（今江苏镇江）人。少年苦读，屡试不第。直到大和六年（832）才进士中第。曾任县令、司马、监察御史等，官至睦州、郢州刺史。后抱病退居润州丁卯桥，自编《丁卯集》。《全唐诗》录其诗十一卷，存诗五百余首。

咸阳城东楼

一上高城万里愁，蒹葭杨柳似汀洲[1]。溪云初起日沉阁，山雨欲来风满楼。鸟下绿芜秦苑夕，蝉鸣黄叶汉宫秋[2]。行人莫问当年事，故国东来渭水流。

【注释】

[1] 蒹葭：芦苇。汀洲：水边平地。

[2] “鸟下”二句：咸阳一带是秦汉故都，这两句写秦汉宫苑的荒废。

学习提示

这首诗抒写登临时的愁绪，诗中没有明确点出是为何而愁，仔细品味，大约是为故国的衰败而发。诗人是带着满腹的愁绪登上咸阳城楼的，蒹葭凄凄，杨柳依依，放眼望去，都是凄寒落寞的景色。又值傍晚日沉，溪上云雾蒸腾，空气越来越压抑，酝酿着一场山雨，诗人已经从“风满楼”中感觉到即将到来的来势凶猛的雨意。“山雨欲来风满楼”，十分形象地写出暴风骤雨来临之前那种紧张的气氛，是晚唐危机四伏的社会现实的写照。后人常用来描述巨变即将发生前空气中那种不安宁、不平静。咸阳一带为秦汉故都，“鸟下”二句慨叹故都的荒芜凄凉，流露出对现实的隐忧。愁苦已极，自我排解，只好“莫问当年事”。世事沧桑，尽如“东来渭水流”，滔滔而去。

谢亭送别[1]

劳歌一曲解行舟，红叶青山水急流[2]。日暮酒醒人已远，满天风雨下西楼。

【注释】

[1] 谢亭：谢公亭，在安徽宣城北面，南朝诗人谢朓任此地太守时所建。

[2] 劳歌：本指在劳劳亭（在今南京南面）送客时所唱的歌。后泛指送别之歌。

学习提示

这首诗为送别友人而作。一曲送别之歌，行人解舟匆匆离去，伫立者有无限挽留之意。两岸红叶青山相送，秋日典型的景色更增添了离别的愁绪。诗人只能埋怨流水太急，瞬间就带将友人的行舟远去。后二句写别后怅惘空寂的情景。送别的宴席，醉不成欢，浑噩中进入梦乡。一觉醒来，日薄西山，离人已远，诗人只得在满天凄风苦雨中独下西楼。黄昏的暮色，风雨的凄寒，醉后的朦胧，很好地协调在一起，共同烘托出黯淡的心境，悲苦的离情。《苕溪渔隐丛话》卷二十四引《桐江诗话》说："许浑集中佳句甚多，然多用'水'字。故国初士人云：'许浑千首湿是也'。""山雨欲来风满楼""满天风雨下西楼"，这些佳句都与"水"字有关。

温庭筠

温庭筠（约812—约870），本名岐，字飞卿，太原祁（今山西祁县）人。屡试进士不第，又曾得罪当时宰相令狐綯而受打击。一度官方城（今河南方城）尉，官终国子助教。世称温方城、温助教。有《温飞卿诗集》和词集《金荃集》。其诗凄蒙艳丽，多幽怨悲苦情调。

商山早行[1]

晨起动征铎，客行悲故乡[2]。鸡声茅店月，人迹板桥霜。槲叶落山路，枳花明驿墙[3]。因思杜陵梦，凫雁满回塘[4]。

【注释】

[1] 商山：在今陕西商县东南。

[2] 征铎（duó 夺）：驿站的铎铃。

[3] 槲：松心木。枳：枳树。

[4] 杜陵：地名，在长安东南。凫（fú 浮）：野鸭。

学习提示

这首诗写旅途早行情景，十分典型概括。铎铃摇动，清晨起身，旅途匆匆，不得已赶路。行程遥遥，不由人思念起故乡的温暖、安定。“客行悲故乡”，一句最平常的话语，说出了游子共同的心声。“鸡声茅店月，人迹板桥霜”写早行景物，特征鲜明。茅店外月亮还未完全落下，晨鸡啼鸣，板桥上的霜露因初行者的践踏而留下印迹。明人李东阳《怀麓堂诗话》分析这两句说：“人但知其能道羁愁野况于言意之表，不知二句中不用一二闲字，止提掇出紧关物色字样，而音韵铿锵，意象具足，始为难得。”“槲叶”二句写早行所见，落叶纷纷，山路萧条。因拂晓天色还有些灰蒙，所以，白色的枳花就成为“明”色调而格外醒目。在寂寞凄苦中，诗人想起昨夜梦见了京城，京城与故乡已混为一气，心中泛漾出对前程的一丝幻想。

李商隐

李商隐（813—859），字义山，号玉谿生，又号樊南生。原籍怀州河内（今河南沁阳），自祖辈移居郑州荥阳（今属河南）。为李唐王室旁支。开成二年（837），因“牛党”令狐绹延誉，考中进士。及第后再入令狐楚幕，楚死，入“李党”泾原节度使王茂元幕，不久娶王女为妻。从此陷入“牛李党争”旋涡，开成四年（839）出仕秘书省校书郎。后入郑亚幕。大中十二年（858），因病退职还乡，在郑州去世。有《玉谿生诗集》。诗歌构思缜密，寄托遥深，清丽凄切，格律严整，主观抒情性浓，贯穿着感伤情绪，典型地表现了晚唐风貌。

锦　瑟

锦瑟无端五十弦，一弦一柱思华年[1]。庄生晓梦迷蝴蝶，望帝春心托杜鹃[2]。沧海月明珠有泪，蓝田日暖玉生烟[3]。此情可待成追忆，只是当时已惘然。

【注释】

[1] 锦瑟：古代的一种弹奏弦乐器，有五十弦。无端：平白无故。华年：美好年华。

[2]“庄生”句：《庄子·齐物论》载：“昔者庄周梦为胡蝶，栩栩然胡蝶也。自喻适志与！不知周也。俄然觉，则蘧蘧然周也。不知周之梦为胡蝶与？胡蝶之梦为周与？”后以此典写人生如梦，变幻莫测。“望帝”句：相传周末蜀王杜宇，号望帝，死后魂魄化为啼血的杜鹃鸟，啼声凄楚哀苦。

[3] 珠有泪：相传南海有鲛人，哭泣所流的眼泪都是珍珠。蓝田：地名，今陕西省蓝田县。此地盛产美玉。

学习提示

李商隐有大量“无题”诗或摘取篇中二字为题的，约占其创作总数的十分之一。这类无题诗的主旨向来众说纷纭，如《锦瑟》一诗的主题就有爱情、悼亡、咏物、追叙生平、听音乐有感诸说。从字面理解，应该是诗人聆听锦瑟时引发的诸种感受，至于这些感受来自何种人生体验，只能是“仁者见仁，智者见智”。诗的开篇就以“无端”二字发出怨言，埋怨锦瑟声引发了自己的思绪与伤感。诗人不直接去写伤感的内容，而是连用两个典故，是在写往事如梦，人生悲苦，这也是听锦瑟所触发的诸多情感。“沧海”二句写演奏的效果，迷蒙怅惘，不胜凄清幽怨。结尾对往事旧情归结一笔，表达一种永远失去的悲痛欲绝的心理。诗歌擅长用典故，所取意象大都色彩秾丽、神秘谲诡，如“庄生晓梦”“望帝春心”“沧海月明”“蓝田日暖”等，这些意象又含有哀愁、彷徨、伤感的感情色彩。

宿骆氏亭寄怀崔雍崔衮[1]

竹坞无尘水槛清，相思迢递隔重城[2]。秋阴不散霜飞晚，留得枯荷听雨声。

【注释】

[1] 崔雍、崔衮：兄弟俩。崔雍曾官和州刺史，崔衮曾官漳州刺史。

[2] 竹坞：栽种有竹子的泊船处。水槛：临水的厅堂。迢递：遥远的样子。

学习提示

秋日夜晚，诗人寄宿在骆氏人家的园亭里，寂寞无眠，听秋雨“沙沙”地敲打着枯荷，无聊中思念起相隔重重的崔氏兄弟。首句描绘了今夜居所的清净幽凉，清澈湖水环抱的船坞，种满了青青翠竹，寄宿此间，就有了远离尘嚣的清幽雅洁之感。环境的静谧，触动的是诗人的寂寥之感，于是便怀念“迢递隔重城”的友人。相思之下，心情转为凄暗，气候也随之阴沉。一天的阴云，秋霜晚飞，酝酿着浓浓的雨意。转眼间，果然下起淅沥细雨。这一切都令人心情更加黯淡，更增添了诗人沉重的相思愁苦。

重有感

玉帐牙旗得上游，安危须共主君忧[1]。窦融表已来关右，陶侃军宜次石头[2]。岂有蛟龙愁失水，更无鹰隼与高秋[3]。昼号夜哭兼幽显，早晚星关雪涕收[4]。

【注释】

[1] 玉帐：军中主将的营帐。牙旗：大将出征所用的军旗，旗杆上用象牙装饰。得上游：指占据战略上有利地势。

[2]“窦融”句：窦融是东汉初年人，任凉州牧。他见隗嚣盘踞一方，不服从朝廷，便秣马厉兵，上表光武帝刘秀，请求出兵讨伐。“陶侃”句：陶侃是东晋名将。苏峻叛乱，京都建康（今南京）失守，陶侃被诸军推举为盟主，率军平定了叛乱。宜：应该。次：驻扎。石头：城名，即今南京。

［3］蛟龙：喻皇帝。隼（sǔn 损）：又名鹘，一种凶猛的大鸟。鹰隼，都是喻指效忠朝廷的将帅。与高秋：向秋天的高空中翱翔。

［4］幽显：阴间与阳间。星关：即北极星座，喻皇帝的居所。

学习提示

唐文宗大和九年（835）十一月，宰相李训、凤翔节度使郑注在皇帝的授意下密谋诛杀朝廷宦官，不幸败露，连累朝官甚多，京城“流血千门，僵尸万计”，史称“甘露之变”。次年二、三月，昭义军节度使刘从谏两度上表，力辨王涯等无辜被杀，斥责宦官的跋扈嗜杀，表明要领兵清君侧，宦官气焰有所收敛。有感于这一系列事实与朝廷的灾难，诗人写下此诗，表达对专横宦官们的愤慨，以及对地方军事势力的期望。首二句称颂刘从谏手握重兵，占据有利地势，对朝廷忠心耿耿。颔联用两个典故写刘从谏上表、进兵的作为，期待之意洋溢言表。颈联愤慨皇帝受制宦官，认为朝廷应该多出几位刘从谏似的忠臣义士。末联写自己的忧心如焚，渴望早日铲平宦官势力，恢复朝廷正常局面。

乐游原[1]

向晚意不适，驱车登古原[2]。夕阳无限好，只是近黄昏。

【注释】

［1］乐游原：在长安南，地势高敞，是唐代的一个游览地。

［2］向晚：傍晚。

学习提示

傍晚时刻，诗人心情不佳，驱车登上了古原。其用意是放目远眺，浏览景物，排遣苦闷。所见的乃是大地景物都笼罩在夕阳之中，绚丽的色彩给人一种无限凄艳的美感。心情落寞的诗人，无论何种景色映入他的眼帘，都无法获得欣慰的感觉。夕阳虽好，但转瞬即逝，诗人的特殊心境使他特别容易联想起悲剧的结局。诗歌传达出一种江河日下、黄昏渐近的时代气氛，所谓“亡国之音哀以思”。

夜雨寄北

君问归期未有期，巴山夜雨涨秋池。何当共剪西窗烛？却话巴山夜雨时[1]。

【注释】

[1] 何当：何时。却：回顾。

学习提示

这首诗的题目又作“夜雨寄内”，明确是写给妻子的，后人也习惯这种理解。其实，从“夜雨寄北”的角度理解，更可能是寄给友人，抒发友情的。诗人流落巴蜀，不知回归朝廷的日期。思念长安友人，其实是对回到朝廷、仕途有所转变的渴望，然诗人婉转地借友人的问讯来表达。次句以滞留处所的天色气候烘托自己的愁绪。诗人在巴蜀的蛮风瘴雨中，凄苦度日，夜雨也阻隔了归程。如果回到长安，闲聊这一端孤寂无聊的时光，一定是一种全新的感受。诗人的设问，再度流露亟欲归去的焦急心理。

无　题

昨夜星辰昨夜风，画楼西畔桂堂东。身无彩凤双飞翼，心有灵犀一点通[1]。隔座送钩春酒暖，分曹射覆蜡灯红[2]。嗟余听鼓应官去，走马兰台类转蓬[3]。

【注释】

[1] 灵犀：相传犀牛是神兽，犀角中心有一条白纹贯穿，叫“通天犀”，感应灵敏。用来比喻心意相通。

[2] 送钩：古代宴席之间的一种游戏，一人藏钩在手中让他人猜，不中者罚酒。分曹：分成几拨。射覆：古代的一种游戏，在器皿下覆盖物品让人猜。射，猜。

[3] 听鼓：听到报晓的更鼓。应官去：到衙门应付公事。兰台：秘书省。唐高宗时一度改秘书省为兰台，后习惯以兰台称呼秘书省。李商隐曾任秘书省校书郎。转蓬：被风吹动到处飘转的蓬草。

学习提示

李商隐的“无题诗”，主题有以下诸说：艳情（宫女、女冠、歌妓、友人妾）、悼亡、自伤、咏物、政治影射、寄托不明。这些诗歌不着重记述具体的人物与事件，而在于抒发强烈的主观感受，表达人生经历的内心深层体验，故容易走向朦胧晦涩。这类诗擅长用精美华丽的语言，含蓄曲折的表现方式，回环往复的结构，构成朦胧幽深的意境，来表现心灵深处的情绪与感受。诗歌开篇是对昨夜的回忆，那是一个“画楼西畔桂堂东”的宴席场面。诗人看中了酒宴上的一位女子，大约这是一位“陪唱”歌妓，或已成他人禁脔。在诗人的自我意识中，对方也对他脉脉多情，只是无路可通，无法直接传递心意。诗人在颔联用了非常美丽的比喻：“身无彩凤双飞翼，心有灵犀一点通。”后人都用此联描述心意相通又不得相会堕入情网的男女双方。诗人于是从酒宴间的游戏中体会伊人对自己的情谊。匆匆的离别，使他失去了进一步沟通的机会，令诗人怅恨不已。如果不去追究诗歌的深层喻意，作品所表现的只能是诗人窃香怜玉的心态。

无　题

来是空言去绝踪，月斜楼上五更钟。梦为远别啼难唤，书被催成墨未浓。蜡照半笼金翡翠，麝熏微度绣芙蓉[1]。刘郎已恨蓬山远，更隔蓬山一万重[2]。

【注释】

[1] 金翡翠：以金线、翡翠装饰的珠被。绣芙蓉：芙蓉绣帐。

[2] 刘郎：汉代刘晨入天台山采药，遇仙女被留。这里借指自身。蓬山：蓬莱，传说是东海上的神仙居住的仙境。

学习提示

不管李商隐的“无题诗”是否另有喻托，但他肯定是从自己的情爱体验出发来写作的。从这个层面上讨论，将他的“无题”视作爱情诗篇是没有错误的。这首诗诗人代闺中怨妇抒情。这位女子怨恨情人的相约成空、一去无踪，只留下自己在闺楼上长夜无眠，苦苦等待。梦中有时曾寻觅情人而去，匆匆写就的书信也难以传达心意。精美的居室环境不能给人任何安慰。末联将相思苦恨明确点出，上文所有的情感都得到串联。

无　题

飒飒东风细雨来，芙蓉塘外有轻雷[1]。金蟾啮锁烧香入，玉虎牵丝汲井回[2]。贾氏窥帘韩掾少，宓妃留枕魏王才[3]。春心莫共花争发，一寸相思一寸灰。

【注释】

[1] 飒飒：风声。

[2] 金蟾：一种金属蟾型的香炉，蟾鼻上有锁钮。玉虎：辘轳，古代安在井上绞起汲水斗的工具。

[3] "贾氏"句：据《世说新语·惑溺》载：韩寿姿容俊美，被贾充辟为掾。贾充女儿暗中喜欢上韩寿，遂与私通，且将外国进贡、皇帝转赐其父的异香偷送给韩寿。贾充闻韩寿身上的异香而起疑心，探知真实情况后就将女儿嫁给了韩寿。掾（yuàn 愿）：古代官署属员的通称。"宓妃"句：据《文选注》载：三国魏曹植喜欢甄后，魏文帝曹丕便将甄后的玉镂金带枕送给曹植。而后，曹植过洛水，梦见甄后自荐枕席。曹植因此作《感甄赋》，魏明帝将其改名为《洛神赋》。这里用这两个典故都是写女子对自己的爱慕。

学习提示

这首诗仍然是以女子口吻抒情，写美好的情爱追求不得的悲苦。前四句是女子居住环境的描写。首联写比较开阔的外景，东风吹拂，细雨蒙蒙，芙蓉池塘，轻雷阵阵，这是一个凄清黯淡的日子。颔联转到室内外的近景描绘，室内香炉烟雾袅袅，室外辘轳汲井而回。诗人以此写女子的长日寂寥，时光无法排遣。写足孤寂的苦闷之后，后四句直抒其情。颈联用两个典故写自己对年轻貌美、才华横溢、多情温柔男子的渴慕。春天里，妙龄女子的春心萌动是难以人为遏止的。相思无益，古代女子有那么多的束缚，怎么可能自由寻找恋爱伴侣？每次相思的落空都带来身心的极大痛苦，女子已经反复品尝了相思痛苦的滋味，故劝说自己"春心莫共花争发"，"一寸相思一寸灰"的滋味太令人难以忍受了。

无　题

相见时难别亦难，东风无力百花残。春蚕到死丝方尽，蜡炬成灰泪始干[1]。晓镜但愁云鬓改，夜吟应觉月光寒。蓬山此去无多路，青鸟殷勤为探看[2]。

【注释】

[1]“春蚕”句：以蚕丝象征情思。

[2]蓬山：蓬莱仙境。借指心爱女子居住的地方。

学习提示

这是写爱情的名篇。首句回顾了两人交往的历史：短暂相见的幸福，痛苦难忍的别离，间隔久远的苦恋。次句“东风无力百花残”描绘了一幅美好景色无可奈何流逝而去的景象，作为今日离别思念的背景衬托。颔联是歌颂爱情的名句，诗人巧妙地用“春蚕”“蜡炬”为喻，写出恋人之间缠绵往复、至死不休的痴情，和相思无益、肝肠寸断的深哀巨痛。“晓镜”句写己，愁苦而使云鬓改色；“夜吟”句写对方，相思无眠，在月光下沉吟。末联点明两人相隔不远，只是因某种阻隔而不得相见，只能托信使传递消息。

思考题

1. 你认为李商隐这首无题诗表现了怎样的主题思想？
2. 试比较阐述李商隐与杜甫七律的不同创作特色。
3. 这首诗用了哪些典故？各自的含义是什么？
4. 晚唐气象体现在这首诗的哪些方面？
5. 背诵这首诗。

蝉

本以高难饱，徒劳恨费声。五更疏欲断，一树碧无情[1]。薄宦梗犹泛，故园芜已平[2]。烦君最相警，我亦举家清[3]。

【注释】

[1]疏：稀疏，疏落。指蝉的鸣声凄咽欲断。

[2]薄宦：卑微的官职。梗：桃梗。《战国策·齐策》载：一泥人对桃梗所刻的木人说：大水来临，桃梗木人就随处飘荡。这里喻指自身的漂泊。芜：荒芜。平：指野草长得茂盛，湮没了田地。

[3]举家：全家。清：清贫。

学习提示

这首咏物诗托物寓意，表明自己的心志。蝉声凄切，诗人闻声而有所感慨。诗人想象蝉的哀鸣是因为居高食难饱所导致。传说蝉餐风饮露，故难以果腹，再加上停栖树枝之高，饮食更少。诗人是在暗示自己的清高与清贫，以及内心的怨苦。寒蝉这凄切的鸣叫声，持续到五更，已经声嘶力竭，然一树的碧绿，依然无动于衷，冷酷无情。诗人是在写自己的身世遭遇与环境的无情，否则碧树本无所谓“无情”。后四句直接从寒蝉转到自身，写自己官职卑微、天涯漂泊、故园难归的。这与寒蝉居高难饱、恨声不断隐隐对应。末联照应双方，写出蝉与己身共同的悲苦命运。

马　嵬[1]

海外徒闻更九州，他生未卜此生休[2]。空闻虎旅传宵柝，无复鸡人报晓筹[3]。此日六军同驻马，当时七夕笑牵牛[4]。如何四纪为天子，不及卢家有莫愁[5]？

【注释】

[1] 马嵬：马嵬坡，杨贵妃被缢杀之处。

[2]“海外”句：据说海外还有九州，是神仙所居的地方。古代以为中国是小九州，海外还有大九州。

[3] 虎旅：皇帝禁卫军。宵柝（tuò 拓）：夜间巡逻打更的刁斗。鸡人：宫中掌报时的卫士，鸡叫时向宫中报晓。

[4]“此日”：即指六军不发，逼迫玄宗杀死杨贵妃之事。“当时”句：据说七夕之夜，唐玄宗曾与杨贵妃在长生殿密约世世为夫妇。

[5] 四纪：48 年，一纪为 12 年。唐玄宗在位 45 年，这里举其大概数字。莫愁：古代洛阳女子，嫁为卢家妇。这里泛指民间所娶妻子。

学习提示

马嵬事变，是“安史之乱”过程中一个重大事件。不仅仅是杨贵妃被迫自尽，从此，唐玄宗失去了对大局控制的能力。唐代诗人有许多咏马嵬之变的诗歌。李商隐从李、杨二人身后的民间传说入题。据说贵妃死后为海上仙山之仙子，唐玄宗因此保留了他生寻找贵妃的希望。诗人开篇就对此加以否定，今生的幸福尚且不保，谈何他生！中间四句写马嵬事变、贵妃自缢的惨剧，始终用对比手法突出艺术效果。禁卫虎旅的哗变，与当年宫中鸡人报晓的和平生活形成对比，与当年李、杨二人七夕的嬉笑亲昵也相成对比。二次对比，就将这样一个尖锐的问题摆到人们面前：“如何四纪为天子，不及卢家有莫愁”，其间深刻的历史经验教训，值得诗人与读者反复思索。

常　娥

云母屏风烛影深，长河渐落晓星沉[1]。常娥应悔偷灵药，碧海青天夜夜心[2]。

【注释】

[1] 长河：银河。渐落：指天将拂晓时银河渐渐隐没。

[2]“常娥”句：相传嫦娥乃羿之妻，羿从西王母处请得不死药，被嫦娥偷食，嫦娥因此奔月而去。

学习提示

这首诗咏写嫦娥冷清的生活环境以及内心的孤寂，反映的是人间女子的情感，而且也是从民间女子的观察角度出发。首句写女子的长夜无眠，蜡烛光越来越黯淡，投射在“云母屏风”上，留下了一层深深的暗影。长夜渐渐煎熬过去，拂晓即将来临，这位女子遥望户外的星空，不禁为与自己有着共同寂寞处境的嫦娥伤悲，揣想嫦娥应该为自己偷吃灵药、奔月而去的行为后悔。从这个角度咏叹嫦娥是全新的。

贾　生[1]

宣室求贤访逐臣，贾生才调更无伦[2]。可怜夜半虚前席，不问苍生问鬼神[3]。

【注释】

[1] 贾生：西汉贾谊，年少才高，曾得皇帝重视。

[2]“宣室”二句：贾谊的才华极得皇帝之赏识，曾引起朝中权贵的嫉妒，他们进谗言诋毁贾谊，贾谊因此被贬为长沙王太傅。后来，文帝思念贾谊，便将他召回朝廷。宣室：汉未央宫前的正室，代指汉文帝。无伦：无与伦比。

[3]“可怜”二句：汉文帝召回贾谊，祭祀完毕后接见他，一直与贾谊谈论鬼神之事，

直到夜半。汉文帝听得入神，不觉移席靠前。可怜：可惜。苍生：百姓。

学习提示

诗人以贾谊自我比拟，写才高不得重用的痛苦，矛头直指不能识别人才的帝王。西汉文帝、景帝被称为贤明君王，人称“文景之治”。然文帝贬谪贾谊在前，招回后只询问鬼神之事在后。明君尚且如此，何况等而下之者。诗人在现实中的落泊也就是必然的。

隋　　宫[1]

乘兴南游不戒严，九重谁省谏书函[2]？春风举国裁宫锦，半作障泥半作帆[3]。

【注释】

[1] 隋宫：指隋炀帝在江南所建的行宫。

[2]“乘兴”句：隋炀帝在位期间曾三次南游江都（今江苏扬州），穷奢极欲。九重：皇帝居所，代指皇帝。省（xǐng 醒）：省悟。

[3] 障泥：马鞯，垫在马的两侧，用来遮蔽泥土。

学习提示

隋炀帝穷奢极欲，荒淫无耻，使隋成为一个极其短命的王朝。这首诗选取隋炀帝南游一事，揭露了他祸国殃民、自取灭亡的荒唐行为。首句直切主题，隋炀帝随心所欲、不恤民情、骄横昏庸的面目可见一斑。次句补充隋炀帝南游的不得人心，他却一意孤行，自绝于国人。后二句抓住南游的一个细节，“春风举国裁宫锦”，动用了大量的民力，花费了无数的民财，铺张浪费的结果仅仅都是为了帝王的一时享乐：“半作障泥半作帆”。至此，隋炀帝的昏庸嘴脸已经完全暴露，隋朝不灭，那才叫没有天理。施补华《岘傭说诗》云：“义山七绝以议论驱驾书卷，而神韵不乏，卓然有以自立。此体于咏史最宜。”

罗　隐

罗隐（833—909），本名横，字昭谏，自号江东生，新登（今属浙江）人，一说余杭人。10次应进士试不第。晚年投靠吴越王钱镠，官至谏议大夫。有《罗昭谏集》。其诗多对现实尖锐的批评，咏史诗观点新颖犀利。

西　施

家国兴亡自有时，吴人何苦怨西施。西施若解倾吴国，越国亡来又是谁？

学习提示

对于传统的“女色祸国”论，这首咏史诗提出了反驳意见，观点尖锐新颖。开头两句是翻案文章，“家国兴亡自有时”，这个“时”是由多种因素共同组成的，其中君王的昏庸无能恐怕是主要的。惟独与“女色”无关，“吴人何苦怨西施”，就明确排除了“女色”的因素。诗人似乎是在宣扬宿命论的观点，实际上是婉转地把亡国的根源追溯到君王身上。诗人为了进一步落实自己的观点，提出一个令人深思的问题：“西施若解倾吴国，越国亡来又是谁?”这时候，君王终于没有什么借口推脱了罢。晚唐时期，政治局面的黑暗使许多中下层知识分子失去了仕进的机遇，促使他们与中央政权产生了离心力。于是，他们的目光变得锐利，敢于将批判的矛头直指帝王。

雪

尽道丰年瑞，丰年事若何[1]？长安有贫者，为瑞不宜多。

【注释】

[1] 瑞：吉兆。若何：怎么样。

学习提示

俗云：“瑞雪兆丰年”，诗人从相反的角度思考问题：长安流离失所的贫者，无土地可耕种，是否丰收与他们无关。遇大雪日，他们无衣裳挡寒，无片瓦遮掩，让他们如何煎熬过这一关？“丰年事若何”的追问，将人们的目光引向另一个侧面。他们当然祈祷天空放晴，“为瑞不宜多”了。

皮 日 休

皮日休（834? —883?），字逸少，后改字袭美，又号“醉吟先生”“间气布衣”“鹿门子”等，襄阳人。咸通八年（867）以榜末及第，为苏州军事判官，回京任太常博士。黄巢起义，皮日休被卷入，为翰林学士。大约卒于黄巢兵败之际。流传至今诗歌四百余首，都以鲜明生动的艺术形象，反映了唐末政治腐败、贪官横行、民不聊生的黑暗现实。

汴河怀古[1]

尽道隋亡为此河，至今千里赖通波[2]。若无水殿龙舟事，共禹论功不较多[3]。

【注释】

[1] 汴河：即隋炀帝令人开凿的大运河。

[2]“至今”句：大运河在唐代成为南北运输的大动脉。

[3] 水殿龙舟事：指隋炀帝三次乘龙舟游玩江南之事。

学习提示

晚唐诗人，咏史喜欢做翻案文章。有时标新立异，仅仅是为了表明自己的与众不同，如杜牧的某些诗篇；有时立场不同，观点相异，不乏精到之论述。隋炀帝开凿大运河，是为了畅游江南，是出于个人穷奢极欲的享受目的，隋朝的灭亡与此关联甚大，后人都是用批判的眼光来看待这一历史事件的。诗人却从大运河所发挥的沟通南北的功能出发另做评价。大运河所起到的不仅仅是水路运输的作用，还连接了南北的文化，加强了南北的交流。所以，如果撇开隋炀帝的荒唐作为，大运河在当时的贡献真是“共禹论功不较多”。

陆龟蒙

陆龟蒙（？—约881），字鲁望，又号天随子、江湖散人、甫里先生，吴郡（今苏州）人。曾应进士试不中，短期为张搏幕僚，后隐居松江甫里。朝廷以高士征召，辞而不就。去世后约20年，被追赐为进士和右补阙。存诗601首。

和袭美春夕酒醒[1]

几年无事傍江湖，醉倒黄公旧酒垆[2]。觉后不知明月上，满身花影倩人扶。

【注释】

［1］袭美：皮日休，字袭美。

［2］黄公旧酒垆：据《世说新语·伤逝》载："竹林七贤"中嵇康、阮籍经常在黄公垆一起喝酒。这里泛指酒家。

学习提示

陆龟蒙隐居江湖以终，他是真正摆脱了对仕途向往的隐士，所以，他的闲适诗能够做到彻底的洒脱。"几年无事傍江湖，醉倒黄公旧酒垆"，是对自己隐逸生活的叙述和标榜，诗人做到了无事轻松、潇洒如意的地步，襟怀之脱略，自己也感到自豪。后二句一转，写醉后形态，"满身花影倩人扶"是全诗传神之笔，月光皎洁、花影凌乱，诗人醉到其间，被人扶持而去。景色之清丽秀美，与高士之任纵洒脱，非常谐和地融合在一起。

怀宛陵旧游[1]

陵阳佳地昔年游，谢朓青山李白楼[2]。惟有日斜溪上思，酒旗风影落春流。

【注释】

［1］宛陵：今安徽宣城。

［2］陵阳：黄山支脉，在宛陵境内。这里代指宛陵。谢朓青山李白楼：南朝诗人谢朓曾官宣城太守，在陵阳山麓建楼，称"谢公楼"或"北楼"。李白曾登临此楼赋诗。

学习提示

宛陵旧城，历史上有许多名人到过此地，最著名的就是谢朓与李白了。首二句是十分平常的叙述，写自己对此地所怀有的向往之情。后二句则变平常为深邃、悠远。来到此地，面对古迹，诗人不禁陷入沉思。夕阳斜照，酒旗倒影在春日的溪水之中，当年谢朓、李白畅游此地时，是否也是这等景致？面对这样清新秀丽的景色，诗人是否联想到谢朓、李白的清词丽句而生出艳羡之情？一切都在怀古的幽思之中。

新　　沙[1]

渤澥声中涨小堤，官家知后海鸥知[2]。蓬莱有路教人到，亦应年年税紫芝[3]。

【注释】

［1］新沙：海边新淤起的陆地。

［2］渤澥（xiè 谢）：渤海。

［3］蓬莱：传说为海上仙境。紫芝：紫色灵芝，据说为神仙种植服食。

学习提示

唐末政治黑暗，苛捐杂税逼迫得百姓难以喘息。诗人的隐居是为了避世，但他却无法忘怀世事。对朝廷的肆意盘剥、鱼肉百姓，诗人依然是满腔愤慨。诗人运用十分夸张的构思揭露朝廷征收租税的无孔不入。大海上新涨露出来的小岛，本应该是在海面上不断寻找歇脚之处的海鸥最先发现，岂知官府却赶到了海鸥前面，因为需要征收那里的租税。海上仙山，虚无飘渺，据说是神仙的居所，上面种植灵芝。诗人设想，假如有路可通仙境，恐怕官府对仙人也不能放过。搜括到这种地步，已经没有任何人可以逃脱官府的魔爪。

秦韬玉

秦韬玉，字中明，一作仲明，京兆（今陕西西安）人。曾应进士试未中。僖宗逃亡至蜀，他依附宦官田令孜，从驾前行，以工部侍郎为田令孜神策军判官，中和二年（882）特赐进士及第，时有“巧宦”之称。存诗36首。

贫 女

蓬门未识绮罗香，拟托良媒益自伤[1]。谁爱风流高格调，共怜时世俭梳妆[2]。敢将十指夸偏巧，不把双眉斗画长[3]。苦恨年年压金线，为他人作嫁衣裳[4]。

【注释】

［1］蓬门：茅屋之门，指穷苦人家。绮罗：绫罗绸缎。拟：打算。益：更加。

［2］风流：风采。俭：一说通“险”，险梳妆，就是指奇形怪异的穿着打扮。

［3］敢：敢于。斗：比赛。

［4］压金线：指刺绣活。

学习提示

这首诗写贫女老大不嫁的苦恨，用以喻托贫士才智不售的痛苦。女主人公出身贫寒，穿戴只有粗布衣裳，老大不能出嫁，也没有良媒可托付。因为芸芸众生，都只是爱好流行的时髦服饰，没有人欣赏她不同流俗的高雅格调。贫女能够自我夸耀的是十指的纤巧，女红的出众，而从来不与他人在画眉等妆饰方面一比高低。然而，年年劳累，针线活做了无数，却只是“为他人作嫁衣裳”，自己依然待字闺中。这首诗的隐喻涵义，后人读得非常清楚。沈德潜《唐诗别裁》卷十六说：“语语为贫士写照”，也就是作者的自伤。诗人出身卑微，没有高贵的门第，所以就没有人荐引他进入仕途、进入朝廷。虽然诗人满腹经纶，才华出众，不与世俗同流合污，但就是不得统治者的赏识。只能依附于人，为他人捉刀献策。从诗人依附田令孜的作为来看，他并没有这么高尚的情操，也是急于出来做官的。诗歌只是他未得官职的牢骚与自我标榜。但他写出了广大没有政治出路贫士的共同痛苦。

韦　庄

韦庄（836—910?），字端己，长安杜陵（今陕西西安东南）人。唐昭宗乾宁元年（894）进士。后入蜀依附王建，任掌书记。唐亡，王建称帝，以韦庄为宰相。有《浣花集》，《全唐诗》录其诗五卷，补遗一卷。

送日本国僧敬龙归

扶桑已在渺茫中，家在扶桑东更东[1]。此去与师谁共到？一船明月一帆风。

【注释】

[1] 扶桑：古代传说中海上的神树，是太阳升起的地方。《海内十洲记》载：“扶桑在碧海中，树长数千丈，一千余围，两干同根，更相依倚，日之所出。”后用来指日本国。《梁书·扶桑国传》：“扶桑在大汉国东二万余里。”

学习提示

唐代中日交往频繁，中日人士之间的诗文来往也较多，其中不乏名著，如李白的《哭晁卿衡》：“日本晁卿辞帝都，征帆一片绕蓬壶。明月不归沉碧海，白云愁色满苍梧。”韦庄这首诗同样出色，将送归时依依惜别之情渲染得淋漓尽致。唐代诗人基本上没有出海经历，对海外扶桑国只是听闻而已，扶桑与海外蓬莱等似乎一样遥远飘渺，以“扶桑”名其国，就可知对其了解的隔膜。现在听说友人要归国，便对其归程之渺茫辽阔产生忧虑。诗人用非常夸张的手段，想象友人家更在“扶桑”以东，留恋、惜别、担忧的诸多情绪都表现在这种夸张手法之中。后二句祝愿友人一路顺风，由清朗的明月与顺风陪送友人直到家乡。良好的祝愿里蕴涵了诚挚的友情。

台　城[1]

江雨霏霏江草齐，六朝如梦鸟空啼[2]。无情最是台城柳，依旧烟笼十里堤。

【注释】

[1] 台城：又称苑城，在今南京玄武湖边上。本是三国吴的后苑城，东晋成帝时改建，一直是朝廷台省（中央政府）的所在地。

[2] 霏霏：细雨濛濛的样子。

学习提示

凭吊六朝遗迹，在唐末时候，更渗透了一层异代同感同悲的哀伤。江南三月，春雨如丝，碧草如茵，鸟鸣莺啼，本应该是一幅相当秀丽旖旎的风光。然在心情凄苦落寞的诗人眼中，处处透露出空旷荒凉。见到眼前的景物，六朝如梦般的一幕幕就在脑海之际幻现。人世已非，景物依旧，诗人因此埋怨“无情最是台城柳”，它仍然是碧绿一片，笼罩十里长堤。依依垂柳，成了台城昔日繁华、今日衰败的最好见证。

王　驾

王驾（851—?），河中（今山西永济县）人。曾进士及第，官至礼部员外郎。

社　日[1]

鹅湖山下稻粱肥，豚栅鸡栖半掩扉[2]。桑柘影斜春社散，家家扶得醉人归。

【注释】

[1] 古代祭拜土地与谷神的日子，春秋两季各有一次，称春社、秋社。

[2] 鹅湖山：在今江西铅山县北。豚栅（tún zhà 臀 炸）：猪圈。鸡栖：鸡窠。

学习提示

社日是农村辛劳耕作直到收获之后的一个轻松愉快的狂欢节，家家户户都趁机放松身心，彻底休息一下。诗人以喜悦的眼光观看着农人的丰收和欢庆，以欢快的笔调描绘了一幅社日农村风俗画面。前二句写丰收的场景：稻粱丰硕，鸡豚满地。有了这样的丰收，农人才有了欢欣，有了轻松。后二句写这种狂欢之后的结果，“桑柘影斜春社散”，写整日持续欢乐，从时间角度入手；“家家扶得醉人归”，写乡村欢乐的普遍，从空间角度着眼。农村社日喧腾盛大的场面，从时间、空间两个角度得以充分展现。

郑 谷

郑谷，字守愚，袁州宜春（今属江西）人。唐僖宗光启三年（887）进士。曾官右拾遗、都官郎中等。有《宜春集》，《全唐诗》录其诗4卷。

淮上与友人别

扬子江头杨柳春，杨花愁杀渡江人。数声风笛离亭晚，君向潇湘我向秦[1]。

【注释】

[1] 离亭：驿亭，古代设置在道路旁供行人歇息、住宿的地方。古人也常在此送别，古称离亭。潇湘：二条水流皆在湖南境内。秦：今陕西一带。

学习提示

送别友人，情深意长，全以周围景物烘托。扬子江头，各自乘舟将行，杨柳依依，杨花迷蒙。诗人以景物渲染出留恋惜别、黯淡凄迷的氛围。在“数声风笛”中，友人在离亭的话别看来已经持续了一整天，到了傍晚时刻，不得不起程，“君向潇湘我向秦”了。这风笛，吹得一定是离别怨曲，暮色笼罩，两人便在这悲苦的情景中各奔前程了。

聂夷中

聂夷中（约837—884），字坦之，中都（今河南沁阳县东北）人。出身贫寒，咸通十二年（871）考中进士。因时局动乱，滞留长安，后补华阴尉。存诗32首。诗歌多关心民病、忧念国事之作。

伤田家

二月卖新丝，五月粜新谷[1]。医得眼前疮，剜却心头肉。我愿君王心，化作光明烛。不照绮罗筵，只照逃亡屋[2]。

【注释】

［1］“二月”二句：二月、五月都未到卖丝粜谷的时节，农家为贫困所迫，只得廉价典卖未到手的新丝、新谷。粜（tiào 跳）：卖谷。

［2］绮罗筵：穿戴绫罗锦缎的富贵人家的筵席。在此诗中借指富贵人家。

学习提示

晚唐社会动荡不安，诗人们沉抑下僚，他们更多地关注社会下层的苦难。这首诗哀伤田家的贫困，揭露田家贫困的根源，表达自己的良好祝愿，希望能引起统治者整治的重视。田家男耕女织，本来应该可以丰衣足食。但是，繁重的租税逼迫他们“二月卖新丝，五月粜新谷”。未到丝与谷出售的时间而出卖，肯定是低价抛售。诗人用形象的比喻说：“医得眼前疮，剜却心头肉。”所得之可怜的钱财，固然可以应付眼前的租税，然田家今年的衣食有什么着落？开春耕种的生产资料又从何而来？更何况明年又有逼催的租税。这样恶性循环，田家必然日趋贫寒，最终走向破产，流离失所，逃难他乡。大量田家失去家园，又必将成为越来越严重的社会问题，酝酿着大规模的社会危机。从这样的立场出发，为国家、为朝廷深谋远虑，诗人推出自己的善良祝愿：但愿君王多关心社会底层贫苦田家的生活，使他们免于逃亡。而不要将目光仅仅停留在社会的上层。

杜荀鹤

杜荀鹤（846—907），字彦之，号九华山人，池州（今安徽石台县）人。出身寒微，热衷功名，屡试不第。因上颂德诗30首取悦朱温，朱温送名至礼部，大顺二年（891）中进士第。后期投靠朱温。有《唐风集》。以近体诗反映社会现实，针砭时弊，笔锋犀利。

送人游吴[1]

君到姑苏见，人家尽枕河。古宫闲地少，水港小桥多[2]。夜市卖菱藕，春船载绮罗[3]。遥知未眠月，乡思在渔歌。

【注释】

[1] 吴：即诗中的姑苏，今苏州市。

[2] 古宫：吴国旧王宫。春秋时，苏州为吴国都城。

[3] 绮罗：穿着丝绸衣裳的游客。

学习提示

这首诗写姑苏特有的景色，水乡风光，宛在眼前。姑苏城内，河流纵横，河道旁人家鳞次栉比，错落有致。诗歌开篇就抓住了姑苏“人家尽枕河”的独特风貌，新奇别致。观察逐步深入，姑苏风貌也一一展现。姑苏历史悠久，人烟茂密，故少有“闲地”；水港交错，弯弯小桥随处可见；夜市热闹，所卖的是水乡特产菱藕；河面上游船来往，所载的都是富贵游客。这四句详细的描述，写出了姑苏的繁华、秀丽。这首诗是送友人去姑苏的。送别的诗难免离别的凄苦，行人也难免对所去之地的陌生与不适。诗人尽量描绘姑苏的风光宜人，是对行者的最好安慰，在送别之作中独标一格。末联落实到自己对友人的相思，但换到友人的角度描写。“遥知未眠月”写友人于月夜思念自己而不能入眠，“乡思在渔歌”写友人闻姑苏水乡渔歌而起乡思之情，也婉转地包含了对友人的思念。

山中寡妇

夫因兵死守蓬茅，麻苎衣衫鬓发焦[1]。桑柘废来犹纳税，田园荒后尚征苗[2]。时挑野菜和根煮，旋斫生柴带叶烧[3]。任是深山更深处，也应无计避征徭。

【注释】

[1] 蓬茅：蓬舍茅屋。麻苎（zhù 住）衣衫：用麻布缝制的粗糙衣服。苎：苎麻，皮可以制成丝布。鬓发焦：头发枯黄。

[2] 柘（zhè 浙）：柘树，又名黄麻，叶可养蚕。征苗：征收田赋。

[3] 旋：随即。斫（zhuó 卓）：用刀斧砍。

学习提示

唐末的租税、征徭之繁重，已经成为重大的社会问题，成为诗人反复关注的热点问题。诗人这里选择“山中寡妇”的独特视角，揭露沉重的赋税负担给千千万万百姓生活所带来的毁灭性的灾难，语意极其悲愤沉痛。唐末社会动荡不安，战乱频仍，这位农家妇女丈夫的性命就在动乱中被夺走，她本人只得逃入山中，躲避离乱，寻求一线生存下去的希望。山中的生活艰难困苦，茅舍遮身，衣着粗陋，岁月煎熬得这位妇女头发焦黄枯槁，面容苍老。诗中的女主人公显然年纪尚轻，却已经是这样一幅面容憔悴的样子。颔联补充说明原因所在，原来是繁重的赋税剥夺了这位妇女的最后生活希望，无论收成如何，官家催逼的租税都是不能少的。被压榨得一无所有的寡妇，平日维持生计只得靠野菜连根煮食果腹，生柴带叶燃烧取暖。这位寡妇最终沉痛地认识到：“任是深山更深处，也应无计避征徭。”或者说这是诗人高屋建瓴式的归纳概括。

乱后逢村叟

经乱衰翁居破村，村中何事不伤魂！因供寨木无桑柘，为点乡兵绝子孙[1]。还似平宁征赋税，未尝州县略安存[2]。至今鸡犬皆星散，日暮西山独倚门。

【注释】

[1] 寨：用于军事防护的栅栏。桑柘：桑树和柘树。蚕食桑叶、柘叶，是农村生产的必需品。

[2] 安存：安抚体恤。

学习提示

不断的战争离乱带来了乡村的萧条衰败，乡村的萧条衰败又使国家失去了经济的来源与统治的基础，大唐帝国就这样无可挽回地走向灭亡。诗人是通过一位饱经战乱的衰朽老翁之口，说出这一切。开篇概括提领一笔：“经乱衰翁居破村，村中何事不伤魂！”给人们留下的深刻印象是村中的青壮劳力都已被军队征调，妇女童稚星散四方，只有衰惫不堪、行动不便的老翁留在这破村之中，等待着死期的来临。老翁于是向诗人诉说灾难之来由。因为战争的需要，桑柘树木被砍尽，子孙被征点而绝后。乡村既失去了生产的必需品，又没有了从事生产的劳力。何况，州县催缴租税，如同太平年代，没有丝毫减免，没有丝毫放松。杀鸡取卵，乡村的破落就不可避免了。“至今鸡犬皆星散”，乡村已经完全失去了生存的活力，残留此间的老翁，恐怕也是时日无多了。

再经胡县城[1]

去岁曾经此县城，县民无口不冤声。今来县宰加朱绂，便是生灵血染成[2]。

【注释】

[1] 胡县城：在今安徽阜阳县西北。

[2] 朱绂（fú 符）：古代系在官印上的红色丝线。加朱绂，指升官。

学习提示

封建王朝末期，随着中央集权的破坏，中央政府失去对地方官吏的管束作用，吏治的败坏便如同毒瘤蔓延，越发不可遏制。诗人再经胡县城，不直接写吏治如何，而只是写县民的反应，更深刻具体地揭露了当地县宰污浊残暴。诗人去年经过此地，“县民无口不冤声”，冤屈来自何处诗人并未明言，然一地的父母官县宰难辞其咎，或者干脆就是罪魁祸首。今年重经此地，县宰居然升官晋级，上司真是有眼无珠，或者干脆是一丘之貉。唐代是依据地方官吏的考评而对他们实行奖惩措施的，此地县宰有何政绩可供考评，所以诗人推测“便是生灵血染成”。惊心动魄的诗句，渗透了当地百姓的血泪。这样的县宰“加朱绂”之后，又将有多少百姓受其荼毒？这是诗歌留给读者思考的问题。

文

王　　勃

作者生平见诗歌部分。

滕王阁序[1]

南昌故郡，洪都新府[2]。星分翼轸，地接衡庐[3]。襟三江而带五湖，控蛮荆而引瓯越[4]。物华天宝，龙光射牛斗之墟；人杰地灵，徐孺下陈蕃之榻[5]。雄州雾列，俊彩星驰[6]。台隍枕夷夏之交，宾主尽东南之美[7]。都督阎公之雅望，棨戟遥临；宇文新州之懿范，襜帷暂驻[8]。十旬休暇，胜友如云；千里逢迎，高朋满座[9]。腾蛟起凤，孟学士之词宗；紫电清霜，王将军之武库[10]。家君作宰，路出名区；童子何知，躬逢胜饯[11]。

时维九月，序属三秋[12]。潦水尽而寒潭清，烟光凝而暮山紫。俨骖騑于上路，访风景于崇阿[13]。临帝子之长洲，得仙人之旧馆[14]。层峦耸翠，上出重霄；飞阁流丹，下临无地。鹤汀凫渚，穷岛屿之萦回；桂殿兰宫，列冈峦之体势[15]。披绣闼，俯雕甍[16]。山原旷其盈视，川泽盱其骇瞩[17]。闾阎扑地，钟鸣鼎食之家；舸舰弥津，青雀黄龙之轴[18]。虹销雨霁，彩彻区明[19]。落霞与孤鹜齐飞，秋水共长天一色[20]。渔舟唱晚，响穷彭蠡之滨；雁阵惊寒，声断衡阳之浦[21]。

遥襟俯畅，逸兴遄飞[22]。爽籁发而清风生，纤歌凝而白云遏[23]。睢园绿竹，气凌彭泽之樽；邺水朱华，光照临川之笔[24]。四美具，二难并[25]。穷睇眄于中天，极娱游于暇日[26]。天高地迥，觉宇宙之无穷；兴尽悲来，识盈虚之有数[27]。望长安于日下，指吴会于云间[28]。地势极而南溟深，天柱高而北辰远[29]。关山难越，谁悲失路之人；萍水相逢，尽是他乡之客。怀帝阍而不见，奉宣室以何年[30]？

嗟乎！时运不齐，命途多舛[31]。冯唐易老，李广难封[32]。屈贾谊于长沙，非无圣主；窜梁鸿于海曲，岂乏明时[33]？所赖君子安贫，达人知命[34]。老当益壮，宁移白首之心？穷且益坚，不坠青云之志。酌贪泉而觉爽，处涸辙以犹欢[35]。北海虽赊，扶摇可接；东隅已逝，桑榆非晚[36]。孟尝高洁，空余报国之情；阮籍猖狂，岂效穷途之哭[37]。

勃三尺微命，一介书生[38]。无路请缨，等终军之弱冠；有怀投笔，慕宗悫之长风[39]。舍簪笏于百龄，奉晨昏于万里[40]。非谢家之宝树，接孟氏之芳邻[41]。他日趋庭，叨陪鲤对；今晨捧袂，喜托龙门[42]。杨意不逢，抚凌云而自惜；钟期既遇，奏流水以何惭[43]。

鸣呼！胜地不常，盛筵难再，兰亭已矣，梓泽丘墟[44]。临别赠言，幸承恩于伟饯；登高作赋，是所望于群公[45]。敢竭鄙诚，恭疏短引[46]。一言均赋，四韵俱成[47]。请洒潘江，各倾陆海云尔[48]。

【注释】

[1] 滕王阁：在今江西省南昌市，面朝赣江。此阁是唐高祖李渊之子滕王李元婴为洪州都督时修建。唐高宗上元二年（675）秋，王勃到南方看望父亲，路过南昌，恰逢重阳，时都督阎氏在阁上大宴宾客。王勃赴宴赋诗，并作此序。

[2] 故郡：南昌是汉代豫章郡治所，故称。新府：唐时为洪州府治所，故称。

[3] 翼、轸（zhěn 枕）：皆二十八星宿中的星名。古人以为天上的星宿对应地上的区域划分，翼、轸二星对应的是豫章长沙等分野。星分：即分野。衡：衡山。庐：庐山。

[4] 三江五湖：古代有多种说法。或说，三江指荆江、松江、浙江；五湖指太湖、青草湖、鄱阳湖、丹阳湖、洞庭湖。襟、带：以三江五湖为襟带，即被三江五湖所环绕。蛮荆：古代楚地，在长江中下游一带。瓯越：在今浙江省温州市一带。

[5] 物华天宝：物有精华，天有珍宝。龙光：宝剑精光。牛、斗：都是二十八星宿名。据《晋书·张华传》载：张华见斗牛间常有紫气，问雷焕是何缘故，雷焕答是“宝剑之精上彻于天。”丰城（今江西丰城）正应斗牛星座地区之内。后雷焕任丰城县令，在监狱的屋基下，掘地四丈，得一石函，内有宝剑两把，一名龙泉，一名太阿（在王嘉《拾遗记》中又作干将、莫邪）。张华、雷焕各分得一把，紫气从此消失。徐孺：字孺子，东汉豫章南昌人，家贫，躬耕自给，不接受朝廷征召。陈蕃：曾任豫章太守。他不接待其他宾客，惟给徐孺子专备一榻。

[6] 雄州：指洪州。雾列：如雾一样弥漫，形容都市繁华。俊彩：有文采的俊杰。星驰：像流星一样飞驰，比喻人才众多。

[7] 台隍：代指南昌城。夷：指荆楚地区。夏：指古扬州地区。

[8] 都督阎公：名不详。雅望：好的声望。棨（qǐ 起）戟：有衣套的木戟，古代官员出行时的仪仗之一。“都督”这两句的意思是阎公到此地为官。宇文：复姓。或以为指宇文钧，赴任途中经过此地，为坐中宾客。下文的孟学士、王将军也都是坐上嘉宾。新州：

州名，唐属岭南道，今广东省新兴县。懿范：美好的风范。襜（chān 搀）帷：车上的帷幔。“宇文”两句的意思是嘉宾路过此地，参与宴集。

[9] 十旬休暇：十天为一旬。唐代规定：每逢旬日，官员休息。

[10] 腾蛟起凤：形容文章辞采之美。词宗：文章大师。紫电、清霜：两种宝剑名。武库：收藏兵器的仓库，喻王将军胸中自有军事家的韬略。

[11] 家君作宰：时王勃之父为交趾令。宰：县令。童子：后辈，晚辈，自谦之词。胜饯：盛大的宴会。

[12] 维：在。三秋：秋天在七、八、九三个月，依次为孟秋、仲秋、季秋，九月为季秋，故称。

[13] 俨：通“严”，整治。骖騑（cān fēi 参 非）：驾车的马。崇阿：高峻的山陵。

[14] 帝子：指滕王。长洲：古苑名，代指滕王阁。一说，指阁前的沙洲。仙人之旧馆：指滕王阁。

[15] 鹤汀凫（fú 符）渚：指禽鸟栖息的水中之地。汀与渚都是水中陆地。凫：野鸭。这两句意思是：鹤、凫等禽鸟栖息的汀渚，极尽岛屿迂回曲折之美。列冈峦之体势：指宫殿的建筑依冈峦高低起伏而排列。

[16] 披：开。闼（tà 踏）：门。甍（méng 萌）：屋脊。

[17] 旷：开阔。盈视：尽入视野。盱（xū 虚）：张目望。骇瞩：引人诧异而注视。

[18] 闾阎：里门，指人家住户。扑地：遍地。钟鸣鼎食之家：世家大族。古代贵族鸣钟列鼎而食。弥：满。津：渡口。青雀黄龙：指制作精美的大船，这些船的船头作鸟头形或龙头形。轴：通“舳”，指船。

[19] 彩：日光。彻：照彻。区：天空。

[20] 鹜（wù 务）：野鸭。

[21] 彭蠡（lǐ 里）：鄱阳湖古名。衡阳：衡山之南有回雁峰，据传雁至此峰不过，遇春而回。

[22] 遥襟：开阔的胸襟。俯畅：因登临俯视而舒畅。逸兴：清雅脱俗的兴致。遄（chuán 船）：快，急速。

[23] 爽籁：参差不齐的排箫。遏（è 饿）：阻止。形容歌声美妙，使白云为之停飞。

[24] 睢（suī 虽）园：西汉梁孝王睢阳的兔园，是当时著名的园林，枚乘《梁王兔园赋》：“修竹檀栾夹池水”。彭泽：县名，在今江西省。用来代指东晋诗人陶渊明，陶曾为彭泽令。邺水朱华：指邺下文人的文章风采，即建安风采。邺：三国魏都，在今河北省临漳县境，三国时曹操父子曾聚文人于此。朱华：芙蓉。曹植《公宴诗》：“秋兰被长坡，朱华冒绿池。”临川之笔：郡名，今江西省临川。这里代指谢灵运。南朝刘宋时，谢灵运曾为临川内史。此处借曹植、谢灵运来比拟参加宴会文士的文章风采。

[25] 四美：良辰、美景、赏心、乐事。一说：音、味、文、言。具：齐备。二难：贤主、嘉宾。

[26] 睇眄（dì miǎn 弟 免）：纵观，极目而视。

[27] 盈虚：月圆月缺，此处指事物的变化。数：定数。

[28] 望长安于日下：指贬谪远离，回望京都，甚至比太阳还远。《世说新语·夙惠》：

“晋明帝数岁，坐元帝膝上。有人从长安来，元帝问洛下消息，潸然流涕。明帝问何以致泣，具以东渡意告之。因谓明帝：‘汝意谓长安何如日远？’答曰：‘日远。不闻人从日边来，居然可知。’元帝异之。明日，集群臣宴会，告以此意，更重问之。乃答曰：‘日近。’元帝失色，曰：‘尔何故异昨日之言邪？’答曰：‘举目见日，不见长安。’”吴会，吴郡，今江苏省苏州市。云间，吴地的古称。《世说新语·排调》：“荀鸣鹤、陆士龙二人未相识，俱会张茂先坐。张令其语，以其并有大才，可勿作常语。陆举手曰：‘云间陆士龙。’荀答曰：‘日下荀鸣鹤。’”

［29］南溟：南海。天柱：传说昆仑山上高入云霄的铜柱，称“天柱”。北辰：北极。“天柱”与“北辰”这里都代指朝廷。

［30］帝阍：指帝王的居所。阍：守门人。怀帝阍：指怀念朝廷。宣室：汉未央宫室名，汉文帝曾在这里接见过贾谊。

［31］舛（chuǎn 喘）：不顺利。

［32］冯唐：西汉人。景帝时被免官，汉武帝时求贤良，有人推荐冯唐，但他已年九十多，不能再出来任职。李广：汉武帝时名将，一生参与许多次与匈奴的战争，军功显赫，却到老也未能封侯。

［33］贾谊：汉文帝时任太中大夫，受排挤曾被贬为长沙王太傅。窜：逐。梁鸿：东汉时人，过京师而作《五噫歌》，语含讥讽。汉章帝甚为不满，派人抓他。梁鸿因此改换姓名，避居到齐、鲁滨海一带。明时：政治清明的时代。

［34］达人：通晓事理的人。

［35］酌贪泉而觉爽：据说广州城外有贪泉，人饮贪泉水便会生贪心。东晋吴隐赴任广州，饮贪泉水且赋诗明志，到任以后果然清廉耿直。这里指操守好的人在污浊的环境中也能保持纯洁。涸辙：指原来有积水而后来干涸的车辙，喻穷困之境。《庄子·外物》篇载：干涸的车辙里，有一鲋鱼求人引水救命。

［36］赊（shē 奢）：远。扶摇：从下而上的旋风。东隅：日出处，代指早晨。桑榆：西方日落处，代指傍晚。

［37］孟尝：字伯周，东汉人，曾任合浦太守，以清廉著称。后因病隐居，有人又向皇帝推荐他，却不再被任用。阮籍：字嗣宗，魏晋名士。阮籍平日随意驾车出游，不问道路，路尽痛哭而返。猖狂：狂放不羁。

［38］三尺微命：指在士人阶层中身份低微。三尺：原指士人的服饰。束在腰间的带子，下垂部分长三尺。一介：一个，有无足轻重之意。

［39］终军：字子云，汉武帝时人。《汉书·终军传》：终军“自请愿受长缨，必羁南越王而致之阙下。”后世称自己请求参军杀敌为请缨。缨：绳子。弱冠：古代男子 20 岁为弱冠。有怀投笔：有投笔从戎的胸怀志向。《后汉书·班超传》载：班超贫贱时，曾投笔自叹，说：“大丈夫无他志略，犹当效傅介子、张骞立功异域，以取封侯，安能久事笔研间乎？”宗悫（què 确）：南朝宋人。少有大志，《宋书·宗悫传》载：叔父问他的志向，回答说：“愿乘长风破万里浪。”

［40］舍：丢弃。簪笏：冠簪与手版，古代官员在官场中所用，代指官职。百龄：百岁，指一生。奉晨昏：原指子女对父母的晨昏定省之礼，代指侍奉父母。

［41］谢家之宝树：指世家大族的出类拔萃的子弟。《世说新语·言语》载：谢安问子侄：为什么人们都欲自家子弟出色，谢玄答曰："譬如芝兰玉树，欲使其生于庭阶耳。"孟氏之芳邻：据《列女传·母仪篇》载：孟轲母亲为了教育儿子而选择居住环境，搬迁了三次，最后定居于学宫的附近。

［42］趋庭：快步安然地走过庭前，是古代晚辈对待长辈的礼节。叨：惭愧地，自谦之词。陪：比附。鲤对：孔子之子孔鲤的对答。《论语·季氏》载："（孔子）尝独立，鲤趋而过庭。曰：'学《诗》乎？'对曰：'未也。''不学《诗》，无以言。'鲤退而学《诗》。他日又独立，鲤趋而过庭。曰：'学《礼》乎？'对曰：'未也。''不学《礼》，无以立。'鲤退而学《礼》。"这里指自己到父亲身边聆受教训，就像孔鲤当年一样。捧袂：捧着衣袖而进，为作揖之状，表示恭谨。龙门：东汉李膺，字元礼，地位与声威都很高，士人得他接见，便可名声鹊起，时称"登龙门"。龙门：原指黄河的一个口岸，即河津，在今山西省稷山县。相传鱼若跃过龙门，便可化为龙。

［43］杨意：即杨得意，汉武帝时的狗监。据《史记·司马相如列传》载：杨得意曾向武帝推荐司马相如。汉武帝召见司马相如，又读了他的《大人赋》后，"飘飘然有凌云之气"。钟期：钟子期，春秋时人。《吕氏春秋·本味》载：钟子期听伯牙鼓琴，能理解伯牙意在泰山或流水。后以此典形容知音。

［44］兰亭：地名，在今浙江省绍兴市西南。东晋时王羲之等41人曾在这里宴集，曲水流觞，赋诗为乐。后以此典写雅士文人的高雅宴席聚会。梓（zǐ紫）泽：西晋富豪石崇金谷园的别名，在今河南省洛阳市西北。

［45］伟饯：盛筵。

［46］疏：条录，一一写出。短引：短序。

［47］一言均赋：指参与宴集者分韵赋诗，各得一字为韵，以四韵八句成篇。

［48］潘：西晋文学家潘岳。陆：指西晋文学家陆机。南朝梁钟嵘《诗品》说："陆才如海，潘才如江"。云尔：语气助词。

学习提示

这篇序文是骈体文中的名篇，辞彩华丽而不堆砌，用典精当而不晦涩，音节谐婉而不呆滞，视野开阔而不空泛。文中多传世警句，如写景之"落霞与孤鹜齐飞，秋水共长天一色"，作为成语流传的"人杰地灵""高朋满座""钟鸣鼎食""萍水相逢"等。文章从南昌所处地理位置写起，叙述到此地的人才与眼前的宴席，极力描摹滕王阁之壮丽开阔，建筑凭依地势之巧夺天工，山光水色之秀丽宜人，地区之繁华富庶，一一收入笔底。进而作者结合自己的人生遭际，对眼前的流离落拓、怀才不遇愤愤不平，字里行间寄寓了抑郁牢骚之气，其中又有恰到好处的自我勉励与谦虚，以及"识盈虚之有数"的自我安慰。涉及面较广阔，情感复杂，文章的内容落实而不空洞。

王　维

作者生平见诗歌部分。

山中与裴迪秀才书[1]

近腊月下，景气和畅，故山殊可过[2]。足下方温经，猥不敢相烦[3]。辄便往山中，憩感配寺，与山僧饭讫而去[4]。

北涉元灞，清月映郭[5]。夜登华子冈，辋水沦涟，与月上下[6]。寒山远火，明灭林外。深巷寒犬，吠声如豹。村墟夜舂，复与疏钟相间。此时独坐，僮仆静默，多思曩昔，携手赋诗，步仄迳，临清流也[7]。当待春中，草木蔓发，春山可望，轻鲦出水，白鸥矫翼，露湿青皋，麦陇朝雊，斯之不远，傥能从我游乎[8]？非子天机清妙者，岂能以此不急之务相邀[9]？然是中有深趣矣，无忽！

因驮黄蘖人往，不一[10]。山中人王维白。

【注释】

[1] 裴迪：王维友人，关中（今陕西省）人。早年与王维一起居住在终南山，相互诗歌唱和。后曾任蜀州刺史，《全唐诗》存其诗 29 首。

[2] 下：末尾。故山：指自己隐居处所周围的山。当时王维在蓝田县的辋川购置别墅，过着半官半隐的生活。殊：非常。

[3] 温经：温习经书。当时科举需要考儒家经典著作。猥：辱，自谦之词。

[4] 憩（qì 气）：休息。饭讫（qì 气）：用饭完毕。

[5] 元：玄，深青色。灞：灞水。

[6] 华子冈：王维隐居之辋川别墅的二十景之一。辋水：河流名，在陕西省蓝田县，北面流入灞水。沦涟：水上波纹。

[7] 曩昔：从前。仄迳：狭窄的小路。

[8] 蔓：草木蔓延生长。鲦（tiáo 条）：白鲦，一种长仅数寸的小鱼。矫翼：震动翅膀。雊（gòu 够）：雉鸟的鸣叫。斯：这些。指上面所叙述的种种景物。

[9] 天机：天性。清：清远高妙，超尘脱俗。不急之务：指游山玩水的闲暇之事。

[10] 驮黄蘖人：趁载运黄蘖的人捎信给你。黄蘖（bò）：药名。

学习提示

王维自称“晚年惟好静，万事不关心。”（《酬张少府》）他在辋川购置别墅，时而过去隐居。这是某个冬天，王维在山中写信给自己的好友裴迪，邀他春天时前来同游。为邀请友人，王维以最简洁凝练的笔墨描绘了此时山中的景象：灞水清澈环绕，明月上下辉映，远山火光点点，林外光线明灭，景色清幽素洁。深巷犬吠，村庄夜舂，与寺院鸣钟相应和，构成美妙动听的音响效果，同样使人淡远世事。冬日景物已经如此可观，春天更有一片生机，友人倘能前来，便可同享山林之乐。这封书信，承继南朝文风，与诗人的山水诗异曲同工，可以入画，且有悦耳的音乐背景。王维对山水的由衷喜爱，流露其间。

韩 愈

作者生平见诗歌部分。

杂 说

世有伯乐，然后有千里马[1]。千里马常有，而伯乐不常有。故虽有名马，只辱于奴隶人之手，骈死于槽枥之间，不以千里称也[2]。马之千里者，一食或尽粟一石[3]。食马者不知其能千里而食也[4]。是马也，虽有千里之能，食不饱，力不足，才美不外见，且欲与常马等不可得，安求其能千里也[5]！策之不以其道，食之不能尽其材，鸣之而不能通其意，执策而临之曰：“天下无马[6]。”呜呼！其真无马耶？其真不知马也！

【注释】

[1] 伯乐：姓孙名阳，秦穆公时人，相马专家。《战国策·楚策四》载：汗明对春申君说：“君亦闻骥乎？夫骥之齿至矣，服盐车而上太行，蹄申膝折，尾湛胕溃，漉汁洒地，白汗交流，中坂迁延，负辕不能上。伯乐遭之，下车攀而哭之，解紵衣以幕之。骥于是俯而喷，仰而鸣，声达于天，若出金石声者。何也？彼见伯乐之知己也。”

[2] 奴隶人：地位低贱的下等人，如马夫等。骈死：与其他普通的马匹一起死。槽枥：马槽与马棚，指养马的地方。称：著称，著名。

[3] 一食：一顿进食。石（dàn 担）：量词，十斗。

[4] 食（shì 是）马者：喂养马的人。

[5] 见：通“现”，显露。

[6] 策之：鞭打它。策：马鞭，这里用作动词。下面那个“策”依然作名词。不以其道：指不能掌握千里马的特性。

学习提示

《杂说》是韩愈写的一组短论，共四篇，这里选的是第四篇。伯乐与千里马的故事为许多人所熟悉，韩愈则拿来说明怎么识别人才、使用人才的问题。在专制独裁社会，官场里惟上是从，只要阿谀奉承上司便可升官发财。所以，许多善钻营、善拍马、厚脸皮的无耻小人，飞黄腾达，官场得意。而有才华、有个性、有思想的人才，因为不善拍马术而难得一试身手。在这样的社会里，人才的被压抑、被埋没是非常普遍的事情。有感于此，韩愈饱含情感写下这篇短论。文章短小精悍，立意鲜明，论说简洁，笔锋犀利，形式活泼，行文中充溢着作者的不平之气。不改变这种任人唯亲的独裁专制制度，给人才一个自由竞争表现的外部良好环境，韩愈所愤慨的现实，就不可能发生变化。

送李愿归盘谷序[1]

太行之阳有盘谷。盘谷之间，泉甘而土肥，草木丛茂，居民鲜少[2]。或曰："谓其环两山之间，故曰盘。"或曰："是谷也，宅幽而势阻，隐者之所盘旋[3]。"友人李愿居之。

愿之言曰："人之称大丈夫者，我知之矣。利泽施于人，名声昭于时。坐于庙朝，进退百官，而佐天子出令[4]。其在外，则树旗旄，罗弓矢，武夫前呵，从者塞途，供给之人，各执其物，夹道而疾驰[5]。喜有赏，怒有刑。才畯满前，道古今而誉盛德，入耳而不烦[6]。曲眉丰颊，清声而便体，秀外而惠中，飘轻裾，翳长袖，粉白黛绿者，列屋而闲居，妒宠而负恃，争妍而取怜[7]。大丈夫之遇知于天子，用力于当世者之为也。吾非恶此而逃之，是有命焉，不可幸而致也[8]。穷居而野处，升高而望远，坐茂树以终日，濯清泉以自洁。采于山，美可茹；钓于水，鲜可食[9]。起居无时，惟适之安[10]。与其有誉于前，孰若无毁于其后；与其有乐于身，孰若无忧于其心。车服不维，刀锯不加，理乱不知，黜陟不闻[11]。大丈夫不遇于时者之所为也，我则行之。伺候于公卿之门，奔走于形势之途，足将进而趑趄，口将言而嗫嚅，处秽污而不羞，触刑辟而诛戮，侥幸于万一，老死而后止者，其于为人，贤不肖何如也[12]？"昌黎韩愈闻其言而壮之，与之酒而为之歌曰："盘之中，维子之宫；盘之土，维子之稼；盘之泉，可濯可沿；盘之阻，谁争子所[13]？窈而深，廓其有容；缭而曲，如往而复[14]。嗟盘之乐兮，乐且无央！虎豹远迹兮，蛟龙遁藏；鬼神守护兮，呵禁不祥；饮且食兮寿而康，无不足兮奚所望[15]？膏吾车兮秣吾马，从子于盘兮，终吾生以徜徉[16]。"

【注释】

[1] 李愿：陇西人，隐居于盘谷，称盘谷子。本文作于贞元十七年（801）冬，时韩愈在长安等候调官。盘谷：在今河南省济源县北。

[2] 鲜（xiǎn 显）少：很少，不多。

[3] 宅幽：所处地理位置幽深。势阻：山势险阻。盘旋：逗留往来。

[4] 进退百官：决定百官的升降任免。

[5] 旄（máo 毛）：以旄牛尾装饰的一种旗，用做仪仗。呵：高声喝道。

[6] 才畯：才能出众的人。畯：通"俊"。

[7] 丰颊：丰满的面颊。便（pián 骈）体：轻盈的体态。秀外而慧中：外貌秀丽，

资质聪慧。翳（yì 意）：遮蔽。粉白黛绿：指女子的精心化妆。形容大官姬妾的美貌。黛：青黑色的颜料，古代女子用来画眉。负恃：自负美貌。争妍：比赛美貌。取怜：求取爱怜。

[8] 不可幸而致：不可以侥幸而获得。

[9] 茹（rú 如）：食，吃。

[10] 起居无时：起床或睡觉没有固定时间。惟适之安：只求安闲舒适。

[11] 车服：车马服饰，代指官位。维：系，束缚。黜陟：降职与升官。

[12] 形势：权势。趑趄（zī jū 资 居）：踟躇不前的样子。嗫嚅（niè rú 聂 如）：欲言又止的样子。刑辟：刑法。

[13] 昌黎：郡名。北朝时，韩姓在昌黎是望族，韩愈这里自称郡望。维：发语词。稼：播种。可沿：可以沿泉水寻幽探胜。

[14] 窈：幽深的样子。廓：开阔。有容：能容纳万物。缭：曲绕。

[15] 呵禁：呵斥，禁止。不祥：不吉利的东西。奚：何。

[16] 膏：在车轴上涂油脂。秣（mò 末）：喂养。徜徉：自由自在地来往。

学习提示

韩愈青壮年时期的科举考试与求仕的经历非常不顺利。贞元二年（786）韩愈 19 岁，开始赴长安参加进士试，直到贞元八年（792）25 岁才登第，其间一共考了四次。而后应吏部博学宏辞试，三次失败。贞元十二年（796）29 岁，韩愈为宣武节度使董晋幕僚，进入官场。贞元十七年（801）韩愈 34 岁，回京等待朝廷新的任命。这一连串的不得志使韩愈对官场充满了牢骚，对仕途得意者投以鄙薄的眼光，对山林幽居则多有向往之情。在送李愿回盘谷隐居时，这些情绪一一流露。但是，这一切都不可以当真。韩愈从来也没有去隐居，对仕途也充满了热望。后来踌躇满志时，早年的牢骚早就忘记得一干二净。在这篇序文中，作者入木三分地刻画了“大丈夫”得志时的气焰熏天与不得志时的卑曲下贱，“大丈夫”的所作所为因此变得荒唐可笑。作者积极描摹隐居清幽自由的环境，对比官场的奔走，使人多少有羡慕之心。文章骈散自由，音节谐婉，流畅自然。

祭十二郎文[1]

年月日，季父愈闻汝丧之七日，乃能衔哀致诚，使建中远具时羞之奠，告汝十二郎之灵[2]：

呜呼！吾少孤，及长，不省所怙，惟兄嫂是依[3]。中年，兄殁南方，吾与汝俱幼，从嫂归葬河阳，既又与汝就食江南，零丁孤苦，未尝一日相离也[4]。吾上有三兄，皆不幸早世。承先人后者，在孙惟汝，在子惟吾，两世一身，形单影只[5]。嫂尝抚汝指吾而言曰："韩氏两世，惟此而已！"汝时尤小，当不复记忆。吾时虽能记忆，亦未知其言之悲也。

吾年十九，始来京城。其后四年，而归视汝。又四年，吾往河阳省坟墓，遇汝从嫂丧来葬。又二年吾佐董丞相于汴州，汝来省吾，止一岁，请归取其孥[6]。明年，丞相薨，吾去汴州，汝不果来[7]。是年，吾佐戎徐州，使取汝者始行，吾又罢去，汝又不果来[8]。吾念汝从于东，东亦客也，不可以久；图久远者，莫如西归，将成家而致汝[9]。呜呼！孰谓汝遽去吾而殁乎[10]！吾与汝俱少年，以为虽暂相别，终当久与相处，故舍汝而旅食京师，以求斗斛之禄[11]。诚知其如此，虽万乘之公相，吾不以一日辍汝而就也[12]！去年，孟东野往，吾书与汝曰："吾年未四十，而视茫茫，而发苍苍，而齿牙动摇[13]。念诸父与诸兄，皆康强而早世，如吾之衰者，其能久存乎？吾不可去，汝不肯来，恐旦暮死，而汝抱无涯之戚也[14]。"孰谓少者殁而长者存，强者夭而病者全乎？呜呼！其信然邪？其梦邪？其传之非其真邪？信也，吾兄之盛德而夭其嗣乎[15]？汝之纯明而不克蒙其泽乎[16]？少者强者而夭殁，长者衰者而存全乎？未可以为信也。梦也，传之非其真也？东野之书，耿兰之报，何为而在吾侧也[17]？呜呼！其信然矣！吾兄之盛德而夭其嗣矣！汝之纯明宜业其家者，不克蒙其泽矣[18]！所谓天者诚难测，而神者诚难明矣！所谓理者不可推，而寿者不可知矣！虽然，吾自今年来，苍苍者或化而为白矣，动摇者或脱而落矣，毛血日益衰，志气日益微，几何不从汝而死也[19]！死而有知，其几何离？其无知，悲不几时，而不悲者无穷期矣！汝之子始十岁，吾之子始五岁，少而强者不可保，如此孩提者，又可冀其成立邪[20]？呜呼哀哉！呜呼哀哉！

汝去年书云："比得软脚病，往往而剧[21]。"吾曰："是疾也，江南之人，常常有之。"未始以为忧也。呜呼！其竟以此而殒其生乎[22]？抑别有疾而至斯乎？汝之书，六月十七日也。东野云：汝殁以六月二日。耿兰之报无月日。盖东野之使者，不知问家人以月日，如耿兰之报，不知当言月日。东野与吾书，乃问使者，使者妄称以应之耳。其然乎？其不然乎？

今吾使建中祭汝，吊汝之孤与汝之乳母。彼有食可守以待终丧，则待终丧而取以来[23]。如不能守以终丧，则遂取以来。其余奴婢，并令守汝丧。吾力能改葬，终葬汝于先人之兆，然后惟其所愿[24]。

呜呼！汝病吾不知时，汝殁吾不知日，生不能相养以共居，殁不得抚汝以尽哀，敛不凭其棺，窆不临其穴[25]。吾行负神明而使汝夭，不孝不慈，而不得与汝相养以生，相守以死。一在天之涯，一在地之角，生而影不与吾形相依，死而魂不与吾梦相接，吾实为之，其又何尤[26]！彼苍者天，曷其有极[27]！自今已往，吾其无意于人世矣！当求数顷之田，于伊、颍之上，以待余年，教吾子与汝子幸其成，长吾女与汝女，待其嫁，如此而已！呜呼！言有穷而情不可终，汝其知也邪？其不知也邪？

鸣呼哀哉！尚飨[28]！

【注释】

[1] 十二郎：韩愈二哥韩介之子韩老成。

[2] 年月日：写祭文的时间。季父：叔父。衔哀：含着哀痛。致诚：表达心意。建中：人名，可能是韩愈家仆人。远具：从远方采办。时羞：时鲜的食品。

[3] 省：知。所怙（hù 户）：所依靠。兄嫂：指韩愈长兄韩会夫妇。

[4] 殁：去世。河阳：今河南孟县，是韩氏祖籍及祖宗坟墓所在。就食：谋生。韩氏在宣州（今安徽省宣城）有别业，唐德宗建中二年（781 年），中原兵乱不已，韩愈随嫂移家前往。

[5] 在孙惟汝，在子惟吾：（韩氏）在孙子一辈中惟有你，在儿子一辈中惟有我。

[6] 董丞相：指董晋。贞元十二年（796）七月，董晋以宰相身份出任宣武军节度使，辟韩愈为节度推官。孥（nú 奴）：妻子儿女。

[7] 薨（hōng 烘）：古代用来指诸侯或高官的去世。汴州：今河南省开封市。不果来：终于没有来。

[8] 佐戎：辅佐军事。离开汴州后，韩愈到徐州，依武宁节度使张建封，任节度推官。使取汝者始行：派去接你的人刚刚动身。

[9] 东：指徐州。西：指家乡河阳。

[10] 遽：猝然，突然。去：离去，去世。

[11] 旅食京师：到京师谋生。韩愈贞元十七年到长安选官，调四门博士。斗斛之禄：指微薄的俸禄。古代以十斗为斛。

[12] 万乘之公相：指高官厚禄。辍：（chuò 绰）：离开。

[13] 孟东野：孟郊，字东野。中唐诗人，韩愈好友。茫茫：模糊的样子。

[14] 无涯：无边。戚：悲痛。

[15] 嗣：子孙继承者。

[16] 纯明：纯正贤明。克：能够。蒙其泽：承受父亲的福泽。

[17] 耿兰：人名，可能是十二郎家仆人。

[18] 业其家：继承家业。

[19] 几何：多久。

[20] 冀：希望。

[21] 比：近来。软脚病：脚气。剧：加重。

[22] 其：难道。殒其生：丧失了生命。

[23] 有食：有粮食吃。终丧：守丧满期。

[24] 兆：墓地。

[25] 窆（biǎn 贬）：将棺木放入墓穴。

[26] 尤：归咎，责怪。

[27] “彼苍者天”二句：语本《诗经·唐风·鸨羽》：“悠悠苍天，曷有其极！”即：

苍天啊，我的悲痛什么时候才有一个尽头。

［28］尚飨：亦作“尚享”，用作祭文常用的结束话，希望灵魂来享受祭品。

学习提示

这是一篇深情绵绵的祭文。韩愈侄十二郎，是他二哥韩介的儿子，过继给大哥韩会。韩愈三岁丧父，由长兄、长嫂抚养长大。韩愈十二、三岁时，韩会又去世，家族人丁稀落，“在孙惟汝，在子惟吾”。韩愈与侄子的年龄相仿，一起生活长大，感情深厚。韩愈出来做官以后，长嫂也去世了，韩愈更有一种报恩的情怀，一直想接侄子来共同生活。岂知官场奔走，身不由己，想不到居然侄子会撒手人寰，离自已而去。听到这悲痛的消息，韩愈的悲苦之情难以自抑。他回顾了两人自小的相依为命，而后仕途波折以至二人分离的憾恨，噩耗传来时的巨痛以及悔不当初的心情，声情并茂。与侄子相处，乃家常琐事，韩愈皆用最平常平淡的语气叙述而来，处处蕴涵着诚挚的真情，感人至深。古代祭文大都是句式整齐的韵文，韩愈打破常规，句子长短错落，对表述自我内心的情感，更加自然诚恳。

进学解[1]

国子先生晨入太学，招诸生立馆下，诲之曰：“业精于勤荒于嬉，行成于思毁于随[2]。方今圣贤相逢，治具毕张[3]。拔去凶邪，登崇畯良[4]。占小善者率以录，名一艺者无不庸[5]。爬罗剔抉，刮垢磨光[6]。盖有幸而获选，孰云多而不扬[7]！诸生业患不能精，无患有司之不明；行患不能成，无患有司之不公。”

言未既，有笑于列者曰：“先生欺余哉！弟子事先生，于兹有年矣[8]。先生口不绝吟于六艺之文，手不停披于百家之编[9]；记事者必提其要，纂言者必钩其玄[10]；贪多务得，细大不捐[11]；焚膏油以继晷，恒兀兀以穷年[12]。先生之业，可谓勤矣。觝排异端，攘斥佛老，补苴罅漏，张皇幽眇[13]；寻坠绪之茫茫，独旁搜而远绍[14]；障百川而东之，回狂澜于既倒[15]。先生之于儒，可谓有劳矣。沉浸醲郁，含英咀华[16]。作为文章，其书满家。上规姚、姒，浑浑无涯[17]；周《诰》殷《盘》，佶屈聱牙[18]；《春秋》谨严，《左氏》浮夸[19]；《易》奇而法，《诗》正而葩[20]；下逮《庄》、《骚》，太史所录，子云、相如，同工异曲[21]。先生之于文，可谓闳其中而肆其外矣[22]。少始知学，勇于敢为；长通于方，左右具宜[23]。先生之于为人，可谓成矣[24]。然而公不见信于人，私不见助于友，跋前踬后，动辄得咎[25]。暂为御史，遂窜南夷[26]。三年博士，冗不见治[27]。命与仇谋，取败几时[28]。冬暖而儿号寒，年丰而妻啼饥。头童齿豁，竟死何裨[29]？不知虑此，而反教人为？”

先生曰：“吁！子来前！夫大木为杗，细木为桷，欂栌侏儒，椳闑扂楔，各得其宜，施以成室者，匠氏之工也[30]。玉札丹砂，赤箭青芝，牛溲马勃，败鼓之皮，俱收并蓄，待用无遗者，医师之良也[31]。登明选公，杂进巧拙，纡余为妍，卓荦为杰，校短量长，惟器是适者，宰相之方也[32]。昔者孟轲好辩，孔道以明，辙环天下，卒老于行[33]；荀卿守正，大论是弘，逃谗于楚，废死兰陵[34]。是二儒者，吐辞为经，举足为法，绝类离伦，优入圣域，其遇于世何如也[35]？今先生学虽勤而不由其统，言虽多而不要其中，文虽奇而不济于用，行虽修而不显于众[36]。犹且月费俸钱，岁靡廪粟[37]。子不知耕，妇不知织。乘马从徒，安坐而食。踵常途之促促，窥陈编以盗窃[38]。然而圣主不加诛，宰臣不见斥，兹非其幸欤？动而得谤，名亦随之，投闲置散，乃分之宜[39]。若夫商财贿之有亡，计班资之崇庳，忘己量之所称，指前人之瑕疵，是所谓诘匠氏之不以杙为楹，而訾医师以昌阳引年，欲进其豨苓也[40]。”

【注释】

［1］进学解：对增进学问的辨析。解：辨析。

［2］国子先生：韩愈自称，他当时任国子博士。太学：指国子学。唐代主管国家教育的官署是国子监，掌管国子学、太学、广文学、四门学、律学、书学、算学等七学，七学各置博士。馆：学舍。嬉：戏游。行：品行，德行。随：随从，因循。

［3］治具：指法令规章。毕张：全部得以贯彻实施。

［4］拔去：除掉。登崇：提拔重用。畯：通“俊”。

［5］占：具有。小善：小的美德。率：都，一概。名一艺者：以一技之长著称的人。庸：通“用”，任用。

［6］爬罗剔抉：爬疏，搜罗，剔除，挑选。指精心筛选录用人才。刮垢磨光：刮去污垢，磨出光亮。比喻对人才的培养。

［7］“盖有幸”二句：只有才行有所欠缺而有幸获得录用的人，决无才行出众而不被选用的。扬：提举，提拔。

［8］于兹：到现在。有年：有许多年了。

［9］六艺：六经，即《诗》《书》《礼》《乐》《易》《春秋》。披：翻阅。百家：指先秦诸子百家著作。

［10］记事者：指记事一类的著作。纂言者：指立论一类的著作。纂：通“撰”。钩玄：探求深奥的道理。

［11］贪多务得：贪图多学，务求得益。细大不捐：大小都不放弃。捐：放弃。

［12］焚膏油：点燃灯烛。晷（guǐ 轨）：日影。恒：总是。兀兀（wù 物）：勤苦的样子。

［13］觝（dǐ 底）排：排斥。异端：非儒家的学说。攘斥：排斥。补苴（jū 居）：填补。罅（xià 下）漏：缺漏，裂缝。张皇：张大，阐发。幽眇：深奥隐微的道理，指儒家

思想的精微处。

［14］坠绪：指衰落不振的儒家道统。旁搜：多方搜求。绍：继承。

［15］障百川而东之：遮挡百川而使其东流入海。比喻防止异端学说泛滥，使人们的思想归于儒家道统。

［16］酞郁：浓烈的香味，指古籍中的精华。含英咀华：细细品尝、咀嚼文章中的精华。

［17］规：取法。姚、姒：指《尚书》中的《虞书》《夏书》。姚：虞舜的姓。姒：夏禹的姓。浑浑：深厚博大。

［18］周《诰》：指《尚书·周书》中的《大诰》《康诰》《酒诰》《召诰》《洛诰》等篇。殷《盘》：指《尚书·商书》中的《盘庚》篇。佶（jié 洁）屈聱（áo 敖）牙：形容文句艰涩，拗口难读。

［19］《春秋》谨严：指《春秋》记事言简意赅，寓褒贬于片字之中。《左氏》：即《左传》，相传为左丘明所作。浮夸：指《左传》叙事铺张华丽。

［20］《易》奇而法：指《周易》中卦象的变化奇异而有法则。《诗》正而葩：指《诗经》的思想纯正而又文辞华美。葩（pā 趴）：华美。

［21］逮：及。《庄》《骚》：《庄子》与《楚辞》。太史：《史记》。司马迁曾任太史令，《史记》每一篇章都有“太史公”的评论，故称。子云、相如：指西汉辞赋家扬雄与司马相如。

［22］闳其中：指内容精深博大。肆其外：指文笔奔放不羁。

［23］方：道理，或说指学术。

［24］成：完美。

［25］跋前踬后：进退两难，处处碰壁。跋：践踏。踬（zhì 制）：跌倒。《诗经·豳风·狼跋》：“狼跋其胡，载疐（同踬）其尾。”指狼有胡（颈下垂肉），向前踏着胡，向后碍于尾，进退两难。动辄得咎：一有举动就会受到指责。

［26］窜：贬谪。南夷：指阳山（今属广东省）。贞元十九年（803年），韩愈因上书请宽民徭，由监察御史贬为阳山令。

［27］冗：闲散。国子博士为闲职。不见治：不能表现治国的才能。

［28］命与仇谋：命运与仇敌串通一气。取败几时：屡次遭受挫败。

［29］头童：头秃。齿豁：齿落。豁：缺口。

［30］杗（máng 忙）：栋梁。桷（jué 决）：屋椽。欂（bó 帛）：壁柱。栌（lú 卢）：斗拱。侏儒：指短椽。椳（wēi 威）：门枢。闑（niè 孽）：门中央所立的短木，俗称门橛。扂（diàn 店）：门闩。楔（xiè 谢）：门两旁竖立的长木柱。

［31］玉札：药名，即地榆。赤箭：药名，即天麻。青芝：药名，又名龙芝。牛溲：牛尿，旧说可治水肿。一说，车前草。马勃：药名，菌类。败鼓之皮：破鼓皮，旧说可治虫毒。

［32］登明：录用贤明的人才。选公：公正地选择官吏。杂进巧拙：聪明与笨拙的人都能得到合理使用。纡余：宁静的样子，指厚重老成之人。妍：美。卓荦（luò 落）：杰出。惟器是适：指各种人才都能得到合适使用。方：治术。

[33] 辙环：车辙遍布，指周游各地。

[34] 守正：指荀子遵循孔子正道。弘：弘扬。“逃谗于楚”二句：《史记·荀卿列传》：“齐人或谗荀卿，荀卿乃适楚，而春申君以为兰陵令。春申君死而荀卿废，因家兰陵。”

[35] 吐辞：指言论、文章。举足：指行动。法：法则。绝类离伦：超出同类，即出类拔萃。优入圣域：高超到进入了圣人的境界。

[36] 不由其统：不符合儒家的道统。不要其中：不能切中要害。修：好。

[37] 靡：浪费，消耗。廪粟：官仓里的粮食。

[38] 踵：踩。常途：指世俗之道。促促：拘谨的样子。陈编：古人的著作。盗窃：指抄袭。

[39] 分之宜：命运本该如此。

[40] 商：谋算。财贿：这里指俸禄。亡：通“无”。班资：指官品。崇：高。庳：通“卑”，低。己量：自己的才识、器量。杙（yì 易）：小木桩。楹：柱子。訾（zǐ）：指责。昌阳：又名昌蒲，古人认为久服昌蒲可以长寿。引年：延年。豨（xī 西）苓：猪苓，菌类植物，可作泻药。

学习提示

唐宪宗元和七年（812），韩愈遭贬再任国子博士，官场失意。次年，作此文。韩愈仿照汉赋的主客问答方式，假设国子先生与学生对话，抒发自己的牢骚和不平，揭露官场的黑暗，曲折表现自己对朝政的不满情绪。第一段对诸生的教育中，涉及一些正确的学习方法，是韩愈学习的心得，如“业精于勤荒于嬉，行成于思毁于随”。同时，这一段也是全文的引子。第二段通过学生之口，称赞自己，对官场的屡屡失意极为愤慨。第三段对学生的回答，是韩愈的自我解嘲，多反语讽刺，如对自己的批判，对朝廷的歌颂，讥讽之意非常明显。韩愈是一位语言大师，这篇文章中有许多新创的词语，约定俗成，作为成语保留下来，如贪多务得、细大不捐、同工异曲、动辄得咎、俱收并蓄，等等。

思考题

1. 文章中流露了作者怎样的思想感情？通过什么样的手段表现的？
2. 国子先生在回应学生的质疑时，有一段自我批评的话语，怎样理解？
3. 文章运用了哪些修辞手段？
4. 文章所使用的辞语哪些还继续活跃在今人的话语之中？
5. 韩愈“古文运动”的创作主张，在这篇散文中是如何得到体现的？

柳宗元

作者生平见诗歌部分。

段太尉逸事状[1]

太尉始为泾州刺史时，汾阳王以副元帅居蒲，王子晞为尚书，领行营节度使，寓军邠州，纵士卒无赖[2]。邠人偷嗜暴恶者，率以货窜名军伍中，则肆志，吏不得问[3]。日群行丐取于市，不嗛，辄奋击折人手足，椎釜鬲瓮盎盈道上，把臂徐去，至撞杀孕妇人[4]。邠宁节度使白孝德以王故，戚不敢言[5]。

太尉自州以状白府，愿计事[6]。至则曰："天子以生人付公理，公见人被暴害，因恬然，且大乱，若何[7]？"孝德曰："愿奉教[8]。"太尉曰："某为泾州，甚适，少事，今不忍人无寇暴死，以乱天子边事[9]。公诚以都虞侯命某者，能为公已乱，使公之人不得害[10]。"孝德曰："幸甚！"如太尉请。

既署一月，晞军士十七人入市取酒，又以刃刺酒翁，坏酿器，酒流沟中[11]。太尉列卒取十七人，皆断头注槊上，植市门外[12]。晞一营大噪，尽甲[13]。孝德震恐，召太尉曰："将奈何！"太尉曰："无伤也，请辞于军[14]。"孝德使数十人从太尉，太尉尽辞去，解佩刀，选老躄者一人持马，至晞门下[15]。甲者出，太尉笑且入曰："杀一老卒，何甲也？吾戴吾头来矣。"甲者愕，因谕曰："尚书固负若属耶[16]？副元帅固负若属耶？奈何欲以乱败郭氏？为白尚书，出听我言。"晞出，见太尉。太尉曰："副元帅勋塞天地，当务始终[17]。今尚书恣卒为暴，暴且乱，乱天子边，欲谁归罪？罪且及副元帅。今邠人恶子弟以货窜名军籍中，杀害人，如是不止，几日不大乱？大乱由尚书出，人皆曰，尚书倚副元帅不戢士，然则郭氏功名其与存者几何[18]？"

言未毕，晞再拜曰："公幸教　以道，恩甚大，愿奉军以从。"顾叱左右曰："皆解甲，散还火伍中，敢哗者死[19]！"太尉曰："吾未晡食，请假设草具[20]。"既食，曰："吾疾作，愿留宿门下。"命持马者去，旦日来。遂卧军中。晞不解衣，戒候卒击柝卫太尉[21]。旦，俱至孝德所，谢不能，请改过[22]。邠州由是无祸。

先是，太尉在泾州，为营田官[23]。泾大将焦令谌取人田，自占数十顷，给与农，曰："且熟，归我半[24]。"是岁大旱，野无草，农以告谌。谌曰："我知入数而已，不知旱也[25]。"督责益急，农且饥死，无以偿，即告太尉。太尉判状辞甚巽，使人求谕谌[26]。谌盛怒，召农者曰："我畏段某耶？何敢言我！"取判铺背上，以大杖击二十，垂死，舆来庭中[27]。太尉大泣曰："乃我困汝。"

即自取水洗去血，裂裳衣疮，手注善药，旦夕自哺农者，然后食[28]。取骑马卖，市谷代偿，使勿知。

淮西寓军帅尹少荣，刚直士也[29]入见谌，大骂曰："汝诚人耶？泾州野如赭，人且饥死，而必得谷，又用大杖击无罪者[30]。段公，仁信大人也，而汝不知敬。今段公唯一马，贱卖市谷入汝，汝又取不耻。凡为人，傲天灾、犯大人、击无罪者，又取仁者谷，使主人出无马，汝将何为视天地，尚不愧奴隶耶？"谌虽暴抗，然闻言则大愧流汗，不能食，曰："吾终不可以见段公。"一夕自恨死[31]。

及太尉自泾州以司农征，戒其族："过岐，朱泚幸致货币，慎勿纳[32]。"及过，泚固致大绫三百匹，太尉婿韦晤坚拒，不得命[33]。至都，太尉怒曰："果不用吾言！"晤谢曰："处贱，无以拒也[34]。"太尉曰："然终不以在吾第[35]。"以如司农治事堂，栖之梁木上[36]。泚反，太尉终，吏以告泚，泚取视，其故封识具存[37]。

太尉逸事如右。元和九年月日，永州司马员外置同正员柳宗元谨上史馆[38]。

今之称太尉大节者，出入以为武人，一时奋不虑死，以取名天下，不知太尉之所立如是[39]。宗元尝出入岐、周、邠、斄间，过真定，北上马岭，历亭鄣堡戍，窃好问老校退卒，能言其事[40]。太尉为人姁姁，常低首拱手行步，言气卑弱，未尝以色待物，人视之儒者也[41]。遇不可，必达其志，决非偶然者[42]。会州刺史崔公来，言信行直，备得太尉遗事，复校无疑[43]。或恐尚逸坠，未集太史氏，敢以状私于执事[44]。谨状。

【注释】

[1] 段太尉（719—783）：名秀实，字成公，汧阳（今陕西省千阳县）人。唐玄宗时，举明经。后官至泾州刺史兼泾源郑颍节度使。军阀朱泚叛乱，段不屈，遇害，追赠太尉。状：古文中的一种特殊文体，又称"行状"或"行述"，是专门用来记述死者生平事迹的。逸事：指正史所遗漏的事迹。

[2] 泾州：治所在今甘肃省泾川县北。刺史：州郡的行政长官。唐代宗广德二年(764)，段秀实因邠宁节度使白孝德推荐，任泾州刺史。汾阳王：平定安史之乱的著名将领郭子仪，因功被封为汾阳郡王。唐代宗广德二年，郭子仪以关东、河东副元帅的身份出镇河中（即蒲州）。蒲：州名，治所在今山西永济县。晞：郭子仪第三子郭晞。领：代理。邠（bīn）州：治所在今陕西彬县。无赖：此处指横行霸道。

[3] 偷嗜暴恶：偷盗、贪婪、凶暴、邪恶。率：大抵。货：财物，此处指贿赂。窜：混入。肆志：所作所为非常放肆。

[4] 丐取：豪取强占。市：市场。嗛（qiè 切）：满足，快意。椎：敲击。鬲（lì 立）：三足锅。盎（àng）：盆子。把臂：挽着臂。

［5］白孝德：安西人，李光弼部将。戚：忧虑。

［6］状：陈述事实的文书。白：禀报。府：指白孝德的衙门。

［7］生人：即生民，老百姓。因避唐太宗李世民讳，故改用。因：仍旧。恬然：安然无事的样子。且：将。

［8］奉教：接受指教。

［9］适：适宜。

［10］诚：果真。都虞侯：军中执法官。已：停止。

［11］署：代理官职。

［12］注：附着，此处为悬挂之意。植：竖立。

［13］尽甲：全部披戴上铠甲。

［14］无伤：没关系。辞：劝说，说服。

［15］躄（bì 闭）：脚有病。

［16］若属：你们。

［17］当务始终：应当努力保持有始有终。

［18］戢（jí 及）：约束，管束。

［19］火伍：军伍，队列。唐代兵制以五人为伍，十人为火。

［20］晡（bū 逋）食：晚饭。晡：申时，下午三时至五时。假：借。设：草具：简单的食物。

［21］候卒：卫兵。

［22］谢：道歉。不能：治军无能。

［23］营田官：掌管军队屯垦的官员。

［24］给与农：租给农民。

［25］入数：应该收入的粮食数目。

［26］判状：判决的文书。巽（xùn 讯）：通“逊”，柔顺，委婉。

［27］舆：抬。

［28］衣疮：包扎伤处。注：涂敷。善药：好药。

［29］淮西寓军：驻扎在泾州的淮西军。

［30］赭（zhě 者）：红褐色，此处指干旱的赤土。

［31］自恨死：自惭而死。

［32］司农：司农卿，官职名，掌管粮食仓储之类工作。征：征召。德宗建中元年（780）二月，段秀实自泾原节度使被征召为司农卿。岐：地名，治所在今陕西省岐山县。朱泚（cǐ 此）：昌平（今属北京市）人，时为凤翔尹。幸致货币：幸蒙赠送财物。幸：幸蒙，客气用语。

［33］固致：坚持送礼。不得命：无法按照（段秀实）要求的去做。

［34］谢：道歉，谢罪。处贱：处在卑下的位置。无以拒：无法拒绝。

［35］不以：不能，不可以。第：住宅，宅第。

［36］如：送往。治事堂：办公处所。

［37］泚反：德宗建中四年（783），泾原节度使姚令言所部兵在京都哗变，拥立朱泚。

朱泚召段秀实议事，秀实突起，以象笏击朱泚，朱泚狼狈逃脱，秀实因此遇害。封识（zhì 志）：包装的标志。识：通“志”。

［38］员外：定员以外设置的官员。同正员：待遇与正员同。

［39］所立：立身行事。

［40］岐、周、邠、斄（tái 台）：指陕西省西部岐山、彬县、武功一带。真定：治所在今河北省正定县。或疑其为“真宁”之误，即今甘肃省真宁县。马岭：山名，在今甘肃省庆阳县西北。老校退卒：年老的军校，退休的士兵。

［41］姁姁（xǔ 许）：和善可亲的样子。以色待物：以疾言厉色待人接物。

［42］不可：不可以做的事。达其志：实现自己的主张。

［43］会：碰巧。州刺史：永州刺史。崔公：崔能，字子才。元和九年（814 年）自御史中丞调任永州刺史。

［44］逸坠：散落，丢失。未集：未曾收集到。太史氏：史官。私于执事：私自交给史馆职员，这里指韩愈。执事：古代书信中对对方的敬称。

学习提示

这是一篇非常优秀的记叙文，文章选取段秀实三件富有典型意义的逸事，从多个角度塑造了段秀实的现象。其一，刚正不阿，不畏强暴。面对“安史之乱”以后胡作非为的悍将骄兵，敢于痛下杀手，且最终使之得到合理解决，除地方一大公害。其二，遇事将百姓的利益放到重要的位置，怜惜百姓，是一位优秀的地方官员。其三，拒绝地方割据势力的引诱拉拢，拒收贿赂，廉洁奉公。通过这一系列的描述，段秀实在大是大非的关键时刻，大义凛然，就顺理成章了，是他一贯个性的表现。面对中唐社会现实，柳宗元此文有警戒教育世人的深意。文章叙述平实朴素，娓娓说来，饱含情感。

捕蛇者说

永州之野产异蛇，黑质而白章，触草木尽死，以啮人，无御之者[1]。然得而腊之以为饵，可以已大风、挛踠、瘘、疠，去死肌，杀三虫[2]。其始，太医以王命聚之，岁赋其二，募有能捕之者，当其租入，永之人争奔走焉[3]。有蒋氏者，专其利三世矣。问之，则曰：“吾祖死于是，吾父死于是，今吾嗣为之十二年，几死者数也[4]。”言之，貌若甚戚者[5]。

余悲之，且曰：“若毒之乎[6]？余将告于莅事者，更若役，复若赋，则何如[7]？”

蒋氏大戚，汪然出涕，曰：“君将哀而生之乎？则吾斯役之不幸，未若复吾赋不幸之甚也。向吾不为斯役，则久已病矣[8]。自吾氏三世居是乡，积于今六十岁矣。而乡邻之生日蹙[9]。殚其地之出，竭其庐之入，号呼而转徙，饥渴而顿踣，触风雨，犯寒暑，呼嘘毒疠，往往而死者相藉也[10]。曩与吾祖居者，今其室十无一焉；与吾父居者，今其室十无二、三焉；与吾居十二年者，今其室十无四、五焉；非死则徙尔，而吾以捕蛇独存[11]。

"悍吏之来吾乡，叫嚣乎东西，隳突乎南北，哗然而骇者，虽鸡犬不得宁焉[12]。吾恂恂而起，视其缶，而吾蛇尚存，则弛然而卧[13]。谨食之，时而献焉[14]。退而甘食其土之有，以尽吾齿[15]。盖一岁之犯死者二焉，其余则熙熙而乐。岂若吾乡邻之旦旦有是哉！今虽死乎此，比吾乡邻之死则已后矣，又安敢毒耶？"

余闻而愈悲。孔子曰："苛政猛于虎也[16]！"吾尝疑乎是，今以蒋氏观之，犹信。呜呼！孰知赋敛之毒有甚是蛇者乎！故为之说，以俟夫观人风者得焉[17]。

【注释】

[1] 质：质地，底子。章：花纹，斑纹。啮（niè 聂）：咬。无御之者：没有人能够抵挡这种蛇毒。

[2] 腊（xī 西）之：做成干肉。腊：干肉。饵：药饵。已：止，治好。大风：严重的风湿病。挛踠（wǎn 宛）：手脚弯曲不能伸展。瘘（lòu 漏）：脖子肿大。疠（lì 力）：恶疮。死肌：腐烂的肌肉。三虫：三尸虫。脑、胸、腹为三尸，使这三处得病的虫叫三虫。

[3] 王命：皇帝的命令。聚：征集。岁赋其二：一年征收二次。当：抵。

[4] 嗣：继承，接替。几：几乎。数（shuò）：多次。

[5] 戚：悲苦。

[6] 若：你。毒：痛恨。

[7] 莅（lì 力）事者：指地方官。更：更换。

[8] 向：先前。病：指异常困苦。

[9] 生：生活。日：每天。蹙（cù 促）：窘迫。

[10] 殚、竭：竭尽，全部。庐：房舍，指代全家。转徙：迁徙流离。顿踣（bó 薄）：劳累得倒下去。踣：跌倒。毒疠：毒气，疫气。

[11] 曩（nǎng）：从前。十无一：十家中剩不了一家。徙：搬迁。

[12] 隳（huī 灰）突：骚扰，毁坏。

[13] 恂恂（xún 旬）：谨慎的样子。缶（fǒu 否）：瓦罐。弛然：安心的样子。

[14] 谨：小心。食（sì 四）：喂养。时：按时。

[15] 退而甘食其土之有：回家后就安心有味地吃着自家田地所产食物。以尽吾齿：过完我的余生。齿：年龄。

[16] 苛政：苛酷的政治。猛于虎：比恶虎还要凶狠。语出《礼记·檀弓》。

[17] 俟：等待。人风：民风，民情。

学习提示

柳宗元借捕蛇者蒋氏一家的遭遇，形象地说明“苛政猛于虎”，表现出作者对现实政治、对社会问题、对民生疾苦的热切关注，饱含一腔政治热情。蒋氏三代捕毒蛇为生，祖、父两代都因中蛇毒身亡。作者以为蒋氏一定苦于服此役，文章却波澜突起，蒋氏将以蛇为岁赋与邻里依赖耕种维持生计者做了比较，自己的生活处境居然远远胜过他们。这里是“苛政猛于毒蛇”。中间叙述官吏下乡催逼赋税一段，写他们骚扰村庄，鸡犬不宁，非常形象生动。百姓生活在这种恐惧之中，怎么可能安居乐业？国家又何以获得久治长安？这都是潜藏在文章中的政治关怀。文章作于柳宗元贬居永州时期，这是作者的政治极为失意的时期。柳宗元参与的朝政变革，就是针对这些弊政的，虽然失败，政治热情不减，难能可贵。

三　戒

吾恒恶世之人不知推己之本，而乘物以逞[1]。或依势以干非其类，出技以怒强，窃时以肆暴，然卒迨于祸[2]。有客谈麋、驴、鼠三物，似其事，作《三戒》。

临江之麋

临江之人，畋得麋麑，畜之[3]。入门，群犬垂涎，扬尾皆来。其人怒，怛之[4]。自是日抱就犬，习示之，使勿动，稍使与之戏[5]。积久，犬皆如人意。麋麑稍大，忘己之麋也，以为犬良我友，抵触偃仆，益狎[6]。犬畏主人，与之俯仰甚善，然时啖其舌[7]。

三年，麋出门，见外犬在道甚众，走欲与为戏。外犬见而喜且怒，共杀食之，狼藉道上。麋至死不悟。

黔之驴

黔无驴，有好事者船载以入[8]。至则无可用，放之山下。虎见之，庞然大物也，以为神。蔽林间窥之，稍出近之，憖憖然莫相知[9]。他日，驴一鸣，虎大骇，远遁，以为且噬己也，甚恐[10]。然往来视之，觉无异能者。益习其声，又近出前后，终不敢搏。

稍近，益狎，荡倚冲冒[11]。驴不胜怒，蹄之。虎因喜，计之曰：“技止此耳。”因跳踉大㘚，断其喉，尽其肉，乃去[12]。

噫！形之庞也类有德，声之宏也类有能。向不出其技，虎虽猛，疑畏卒不敢取[13]。今若是焉，悲夫！

永某氏之鼠

永有某氏者，畏日，拘忌异甚[14]。以为己生岁直子，鼠，子神也，因爱鼠，不畜猫犬，禁僮勿击鼠[15]。仓廪庖厨，悉以恣鼠不问。由是鼠相告，皆来某氏，饱食而无祸。某氏室无完器，椸无完衣，饮食大率鼠之余也[16]。昼累累与人兼行，夜则窃啮斗暴，其声万状，不可以寝，终不厌[17]。

数岁，某氏徙居他州，后人来居，鼠为态如故。其人曰："是阴类恶物也，盗暴尤甚，且何以至是乎哉[18]？"假五、六猫，阖门撤瓦灌穴，购僮罗捕之，杀鼠如丘，弃之隐处，臭数月乃已[19]。

呜呼！彼以其饱食无祸为可恒也哉！

【注释】

[1] 恒：常常，经常。推：推究。本：本性。乘物以逞：依仗外力来逞强。下文"依势"、"出技"、"窃时"三句，都是"乘物以逞"的具体表现。

[2] 非其类：不是他们的同类。出技：使用技巧。怒强：激怒强者。窃时：利用时机。肆暴：任意放肆。卒：最终，终于。迨（dài 代）：遭到。

[3] 临江：地名，今江西省清江县。畋（tián 田）：狩猎。麋麑（ní 倪）：小麋鹿。麋：似鹿而形体稍大。畜：饲养，喂养。

[4] 怛（dá 答）：恐吓，吓唬。

[5] 习示之：给它们看了习惯，即让狗与麋熟悉起来。戏：玩耍。

[6] 良：确实，真的。偃仆：指颠倒在地。指麋与狗戏耍，将狗冲倒在地。狎：亲昵。

[7] 俯仰：或俯下，或抬头，指狗与麋游戏的样子。啖（dàn 淡）：舔，咂。

[8] 黔（qián 钱）：唐代黔中道的简称，包括现四川、贵州等部分地区。后贵州简称黔。

[9] 慭慭（yìn 印）然：谨慎的样子。

[10] 遁：逃跑，遁逃。噬（shì 是）：咬。

[11] 荡倚冲冒：摇动，挤靠，冲撞，冒犯。

[12] 跳踉（liáng 梁）：跳跃。㘚（hǎn 喊）：怒吼，咆哮。

[13] 向：当初，起初。

[14] 永：永州，今湖南零陵县。畏日：害怕犯日忌。古代迷信，讲究忌日避讳。

[15] 生岁直子：出年正值子年。古代以天干与地支相互搭配纪年，若地支为"子"的称子年。又以12种动物与地支相对，鼠对子，故子年为鼠年。直：通"值"。

[16] 完器：完整的器具。椸（yí 移）：衣架。

[17] 累累：结群成队。兼行：并行。

［18］阴类恶物：生活在阴暗处的坏东西。

［19］假：借。阖（hé 河）：关闭。撤瓦：撤除房瓦。购僮：奖励仆人。罗捕：四面追捕。

学习提示

《三戒》是一组寓言故事。在柳宗元之前，寓言没有独立成篇的，往往是作为政论文的一个论据被引用，在《庄子》等先秦诸子著作中尤为常见。柳宗元继承了先秦寓言传统，有意识地大量创作寓言，使寓言成为一种独立、完整的文学体裁。三篇寓言之寓意在序言里已经点明：《临江之麋》针对"依势以干非其类"者，用来讥讽仗势欺人的无知奴才；《黔之驴》针对"出技以怒强"者，用来暴露外强中干、徒有其表的大人物；《永某氏之鼠》针对"窃时以肆暴"者，讽刺那些依仗大人物的庇护而为所欲为的小人。三篇寓言，各自揭露了现实社会中许多可笑可鄙的事情。故事性强，形象生动。篇末点题议论，言简意赅，含义深刻，富有哲理性。

思考题

1. 三篇寓言各自针对现实中哪种人？说明了怎样的一个道理？
2. 柳宗元创作的寓言在文学史上有怎样的地位？
3. 三篇寓言体现了作者怎样一种共同的思想情感？为什么？
4. 柳宗元的寓言有什么写作特点？
5. 背诵《黔之驴》。

始得西山宴游记[1]

自予为僇人，居是州，恒惴栗[2]。其隙也，则施施而行，漫漫而游[3]。日与其徒上高山，入深林，穷回溪，幽泉怪石，无远不到。到则披草而坐，倾壶而醉。醉则更相枕而卧，卧而梦。意有所极，梦亦同趣[4]。觉而起，起而归。以为凡是州之山有异态者，皆我有也，而未始知西山之怪特。

今年九月二十八日，因坐法华西亭，望西山，始指异之[5]。遂命仆人过湘江，缘染溪，斫榛莽，焚茅茷，穷山之高而止[6]。攀援而登，箕踞而遨，则凡数州之土壤，皆在衽席之下[7]。其高下之势，岈然洼然，若垤若穴，尺寸千里，攒蹙累积，莫得遁隐[8]。萦青缭白，外与天际，四望如一[9]。然后知是山之特出，不与培塿为类，悠悠乎与颢气俱，而莫得其涯；洋洋乎与造物者游，而不知其所穷[10]。引觞满酌，颓然就醉，不知日之入。苍然暮色，自远而至，至无所见，而犹不欲归。心凝形释，与万化冥合[11]。然后知吾向之未始游，游于是乎始，故为之文以志。

是岁，元和四年也。

【注释】

[1] 始得西山宴游记：这是柳宗元《永州八记》中的第一篇，作于唐宪宗元和四年(809)。

[2] 僇（lù路）人：罪人。僇：通“戮”，刑辱之意。是州：指永州。恒：常常。惴（zhuì坠）栗：忧惧的样子。

[3] 隙：闲暇。施施（yí移）：慢慢行走的样子。漫漫：漫无目的的样子。

[4] 趣：通“趋”，往，到。指梦中所思与白日相同。

[5] 法华：寺名，在零陵县城内东山上。柳宗元在元和四年于寺西建亭，称西亭，有《永州法华寺新作西亭记》。异：奇异，奇怪。

[6] 缘：沿流而上。染溪：溪名，又名冉溪，潇水支流，在零陵县西南。斫（zhuó拙）：用刀斧砍。榛莽：丛生的草木。茷（fá伐）：草叶茂盛。

[7] 箕踞：席地而坐，两脚伸直岔开，成簸箕形。这是古人一种随意的坐姿，表示倨傲或适意忘形。衽席：坐席。

[8] 岈（xiā瞎）然：山深邃的样子。洼（wā蛙）然：山谷低洼的样子。垤（dié蝶）：蚂蚁做窝时堆叠的小土堆，也泛指小土堆。攒（zǎn）蹙（cù促）累积：聚集，密集相接。这里指许多景物聚集收拢在一起。遁隐：躲藏，逃匿。这里指居高而望，景物尽收眼底。

[9] 萦、缭：环绕。

[10] 培塿（lóu楼）：小土堆。悠悠：遥远无穷的样子。颢气：即浩气，天地间正大刚正之气。洋洋：广阔无边的样子。造物者：天地，自然。

[11] 心凝形释：心神凝聚，而忘记了形骸的存在。万化：万物。冥合：暗合，犹浑然一体。

学习提示

游山玩水，必然寻觅其有特征者。柳宗元贬居无聊，更是寻求怪异的山水景色以排遣内心情绪。西山之景，以其“特出”而引起柳宗元的特别关注。其一，登高而望，永州景色尽收眼底，连绵群山，有如土堆，颇有“登泰山而小鲁”的气概。其二，视野开阔，杳远深邃，心胸为之舒展，物我两忘，与大自然融为一体。至此，胸中郁闷之气得以宣泄。作者觉得真正的游山玩水从此才开始，于是，有了山水游记的名篇：《永州八记》。

小石潭记[1]

从小丘西行百二十步，隔篁竹，闻水声，如鸣珮环，心乐之[2]。伐竹取道，下见小潭，水尤清冽。全石以为底，近岸，卷石底以出，为坻，为屿，为嵁，为岩[3]。青树翠蔓，蒙络摇缀，参差披拂[4]。

潭中鱼可百许头，皆若空游无所依[5]。日光下澈，影布石上，佁然不动，俶尔远逝，往来翕忽，似与游者相乐[6]。

潭西南而望，斗折蛇行，明灭可见[7]。其岸势犬牙差互，不可知其源[8]。坐潭上，四面竹树环合，寂寥无人，凄神寒骨，悄怆幽邃[9]。以其境过清，不可久居，乃记之而去。

同游者：吴武陵、龚古、余弟宗玄。隶而从者，崔氏二小生，曰恕己，曰奉壹[10]。

【注释】

[1] 小石潭记：这是柳宗元《永州八记》中的第四篇，作于唐宪宗元和四年（809）。

[2] 篁（huáng 皇）：竹林。乐：喜欢。

[3] 坻（chí 池）：水中高地。屿：小岛。嵁（kān 刊）：不平的山岩。

[4] 蒙络摇缀：（茎蔓）覆盖缠绕，摇曳下垂。披拂：随风飘动。

[5] 可：大约。

[6] 佁（yǐ 以）然：呆呆的样子。俶（chù 处）尔：忽然。翕（xì 细）忽：迅速的样子。

[7] 斗折：像北斗七星那么曲折。蛇行：如蛇游动一样的蜿蜒。

[8] 差互：交错。

[9] 悄怆：忧伤。幽邃：幽深。

[10] 隶：随从。小生：后生，年轻人。

学习提示

柳宗元因参与朝政改革失败，遭受政敌的迫害，被贬为永州（今湖南零陵县）司马。司马是闲职，平日无事。柳宗元为人倔强，坚持政治信念不改。贬居期间，他借游玩地方山水排遣内心情绪，写下《永州八记》。永州当时比较荒僻，却多奇山异水。柳宗元都是开辟途径，深入荒野，寻幽探胜。这篇文章描写了小石潭清幽窈深的环境，奇异的自然景物。潭中水之清冽、岸上景物之奇特、水中游鱼的形态，都有惟妙惟肖的描写。但是，作者内心的愤懑不平不因此消失，而总是借用凄清的环境，转折表达。这样的山水描写，有着强烈的个人色彩，与以往客观地纯粹地欣赏有所不同。

刘禹锡

作者生平见诗歌部分。

陋室铭[1]

山不在高，有仙则名；水不在深，有龙则灵。斯是陋室，惟吾德馨[2]。苔痕上阶绿，草色入帘青。谈笑有鸿儒，往来无白丁[3]。可以调素琴，阅金经[4]。无丝竹之乱耳，无案牍之劳形[5]。南阳诸葛庐，西蜀子云亭[6]。孔子云："何陋之有[7]！"

【注释】

[1] 陋室：简陋的房子。铭：古代的一种文体。陆机《文赋》："铭博约而温润"。

[2] 德馨：因品德高尚而变得芬芳。馨（xīn 新）：香气，特指传播久远的香气。

[3] 鸿儒：学问渊博的学者。白丁：没有功名的平民。

[4] 金经：佛经。

[5] 案牍：官府文书，公文。

[6] 南阳诸葛庐：诸葛亮在南阳隐居的房子。西蜀子云亭：扬雄在成都的住宅。扬雄，字子云，成都人。西汉辞赋家。

[7] 何陋之有：有什么简陋的。语本《论语·子罕》："君子居之，何陋之有？"

学习提示

刘禹锡积极参加中唐政治改革，失败后，与柳宗元等一起被贬往远方。但是，刘禹锡依然坚持自己的政治信念，永不屈服。这篇韵文，就是作者超脱世俗、秉性清高、永不同流合污的高贵品质的表现。作者并不在乎自己居住环境的简陋，而是在乎道德的自我完善。贬居之后，作者以环境的清幽、平日的自在、往来的高雅自我标榜，最后以孔子的话自我勉励，精神抖擞，无颓唐衰疲之相。当然，其中也有贬居后的自我安慰成分，也是政治上不屈的宣言。

杜 牧

作者生平见诗歌部分。

阿房宫赋[1]

六王毕，四海一[2]。蜀山兀，阿房出[3]。覆压三百余里，隔离天日[4]。骊山北构而西折，直走咸阳[5]。二川溶溶，流入宫墙[6]。五步一楼，十步一阁；廊腰缦回，檐牙高啄[7]。各抱地势，钩心斗角[8]。盘盘焉，囷囷焉，蜂房水涡，矗不知其几千万落[9]。长桥卧波，未云何龙？复道行空，不霁何虹[10]？高低冥迷，不知西东[11]。歌台暖响，春光融融，舞殿冷袖，风雨凄凄。一日之内，一宫之间，而气候不齐。

妃嫔媵嫱，王子皇孙，辞楼下殿，辇来于秦，朝歌夜弦，为秦宫人[12]。明星荧荧，开妆镜也；绿云扰扰，梳晓鬟也；渭流涨腻，弃脂水也；烟斜雾横，焚椒兰也[13]。雷霆乍惊，宫车过也，辘辘远听，杳不知其所之也。一肌一容，尽态极妍，缦立远视，而望幸焉[14]。有不得见者，三十六年。

燕、赵之收藏，韩、魏之经营，齐、楚之精英，几世几年，剽掠其人，倚叠如山。一旦不能有，输来其间[15]。鼎铛玉石，金块珠砾，弃掷逦迤，秦人视之，亦不甚惜[16]。

嗟乎！一人之心，千万人之心也。秦爱纷奢，人亦念其家。奈何取之尽锱铢，用之如泥沙[17]？使负栋之柱，多于南亩之农夫；架梁之椽，多于机上之工女；钉头磷磷，多于在庾之粟粒；瓦缝参差，多于周身之帛缕；直栏横槛，多于九土之城郭；管弦呕哑，多于市人之言语[18]。使天下之人，不敢言而敢怒。独夫之心，日益骄固[19]。戍卒叫，函谷举，楚人一炬，可怜焦土[20]！

呜乎！灭六国者，六国也，非秦也。族秦者，秦也，非天下也[21]。嗟夫！使六国各爱其人，则足以拒秦。使秦复爱六国之人，则递三世可至万世而为君，谁得而族灭也？秦人不暇自哀，而后人哀之；后人哀之而不鉴之，亦使后人而复哀后人也[22]！

【注释】

[1] 阿房（ē páng 婀 旁）宫：秦宫殿名，秦始皇所建，故址在今陕西省西安市西南阿房村。秦灭六国，征用了七十多万民工建造此宫，秦亡，阿房宫为项羽焚毁。

[2] 六王：指战国七雄中除秦以外的六个国家：韩、魏、燕、赵、齐、楚。毕：结束，灭亡。

［3］兀：高而平秃。指四川一带山上的树木因修阿房宫而被砍伐光了。

［4］隔离天日：隔断了天空与太阳，形容宫殿的高大。

［5］骊山：在今陕西省临潼县东南。这句意思是从骊山北面开始建筑，折而向西，直到咸阳。咸阳为秦京都。

［6］二川：渭水和樊川。溶溶：水缓缓流动的样子。

［7］廊腰缦回：长廊回环曲折。廊腰：指长廊深处。檐牙：屋檐的尖角。高啄：如鸟向空中啄物。

［8］抱：依据。钩心斗角：形容建筑错综精密。

［9］盘盘、囷囷（qūn）：曲折环绕的样子。蜂房水涡：形容宫殿中房屋密集，如蜂房与水的漩涡。矗（chù处）：高耸。落：座，作为建筑物的量词。

［10］复道：空中架设的走道。霁：雨过天晴。

［11］冥迷：模糊不清的样子。

［12］妃嫔媵（yìng硬）嫱：指六国嫔妃宫女。辇：车，用作动词，指用车载。

［13］椒兰：香料名。

［14］缦立：久久伫立。缦：通“慢”。幸：指皇帝的来临。

［15］输来其间：运送到阿房宫。

［16］鼎铛（chēng撑）玉石：把宝鼎看作铁锅，把美玉看做石头。铛：锅类炊具。金块珠砾：把金子看作石块，把珠子看作沙砾。指视贵如贱，任意挥霍。逦迤（lǐ yǐ里以）：绵绵不尽的样子。这里指把宝玉扔得到处都是。

［17］锱（zī）铢：量词，一两的二十四分之一为铢，六铢为一锱。此处比喻细小的数量。

［18］庾：露天的谷仓。呕哑：指嘈杂的音乐声。

［19］独夫：指秦始皇。

［20］戍卒：指陈胜与吴广，他们是谪戍渔阳的戍卒。函谷举：指起刘邦率军攻克了函谷关。楚人一炬：公元前206年，项羽攻入咸阳，放火烧毁阿房宫，大火三月不灭。

［21］族：灭族。

［22］不暇：来不及。

学习提示

秦灭六国，国力何等强大。一统天下之后，却极其短命，抵抗不住乌合之众的群起而攻之。其中的历史经验教训何在？杜牧此文，借阿房宫的盛衰，揭示奢华糜烂导致秦朝覆灭的历史原因。文章前面极力铺叙阿房宫的庞大规模与豪华气派，语言华丽优美。阿房宫早已被烧毁，杜牧无由见之，作者凭想象落笔，依然写得气势磅礴，有声有色，描绘细致具体，仿佛亲眼所见。秦人的奢侈腐化，沉湎于声色之中而不思进取，也有了充分的展示。在这样蓄势铺垫之后，后面点明秦朝覆亡的道理，给读者留下深刻印象。杜牧生活在晚唐，面对日非的国事与颓败的国运，忧心如焚，时时借文学创作讽喻。这时，唐敬宗正大营宫室，作者就是为此而发，希望能够引起现实中统治者的关注。文章极尽夸张之能事，铺陈排比，融叙事、抒情、议论为一体，气势遒劲，议论犀利明快，是小赋中的杰出作品。

中国古代文学

小说

元　稹

作者生平见诗歌部分。

莺莺传

唐贞元中，有张生者，性温茂，美风容，内秉坚孤，非礼不可入[1]。或朋从游宴，扰杂其间，他人皆汹汹拳拳，若将不及；张生容顺而已，终不能乱[2]。以是年二十三，未尝近女色。知者诘之，谢而言曰："登徒子非好色者，是有凶行[3]。余真好色者，而适不我值[4]。何以言之？大凡物之尤者，未尝不留连于心，是知其非忘情者也[5]。"诘者识之。

无几何，张生游于蒲[6]。蒲之东十余里，有僧舍曰普救寺，张生寓焉[7]。适有崔氏孀妇，将归长安，路出于蒲，亦止兹寺。崔氏妇，郑女也；张出于郑，绪其亲，乃异派之从母[8]。是岁，浑瑊薨于蒲[9]。有中人丁文雅，不善于军，军人因丧而扰，大掠蒲人[10]。崔氏之家，财产甚厚，多奴仆，旅寓惶骇，不知所托。先是张与蒲将之党有善，请吏护之，遂不及于难。

十余日，廉使杜确将天子命以总戎节，令于军，军由是戢[11]。郑厚张之德甚，因饰馔以命张，中堂宴之[12]。复谓张曰："姨之孤嫠未亡，提携幼稚，不幸属师徒大溃，实不保其身[13]。弱子幼女，犹君之生，岂可比常恩哉？今俾以仁兄礼奉见，冀所以报恩也[14]。"命其子，曰欢郎，可十余岁，容甚温美。次命女："出拜尔兄，尔兄活尔。"久之辞疾，郑怒曰："张兄保尔之命，不然，尔且掳矣，能复远嫌乎[15]？"久之，乃至。常服睟容，不加新饰，垂鬟接黛，双脸销红而已[16]。颜色艳异，光辉动人。张惊为之礼，因坐郑旁。以郑之抑而见也，凝睇怨绝，若不胜其体者[17]。问其年纪，郑曰："今天子甲子岁之七月，终于贞元庚辰，生年十七矣[18]。"张生稍以词导之，不对，终席而罢。

张自是惑之，愿致其情，无由得也[19]。崔之婢曰红娘，生私为之礼者数四，乘间遂道其衷。婢果惊沮，腆然而奔，张生悔之[20]。翼日，婢复至，张生乃羞而谢之，不复云所求矣[21]。婢因谓张曰："郎之言，所不敢言，亦不敢泄。然而崔之姻族，君所详也，何不因其德而求娶焉？"张曰："余始自孩提，性不苟合。或时纨绮间居，曾莫流盼[22]。不为当年，终有所蔽[23]。昨日一席间，几不自持。数日来，行忘止，食忘饱，恐不能逾旦暮[24]。若因媒氏而娶，纳采问名，则三数月间，索我于枯鱼之肆矣[25]。尔其谓我何[26]？"婢曰："崔之贞慎自保，虽所尊不可以非语犯之，下人之谋，固难入矣[27]。然而善属文，往往沉吟章句，怨慕者久之[28]。君试为喻情诗以乱之，不然则无由也[29]。"张大喜，立缀春词二首以授之[30]。是夕，红娘复至，持彩笺以授张曰："崔所命也。"题其篇曰《明月三五夜》，其词曰："待月西厢下，迎风户半开。拂墙花影动，疑是玉人来。"张亦微喻其旨[31]。是夕，岁二月旬有四日矣[32]。

崔之东有杏花一株，攀援可逾。既望之夕，张因梯其树而逾焉，达于西厢，则户半开矣[33]。红娘寝于床，生因惊之。红娘骇曰："郎何以至？"张因绐之曰："崔氏之笺召我也，尔为我告之[34]。"无几，红娘复来，连曰："至矣！至矣！"张生且喜且骇，必谓获济[35]。及崔至，则端服严容，大数张曰[36]："兄之恩，活我之家，厚矣。是以慈母以弱子幼女见托。奈何因不令之婢，致淫逸之词[37]？始以护人之乱为义，而终掠乱以求之，是以乱易乱，其去几何[38]？诚欲寝其词，则保人之奸，不义；明之于母，则背人之惠，不祥；将寄与婢仆，又惧不得发其真诚[39]。是用托短章，愿自陈启。犹惧兄之见难，是用鄙靡之词，以求其必至[40]。非礼之动，能不愧心，特愿以礼自持，无及于乱。"言毕，翻然而逝[41]。张自失者久之，复逾而出，于是绝望。

数夕，张生临轩独寝，忽有人觉之。惊骇而起，则红娘敛衾携枕而至[42]。抚张曰："至矣！至矣！睡何为哉？"并枕重衾而去。张生拭目危坐久之，犹疑梦寐，然而修谨以俟[43]。俄而红娘捧崔氏而至，至则娇羞融冶，力不能运支体[44]。曩时端庄，不复同矣[45]。是夕，旬有八日也。斜月晶莹，幽辉半床。张生飘飘然，且疑神仙之徒，不谓从人间至矣。有顷，寺钟鸣，天将晓，红娘促去。崔氏娇啼宛转，红娘又捧之而去，终夕无一言。张生辨色而兴，自疑曰[46]："岂其梦邪？"及明，睹妆在臂，香在衣，泪光荧荧然，犹莹于茵席而已[47]。是后又十余日，杳不复知。张生赋《会真诗》三十韵，未毕，而红娘适至[48]。因授之，以贻崔氏。自是复容之，朝隐而出，暮隐而入，同安于曩所谓西厢者，几一月矣。张生常诘郑氏之情，则曰："我不可奈何矣。"因欲就成之。

无何，张生将之长安，先以情喻之。崔氏宛无难词，然而愁怨之容动人矣。将行之再夕，不可复见，而张生遂西下[49]。数月，复游于蒲，会于崔氏者又累月。崔氏甚工刀札，善属文，求索再三，终不可见[50]。往往张生自以文挑，亦不甚睹览。大略崔之出人者，艺必穷极，而貌若不知；言则敏辩，而寡于酬对。待张之意甚厚，然未尝以词继之。时愁艳幽邃，恒若不识；喜愠之容，亦罕形见[51]。异时独夜操琴，愁弄凄恻，张窃听之，求之，则终不复鼓矣。以是愈惑之。

张生俄以文调及期，又当西去[52]。当去之夕，不复自言其情，愁叹于崔氏之侧。崔已阴知将诀矣，恭貌怡声，徐谓张曰[53]："始乱之，终弃之，固其宜矣。愚不敢恨。必也君乱之，君终之，君之惠也；则没身之誓，其有终矣[54]。又何必深感于此行？然而君既不怿，无以奉宁[55]。君常谓我善鼓琴，向时羞颜，所不能及。今且往矣，既君此诚[56]。"因命拂琴，鼓《霓裳羽衣序》，不数声，哀音怨乱，不复知其是曲也。左右皆歔欷，崔亦遽止之。投琴，泣下流连，趋归郑所，遂不复至。明旦而张行。

明年，文战不胜，张遂止于京，因贻书于崔，以广其意[57]。崔氏缄报之词，粗载于此。曰："捧览来问，抚爱过深，儿女之情，悲喜交集。兼惠花胜一合，口脂五寸，致耀首膏唇之饰[58]。虽荷殊恩，谁复为容[59]？睹物增怀，但积悲叹耳。伏承使于京中就业，进修之道，固在便安[60]。但恨僻陋之人，永以遐弃，命也如此，知复何言[61]？自去秋已来，常忽忽如有所失。于喧哗之下，或勉为语笑，闲宵自处，无不泪零。乃至梦寝之间，亦多感咽。离忧之思，绸缪缱绻，暂若寻常；幽会未终，惊魂已断[62]。虽半衾如暖，而思之甚遥。一昨拜辞，倏逾旧岁[63]。长安行乐之地，触绪牵情。何幸不忘幽微，眷念无斁[64]。鄙薄之志，无以奉酬。至于终始之盟，则固不忒[65]。鄙昔中表相因，或同宴处；婢仆见诱，遂致私诚[66]。儿女之心，不能自固[67]。君子有援琴之挑，鄙人无投梭之拒[68]。及荐寝席，义盛意深，愚陋之情，永谓终托[69]。岂期既见君子，而不能定情，致有自献之羞[70]。不复明侍巾帻，没身永恨，含叹何言[71]？倘仁人用心，俯遂幽眇，虽死之日，犹生之年[72]。如或达士略情，舍小从大，以先配为丑行，以要盟为可欺，则当骨化形销，丹诚不泯[73]。因风委露，犹托清尘[74]。存没之诚，言尽于此。临纸呜咽，情不能申。千万珍重！珍重千万！玉环一枚，是儿婴年所弄，寄充君子下体所佩。玉取其坚润不渝，环取其终始不绝。兼乱丝一绚，文竹茶碾子一枚[75]。此数物不足见珍，意者欲君子如玉之真，弊志如环不解，泪痕在竹，愁绪萦丝，因物达情，永以为好耳。心迩身遐，拜会无期，幽愤所钟，千里神合[76]。千万珍重！春风多厉，强饭为嘉[77]。慎言自保，无以鄙为深念。"

张生发其书于所知，由是时人多闻之。所善杨巨源好属词，因为赋《崔娘诗》一绝云[78]："清润潘郎玉不如，中庭蕙草雪销初[79]。风流才子多春思，肠断萧娘一纸书。”河南元稹，亦续生《会真诗》三十韵。诗曰：“微月透帘栊，萤光度碧空。遥天初缥缈，低树渐葱胧[80]。龙吹过庭竹，鸾歌拂井桐[81]。罗绡垂薄雾，环珮响轻风。绛节随金母，云心捧玉童[82]。更深人悄悄，晨会雨濛濛。珠莹光文履，花明隐绣龙[83]。瑶钗行彩凤，罗帔掩丹虹[84]。言自瑶华浦，将朝碧玉宫[85]。因游洛城北，偶向宋家东[86]。戏调初微拒，柔情已暗通。低鬟蝉影动，回步玉尘蒙[87]。转面流花雪，登床抱绮丛。鸳鸯交颈舞，翡翠合欢笼[88]。眉黛羞偏聚，唇朱暖更融。气清兰蕊馥，肤润玉肌丰。无力慵移腕，多娇爱敛躬[89]。汗流珠点点，发乱绿葱葱。方喜千年会，俄闻五夜穷[90]。留连时有恨，缱绻意难终。慢脸含愁态，芳词誓素衷[91]。赠环明运合，留结表心同。啼粉流宵镜，残灯远暗虫。华光犹苒苒，旭日渐曈曈[92]。乘鹜还归洛，吹箫亦上嵩[93]。衣香犹染麝，枕腻尚残红。幂幂临塘草，飘飘思渚蓬[94]。素琴鸣怨鹤，清汉望归鸿。海阔诚难渡，天高不易冲。行云无处所，萧史在楼中[95]。”

张之友闻之者，莫不耸异之，然而张志亦绝矣[96]。稹特与张厚，因征其词[97]。张曰：“大凡天之所命尤物也，不妖其身，必妖于人。使崔氏子遇合富贵，乘宠娇，不为云，不为雨，为蛟为螭，吾不知其所变化矣[98]。昔殷之辛，周之幽，据百万之国，其势甚厚[99]。然而一女子败之，溃其众，屠其身，至今为天下僇笑[100]。予之德不足以胜妖孽，是用忍情[101]。”于时坐者皆为深叹。

后岁余，崔已委身于人，张亦有所娶[102]。适经所居，乃因其夫言于崔，求以外兄见。夫语之，而崔终不为出。张怨念之诚，动于颜色，崔知之，潜赋一章词曰：“自从消瘦减容光，万转千回懒下床。不为旁人羞不起，为郎憔悴却羞郎。”竟不之见。后数日，张生将行，又赋一章以谢绝云：“弃置今何道，当时且自亲。还将旧时意，怜取眼前人。”自是绝不复知矣。

时人多许张为善补过者[103]。予常于朋会之中，往往及此意者，夫使知者不为，为之者不惑。贞元岁九月，执事李公垂，宿于予靖安里第，语及于是[104]。公垂卓然称异，遂为《莺莺歌》以传之。崔氏小名莺莺，公垂以命篇。

【注释】

[1] 贞元：唐德宗年号（785—804）。温茂：温和而有情感。坚孤：意志坚强，性格孤僻。

[2] 汹汹拳拳：指嘈杂吵闹的样子。若将不及：好像来不及表现自己，指酒宴之间人人争先表现。容顺：表面随和敷衍。

[3] 诘：诘问，盘问。谢：告诉。登徒子：好色之徒。战国宋玉作《登徒子好色赋》，后来就以“登徒子”指好色之徒。凶行：丑陋荒唐的行为。

[4] 适：正好，恰巧。值：遇到，碰上。

［5］尤：突出。后称绝色女子为尤物。

［6］无几何：不久。蒲：蒲州，治所在今山西永济县。

［7］寓：借居。

［8］张出于郑：张生母亲是郑家的女儿。绪其亲：论其亲戚。异派：另一支。从母：姨母。

［9］浑瑊（jiān 肩）：武将，西域铁勒九姓的浑部人。肃宗时屡建战功，官至兵马副元帅。死于绛州节度使任内。薨（hōng 哄）：古代指诸侯或高官的去世。

［10］中人：监军的宦官。

［11］廉使：观察使。负责考察州县吏政、兼管民事的官员。总戎节：总领军务。戢（jí 及）：收敛，停止。

［12］厚：看重，感激。饰馔（zhuàn 撰）：整顿酒菜。

［13］嫠（lí 离）：寡妇。未亡：古代寡妇自称“未亡人”。

［14］俾：使。冀：期望。

［15］掳：掳掠，抢掠。远嫌：远离以避嫌疑。

［16］睟（suì 岁）容：丰润的面容。销红：两颊飞红。销：散布。

［17］抑而见：强迫出来见人。凝睇：目光停滞，出神发呆。若不胜其体：好像身体支持不住。

［18］天子甲子岁：指德宗兴元元年（784）。贞元庚辰：德宗贞元十六年（800）。指莺莺生于兴元元年七月，到贞元十六年，已经 17 岁。

［19］惑之：迷恋她。致其情：表达自己的衷情。无由得：没有途径可沟通。

［20］惊沮：惊恐害怕。腆（tiǎn 舔）然：害羞的样子。

［21］翼日：第二天。谢：道歉。

［22］纨绮：有花纹或图案的精美丝织品，用作女子衣料。这里代指美女。流盼：转目观看。

［23］不为当年：即当年不为，从前没有爱恋过女子。所蔽：有所遮蔽，指表达情意的不知所措。

［24］逾旦暮：过这早晚，即因思念之苦而将不久人世。

［25］纳采问名：古代缔结婚姻前的两种礼节。男方请媒人提亲，女方同意，接受彩礼，称“纳彩”；男方请媒人询问女方名字与生辰，以占卜婚事凶吉，称“问名”。索我于枯鱼之肆：语本《庄子·外物》篇。庄子在途中见到车辙中一条快枯死的鲫鱼，庄子答应到吴国引西江水来求它，鲫鱼说不如到干鱼铺上找我。喻远水救不了近火。张生表示等待媒人，自己将因思念时间过长而死。

［26］尔其谓我何：你说我该怎么办。

［27］非语：不正经、不合礼节的话。

［28］属（zhǔ 主）文：作文章。属：连缀。

［29］乱之：扰乱她的心绪。

［30］缀：连接，指写作。春词：指情诗。

［31］微喻：约略明白。

［32］旬有四日：十四日。

［33］望：阴历十五日，月圆的日子。梯其树：以树为梯子。

［34］绐（dài 代）：欺骗。笺：信笺，这里指书信。

［35］获济：得到成功。济：达到目的。

［36］端服严容：穿戴整齐，面目严肃。大数：狠狠数落。

［37］不令：不好，不懂事。

［38］掠乱：乘危要挟。

［39］寝：藏匿，即不说破。发其真诚：指表达真实心意。

［40］鄙靡：粗鄙淫靡。

［41］翻然：迅速回转的样子。

［42］敛衾携枕：携带着被子、枕头。敛：收拾，这里指携带。

［43］危坐：正坐，端坐。修谨：打扮整齐，态度恭敬。俟：等待。

［44］捧：这里指扶持，搀扶。融冶：温柔而妖冶。支体：肢体。支：通“肢”。

［45］曩（nǎng）时：以前，从前。

［46］辨色：辨别天色，指天刚蒙蒙亮。兴：起床。

［47］荧荧然：光亮微弱闪烁的样子。茵席：褥席。

［48］会真：遇仙。真，仙人。三十韵：律诗两句一韵，三十韵就是六十句。

［49］再夕：第二夜。

［50］工刀札：擅长写字。古代在竹简上写字，错了用刀削掉重写，所以称“刀札”。札：书简。

［51］幽邃：深远，指情感不外露。恒：常常。不识：分辨不出。

［52］俄：不久。文调及期：科举考试的日期到了。

［53］阴知：暗知。诀：告别，诀别。恭貌怡声：外貌恭顺，语音平和。徐：慢慢。

［54］没身：终身。

［55］怿（yì 译）：高兴。奉宁：安慰他人，令人开心。

［56］既：完成，了结。既君此诚：指满足张生的这番诚意。

［57］文战不胜：科举考试失败。古人将考场比作战场，故称“文战”。广其意：使其放心，安慰对方。

［58］惠：惠赠。花胜：古代女子用的首饰，类似今天绒花一类的东西。合：通“盒”。耀首膏唇：让脸面光洁，嘴唇润泽。

［59］荷：承受。谁复为容：为谁妆饰。容：妆饰。

［60］就业：指在京读书用功。便（pián 骈）安：安静，安宁。

［61］僻陋：指居所的偏僻简陋，即身居偏远之地，远离京师。

［62］绸缪缱绻：形容情思缠绵。暂若寻常：短暂相聚，如同平常一样。这里是写梦中相见的情景。

［63］倏（shū 梳）：极快地，忽然。逾：过。

［64］幽微：自谦之词，指自己身处幽远，地位卑微。无斁（yì 易）：不厌倦。

［65］不忒（tè 特）：不变。

［66］宴处：闲居。私诚：儿女私情。

［67］自固：自我把持。

［68］援琴之挑：典出《史记·司马相如列传》。司马相如爱慕守寡的卓文君，用琴声传达情感，挑逗卓文君，卓文君随其私奔。投梭之拒：典出《晋书·谢鲲传》。谢鲲调戏邻家女子，邻女用织布梭投掷谢鲲，打掉了他的两颗牙齿。

［69］荐寝席：指男女性爱。

［70］岂期：岂料，哪里想到。

［71］明侍巾帻（zé 责）：公开侍候男子，指缔结婚姻。巾帻：男子的头巾，代指男子。

［72］俯遂：俯就，成就。幽眇：幽隐的心事，指婚姻的意愿。

［73］达士：通达之士。略情：忽略情感，轻视情感。要盟：以胁迫手段缔结的婚姻盟约。丹诚：赤诚。不泯：不灭。

［74］因风委露：依借着风与露水，指自己死去的魂灵。犹托清尘：还要与你在一起。这是一种客气的表达方式，指自己要与对方身边的尘土一样，伴随对方。清尘，是对他人的敬词。

［75］一绚（qú 渠）：一缕。文竹：刻有花纹的竹子。茶碾（niǎn 捻）子：磨茶的器具。

［76］迩（ěr 而）：近。遐（xiá 霞）：远。

［77］强饭：努力多吃饭。强：勉力。

［78］杨巨源：蒲州人，贞元间进士，曾官国子司业。

［79］潘郎：晋朝潘岳，英俊潇洒，后人遂以“潘郎”代指美男子。

［80］缥缈：模糊不清。葱胧：草木青翠茂盛的样子。

［81］龙吹：形容风声过竹，如龙吟般动听。

［82］绛节：赤节，指仙人的仪仗。金母：西王母，代指莺莺。玉童：指张生。这里将莺莺与张生比作神仙眷侣。

［83］文履：绣鞋。绣龙：鞋上所绣的图案是龙。

［84］彩凤：彩凤状的玉钗。罗帔掩丹虹：身上的锦罗披风如同彩色的虹霓。

［85］瑶华浦、碧玉宫：都是仙人居住的地方，借指莺莺与张生的住所。

［86］洛城：用曹植《洛神赋》典故。赋中称自己途经洛水时，曾遇见洛水女神。宋家东：用宋玉《登徒子好色赋》典故。赋中称东邻有美女，攀墙窥视自己三年。这里都借指张生与莺莺相遇的地方。

［87］蝉影：蝉鬓，古代女子的一种发式。玉尘：形容莺莺经过所掀起的尘土也是美的。

［88］“鸳鸯”两句：指两人发生了性爱关系。

［89］慵：懒。敛躬：弯曲身体。

［90］五夜：五更。穷：尽。

［91］慢脸：懒洋洋带倦意的脸。素衷：内心的真诚。

［92］苒苒：光彩的样子。曈曈（tóng 同）：太阳发光的样子。

[93] 归洛：用洛水女神的离去比拟莺莺。吹箫亦上嵩：据《列仙传》载：王子乔，名晋，周灵王太子。他好吹笙，入嵩山修炼，后乘鹤仙去。这里比拟张生的离去。

[94] 幂幂（mì 密）：草生长茂盛的样子。蓬：蓬草，遇风飞扬，喻张生奔波在外。

[95] 行云：指莺莺。暗用楚王巫山云雨的典故。宋玉《高唐赋序》载：楚王游玩高唐，曾遇见巫山神女，自献其身。离别时说："妾在巫山之阳，高丘之阻，旦为朝云，暮为行雨，朝朝暮暮，阳台之下。"萧史：指张生。据《列仙传》载，春秋时萧史，善吹箫，秦穆公将女儿弄玉嫁给他，后夫妻两人成仙而去。

[96] 耸：惊动，这里指特别。异：奇异，奇怪。

[97] 厚：指友情深厚。征：询问。

[98] 蛟：蛟龙。相传能兴云作雾，带来洪水。螭（chī 吃）：传说一种像龙而没有角的动物。

[99] 殷之辛：殷纣王。周之幽：周幽王。殷纣王宠爱妲己，周幽王宠爱褒姒，皆身败国亡。后人于是归结出"红颜祸国论"。

[100] 僇（lù 露）笑：耻笑。

[101] 妖孽：指莺莺，以为莺莺的美貌会像妖孽一样害人。忍情：克制情感。

[102] 委身于人：嫁给他人。

[103] 许：推许，赞赏。

[104] 执事：指友人。李公垂：李绅，字公垂，元和年间进士，元稹友人。

学习提示

《莺莺传》的故事并非完全虚构，故事中除了莺莺与张生的姓名是虚构的以外，其他出现的人物都是现实中真实存在的。许多学者考辨认为，元稹是在记载自己的一段艳遇，其中张生其实就是他本人。小说完全以张生自夸的口吻来叙述这么一个情感故事。张生开始为莺莺的美艳所惊呆，花言巧语，山盟海誓。一旦勾引到手，后来又摆出正人君子的虚伪面目，可憎可恶。这正是封建社会男人的本来面目。反之，莺莺的形象则十分生动感人。她既有少女的矜持、害羞，又对爱情充满了渴望。在不断的矛盾中挣扎，最终无法抗拒情感的诱惑，自动来到张生的房间，沉湎于儿女私情。一旦投入，莺莺则是非常温存，非常体贴，非常坚贞。她是聪慧的，已经知道自己被抛弃的悲剧结果，却依然苦苦等待，温言相劝张生。这样优秀的女性，张生居然无耻地称对方为"妖孽"，还要补充说当时的人们都夸奖张生"善补过"，封建时代男性在这个方面的寡廉鲜耻可见一斑。唐传奇是中国古代文学史上最早的完整成篇的小说，《莺莺传》在故事曲折叙述、情节跌宕起伏、人物形象塑造、内心活动刻画、诗歌烘托气氛与情感等诸多方面，都表现出高超的把握技巧。已经是比较成熟的短篇小说。后人都不满张生的无耻，一再改编《莺莺传》故事，到了元代王实甫的《西厢记》里，主题就改变为"愿天下有情的终成眷属"，给了人们一个大团圆的美好结局。

唐五代词

李　白

简历见诗歌部分。

菩萨蛮

平林漠漠烟如织，寒山一带伤心碧[1]。暝色入高楼，有人楼上愁[2]。玉阶空伫立，宿鸟归飞急[3]。何处是归程？长亭更短亭[4]。

【注释】

[1] 漠漠：烟雾弥漫的样子。

[2] 暝色：黄昏暮色。

[3] 伫立：久久地站立。

[4] 亭：古代在路旁修建的供行人休息、住宿的驿站。亭之间的距离不相等，一般说来，五里一短亭，十里一长亭。

学习提示

《菩萨蛮》与《忆秦娥》，后代学者认为不是李白所创作，所说的比较有道理。但并不影响这两首词的出色成就。这首词写游子思乡愁绪，以秋日的景色为背景烘托。空间距离上由远而近，登楼远望，不见故乡，只见原野上茫茫林木笼罩在层层烟雾中，蜿蜒翠碧的群山也浸透了寒意。暮色已经降临，游子的视线也被遮挡，却依然不愿下楼。面对急匆匆回归的飞鸟，词人既羡慕又伤感，乡愁再次被强烈搅起，无法自抑地追问："何处是归程"。然而，短亭连接长亭，归路遥遥，不知何日能回归故乡，词人只能在愁苦中煎熬下去。

忆秦娥

箫声咽，秦娥梦断秦楼月[1]。秦楼月，年年柳色，灞陵伤别[2]。乐游原上清秋节，咸阳古道音尘绝[3]。音尘绝，西风残照，汉家陵阙。

【注释】

[1] 秦娥：据《列仙传》记载：春秋时，有萧史善吹箫，秦穆公将女儿弄玉嫁给他。夫妇两人于楼上吹箫，引来凤凰，夫妇乘之成仙而去。

[2] 灞陵：汉文帝墓，在长安东郊。旁有灞陵桥，桥边柳树成荫，汉唐人往往送友至此，折柳惜别。

[3] 乐游原：在长安南，地势高敞，是唐代长安郊外的一个游览地。

学习提示

这是一首咏题之作。不过，经过作家的重新构思创作，情景已经发生了根本性的变化，已经由快乐自在的成仙主题转变为愁苦忧伤的思念离别之作。秦娥弄玉告别故土成仙而去，无法抑制对故乡的眷恋之情，吹奏的箫声都是凄咽欲绝。词人借之写人间男女的别离愁情，写长安郊外、灞陵桥旁的多少离人凄苦分手，气象异常开阔。"西风残照，汉家陵阙"，悲怆宏大，王国维赞赏说："寥寥八字，遂关千古登临之口。"（《人间词话》卷上）

张志和

张志和，生卒年不详。初名龟龄，字子同，自号玄真子，金华（今属浙江）人。唐肃宗时待诏翰林，后归隐江湖，自称烟波钓徒。存《渔歌子》五首。

渔歌子

西塞山前白鹭飞，桃花流水鳜鱼肥[1]。青箬笠，绿蓑衣，和风细雨不须归。

【注释】

［1］西塞山：在浙江湖州市西南。鳜（guì贵）鱼：俗称“桂鱼”，肉味细腻鲜美。

学习提示

词人描摹出一幅令人羡慕向往的隐逸渔父生活图景。这里，白鹭在水光山色中翩飞，鳜鱼在桃花流水中嬉戏。词人戴着青箬笠，披着绿蓑衣，乐而忘返，不愿归来。景色美，食物佳，无尘俗劳形，潇洒自在。这首词作，在当时颇为轰动，得到人们的广泛喜爱，有许多和作。甚至流传到日本，日本天皇也有五首和作。

白居易

简历见诗歌部分。

忆江南

江南好，风景旧曾谙[1]。日出江花红胜火，春来江水绿如蓝[2]。能不忆江南？

【注释】

[1] 谙（ān安）：熟悉。

[2] 蓝：植物名，叶可制成染料，俗称靛青。

学习提示

白居易曾任杭州、苏州刺史，且为避藩镇之乱流寓江南多年，饱览江南景色。词人醉心于江南风光，留恋不已，分别之后还是念念不忘。词人以最简练的笔墨描述出江南的美景：江水碧蓝，江花红艳，在阳光的照耀下，色彩更加绚丽。在词人笔下，江南景物生机勃勃，春意盎然，五彩缤纷，让人流连忘返。中间两句对仗工整，明丽轻快，是词中精粹所在。

长相思

汴水流，泗水流，流到瓜洲古渡口[1]。吴山点点愁[2]。思悠悠，恨悠悠，恨到归时方始休。月明人倚楼。

【注释】

[1] 汴水：又称汴河，汴渠，在河南省商丘南面，东南经泗县等地，流入淮河。泗水：即泗河，发源于山东泗水县东，流经江苏等地，由淮阴入淮河。瓜洲：镇名，在江苏省江都县南，长江北岸。

[2] 吴山：钱塘江北岸的山。这里古代属吴国。

学习提示

写离别思念之情，语言清新流畅，颇有民歌风味。词人借流水悠悠，写思念与怨恨之情感的无休无尽；借吴山点点，写愁绪的不断。“月明人倚楼”是离人的典型动作，在眺望中寄托希望，又一次次失望。每次希望与失望的交替，都使得离愁倍增。

温庭筠

简历见诗歌部分。

菩萨蛮

小山重叠金明灭，鬓云欲度香腮雪[1]。懒起画娥眉，弄妆梳洗迟。照花前后镜，花面交相映。新帖绣罗襦，双双金鹧鸪[2]。

【注释】

[1] 小山：屏风上的绘画，代指屏风。或说指眉毛，古代女子要将眉毛画成“远山眉”；或说指枕头，古代枕头中间凹陷，称“山枕”；或说指绣被堆叠的样子。明灭：光线闪烁，或明或暗的样子。度：这里指遮掩。

[2] 帖：通“贴”。襦（rú 如）：短袄。

学习提示

这首词内容似乎很简单。上阕写女子懒得起床，懒得梳妆打扮。太阳已经透过窗户照在床边屏风重叠的小山上，或明或暗，女主人公依然赖在床上，松散的鬓发几乎要遮掩了雪白的香腮。即使不得已起床了，也是懒得“画眉弄妆”。下阕写女子精心梳妆打扮，与上阕的作为正好相反。她将自己打扮得如花美丽，并在自己穿戴的“罗襦”上贴了一对金鹧鸪。在这一切近乎客观、不动声色的描述过程中，人们可以追问一句为什么？这时就能发现，简单而矛盾的动作背后掩藏着复杂的心理活动。“女为悦己者容”，心上人离去就不愿意起床与梳妆。而精心的打扮过程，又隐含着对离人归来的期待与盼望。面对“双双金鹧鸪”，所引发的也是独居孤寂的怨愁。温庭筠的词，以华丽的辞藻描述精美的环境与人物，细密工整，表达情感深隐曲折，形成 丽隐密的作风。

思考题

1. 这首词从哪几方面体现了温庭筠词的艺术风格？
2. 人称温庭筠是“花间词”鼻祖，指温庭筠代表了“花间词”怎样的创作倾向？
3. 这首词表现了女主人公怎样的情感？是怎么表现的？
4. 从创作传统的角度理解，温庭筠这首词对前人有哪些继承？

5. 背诵这首词。

梦江南

梳洗罢，独倚望江楼。过尽千帆皆不是，斜晖脉脉水悠悠，肠断白萍洲[1]。

【注释】

[1] 脉脉：含情欲语的样子。悠悠：悠远，流淌不尽的样子。白萍洲：泛指浮萍丛生的水中陆地。

学习提示

温庭筠的词以 丽隐密为主要审美特征，偶然也有去尽华丽辞藻、不事雕琢、平易晓畅的小词，这首词就是一个非常出色的个例。女主人公梳妆完毕以后，每天重复的动作就是“独倚望江楼”，眺望远方，期盼恋人的归来。这样的等待日日落空，望眼欲穿，悠悠的江水带走了西下的斜阳，也带走了女子一天的期待与希望。女子心中的怨愁则似江水一般悠悠无际。斜阳脉脉，含情欲语，仿佛也感染了女子的多情。每日期盼的结果就是“肠断”，女子每天都要忍受这样的痛苦折磨。这首词就显得疏朗明快，一两句话就归纳了一整天。

韦 庄

韦庄（836？—910），字端己，杜陵（今陕西西安东南）人。乾宁元年（894）进士，曾在朝廷任校书郎、左补阙等职。后入蜀，为节度使王建掌书记。王建称帝，官至门下侍郎兼吏部尚书、同平章事。诗有《浣花集》10卷，词今存54首。韦庄词清疏明朗，多直抒胸臆之作，在“花间词人”中别具一格。

菩萨蛮

人人尽说江南好，游人只合江南老。春水碧于天，画船听雨眠。炉边人似月，皓腕凝霜雪[1]。未老莫还乡，还乡须断肠[2]。

【注释】

[1] 炉边人：指酒家女。《史记·司马相如列传》：“令文君当炉”。炉，以土垒成的四周高、中间低的放酒瓮的台子。

[2] 须：应。

学习提示

词人初到江南，为江南的风物所陶醉，开篇与结尾反复强调江南景物之美，以至于游人恋恋不舍，愿意终老此间。中间四句是交代江南美丽诱人之处。首先是景物美：“春水碧于天，画船听雨眠。”澄澈的春江之水与碧蓝的晴空相映照，寂静的夜晚在画船中伴随着萧萧雨声入眠，清丽幽静，诗情画意。其次是人物美：“炉边人似月，皓腕凝霜雪。”酒家女肌肤洁白，身材娇好如弯月，让人联想到古代美女卓文君。景色与声色，一应俱全，词人当然不愿还乡了。叶落归根，对故乡的眷恋是离家在外之游子内心解不开的情结。韦庄的表达，其中依然潜藏着中原离乱、故乡不得归去的隐痛，并不是完全的“此间乐，不思蜀。”

思帝乡

春日游，杏花吹满头。陌上谁家年少，足风流[1]。妾拟将身嫁与，一生休[2]。纵被无情弃，不能羞！

【注释】

[1] 足：特别，十分。风流：英俊潇洒，才华横溢。

[2] 休：罢了。

学习提示

古代男女青年婚姻不得自主，情感的选择上没有自主权。尤其是女子，完全是被动地等待，性别规定她们只可以“嫁鸡随鸡，嫁狗随狗”。但是，不是所有的女子甘心如此被葬送青春。词中的女主人公在春日难得出游的过程里，主动抓住机会，对大路上一位人才出众的少年男子表达了情感。这位“年少”的品性、家庭背景，女子一概不问，所以，女子也想到结局可能是被“无情弃”。然而，生命中已经有过一次真正的情感投入，一生中有过一次自我的真正选择，这也是值得的。从这样的意义出发，女子公然宣称：“不能羞!”这是被压抑被扭曲之后的不顾一切的选择，可见古代婚姻制度之摧残扼杀人性。

李 璟

李璟（916—961），字伯玉，徐州人，一说湖州人。李昪长子，后继位，为南唐中主。存七律一首、词四首。

摊破浣溪沙

手卷真珠上玉钩，依前春恨锁重楼[1]。风里落花谁是主？思悠悠。青鸟不传云外信，丁香空结雨中愁[2]。回首绿波三楚暮，接天流[3]。

【注释】

[1] 真珠：即珍珠，指珍珠帘。以前：仍旧，依旧。

[2] 青鸟：传说中西王母的信使。“丁香”句：语本李商隐《代赠二首》：“芭蕉不展丁香结，同向春风各自愁。”

[3] 三楚：古代有南楚、西楚、东楚之分，泛指今天湖南、湖北二省部分地区。

学习提示

题材还是旧的，写思妇的愁苦意绪，但是，写得如此婉转情深，写得如此开阔空旷，还是很有特色的。“手卷真珠”、登楼眺望是一个简单的重复动作，有了“风里落花谁是主”的追问，无限愁思见于言外。己身遭遇，如同“风里落花”，不知繁华能几时，不知“谁是主”。下阕将空间距离推移得非常遥远，这样一来，相见更无缘，颇有“山长水阔知何处”的感受。化用前人诗意，也十分自然贴切。

摊破浣溪沙

菡萏香销翠叶残，西风愁起绿波间[1]。还与韶光共憔悴，不堪看[2]！细雨梦回鸡塞远，小楼吹彻玉笙寒[3]。多少泪珠无限恨，倚阑干。

【注释】

[1] 菡萏（hàn dàn 汗 但）：荷花。

[2] 韶光：美好的时光。

[3] 鸡塞：边塞。汉代边塞有鸡鹿塞，这里用来泛指。吹彻：吹遍。

学习提示

这首词被后人广泛喜爱，王安石、王国维都曾经交口赞赏。从语意上看，歌词所抒发的是闺妇思边的情感，这是一个被前人反复表述过的题材。词人将之安排在深秋万物凋零枯萎的背景之下，特意点明西风吹过，荷花香销翠残。荷花象征着现实生活中一切美好的事物，所以，王国维称赞开篇两句说："大有众芳芜秽、美人迟暮之感。"（《人间词话》）补充一句"还与韶光共憔悴"，天地同悲苦，隐藏在画面背后的思妇也不由分说地憔悴老去。下阕首二句对仗工整。"细雨梦回"，便有凄迷、孤寒、朦胧的感觉；"小楼吹彻"，又表明思念已非一日，每每都是借玉笙来寄托情思。最后归束到"倚阑干"，则表明这一切的愁苦都是思妇依楼眺望远方时产生的。联系"鸡塞"的典故，可推测是思妇思边的话题。

冯延巳

冯延巳（903—960），又名延嗣，字正中，广陵（今江苏扬州）人。中主李璟时官至左仆射、同中书门下平章事。冯延巳在政治上没有任何作为，被列为“五鬼”之首。词的创作成绩突出，抒写离愁别恨，深情委婉，悲苦欲绝，对北宋创作影响巨大。北宋时，外孙陈世修辑录其词119首，为《阳春集》。其中杂有温庭筠、韦庄、晏殊、欧阳修的作品，可信的有百首左右。

鹊踏枝

谁道闲情抛掷久，每到春来，惆怅还依旧[1]。日日花前常病酒，不辞镜里朱颜瘦[2]。河畔青芜堤上柳，为问新愁，何事年年有[3]？独立小桥风满袖，平林新月人归后。

【注释】

[1] 闲情：闲愁，离别思念之愁苦。

[2] 病酒：指醉酒。辞：推辞。朱颜：青春容颜。

[3] 青芜：青青的绿草。

学习提示

冯延巳曾经是一个身居相位的词人，但他笔下的词却很少有欢乐的歌唱。他的作品往往抑制不住地流露出一种淡淡的哀愁甚至是深情的叹惋。他善于以清丽的笔墨抒写时代的悲凉，似乎已意识到国家必将灭亡且无法摆脱的悲剧命运。词写离别愁苦之“闲情”，却是如此的纠缠不休，不可摆脱。每到春来，愁绪便缠绕着，只能借酒逃避。一旦醉酒醒来，一切都依旧。词人不惜为之消瘦，就是甘心忍受痛苦的折磨。这样的愁苦意绪到底为何“年年有”，词人在追问，却不回答。仿佛不仅仅为离别而发，词人身为达官，恐怕也没有这么多的离愁。所以，“闲情”的寓意就非常复杂，隐隐与家国的命运联系在一起。王国维因此评价说：“冯正中不失五代风格，而堂庑特大，开北宋一代风气。”（《人间词话》）

鹊踏枝

花外寒鸡天欲曙，香印成灰，起坐浑无绪[1]。檐际高桐凝宿雾，卷帘双鹊惊飞去。屏上罗衣闲绣缕，一晌关情，忆遍江南路[2]。夜夜梦魂休谩语，已知前事无寻处[3]。

【注释】

[1] 香印：一种制作成的香料。浑：全。

[2] 一晌：片刻。

[3] 谩语：谎言，骗人的话。

学习提示

对“前事”的追忆，可以说那是一段温馨的旧情，或者含义更加丰富，值得回味的许多美好的时光、事件、人物，都可以涵括进来。这样的词，容易令读者产生联想，意境开阔。追忆往事，就是眼前的失落，是未来的没有希望。沉湎在追忆中的人，是没有前景的。现实生活的失望，灰色，才将自己躲藏到往事中去。这首词的格调因此显得灰冷，神态疲惫，南唐颓败的国势在冯延巳的作品中就时时得以体现。怨苦之余，甚至连梦境也要埋怨。梦中的自我满足，每次都是带来梦醒时的更加痛苦，词人怎么不埋怨？

鹊踏枝

几日行云何处去，忘却归来，不道春将暮。百草千花寒食路，香车系在谁家树？泪眼倚楼频独语，双燕飞来，陌上相逢否？撩乱春愁如柳絮，悠悠梦里无寻处。

【注释】

[1] 行云：本指巫山神女。宋玉《高唐赋序》载：楚王游玩高唐，曾遇见巫山神女，自献其身。离别时说：“妾在巫山之阳，高丘之阻，旦为朝云，暮为行雨，朝朝暮暮，阳台之下。”后代常用来指歌妓。品味此词，应该指游荡不归的男子。

学习提示

根据下阕“泪眼倚楼”的描写，这首词应该是替闺中思妇抒写愁苦之情。男子外出寻欢作乐，女子只能倚楼遥望，苦苦等待，即使在梦里也无法寻觅恋人的去处。她猜疑“香车系在谁家树”，她恐慌“春将暮”。在男子冶游不归中，耗尽自己青春美好年华。内心的愁绪，如同春天里漫天飞扬的柳絮，无边无际。词人巧妙地用春天的景色来烘托离人的愁情，飞来的双燕也成为询问的对象，这是非常无奈的询问。清人认为这首词“必有寄托”，是与国势日蹙相关，理解上过于落实。即使词人寄寓了内心的其他一些愁苦之情，也是隐约不自觉的。

谒金门

风乍起，吹皱一池春水。闲引鸳鸯香径里，手挼红杏蕊[1]。斗鸭栏杆独倚，碧玉搔头斜坠[2]。终日望君君不至，举头闻鹊喜。

【注释】

[1] 挼（ruó）：用手揉搓。

[2] 碧玉搔头：碧玉簪。

学习提示

这首词以对自然景物观察的细致、描写的真切而著称，“风乍起，吹皱一池春水”，这是人们日常生活可以经常见到的景象，一经词人描写，才感觉到是如此有诗意的一个画面。词人擅长在普通生活场景中发现美好事物，以审美的眼光观察周围景致，给读者以新鲜的审美愉悦感受。南唐中主李璟曾就这句词与作者打趣，说：“‘吹皱一池春水’，干卿何事？”可见时人对之肯定的程度。在词中这只是一个环境烘托，是为了写春日里一位独居闺中女子对恋人的思念之情。这种恋情描写的普泛性，使这首词的主题反而没得到人们的重视。

李　煜

李煜（937—978），字重光，号钟隐，南唐中主李璟的第六子，961年嗣位。在位15年，对宋纳贡称臣，妄图维持苟安局面。宋太祖开宝八年（975），宋灭南唐，李煜亡国被俘，在汴京过了三年囚徒生活，后被毒死。李煜早期的词多描写沉溺于享乐的宫廷生活，调子是香艳的。亡国之后，由小皇帝沦为阶下囚，安危不能自保，感情陷于极度悲痛之中，调子是悲苦沉痛的。

清平乐

别来春半，触目愁肠断。砌下落梅如雪乱，拂了一身还满。雁来音信无凭，路遥归梦难成[1]。离恨恰如春草，更行更远还生。

【注释】

[1]“雁来”句：相传大雁可以传递书信。

学习提示

李煜词擅长写愁苦之情，这首词便是一个范例。从小君主沦为阶下囚之后，内心的深悲巨痛如“一江春水”，这首词的愁苦情绪显然没有达到这样的深度，所以后人认为这是亡国之前的作品。李煜继位以后，国力日益衰疲，对北方的强邻极尽卑躬屈膝之能事。在赵宋的强大军事压力下，苟延残喘于江南。李煜是一位非常聪明敏感的人，他一方面放纵声色，及时享乐；另一方面，却掩饰不了内心的愁苦之情。这首词通过“离恨”的抒发，曲折透露内心隐忧。这种愁苦之情，如蔓延无际的春草，伴随离人一直到天涯，永远无法割舍或摆脱。

长相思

云一緺，玉一梭，淡淡衫儿薄薄罗，轻颦双黛螺[1]。秋风多，雨相和，帘外芭蕉三两窠，夜长人奈何[2]？

【注释】

[1] 云：形容女子的秀发。一緺（guā 瓜）：一束，专指女人的秀发。玉：指玉制的

首饰。颦：皱眉。

［2］窠：通“棵”。

学习提示

词人在怀念一位女子，这位女子以其秀丽多情而让词人难以忘怀。上阕怀恋这位女子的美貌，词人选用几个侧面：一头的秀发、轻薄的罗衫，以显示她淡雅秀美；微皱的眉头，以显示她的多情善感。下阕写自己的思恋之情，以秋风萧萧、雨打芭蕉的背景做烘托。画面简练，语短意长，含情脉脉。如此思念，自然是长夜无眠了。李煜作为一国君主，不太可能真实品尝这样的离别思念之情。但作者却能写得如此真切感人，这一份艺术天赋，他人确实难以企及。

菩萨蛮

花明月暗笼轻雾，今宵好向郎边去。刬袜步香阶，手提金缕鞋[1]。画堂南畔见，一向偎人颤。奴为出来难，教君恣意怜[2]。

【注释】

［1］刬（chǎn 产）：削平，这里指穿袜子踩在地上。

［2］奴：女子自称。恣意：任意。怜：爱怜。

学习提示

李煜妻子周氏得病期间，周氏妹妹来看望姐姐，与李煜产生恋情。这首词就是写他们幽会的一个小场景。在一个鲜花盛开、月色朦胧的姣好夜晚，热恋中的女子悄悄出来与情人约会。为了不让外人发现，脱下了金缕鞋。难得见面一次，见面就对情人撒娇，要求对方的“恣意”宠爱。整个场景写得非常生动，也非常坦率。周后去世之后，她的妹妹嫁给了李煜，史称大周后、小周后。这种偷期暗约的私情，不登大雅之堂，李煜身为一国之君，尤其需要讲究言行的表率作用。李煜是一位十分率真的艺术家，他忍不住以之为题材，于是有了这么优秀的作品。李煜的行为，真的就是一位真诚的艺术家，而不适合做皇帝。

虞美人

春花秋月何时了，往事知多少？小楼昨夜又东风，故国不堪回首月明中。雕栏玉砌应犹在，只是朱颜改[1]。问君能有几多愁，恰似一江春水向东流！

【注释】

[1] 雕栏玉砌：指精美的宫殿建筑，代指往日富贵荣华的帝王生活。朱颜：红颜，青春容颜。

学习提示

从一国小君主，沦为阶下囚，李煜体验了人间最巨大的悲痛，用他自己的话来说，以后就过着“日夕以泪洗面”的生活。当这种个人痛苦与国破家亡的经历联系在一起时，就别具一种动人心魄的艺术魅力。所以，李煜后期作品，意境阔大，感慨深沉，力量充沛，具有很强的感染力。李煜对“春花秋月”的时序更替已经麻木，甚至是不耐，外界景物的转移对他已经失去意义，他只能永远沉湎于“往事”中。白天枯坐痴想，夜晚登楼遥望。又一度东风吹来，春日美好，但牵引出的只是“不堪回首”的悲痛。诗人留恋当年“雕栏玉砌”的生活，眼前则是愁苦催人老。最后“恰似一江春水向东流”的比喻，化抽象的悲愁为形象的具体景物。奔腾不息、东流而去的江水，如同诗人内心的愁苦，翻腾汹涌，永远没有尽头。诗人只能在这样的非人折磨中度完余生。

浪淘沙

帘外雨潺潺，春意阑珊[1]。罗衾不耐五更寒[2]。梦里不知身是客，一晌贪欢。独自莫凭栏，无限江山。别时容易见时难。流水落花春去也，天上人间。

【注释】

[1] 潺潺：细雨淅沥声。阑珊：衰残，零落。

[2] 罗衾：锦被。

学习提示

上阕用倒叙的方法描写了诗人亡国后作为阶下囚的生活片段。词人五更时从一晌好梦中醒来，心情悲苦异常。搅醒词人好梦的，或许是帘外潺潺下个不停的春雨，或许是春暮时节入夜的寒冷。结合“梦里不知身是客，一晌贪欢”的情景，知道词人又梦见了“雕栏玉砌”的小皇帝纵情寻欢的生活，对比醒来时的春雨潺潺、凄寒难耐，内心的深悲巨痛立即汹涌翻腾上来。词的下阕由长夜转到白天，词的境界由幽深转向开阔。特殊的身份与处境，使词人一开始就警告自己“独自莫凭栏”，因为凭栏也望不见江南故国的无限旧山川。故国山川景色，正如眼前的落花随着流水，一去不复返，天上人间已经成了永诀。凭栏远眺，势必增加痛苦，白日清醒时应加控制。最终词人依然无法控制自我，身不由己地登楼眺望，否则就无需自我警告了。每一回的警告，恐怕都是落得如此的无奈结果。

思考题

1. 对比李煜词前后期的变化。
2. 这首词用了哪些方法描写自己亡国后的深悲巨痛？是怎样运用的？
3. 结合这首词，分析李煜作品的艺术特色。
4. 李煜的作品与“花间词人”的创作有什么不同？
5. 背诵这首词。

菩萨蛮

人生愁恨何能免，销魂独我情何限[1]？故国梦重归，觉来双泪垂。高楼谁与上，长记秋晴望。往事已成空，还如一梦中。

【注释】

[1] 销魂：指悲苦到了极点，若魂魄离散。

学习提示

亡国的巨大伤痛，诗人有时将其概括提升，从人生的大角度去体悟。把个人的遭遇，与人类普遍现象相结合，将其提高到人生哲理的高度，有更加深入的品味。词人无论是梦中还是醒着，永远牵挂的是故国。醒时登楼眺望，梦中故国重归，痛苦始终纠缠着词人。回头看，现实也犹如一场梦，词人的余生已经没有任何寄托与希望了。这种悲苦确实到了极点，词人以平白朴素的语言直接倾诉，却有震撼人心的力量。

望江南

多少恨，昨夜梦魂中。还似旧时游上苑，车如流水马如龙[1]。花月正春风。

又

多少泪，断脸复横颐[2]。心事莫将和泪说，凤笙休向泪时吹。肠断更无疑。

【注释】

[1] 上苑：帝王游猎的场所。

[2] 断脸复横颐：眼泪纵横交流的样子。

学习提示

成为亡国奴之后，李煜频频靠做梦来消磨时光，来转移情绪。梦醒之时，愁苦更深。李煜梦见的，是小皇帝的穷奢极欲的生活，是故国的宫殿楼台，是出游狩猎的场景，是"车如流水马如龙"的豪华欢闹，是春风花月之际的寻欢作乐。李煜的率真表现在这里，他没有想到沉湎于这一切的享受是他亡国的一个主要原因，说出来是要被人贬斥的，他只是在真实地表现内心的愁思，写自己的苦痛。亡国之后也没有更深的反思，亡国是必然的。醒来时，也只能是涕泪纵横，无言以对。这样的悲苦不能用言语或音乐来发泄，否则只会牵引出更多的悲愤。强自压抑，又无法控制，李煜天天所经受的就是这种非人的情感折磨。

乌夜啼

林花谢了春红，太匆匆！无奈朝来寒雨晚来风。胭脂泪，留人醉，几时重？自是人生长恨水长东！

学习提示

好景不常在，大自然的美好景色，转瞬即逝。春天的红花，凋谢飘零，匆匆离去，这是何等令人悲苦的一件事。脆弱的春花，更禁不住"朝来寒雨晚来风"的摧残，就这样无奈的告别。李煜将个人的愁苦，融入天地大自然，无时无处不在。李煜回忆起来的还是当年与歌女在酒宴之间的生活场景，歌女歌喉之美妙，动情时的“胭脂泪”，都让人放怀畅饮、醉宿花间。“几时重”的追问，宣告了这种寻欢作乐生活的永远结束，揭示了眼前的无限愁苦。作者化抽象为具体，以“水长东”比“人生长恨”，给读者印象深刻。

捣练子令

深院静，小庭空，断续寒砧断续风[1]。无奈夜长人不寐，数声和月到帘栊。

【注释】

[1] 寒砧（zhēn 真）：寒冷空气中传来的捣衣声。砧：捣衣石。

学习提示

一个小小的生活场景，蕴涵了诸多复杂的情感。长夜无眠，是李煜亡国之后时常品尝的苦痛。周围一切都是寂静的，空落的，深院小庭，悄然无人。寂寞是无言的无边的，簇拥着词人。打破这一片死寂的，只有断断续续寒风中传来的捣衣声。捣衣而缝制征衣，送给征人，捣衣中就寄托着一片情思。“长安一片月，万户捣衣声。秋风吹不尽，总是玉关情。”（李白《子夜吴歌》）有时，捣衣仅仅是为了排遣思念的时光，“不为捣衣勤不睡，破除今夜夜如年”（贺铸《夜如年》）。所以，传来的捣衣声更牵动词人的离愁别思。

破阵子

四十年来家国，三千里地山河。凤阁龙楼连霄汉，琼枝玉树作烟萝[1]。几曾识干戈？一旦归为臣虏，沈腰潘鬓消磨[2]。最是仓皇辞庙日，教坊犹奏别离歌[3]。垂泪对宫娥。

【注释】

[1] 凤阁龙楼：指皇帝居住的豪华宫殿。烟萝：烟聚萝缠，形容草树茂密。

[2] 沈腰：指腰肢瘦损。《梁书·沈约传》载：沈约仕途失意，写信给老友徐勉，“言己老病，百日数旬，革带常应移孔。以手握臂，率计月小半分。”潘鬓：指生出白发。晋潘岳《秋兴赋》有“斑鬓发以承弁兮”句。

[3] 庙：宗庙。古代帝王祭祀祖宗的场所，往往被作为国家的象征。教坊：管理音乐的宫廷官署。

学习提示

这是国破家亡那一段伤痛时光的回顾。上阕回味当年歌舞升平的小皇帝生活，只知寻欢作乐，不知“干戈”为何物。实际上是李煜故意闭目不看现实，现实中已经危机四伏。但战争依然无情降临了，一旦成为囚徒，就要在无穷悲苦中消磨余生。最让李煜记忆深刻的是亡国的那一片刻时光，无能的他，只会“垂泪对宫娥”。苏轼因此鄙视李后主，认为那一时刻，李煜应该谢罪于祖庙，谢罪于百姓。终究，李煜不应该做皇帝，何况是那么动乱年代的皇帝。前人以“风流才子，误作人主”评价李煜，非常恰当。

新编 21 世纪远程教育精品教材

公共基础课系列

书名	作者
应用写作（第四版）（“十一五”国家级规划教材）	孙秀秋
计算机应用基础	李　刚
马克思主义哲学原理（第二版）	霍福广
“毛泽东思想和中国特色社会主义理论体系概论”教学专题研究	王向明
全国高校网络教育大学英语词汇必备手册	王建华
全国高校网络教育大学英语学习与考试辅导	王建华
高等数学“学习包”（第二版）	张家琦　曹承宾
北京地区成人本科学士学位英语统一考试历年试题解析	常红梅
北京地区成人本科学士学位英语统一考试辅导（第三版）	常红梅
大学语文	黄　鹤
大学英语学习与考试辅导	常红梅
数据库基础教程	苏　俊
毛泽东思想概论	江长仁

经济与管理系列

书名	作者
西方经济学	缪代文
西方经济学（第二版）（微观经济学部分）	刘凤良
西方经济学（第二版）（宏观经济学部分）	刘凤良
经济法概论（第三版）	宋立成
国际金融（第二版）	刘　震
税务管理	王秀芝
邮政储汇实务	周艳海
中国税制（第二版）	杨　虹
投资银行学教程（第二版）	胡海峰　等
金融学概论（第三版）	宋　玮
国际贸易实务（第二版）	王晓明
财政管理	王秀芝
保险学	戴稳胜
证券投资学（第二版）	赵锡军　李向科
统计学教程（第三版）	金勇进
财政学	安秀梅
中国政治制度史	侯力

续前表

书名	作者
经济学原理	韦曙林
商务英语	王学文
国际贸易理论与政策	王亚星
国际投资	胡曙光
人力资源开发与管理（第四版）	姚裕群
项目管理（第三版）（“十一五”国家级规划教材）	李　涛
物流管理（第三版）（“十一五”国家级规划教材）	刘　刚
组织行为学（第二版）	徐建平
公共政策原理	谢　明
公共政策案例分析	谢　明
公共管理伦理学	李传军
公共政策导论（第二版）	谢　明
公共经济学导论	代　鹏
公共关系学（第二版）	李兴国
领导力	祁凡骅
企业战略管理	邹昭晞
管理学原理	安　维
公务员管理	王甫银
秘书工作实务	张大成
人员选拔与聘用管理	苏　进　刘建华
绩效管理	徐　斌
质量管理学	李晓光
营销渠道决策与管理	吕一林
高级会计学（第二版）	张志凤　谢瑞峰
公司财务管理（第二版）	肖　万
财务管理学（第四版）	孙茂竹　范歆
基础会计学（第三版）	徐　泓
管理会计	孙茂竹
审计学（第二版）	杨闻萍
财务会计学（第三版）	郭建华
成本会计	曹　伟
纳税筹划教程	张中秀
会计制度设计（第二版）	阎至刚
计算机会计理论与实务（第二版）	蔡立新
税务筹划教程	张中秀
国际税收（第二版）	杨志清

法学系列

书名	作者
刑事诉讼法（第三版）	王新清　李　蓉
民事诉讼法（第二版）	汤维建　等
行政法与行政诉讼法（第三版）	胡锦光　罗　杰
宪法学（第三版）	胡锦光　任端平
劳动法和社会保障法（第三版）	黎建飞
保险法（第三版）	贾林青
刑法学（第二版）	黄京平
中国法制史（第二版）	赵晓耕
企业和公司法学（第二版）	王欣新
税法（第三版）	朱大旗
海商法（第二版）	贾林青
刑法学	徐松林
继承法（第二版）	孙若军
破产法学（第二版）	王欣新
经济法（第二版）	吴宏伟
国际法（第二版）	白桂梅　朱利江
法理学（第二版）	张曙光
法律文书写作（第二版）	陈卫东　刘计划
民法学（第二版）	龙翼飞

汉语言文学系列

书名	作者
中国古代文学史（一）（先秦至魏晋南北朝）（第二版）	叶君远
中国古代文学史（二）（隋唐五代宋辽金）（第二版）	冷成金
中国古代文学史（三）（元明清及近代）（第二版）	张国风
古代汉语（第二版）	殷国光
现代汉语（第二版）	吴永焕
外国文学作品导读（第二版）	刘洪涛
中国民间文学概论（第二版）	黄　涛
美学概论（第二版）	牛宏宝
文学概论（第二版）	许　鹏

续前表

书名	作者
中国古代文学作品选读（一）	诸葛忆兵
中国古代文学作品选读（二）	王　燕
中国文学理论史简编	成复旺
中国现当代文学作品导读	姚　丹
影视文学教程	邹　红
电视剧批评与欣赏	刘晔原
中国现当代文学	刘　勇
语言学概论	岑运强
西方文论概要	杨慧林
新时期文学思潮	张永清
文艺心理学	金元浦

新闻与传播系列

书名	作者
新闻理论教程	陈力丹　张建中
中国新闻传播史	赵云泽　孙　萍
外国新闻传播史	陈力丹　钱　婕
新媒体实务	黄　河
广告学概论	王　菲
新闻采访与写作	张　征

图书在版编目（CIP）数据

中国古代文学作品选读（一）/诸葛忆兵编著．—北京：中国人民大学出版社，2017
新编21世纪远程教育精品教材．汉语言文学系列
ISBN 978-7-300-04670-9

Ⅰ.①中… Ⅱ.①诸… Ⅲ.①古典文学-作品-中国-远距离教育-教材 Ⅳ.①I212.1

中国版本图书馆CIP数据核字（2003）第037691号

新编21世纪远程教育精品教材·汉语言文学系列
中国古代文学作品选读（一）
诸葛忆兵　编著
Zhongguo Gudai Wenxue Zuopin Xuandu（Yi）

出版发行	中国人民大学出版社		
社　址	北京中关村大街31号	**邮政编码**	100080
电　话	010－62511242（总编室）		010－62511770（质管部）
	010－82501766（邮购部）		010－62514148（门市部）
	010－62515195（发行公司）		010－62515275（盗版举报）
网　址	http://www.crup.com.cn		
	http://www.ttrnet.com（人大教研网）		
经　销	新华书店		
印　刷	北京昌联印刷有限公司		
规　格	185 mm×260 mm　16开本	**版　次**	2003年6月第1版
印　张	25.25	**印　次**	2023年2月第14次印刷
字　数	572 000	**定　价**	48.00元